La Cité des Ténèbres

LA COUPE MORTELLE

L'auteur

Cassandra Clare est une journaliste new-yorkaise d'une trentaine d'années. Elle a beaucoup voyagé dans sa jeunesse et lu un nombre incroyable de romans d'*horror fantasy*. C'est forte de ces influences et de son amour pour la ville de New York qu'elle a écrit la trilogie à succès « La Cité des Ténèbres », dont *La Coupe Mortelle* est le premier tome.

Du même auteur, dans la même collection :

La Cité des Ténèbres

1. La coupe mortelle

2. L'épée mortelle

Cassandra Clare

La Cité des Ténèbres

LA COUPE MORTELLE

Traduit de l'anglais (États-Unis)
par Julie Lafon

POCKET JEUNESSE

Directeur de collection ·
XAVIER D'ALMEIDA

Titre original :
City of Bones
Book One in *The Mortal Instrument Trilogy*

Loi n° 49 956 du 16 juillet 1949 sur les publications
destinées à la jeunesse : novembre 2008.

First published in 2007 by Margaret K. McElderry Books
An imprit of Simon & Schuster Children's Publishing Division, New York.

ISBN 978-2-266-17328-5

À mon grand-père

Je n'ai pas dormi. Entre l'exécution d'une chose terrible et la conception première, tout l'interim est une vision fantastique, un rêve hideux. Le génie et ses instruments mortels tiennent alors conseil, et la nature humaine est comme un petit royaume troublé par les ferments d'une insurrection.

William Shakespeare,
Jules César, *acte II, scène 1*
(traduction de François-Victor Hugo)

Première partie :

Descente dans les ténèbres

[...] pour chanter le Chaos et la nuit éternelle. Grâce à la Divinité qui me protège, je suis descendu dans les espaces ténébreux, et je remonte sans aucun accident aux lieux que tu éclaires.

John Milton, *Le Paradis perdu*

1

Charivari

— Tu plaisantes ! dit le videur en croisant les bras sur son torse massif.

Il baissa les yeux vers le garçon au sweat-shirt rouge et secoua sa tête rasée :

— Tu ne vas pas entrer avec ce machin.

La cinquantaine d'adolescents qui patientaient en file indienne devant le Charivari tendirent l'oreille. L'attente était longue avant d'entrer dans le club, surtout le dimanche, et, en général, il ne se passait pas grand-chose dans la file. Les videurs étaient du genre coriace et ne rataient pas ceux qui avaient l'air de chercher la bagarre. Comme tous les autres, Clary Fray, quinze ans, qui était venue avec son meilleur ami, Simon, se pencha pour mieux entendre dans l'espoir qu'un peu d'action surviendrait.

Le gamin brandit l'objet en question au-dessus de sa tête. On aurait dit un pieu en bois, très pointu :

— Allez ! Ça fait partie du costume.

Le videur leva un sourcil :

— Ah bon ? Et tu es déguisé en quoi ?

Le gamin sourit. « Il est plutôt banal, pour le Charivari », songea Clary. Ses cheveux teints en bleu électrique se dressaient sur sa tête comme les tentacules d'un poulpe effarouché, mais son visage n'arborait aucun tatouage ni piercing sophistiqué.

— En chasseur de vampires.

Il tordit le pieu comme un brin d'herbe dans sa main :

— C'est du caoutchouc. Vous voyez ?

Il avait de grands yeux d'un vert trop limpide : ils étaient de la couleur de l'antigel et de l'herbe au printemps. « Des verres de contact, probablement », pensa Clary. Le videur haussa les épaules :

— C'est bon, passe.

Le gamin se faufila comme une anguille à l'intérieur. Clary admira le mouvement de ses épaules et sa façon de rejeter ses cheveux en arrière. Nonchalant, voilà l'adjectif que sa mère aurait employé pour le décrire.

— Il t'a tapé dans l'œil, pas vrai ? demanda Simon d'un ton résigné.

Clary le gratifia d'un coup de coude dans les côtes, mais ne répondit pas.

Le club était noyé sous des panaches de fumée artificielle. Des spots colorés éclairaient la piste de danse d'une féerie de bleus et de verts acidulés, d'ors et de roses vifs.

Le garçon au sweat-shirt rouge caressa le long pieu effilé avec un sourire satisfait. Un vrai jeu d'enfant : il avait suffi d'un petit charme pour donner à son arme une apparence inoffensive. Un coup d'œil au videur et, à la seconde où leurs regards s'étaient croisés, le tour était joué. Bien sûr, il n'avait pas besoin de se donner tant de mal, mais ça faisait partie du jeu, agir au nez et à la barbe des Terrestres, les berner, s'amuser de leurs yeux hagards et de leur air imbécile

Mais les humains avaient des usages bien à eux. Le garçon parcourut du regard la piste de danse, où des Terrestres vêtus de cuir et de soie agitaient leurs bras frêles parmi les colonnes mouvantes de fumée. Les filles secouaient leurs cheveux, les garçons balançaient leurs hanches moulées de cuir noir, et leur peau nue luisait de sueur. Toute cette vitalité, cette énergie qu'ils dégageaient lui donnaient le tournis. Il réprima une grimace. Ces gamins ne connaissaient pas leur chance. Ils ignoraient tout de son monde dépourvu de vie, éclairé par un soleil de cendre. Leurs existences se consumaient comme la flamme d'une chandelle.

Son arme à la main, il avançait vers la piste lorsqu'une fille se détacha de la foule des danseurs pour venir à sa rencontre. Il la dévisagea. Elle était belle, pour une humaine : des cheveux noirs comme de l'encre, et des yeux charbonneux. Elle portait une longue robe blanche, de celles que les femmes revêtaient autrefois. Des manches bouffantes en dentelle couvraient ses bras fins. À son cou pendait une lourde chaîne en argent ornée d'une pierre rouge, grosse comme le poing d'un nouveau-né. Il l'apprécia d'un coup d'œil : il s'agissait d'un bijou précieux. Comme elle s'approchait, il se mit à saliver. La vie semblait s'échapper d'elle comme du sang d'une plaie béante. Elle sourit en passant près de lui et l'appela du regard.

Il la suivit ; il sentait déjà le goût de sa mort sur ses lèvres.

C'était toujours un jeu d'enfant. Il imaginait la force vitale de la fille se propager comme du feu dans ses propres veines... Ces humains étaient d'une bêtise ! Ils possédaient un bien inestimable, qu'ils ne prenaient pas la peine de protéger. Ils gâchaient leur vie pour de l'argent, pour des sachets de poudre, pour le sourire charmeur d'un étranger. La fille, tel un fantôme blême, s'enfonça dans le rideau de fumée colorée. Soudain, elle se retourna et, souriante, releva sa robe pour lui montrer ses cuissardes.

Il s'avança vers elle d'un pas nonchalant. Sa présence toute proche lui chatouillait la peau. De près, elle était moins jolie : son mascara avait coulé, et la sueur collait les cheveux sur sa nuque. À l'odeur de mort qui se dégageait d'elle s'ajoutait le relent à peine perceptible de la dépravation. « Je te tiens », songea-t-il.

Avec un sourire tranquille, la fille s'adossa à une porte, sur laquelle était peint en lettres rouges : ENTRÉE INTERDITE – RÉSERVE. Elle tâtonna derrière elle pour trouver la poignée, ouvrit la porte et se glissa à l'intérieur. Dans la pénombre, il distingua des caisses empilées et des câbles enroulés sur le sol. Il jeta un coup d'œil par-dessus son épaule pour s'assurer que personne ne l'épiait. Si elle voulait de l'intimité, elle allait être servie.

Il entra à son tour, sans s'apercevoir qu'il était suivi.

— Bonne musique, pas vrai ? dit Simon.

Clary ne répondit pas. Ils dansaient, ou du moins s'efforçaient de danser, se balançant d'avant en arrière et se penchant brusquement de temps à autre comme s'ils venaient de faire tomber une lentille de contact, coincés entre un groupe d'adolescents corsetés de fer et un jeune couple d'Asiatiques qui s'embrassaient avec fougue. Un garçon à la lèvre piercée distribuait de l'ecstasy ; le ventilateur faisait voler les pans de son pantalon de treillis. Clary ne prêtait pas grande attention à ses voisins, son regard était fixé sur le garçon aux cheveux bleus qui avait négocié pour entrer dans le club. Il rôdait au milieu de la foule avec l'air de chercher quelque chose. Sa façon de bouger lui était familière...

— Moi, je m'amuse comme un fou, poursuivit Simon.

Clary en doutait. Simon, comme toujours, détonnait parmi les clients du club, avec son jean et son vieux T-shirt arborant l'inscription MADE IN BROOKLYN. Avec ses cheveux coupés en brosse – châtain foncé, et non roses ou verts – et ses lunettes perchées de guingois sur le bout du nez, il avait l'air de sortir d'un club d'échecs.

— Mmm...

Clary savait pertinemment qu'il avait accepté de l'accompagner au Charivari pour lui faire plaisir, et qu'il s'ennuyait ferme. Elle-même ignorait pourquoi elle aimait cet endroit. Était-ce parce que les vêtements et la musique y créaient une atmosphère irréelle ? Là, elle avait l'impression de vivre la vie de quelqu'un d'autre, loin de sa propre existence sans intérêt. Mais jamais elle n'avait eu le cran de parler à quelqu'un d'autre que Simon.

Le garçon aux cheveux bleus s'éloigna de la piste. Il semblait un peu perdu, comme s'il n'avait pas trouvé ce qu'il cherchait. Clary se demanda ce qui arriverait si elle l'abordait pour se présenter et lui proposer de visiter les lieux. Dans ce cas, peut-être se contenterait-il de la dévisager avec froideur. À moins qu'il ne soit timide, lui aussi. Peut-être qu'il lui serait reconnaissant de lui parler, en s'efforçant de ne pas le montrer, comme tous les garçons. Mais elle s'en apercevrait. Peut-être...

L'inconnu aux cheveux bleus se figea brusquement, comme un chien de chasse à l'arrêt. Clary suivit son regard et aperçut la fille en robe blanche.

« Bon, pensa-t-elle en ravalant sa déception, c'est comme ça. » La chanceuse, sublime, était le genre de fille que Clary aurait aimé dessiner : grande, mince comme un fil, avec une longue crinière de cheveux noirs. Même à cette distance, Clary voyait le pendentif rouge à son cou. Il semblait battre tel un cœur sous les néons de la piste.

— Je trouve que DJ Bat fait un boulot exceptionnel, ce soir, dit Simon. Qu'est-ce que tu en penses ?

Pour toute réponse, Clary leva les yeux au ciel : Simon détestait la trance. Elle reporta son attention sur la fille en robe blanche. Dans l'obscurité et la fumée artificielle, le tissu clair semblait briller comme un phare. Pas étonnant que le garçon aux cheveux bleus la suive comme sous l'effet d'un sortilège, trop fasciné pour remarquer les deux silhouettes en noir qui se faufilaient derrière lui à travers la foule.

Clary s'arrêta de danser pour observer les deux garçons, grands et vêtus de noir. Elle n'aurait pas su expliquer comment elle avait deviné qu'ils le suivaient, mais cela ne faisait pas l'ombre d'un doute. C'était peut-être leur allure, réglée sur la sienne, ou leurs regards attentifs, la grâce furtive de leurs mouvements. Une vague inquiétude l'envahit.

— Au fait, reprit Simon, je voulais te dire que depuis quelque temps je me travestis. Ah, et je couche avec ta mère. J'ai pensé qu'il fallait te mettre au courant.

La fille avait atteint le mur du club, et ouvert une porte sur laquelle était écrit : ENTRÉE INTERDITE. Elle fit signe au garçon de venir, et ils disparurent derrière la porte. Cela n'avait rien d'extraordinaire, un couple qui se cachait dans un coin sombre pour se bécoter ; ce qui était bizarre, en revanche, c'était le fait qu'ils soient suivis.

Clary se hissa sur la pointe des pieds pour dominer la foule. Les deux garçons en noir s'étaient arrêtés devant la porte et semblaient en grande conversation. L'un était brun, l'autre blond. Le blond fouilla dans sa poche et en sortit un objet long et effilé qui étincela sous les stroboscopes. Un couteau.

— Simon ! s'écria Clary en lui agrippant le bras.

— Quoi ? fit Simon avec inquiétude. Je ne couche pas avec ta mère, tu sais. J'essayais seulement d'attirer ton attention. Non qu'elle soit moche, c'est une femme très attirante pour son âge.

— Tu as vu ces types ?

Clary agita frénétiquement la main, manquant éborgner au passage une grosse fille qui dansait près d'elle. Cette dernière lui jeta un regard assassin.

— Pardon ! Tu vois ces deux types là-bas, près de la porte ?

Simon plissa les yeux, puis haussa les épaules :

— Je ne vois rien du tout.

— Regarde mieux ! Ils suivaient le garçon aux cheveux bleus...

— Celui qui t'a tapé dans l'œil ?

— Oui, mais la question n'est pas là. L'un d'eux a sorti un couteau.

— Tu en es sûre ?

Simon scruta le fond de la salle et secoua la tête :

— Je ne vois toujours personne.

Il redressa les épaules d'un air important :

— Je vais chercher la sécurité. Toi, tu restes ici.

Il s'éloigna en jouant des coudes. Clary se retourna juste à temps pour voir le blond disparaître derrière la porte, l'autre sur ses talons. Elle jeta un regard autour d'elle : Simon en était toujours à essayer de quitter la piste, mais il ne faisait pas beaucoup de progrès. Elle aurait beau crier, personne ne l'entendrait et, le temps que Simon revienne, il serait peut-être déjà trop tard. En se mordant la lèvre, Clary se fraya un chemin parmi la foule.

Comment tu t'appelles ?

La fille se retourna et sourit. Une lumière ténue filtrait à travers les fenêtres à barreaux de la réserve, noircies par la crasse. Des câbles électriques, des débris de boules de disco et des pots de peinture jonchaient le sol.

— Isabelle.

— Joli prénom.

Il s'avança vers elle en prenant soin d'éviter les câbles abandonnés par terre. Dans la pénombre, elle était presque diaphane dans sa robe blanche qui lui donnait l'air d'un ange. Ce serait un plaisir de la faire déchoir...

— Je ne t'avais jamais vue avant.

— Tu veux savoir si je viens souvent ici ? gloussa-t-elle en se couvrant la bouche de sa main.

Elle portait un drôle de bracelet autour du poignet, juste sous la manche de sa robe. En s'approchant un peu, il s'aperçut qu'il s'agissait en fait d'un tatouage représentant un enchevêtrement de lignes.

Il se figea :

— Tu...

Il n'eut pas le temps de terminer sa phrase. Avec la rapidité de l'éclair, la fille lui assena un coup dans la poitrine. S'il avait été humain, il en aurait eu le souffle coupé. Il recula et s'aperçut qu'elle tenait à la main un objet, un fouet scintillant qui vint s'enrouler autour de ses chevilles et lui fit perdre l'équilibre. Il tomba à terre et se tordit de douleur en sentant la corde en métal s'enfoncer profondément dans sa chair. La fille se mit à rire et vint de poster au-dessus de lui. Pris de vertige, il songea qu'il aurait dû s'y attendre. Une humaine n'aurait jamais porté une robe comme celle-ci. Cette robe était destinée à couvrir son corps... chaque parcelle de son corps.

Isabelle tira fermement sur le fouet pour l'avoir bien en main. Un sourire venimeux flottait sur ses lèvres.

— Il est à vous, les gars.

Un rire grave s'éleva derrière lui, et il sentit des mains l'agripper, le soulever et le jeter contre l'un des piliers en béton. Il sentit la pierre humide contre son dos. Puis on lui saisit les bras pour les attacher avec un câble. Comme il se débattait, son agresseur contourna le pilier pour lui faire face : il s'agissait d'un garçon du même âge qu'Isabelle, et tout aussi séduisant. Ses yeux fauves brillaient dans l'obscurité comme des éclats d'ambre.

— Alors, dit-il, il y en a d'autres avec toi ?

Les liens trop serrés entaillaient la chair du garçon et le sang lui poissait les poignets.

— De qui parles-tu ?

— Allons !

Le garçon aux yeux fauves leva les mains pour faire glisser les manches de son habit noir, révélant les runes tatouées sur ses poignets, sur le dos et la paume de ses mains.

— Tu sais très bien à qui tu as affaire.

Le garçon grinça des dents :

— À un Chasseur d'Ombres, répondit-il avec colère.

Son interlocuteur lui adressa un grand sourire :

— Je t'ai eu.

Clary poussa la porte de la réserve et s'avança à l'intérieur. Pendant quelques secondes, elle crut qu'il n'y avait personne. Les seules fenêtres, trop hautes pour qu'on puisse les atteindre, étaient munies de barreaux ; les bruits de la rue, le klaxon d'une voiture, un crissement de freins, lui parvenaient faiblement. La pièce sentait la vieille peinture, et une épaisse couche de poussière recouvrait le sol marqué d'empreintes de pas.

« Il n'y a personne ici », pensa Clary en regardant autour d'elle avec stupéfaction. Il faisait froid dans la pièce malgré la chaleur du mois d'août qui régnait au-dehors. Une sueur glacée lui coulait dans le dos. Elle fit un pas et se prit les pieds dans des câbles électriques. Elle se pencha pour libérer sa chaussure de tennis, et c'est alors qu'elle entendit des voix. Le rire d'une fille, et un garçon qui répondait d'un ton brusque. En se redressant, elle les vit.

À croire qu'ils s'étaient matérialisés devant elle comme par magie. La fille en robe blanche avec de longs cheveux noirs pareils à des algues humides. À ses côtés, les deux garçons, le grand avec des cheveux de la même couleur que les siens, et le blond, plus petit, dont la chevelure brillait comme du cuivre dans la pâle lumière filtrant par les fenêtres. Le blond, les mains dans les poches, faisait face au jeune punk, qui avait les mains et les chevilles attachées à un pilier avec ce qui ressemblait à une corde de piano. Ses traits étaient déformés par la souffrance et la peur.

Le cœur battant, Clary se glissa derrière le pilier le plus proche et risqua un œil de l'autre côté. Le blond faisait les cent pas, les bras croisés.

— Bon, lança-t-il, tu ne nous as toujours pas dit si d'autres de ton espèce sont venus avec toi.

« De ton espèce ? » Clary se demanda à quoi il pouvait bien faire allusion. Avait-elle atterri au beau milieu d'une guerre de gangs ?

— Je ne sais pas de quoi tu parles, répondit le garçon aux cheveux bleus d'un ton à la fois maussade et plaintif.

Le grand brun prit la parole pour la première fois :

— Il parle des autres démons. Tu sais ce qu'est un démon, pas vrai ?

Leur prisonnier détourna la tête, la bouche crispée.

— Démon, récita le blond en traçant avec son doigt des lettres invisibles, désigne, d'un point de vue religieux, un habitant de l'enfer, un serviteur de Satan. Mais dans le contexte de l'Enclave, ce nom fait référence à tout esprit maléfique né en dehors de notre dimension...

— Ça suffit, Jace, dit la fille.

— Isabelle a raison, intervint le garçon brun Inutile de nous faire une leçon de sémantique ou de démonologie.

« Ils sont dingues, songea Clary. Complètement dingues ! »

Jace releva la tête et sourit. Son attitude avait quelque chose de farouche qui rappela à Clary les documentaires sur les lions qu'elle avait vus à la télé. Les grands fauves en chasse avaient cette même façon de lever la tête pour flairer l'air.

— Isabelle et Alec trouvent que je parle trop, dit-il avec assurance. Et toi, qu'est-ce que tu en penses ?

Le garçon aux cheveux bleus ne répondit pas tout de suite.

— J'ai des informations pour vous, dit-il enfin. Je sais où est Valentin.

Jace se tourna vers Alec, qui haussa les épaules.

— Valentin est à six pieds sous terre, dit Jace. Cette chose se moque de nous !

Isabelle rejeta ses cheveux en arrière :

— Tue-le, Jace. Il ne nous apprendra rien.

Jace leva la main, et Clary vit étinceler la lame de son couteau. Bizarrement, elle était transparente comme du verre, et semblait tranchante comme un tesson de bouteille. Le manche était serti de rubis.

Le prisonnier se mit à haleter.

— Valentin est de retour ! s'écria-t-il en tirant sur les liens qui retenaient ses mains. Tout le monde infernal est au courant... Je peux vous dire où il est...

Une lueur de colère s'alluma dans les yeux de Jace :

— Par l'Ange, chaque fois qu'on capture une de ces vermines, il faut qu'elle nous serine la même chose. Eh bien, nous aussi, nous savons où est Valentin : en enfer ! Et toi... tu vas le rejoindre.

N'y tenant plus, Clary sortit de sa cachette et s'écria :

— Arrêtez ! Vous ne pouvez pas faire ça !

Jace pivota et, sous l'effet de la surprise, lâcha le couteau. Isabelle et Alec se retournèrent eux aussi. Le même étonnement se lisait sur leur visage. Le garçon aux cheveux bleus, frappé de stupeur, cessa de se débattre dans ses liens.

— Qu'est-ce que c'est que ça ? demanda Alec en dévisageant tour à tour Clary et ses compagnons.

— C'est une fille, répondit Jace, une fois revenu de sa surprise. Tu as forcément déjà vu une fille avant, Alec. Ta sœur Isabelle en est une.

Il fit un pas vers Clary en cillant comme s'il n'arrivait pas à en croire ses yeux.

— C'est une Terrestre, ajouta-t-il comme pour lui-même. Et pourtant elle peut nous voir.

— Bien sûr que je peux vous voir, dit Clary. Je ne suis pas aveugle, vous savez !

— Oh, mais si, rétorqua Jace en se baissant pour ramasser son couteau. Seulement, tu ne le sais pas. Tu ferais mieux de déguerpir, pour ton propre bien.

— Je n'irai nulle part. Si j'obéis, vous le tuerez.

Elle montra du doigt le garçon aux cheveux bleus.

— C'est exact, dit Jace en jouant avec son couteau. Qu'est-ce que ça peut te faire ?

— M-mais, bafouilla Clary, on n'assassine pas les gens comme ça.

— Tu as raison. On n'assassine pas *les gens*.

Il montra le garçon aux cheveux bleus, qui avait fermé les yeux. Clary crut qu'il s'était évanoui.

— Ceci n'est pas un être humain, petite fille. Ça ressemble à un être humain, ça parle comme un être humain, et peut-être même que ça saigne comme un être humain. Mais, en réalité, il s'agit d'un monstre.

— Jace, protesta Isabelle. Ça suffit !

— Vous êtes fous ! souffla Clary en reculant. J'ai appelé la police, vous savez. Elle sera là d'un moment à l'autre.

— Elle ment, décréta Alec.

Cependant le doute se lisait sur son visage.

— Jace, est-ce que...

Il n'eut pas le temps de finir sa phrase. À cet instant, le garçon aux cheveux bleus poussa un cri déchirant et, après s'être libéré de ses liens, se jeta sur Jace. Ils roulèrent sur le sol, et le soi-disant démon lacéra le bras de Jace de ses doigts. Clary crut les voir étinceler comme des griffes de métal. Elle recula et voulut s'enfuir, mais se prit les pieds dans un câble et s'affala par terre. Elle entendit Isabelle hurler. Roulant sur le côté, elle vit le garçon aux cheveux bleus assis sur le torse de Jace, ses griffes dégoulinant de sang.

Isabelle et Alec se ruèrent sur lui. La fille brandit son fouet. Le garçon aux cheveux bleus lacéra la chair de Jace de ses griffes en projetant des gouttelettes de sang. Comme il levait la main de nouveau, le fouet d'Isabelle claqua sur son dos. Il poussa un hurlement et tomba sur le sol.

Aussi rapide que le fouet d'Isabelle, Jace roula sur le côté. Son couteau étincela dans sa main, et il planta la lame dans la poitrine de son adversaire. Un liquide noirâtre éclaboussa le manche de l'arme. Le garçon se courba, émit un gargouillis répugnant et son corps se convulser. Jace se releva avec une grimace de douleur. Sa chemise noire était couverte de taches sombres. Il baissa les yeux vers la créature qui se tordait à ses pieds et se pencha pour arracher le couteau souillé de la plaie.

Le garçon aux cheveux bleus fixa Jace de ses yeux exorbités et lâcha entre ses dents :

— Les Damnés vous emporteront tous.

Jace poussa un rugissement de colère. Le garçon roula des yeux, et son corps agité de soubresauts s'affaissa, se ratatina et finit par disparaître.

Clary se releva en se débattant avec le câble électrique. Comme personne ne prêtait attention à elle, elle en profita pour reculer vers la porte. Alec avait rejoint Jace et soutenait son bras blessé en tirant sur la manche pour examiner la blessure. Clary allait prendre la fuite, mais Isabelle lui barra le passage, le fouet à la main. La lanière dorée était maculée de substance noire. Elle le fit claquer, et Clary sentit l'extrémité du fouet s'enrouler autour de son poignet. Elle eut un hoquet de surprise et de douleur.

— Espèce de petite idiote ! siffla Isabelle. Jace a failli mourir par ta faute.

— Il est dingue, répliqua Clary en essayant en vain de libérer son poignet : la lanière du fouet s'enfonça un peu plus dans sa chair. Vous êtes tous dingues ! Vous vous prenez pour quoi, des vengeurs masqués ? La police...

— La police s'en moque, d'habitude, tant qu'il n'y a pas de corps, dit Jace.

Le bras blessé plaqué contre son torse, il se dirigea vers Clary en louvoyant entre les câbles. Alec lui emboîta le pas, le visage fermé. Clary jeta un coup d'œil à l'endroit où le garçon avait disparu et ne sut que répondre. Il n'y avait pas même une trace de sang sur le sol, pas la moindre preuve qu'il ait existé.

— Quand ils meurent, ils retournent dans leur dimension, expliqua Jace. Au cas où tu te poserais la question.

— Jace, marmonna Alec, sois prudent.

Jace lâcha son bras. Son visage était barbouillé de sang. Clary le fixa : il lui faisait encore penser à un lion, avec ses yeux clairs un peu espacés et ses cheveux blond foncé.

— Elle peut nous voir, Alec, dit-il. Elle en sait déjà trop.

— Alors, qu'est-ce que je fais d'elle ? demanda Isabelle.

— Laisse-la partir, répondit Jace tranquillement.

Isabelle lui lança un regard mi-surpris, mi-furieux, mais ne protesta pas. Elle libéra Clary, qui se demandait en massant son poignet endolori comment se tirer de ce mauvais pas.

— On devrait peut-être l'emmener avec nous, suggéra Alec. Je parie que Hodge serait curieux de la rencontrer.

— Pas question qu'elle vienne à l'Institut ! déclara Isabelle. C'est une Terrestre.

— En es-tu certaine ? dit doucement Jace.

Le calme qui perçait dans sa voix était bien plus inquiétant que les protestations d'Isabelle ou la colère d'Alec.

— As-tu déjà eu affaire aux démons, petite fille ? demanda-t-il à Clary. T'es-tu déjà promenée avec des sorciers, as-tu bavardé avec des Enfants de la Nuit ?

— Je ne suis pas une petite fille, marmonna-t-elle. Et je ne comprends rien à ce que tu racontes.

« Vraiment ? dit une petite voix dans sa tête. Tu as vu ce garçon disparaître comme par magie. Jace n'est pas fou. C'est seulement toi qui essaies de te persuader du contraire. »

— Je ne crois pas aux... aux démons ou quel que soit...

— Clary ?

La voix de Simon résonna dans la pièce. Clary fit volte-face. Il se tenait sur le seuil de la réserve, accompagné par l'un des videurs.

— Tu vas bien ? demanda-t-il en scrutant les ténèbres. Qu'est-ce que tu fais là, toute seule ? Qu'est-il arrivé aux types... tu sais, ceux qui se baladent avec un couteau ?

Clary le dévisagea sans répondre, puis regarda derrière elle, à l'endroit où se tenaient Jace, Isabelle et

Alec. Jace, vêtu de sa chemise ensanglantée, le couteau à la main, lui sourit avec un haussement d'épaules à la fois contrit et moqueur. Visiblement, le fait que ni Simon ni le videur ne puissent les voir ne le surprenait pas le moins du monde.

Et, bizarrement, Clary ne s'en étonna pas non plus. Elle se tourna lentement vers son ami, s'imaginant sans mal ce qu'il devait penser d'elle, debout là, toute seule, dans cette réserve humide, les pieds pris dans des câbles électriques.

— J'étais sûre de les trouver ici, dit-elle sans conviction. Mais il faut croire qu'ils n'y sont pas. Je suis désolée.

Elle regarda tour à tour Simon, dont l'expression inquiète se muait en embarras, et le videur, qui semblait simplement agacé.

— J'ai dû me tromper.

Derrière elle, Isabelle s'esclaffa.

— Je n'y crois pas ! lança Simon tandis que Clary, postée sur le bord du trottoir, s'efforçait désespérément de héler un taxi.

Les balayeurs avaient remonté Orchard Street pendant qu'ils se trouvaient au Charivari, et le bitume détrempé brillait dans l'obscurité.

— Je sais, dit-elle. Tu pensais qu'il y aurait des taxis. Mais où sont-ils tous passés, un dimanche soir à minuit ? Peut-être qu'on aurait plus de chance du côté de Houston Street ?

— Qui parle des taxis ? Tu... Je ne te crois pas ! Je refuse de croire que ces types aient disparu comme ça.

Clary poussa un soupir :

— Peut-être qu'il n'y avait pas de types avec des couteaux, Simon. Peut-être que j'ai imaginé toute cette histoire.

— Impossible.

Simon leva la main, mais le taxi qui arrivait en face passa sans ralentir en l'éclaboussant d'eau sale.

— J'ai vu ton visage en entrant dans la réserve. Tu semblais morte de peur, on aurait dit que tu avais vu un fantôme.

Clary repensa à Jace et à ses yeux de fauve. Elle baissa les yeux vers son poignet, à l'endroit où le fouet d'Isabelle avait dessiné une estafilade rouge. « Non, pas un fantôme, songea-t-elle, quelque chose d'encore plus bizarre. »

— Je me suis trompée, voilà tout, conclut-elle d'un ton las.

Elle s'étonnait elle-même de ne pas lui avoir avoué la vérité ; mais il l'aurait prise pour une folle. Et puis, quelque chose lui disait qu'elle faisait bien de garder tout cela pour elle. Était-ce à cause du sang noir qui avait éclaboussé le couteau de Jace, ou de la voix de ce dernier quand il lui avait demandé si elle avait déjà parlé à des Enfants de la Nuit ?

— Et pas qu'un peu ! On s'est payé une belle honte, répliqua Simon.

Il jeta un regard en direction du club, devant lequel s'étirait toujours une file d'attente.

— Je doute qu'on nous laisse un jour entrer au Charivari !

— Qu'est-ce que ça peut te faire ? Tu détestes cet endroit.

Clary leva de nouveau la main : une voiture jaune s'avançait vers eux dans le brouillard. Cette fois, le taxi s'arrêta au coin de la rue dans un crissement de pneus, et le chauffeur donna un grand coup de klaxon pour attirer leur attention.

— Finalement, on a de la chance.

Simon ouvrit la portière et se glissa sur la banquette arrière plastifiée. Clary l'imita en respirant l'odeur familière des taxis new-yorkais, un mélange de vieux mégots, de cuir et de laque à cheveux.

— Brooklyn, lança Simon au chauffeur avant de se tourner vers Clary. Écoute, tu peux tout me dire, tu sais.

Clary hésita un instant puis hocha la tête

— Bien sûr, Simon. Je sais.

Elle claqua la portière derrière elle et le taxi s'enfonça dans la nuit.

2

Secrets et mensonges

Le prince des ténèbres enfourcha son coursier noir, les pans de sa cape en zibeline flottant derrière lui. Un cercle d'or retenait ses boucles blondes, la rage de la bataille figeait les traits de son beau visage et...

— Et son bras ressemblait à une aubergine, marmonna Clary, exaspérée.

Son dessin n'était pas du tout ressemblant. Avec un soupir, elle arracha la feuille de son carnet de croquis et la réduisit en boule avant de la lancer contre le mur orange de sa chambre. Le sol était déjà jonché de papiers froissés, preuve que sa créativité ne prenait pas la direction souhaitée. Elle regretta pour la millième fois de ne pas tenir un peu plus de sa mère. Jocelyne réussissait tout ce qu'elle dessinait ou peignait, et sans le moindre effort, apparemment.

Clary ôta ses écouteurs – interrompant Stepping Razor au beau milieu d'une chanson – et frotta ses tempes douloureuses. Elle entendit la sonnerie stridente du téléphone résonner dans l'appartement. Après avoir jeté son carnet sur le lit, elle se leva d'un bond et courut au salon, où le vieil appareil rouge trônait sur une table près de la porte d'entrée.

— Clarissa Fray ?

La voix à l'autre bout du fil lui semblait familière, mais elle ne parvint pas à l'identifier tout de suite. Elle enroula le fil du téléphone autour de son doigt :

— Oui ?

— Bonjour, c'est moi, le type au couteau que tu as rencontré hier au Charivari. J'ai bien peur de t'avoir fait une mauvaise impression, et j'espérais que tu me donnerais une chance de me racheter...

— SIMON !

Clary éloigna le combiné de son oreille comme il éclatait de rire :

— Ce n'est pas drôle du tout !

— Mais si ! Tu n'as pas le sens de l'humour.

— Crétin !

Clary s'adossa au mur en soupirant :

— Tu ne rirais pas si tu avais été à ma place hier soir en rentrant.

— Pourquoi ?

— Ma mère. Elle n'a pas apprécié mon retard. Elle s'est inquiétée. Le mauvais plan.

— Quoi ? Ce n'est pas notre faute s'il y avait des embouteillages ! protesta Simon.

En tant que cadet de trois enfants, il avait un sens aigu de l'injustice familiale.

— Eh bien, elle ne voit pas les choses sous cet angle. Je l'ai déçue, elle s'est fait du souci pour moi, blablabla. Je suis le fléau de son existence, dit Clary en reprenant les termes exacts employés par sa mère, auxquels s'ajoutait un soupçon de culpabilité.

— Alors, tu es punie ? demanda Simon en haussant la voix.

Clary entendit un brouhaha de conversations dans le combiné.

— Je ne sais pas encore. Ma mère est sortie avec Luke ce matin, et ils ne sont pas encore rentrés. Où es-tu, au fait ? Chez Éric ?

— Oui, on vient juste de terminer la répète.

Un bruit de cymbales retentit derrière Simon. Clary tressaillit.

— Éric participe à une lecture de poésie au Java Jones ce soir, poursuivit Simon, faisant référence au café près de chez Clary, qui donnait parfois des concerts. Tout le groupe vient l'encourager. Tu veux te joindre à nous ?

— Oui, d'accord.

Clary se tut et tira nerveusement sur le fil du téléphone :

— Attends, non.

— Vous voulez bien la fermer, les gars ? cria Simon.

Au son étouffé de sa voix, Clary devina qu'il tenait le combiné éloigné de sa bouche. Une seconde plus tard, il était de retour au téléphone, et sa voix trahissait une certaine tension :

— C'était un oui ou un non ?

— Je ne sais pas. Ma mère est toujours furieuse à cause d'hier soir. Je n'ai pas très envie d'en remettre une couche en lui demandant une faveur. Si je dois m'attirer des ennuis, je préfère que ce soit pour autre chose que les poèmes bidon d'Éric.

— Allons, il n'est pas si mauvais que ça !

Simon et Éric, son voisin de palier, se connaissaient depuis toujours. S'ils n'étaient pas aussi proches que Simon et Clary, ils avaient formé un groupe de rock au début de l'année scolaire avec les amis d'Éric, Matt et Kirk. Toutes les semaines, ils répétaient assidûment dans le garage des parents d'Éric.

— Et puis, ce n'est pas une faveur que tu lui demandes, reprit Simon. C'est un concours de slam organisé dans ton quartier, pas une orgie. Ta mère peut venir si elle veut.

Clary entendit quelqu'un – probablement Éric – crier :

— UNE ORGIE !

S'ensuivit une autre explosion de cymbales. Elle imagina sa mère en train d'écouter Éric lire sa poésie et elle frémit.

— Je ne sais pas, dit-elle. Si vous débarquez tous ici, elle risque d'avoir peur.

— Alors, je viendrai tout seul. Je passe te prendre : on peut y aller ensemble à pied. Ta mère n'y verra pas d'inconvénient. Elle m'adore.

Clary ne put s'empêcher de rire :

— Preuve qu'elle a des goûts discutables, si tu veux mon avis.

— Personne ne te le demande.

Sur ces mots, Simon raccrocha parmi les cris des autres membres du groupe. Après avoir reposé le combiné, Clary parcourut le salon du regard. Chaque recoin de la pièce témoignait des talents artistiques de sa mère, des coussins en velours faits main qui s'empilaient sur le canapé rouge aux tableaux de

Jocelyne qui ornaient les murs. C'étaient, pour l'essentiel, des paysages : les rues sinueuses de Manhattan nimbées d'une lumière dorée ; des scènes de Prospect Park en hiver, ses étangs gris bordés d'une dentelle de glace.

Sur le manteau de la cheminée trônait une photo encadrée du père de Clary, un homme blond aux yeux rieurs et à l'air pensif, qui posait en uniforme de militaire. Il avait été décoré pour avoir servi à l'étranger. Jocelyne conservait certaines de ses médailles dans une petite boîte à côté de son lit. Ces médailles n'avaient eu aucune utilité lorsque Jonathan Clark avait encastré sa voiture dans un arbre aux alentours d'Albany... Clary n'était même pas née.

Après la mort de son mari, Jocelyne avait repris son nom de jeune fille. Elle n'évoquait jamais le père de Clary, mais elle gardait la boîte gravée de ses initiales, J.C., sur sa table de nuit. Outre les médailles, elle renfermait quelques photos, une alliance, et une mèche de cheveux blonds. Parfois, Jocelyne ouvrait la boîte, tenait délicatement la mèche de cheveux dans ses mains pendant quelques instants, puis la remettait dans la boîte, qu'elle ne manquait jamais de verrouiller.

Le bruit de la clé dans la porte d'entrée tira Clary de sa rêverie. Elle s'installa en hâte sur le canapé et fit mine de s'absorber dans l'un des livres de poche que sa mère avait laissés sur la table basse. Jocelyne considérait la lecture comme un passe-temps sacré, et d'ordinaire elle n'aimait pas interrompre Clary au milieu d'un livre, même pour la sermonner.

La porte s'ouvrit avec un bruit sourd et Luke entra, les bras chargés de boîtes en carton. Après les avoir posées par terre, il lui adressa un grand sourire.

— Bonjour, Onc... Bonjour, Luke, lança Clary.

Il lui avait demandé de ne plus l'appeler Oncle Luke environ un an auparavant, sous prétexte que cela lui donnait un coup de vieux, en plus de lui rappeler *La Case de l'oncle Tom*. Et puis, avait-il précisé gentiment, il n'était pas vraiment son oncle, juste un ami proche de sa mère, qui la connaissait depuis toujours.

— Où est maman ?

— Elle gare la camionnette, répondit-il en redressant sa grande carcasse maigre avec un grognement.

Il portait son uniforme habituel : un vieux jean et une chemise en flanelle. Une paire de lunettes un peu tordues était juchée de travers sur son nez.

— Rappelle-moi pourquoi cet immeuble n'a pas d'ascenseur de service ?

— Parce qu'il est vieux et qu'il a du caractère, répondit Clary du tac au tac. C'est pour quoi faire, ces boîtes ?

Le sourire de Luke s'évanouit.

— Ta mère veut mettre de l'ordre dans ses affaires, répondit-il en évitant son regard.

— Quelles affaires ?

Luke fit un geste vague de la main :

— Des trucs qui traînent. Tu sais bien qu'elle ne jette rien. Alors, qu'est-ce que tu fabriques ? Tu révises ?

Il attrapa son livre et se mit à lire à voix haute : « Le monde grouille encore de ces créatures diverses méprisées par la pensée rationnelle. Fées et gobelins, fantômes et démons rôdent toujours... »

Il scruta Clary par-dessus ses lunettes :

— C'est pour le lycée ?

— *Le Rameau d'or* ? Non, les cours ne commencent pas avant deux semaines.

Clary lui reprit le livre :

— C'est à ma mère.

— Je me disais aussi...

— Luke ?

— Mmm ?

Le livre déjà oublié, il fouillait dans la trousse à outils près de la cheminée :

— Ah, le voilà.

Il sortit un gros dérouleur de scotch en plastique orange, qu'il contempla avec satisfaction.

— Que ferais-tu si tu étais témoin de quelque chose que personne d'autre ne pourrait voir ? demanda Clary.

Luke laissa échapper le dérouleur de scotch, qui atterrit dans l'âtre. Il se baissa pour le ramasser et répondit sans la regarder :

— Tu veux dire si j'étais le seul témoin d'un crime, ce genre de chose ?

— Non, s'il y avait d'autres personnes autour, mais que tu étais le seul à voir quelque chose. Quelque chose d'invisible pour tout le monde, sauf pour toi.

Luke parut hésiter.

— Je sais que ça a l'air dingue, poursuivit Clary d'un ton nerveux, seulement...

Les yeux de Luke, si bleus derrière les verres de ses lunettes, se posèrent sur elle avec affection :

— Clary, tu es une artiste, comme ta mère. Ça

signifie que tu vois le monde différemment. Tu possèdes ce don de distinguer la beauté et la laideur dans les choses les plus banales. Ça ne veut pas dire que tu es dingue... Tu es juste différente. Il n'y a rien de mal à être différent.

Clary replia les jambes et appuya le menton sur ses genoux. Dans sa tête, elle revit la réserve, le fouet d'or d'Isabelle, le garçon aux cheveux bleus en train d'agoniser et les yeux fauves de Jace. *La beauté et la laideur.*

— Si mon père était encore en vie, tu crois qu'il serait un artiste, lui aussi ?

Luke parut décontenancé. Avant qu'il ait pu répondre, la porte s'ouvrit à la volée et la mère de Clary entra dans la pièce en faisant claquer ses grosses chaussures sur le parquet ciré. Elle tendit à Luke un trousseau de clés et se tourna vers sa fille.

Jocelyne Fray était une femme mince : ses cheveux étaient un peu plus sombres que ceux de Clary et deux fois plus longs. Ils étaient entortillés dans un élastique rouge, et le tout était maintenu en place par un crayon. Elle portait une salopette tachée sur un T-shirt lavande, et des chaussures de marche aux semelles imprégnées de peinture.

On disait toujours à Clary qu'elle ressemblait à sa mère, mais elle n'en avait pas conscience. Elles avaient la même silhouette mince, la même poitrine menue et les mêmes hanches étroites. Cependant Clary savait qu'elle ne possédait pas la beauté de sa mère. Pour être belle, il fallait être grande et élancée. Quand on était petite comme Clary, qui mesurait moins d'un mètre soixante, on était juste mignonne. Ni jolie ni belle, mignonne. Avec ses cheveux carotte et ses joues criblées de taches de rousseur, elle ne ressemblait pas vraiment à une poupée Barbie.

Jocelyne avait aussi une démarche élégante, qui faisait se tourner les têtes sur son passage. Clary, à l'inverse, ne cessait de trébucher. Quand les gens se retournaient sur elle, c'était parce qu'elle venait de tomber dans les escaliers...

— Merci d'avoir monté les boîtes, dit la mère de Clary en souriant à Luke.

Il ne lui rendit pas son sourire. Clary sentit son estomac se nouer.

— Désolée, il m'a fallu du temps pour trouver une place, poursuivit Jocelyne. La moitié de la ville a pris sa voiture aujourd'hui...

— Maman ? interrompit Clary. À quoi vont servir ces boîtes ?

Jocelyne se mordit la lèvre. Luke jeta un coup d'œil du côté de Clary comme pour encourager Jocelyne à parler. D'un mouvement brusque, elle repoussa une mèche derrière son oreille et rejoignit sa fille sur le canapé.

En la regardant de plus près, Clary s'aperçut que sa mère était épuisée. Elle avait les yeux cernés et bouffis.

— C'est à cause d'hier soir ? demanda Clary.

— Non, répondit sa mère avec empressement, puis elle ajouta après une hésitation : Peut-être un peu. Tu n'aurais pas dû me faire un coup pareil. Tu vaux mieux que ça.

— Je t'ai déjà présenté mes excuses. Qu'est-ce qui se passe ? Si tu as décidé de me punir, dis-le, qu'on en finisse.

— Je n'ai pas l'intention de te punir, déclara sa mère d'une voix tendue.

Elle jeta un coup d'œil à Luke, qui secoua la tête :

— Dis-lui, Jocelyne.

— Vous voulez bien cesser de parler de moi comme si je n'étais pas là ? s'impatienta Clary. Qu'est-ce que vous avez à m'annoncer ?

Jocelyne poussa un gros soupir :

— On part en vacances.

Le visage de Luke se vida de toute expression.

— C'est de ça qu'il s'agit ? Vous partez en vacances ? Alors, pourquoi tout ce mystère ?

— Je ne crois pas que tu m'aies comprise. Nous partons tous les trois en vacances, toi, moi et Luke. À la ferme.

— Oh.

Clary se tourna vers Luke, qui regardait par la fenêtre, les bras croisés, la mâchoire serrée. Elle se demanda ce qui le contrariait à ce point. Il adorait la vieille ferme située au nord de l'État de New York, qu'il avait achetée et restaurée lui-même quelque dix ans auparavant, et il s'y rendait dès qu'il en avait l'occasion.

— On part pour combien de temps ?

— Nous y passerons le reste de l'été. J'ai acheté ces boîtes au cas où tu voudrais emporter des livres, du matériel de peinture...

— Le reste de l'été ? Je ne peux pas, maman. J'ai des projets : Simon et moi, nous avions prévu d'organiser une fête avant la rentrée, et j'ai plusieurs sorties avec mon groupe de dessin, sans parler des dix cours qui restent à Tisch...

— Je suis désolée pour Tisch ! Quant à tes autres projets, ils peuvent être annulés. Simon comprendra, et ton groupe de dessin aussi.

Au ton inflexible de sa mère, Clary comprit qu'elle ne plaisantait pas.

— Mais j'ai payé pour ces cours de dessin ! protesta-t-elle. J'ai économisé toute l'année ! Tu m'avais promis.

Elle se tourna brusquement vers Luke :

— Dis-lui ! Dis-lui que ce n'est pas juste !

Luke ne détourna pas les yeux de la fenêtre :

— C'est ta mère. C'est à elle de prendre les décisions.

Clary s'adressa de nouveau à Jocelyne

— Je ne comprends pas ! Pourquoi ?

— Il faut que je m'éloigne un peu, Clary, répondit celle-ci d'une voix tremblante. J'ai besoin de tranquillité pour peindre. Et puis, l'argent se fait rare, ces derniers temps...

— Tu n'as qu'à vendre des actions de papa, lança Clary avec colère. C'est ce que tu fais d'habitude, non ? Écoute, pars si tu en as envie. Ça m'est égal, je peux rester seule ici. Je travaillerai, je peux décrocher un boulot dans un Starbucks ou ailleurs. Simon m'a dit qu'ils embauchaient en permanence. Je suis assez grande pour prendre soin de moi...

— Non !

Le ton tranchant de Jocelyne fit sursauter Clary.

— Je te rembourserai les cours de dessin, Clary. Mais tu viens avec nous. Je ne te donne pas le choix. Tu es trop jeune pour rester seule ici. Il pourrait t'arriver quelque chose.

— Quoi ? Qu'est-ce que tu veux qu'il m'arrive ?

Clary entendit un grand bruit, et s'aperçut que Luke avait fait tomber l'un des tableaux encadrés appuyés contre le mur. Il le remit en place, visiblement contrarié. Quand il se redressa, son visage était tendu.

— J'y vais, lança-t-il en se dirigeant vers la porte.

Jocelyne se mordit la lèvre :

— Attends.

Elle se précipita à sa suite et le rattrapa au moment où il posait la main sur la poignée. Clary l'entendit murmurer :

— ... Bane. Je n'ai pas cessé de l'appeler ces trois dernières semaines. D'après sa messagerie vocale, il est en Tanzanie. Que faire ?

— Jocelyne, tu ne peux pas continuer comme ça éternellement.

— Mais Clary...

— Clary n'est pas Jonathan. Tu n'es plus la même depuis ce jour-là, mais Clary n'est pas Jonathan.

« Qu'est-ce que mon père vient faire là-dedans ? » songea Clary, médusée.

— Je ne peux pas l'empêcher de sortir. Elle ne le supporterait pas.

— Bien sûr ! répondit Luke avec colère. C'est une ado, pas un animal de compagnie. Presque une adulte.

— Si on quittait la ville...

— Parle-lui, Jocelyne.

Au moment où Luke s'apprêtait à sortir, la porte s'ouvrit. Jocelyne poussa un petit cri :

— Doux Jésus !

— Non, ce n'est que moi, déclara Simon. Bien

qu'on m'ait déjà dit que la ressemblance était frappante.

Du seuil, il fit signe à Clary :

— Tu es prête ?

— Tu écoutes aux portes, maintenant, Simon ? demanda Jocelyne.

— Non, je viens juste d'arriver.

Il regarda tour à tour Jocelyne, qui était livide, et le visage fermé de Luke :

— Quelque chose ne va pas ? Vous préférez que je vous laisse ?

— Ce n'est pas la peine, répondit Luke. Nous avions fini, je crois.

Il sortit en bousculant le garçon, dévala l'escalier d'un pas lourd, et peu après on entendit la porte de l'immeuble claquer.

Simon entra dans l'appartement, l'air mal à l'aise :

— Je peux revenir plus tard. Ce n'est pas un problème.

— Ce serait peut-être... commença Jocelyne, mais Clary l'interrompit en se levant d'un bond :

— Laisse tomber, Simon. On y va.

Elle prit son sac suspendu à un crochet près de la porte, le jeta sur son épaule et lança un regard noir à sa mère .

— À plus tard, maman.

— Clary, tu ne crois pas qu'on devrait en discuter ?

— On aura tout le temps de le faire pendant les « vacances », rétorqua Clary d'un ton venimeux. Ne m'attends pas, ajouta-t-elle et, prenant le bras de Simon, elle le poussa hors de l'appartement.

Avant de s'éloigner, le garçon lança un regard contrit à Jocelyne qui se tordait les mains dans l'entrée, l'air éploré.

— Au revoir, madame Fray ! cria-t-il. Passez une bonne soirée !

— Oh, la ferme, Simon ! aboya Clary avant de claquer la porte derrière eux, sans laisser à sa mère le temps de répondre.

— Bon sang, tu vas m'arracher le bras ! protesta Simon tandis que Clary le traînait dans l'escalier en faisant claquer avec fureur ses tennis vertes sur les marches en bois. Elle leva les yeux, s'attendant à surprendre sa mère en train de les épier depuis le seuil, mais la porte de l'appartement était fermée.

— Désolée, marmonna-t-elle en lâchant le poignet de Simon.

L'immeuble de Clary, comme la plupart des constructions de Park Slope, était jadis la propriété exclusive d'une riche famille new-yorkaise. Des traces de sa magnificence révolue subsistaient encore çà et là : dans l'escalier en spirale, le sol en marbre ébréché du hall d'entrée et la grande verrière du plafond. À présent, la demeure était divisée en appartements. Clary et sa mère partageaient les lieux avec une autre locataire, une femme d'un certain âge, installée au rez-de-chaussée, qui tenait une boutique d'ésotérisme. Elle sortait rarement de chez elle, bien que les clients ne soient pas nombreux. Une plaque dorée fixée sur la porte annonçait : Madame Dorothea, devineresse et prophétesse.

Une odeur entêtante provenant de la porte entrouverte avait envahi le hall. Clary entendit un murmure de voix.

— Content de voir que ses affaires marchent du tonnerre, dit Simon. Prophète, ce n'est pas un emploi très stable, de nos jours.

— Pourquoi faut-il toujours que tu fasses du sarcasme ? pesta Clary.

Simon cligna des yeux, visiblement décontenancé.

— Et moi qui croyais que tu aimais bien mon ironie...

Clary allait répondre quand la porte de Mme Dorothea s'ouvrit et un homme sortit dans le hall. Grand, la peau mate, des yeux mordorés pareils à ceux d'un chat, et des cheveux noirs ébouriffés. Il décocha un large sourire à Clary, découvrant des dents blanches et pointues. Elle se sentit prise de vertige et eut l'impression qu'elle allait tourner de l'œil.

Simon la dévisagea avec inquiétude :

— Tu vas bien ? Tu ne vas pas tomber dans les pommes, au moins ?

— Quoi ? Non, non.

— On dirait que tu as vu un fantôme.

Clary secoua la tête. Il lui semblait avoir aperçu quelque chose, mais elle avait beau se concentrer, ce souvenir lui échappait.

— Je dois avoir la berlue ! J'étais sûre d'avoir vu le chat de Dorothea.

Puis elle ajouta, un peu sur la défensive :

— Je n'ai rien mangé depuis hier. Je suis un peu à côté de mes pompes.

Simon passa un bras réconfortant autour de ses épaules :

— Allez, je t'invite au restau !

— Je n'en reviens pas qu'elle m'ait fait ce coup-là, se lamenta Clary pour la quatrième fois en poursuivant un reste de guacamole à l'aide d'un *nacho*.

Ils avaient fait halte dans un restaurant mexicain du voisinage, une échoppe baptisée Nacho Mama.

— Voilà qu'elle m'oblige à m'exiler pendant le reste de l'été, comme si me punir toutes les semaines ne suffisait pas !

— Oh, tu sais, tout le monde a ses lubies, de temps en temps, dit Simon. Ta mère plus souvent que les autres, c'est vrai.

Il sourit au-dessus de son *burrito* aux légumes.

— C'est ça, rigole, lança Clary. Ce n'est pas toi qu'on emmène de force au milieu de nulle part pour Dieu sait combien de t...

Simon interrompit sa tirade :

— Ho ! Je n'y suis pour rien, moi ! Et puis, c'est provisoire.

— Qu'est-ce que tu en sais ?

— Eh bien, je connais ta mère, répondit-il après un silence. Toi et moi, on est amis depuis... quoi, dix ans ? Elle a ses caprices, mais elle changera d'avis.

Clary prit un piment dans son assiette et se mit à le grignoter d'un air pensif :

— Ah bon ? Tu la connais, toi ? Moi-même, je n'en suis pas sûre.

Simon la dévisagea, interloqué :

— Je ne te suis plus, là.

— Elle ne parle jamais d'elle. Je ne sais rien de sa jeunesse, de sa famille ou de sa rencontre avec mon père. Elle n'a même pas de photos de mariage ! À croire que sa vie a commencé à ma naissance. C'est ce qu'elle me répond toujours quand je la questionne à ce sujet.

— Oh, comme c'est touchant ! commenta Simon avec une grimace.

— Non, c'est bizarre. J'ignore tout de mes grands-parents. Je sais juste que les parents de mon père n'ont pas été très gentils avec elle, mais tout de même ! De là à ne pas vouloir rencontrer leur petite-fille...

— Peut-être qu'elle les déteste. Peut-être qu'ils ont été insultants ou un truc du genre, suggéra Simon. Et puis, elle a ces cicatrices...

— Quelles cicatrices ?

Simon avala une grosse bouchée de *burrito* :

— Ces petites balafres sur le dos et les bras. J'ai vu ta mère en maillot de bain, tu sais.

— Je n'ai jamais remarqué de cicatrices, dit Clary. Tu as dû rêver.

Simon la dévisagea avec étonnement. Il était sur le point de lui répondre quand le portable de Clary sonna au fond de sa sacoche. Elle jeta un coup d'œil au numéro qui s'affichait sur l'écran :

— C'est ma mère.

— Je l'ai deviné à ta tête. Tu décroches ?

— Je n'ai pas envie de lui parler pour le moment.

Elle ressentit un pincement de culpabilité quand la sonnerie s'interrompit, relayée par la messagerie.

— Je ne veux pas me disputer avec elle.

— Tu peux toujours te replier chez moi en attendant. Reste aussi longtemps qu'il te plaira.

— Eh bien, elle se sera peut-être calmée entretemps.

Clary appuya sur le bouton de sa messagerie. La voix de sa mère trahissait sa nervosité, mais manifestement elle essayait de détendre l'atmosphère : « Chérie, je suis désolée si je t'ai prise au dépourvu avec mon projet de vacances. On en discutera quand tu seras rentrée. » Clary, partagée entre la culpabilité et la colère, éteignit son téléphone avant la fin du message.

— Elle veut qu'on en parle.

— Et toi, tu as envie de discuter avec elle ?

— Je ne sais pas. Tu vas toujours à la lecture de poèmes ?

— J'ai promis que j'irais.

Clary se leva en repoussant sa chaise :

— Je viens avec toi, je l'appellerai après.

Comme la bandoulière de sa sacoche avait glissé le long de son bras, Simon la remit en place d'un air absent, mais ses doigts s'attardèrent sur son épaule.

Dehors, l'air gorgé d'humidité faisait friser les cheveux de Clary. Le T-shirt bleu de Simon lui collait à la peau.

— Alors, quoi de neuf avec le groupe ? demanda-t-elle. Ils faisaient un sacré boucan au téléphone !

Le visage de Simon s'éclaira :

— Ça roule pour nous. Matt prétend connaître quelqu'un qui pourrait nous décrocher un concert au Scrap Bar. Et puis, on s'est remis à chercher un nom.

— Ah oui ?

Clary réprima un sourire. Le groupe de Simon n'avait jamais écrit une seule chanson. Ils passaient le plus clair de leur temps dans son salon à se disputer sur le choix d'un nom et d'un logo pour le groupe. Elle doutait parfois qu'ils sachent jouer d'un instrument.

— Qu'est-ce que vous avez trouvé ?

— On hésite entre Sea Vegetable Conspiracy et Rock Solid Panda.

Clary secoua la tête :

— Les deux sont nuls.

— Éric a suggéré Lawn Chair Crisis.

— Peut-être qu'Éric devrait s'en tenir à ses jeux vidéo.

— Dans ce cas, il faudrait qu'on se dégote un nouveau batteur.

— Ah, Éric joue de la batterie ? Je croyais qu'il se contentait de raconter aux filles de l'école qu'il faisait partie d'un groupe pour les impressionner.

— Tu n'y es pas, répondit Simon d'un ton jovial. Figure-toi qu'Éric a tourné la page. Il a une copine. Ils sortent ensemble depuis trois mois.

— Waouh, ils sont presque mariés ! ironisa Clary en contournant un couple qui promenait un bambin dans une poussette : une petite fille avec des couettes retenues par des barrettes en plastique jaune, qui serrait contre elle une poupée avec des ailes bleues striées d'or.

Du coin de l'œil, Clary crut voir les ailes s'agiter. Elle détourna la tête.

— Ce qui signifie, poursuivit Simon, que je suis le dernier célibataire du groupe. Or tu sais que draguer les filles, c'est tout l'intérêt d'être dans un groupe.

— Je croyais que c'était la musique.

Un homme avec une canne lui coupa la route pour s'engager dans Berkeley Street. Clary détourna les yeux de peur qu'il ne lui pousse des ailes, un troisième bras ou une langue fourchue de serpent.

— Et puis, on s'en fiche que tu n'aies pas de copine.

— Non, pas moi, répondit Simon d'un ton morne. Bientôt, je serai le seul célibataire du lycée avec Wendell, le concierge, qui sent le produit pour les vitres.

— Au moins, tu sais qu'il est toujours dispo.

Simon fusilla Clary du regard :

— Ce n'est pas drôle, Fray.

— Il reste Sheila Barbarino, alias « la Ficelle », suggéra Clary.

En troisième, Sheila était assise devant elle en cours de maths. À chaque fois qu'elle se baissait pour ramasser un crayon, ce qui arrivait souvent, Clary avait une vue imprenable sur son string qui dépassait de son jean super taille basse.

— C'est elle, la copine d'Éric, lui apprit Simon. En attendant, il m'a conseillé de jeter mon dévolu sur la fille la mieux roulée et de lui demander de sortir avec moi dès le jour de la rentrée.

— Éric n'est qu'un sale macho, observa Clary, qui n'avait aucune envie de savoir qui, parmi les filles de l'école, répondait à ce critère, d'après Simon. C'est peut-être le nom que vous devriez donner au groupe, les Sales Machos.

— Ça sonne bien, répondit Simon, imperturbable.

Clary lui fit une grimace. Au même moment, son portable se mit à sonner.

— C'est encore ta mère ? demanda Simon.

Clary acquiesça. Elle se représenta sa mère, seule dans l'appartement, et ne put s'empêcher de culpabiliser. Elle leva les yeux vers Simon, qui l'observait avec inquiétude. Son visage lui était si familier qu'elle aurait pu en dessiner les contours les yeux fermés. Elle songea aux semaines de solitude qui l'attendaient, loin de lui, et remit le téléphone dans son sac :

— Viens, on va être en retard pour ta séance de lecture.

3

Chasseur d'Ombres

Quand ils entrèrent au Java Jones, Éric, déjà sur scène, se balançait d'un pied sur l'autre derrière le micro, les yeux mi-clos. Il s'était fait des mèches roses pour l'occasion. Matt, l'air hagard, tapait à contre-rythme sur un djembé.

— Ça promet d'être super nul, chuchota Clary en prenant Simon par la manche pour l'entraîner vers la sortie. Si on se dépêche, on peut encore prendre la fuite.

Simon fit non de la tête, l'air décidé :

— Je suis un homme de parole.

Puis, redressant les épaules :

— Je vais te chercher à boire si tu nous trouves un siège. Qu'est-ce qui te ferait plaisir ?

— Juste un café. Noir comme mon âme.

Simon se dirigea vers le comptoir pendant que Clary allait s'asseoir.

Le café était bondé, pour un lundi : la plupart des fauteuils et des canapés défraîchis étaient réquisitionnés par des adolescents qui profitaient de leurs soirées libres pendant la semaine. L'odeur du café imprégnait l'atmosphère. Clary finit par trouver une causeuse libre dans un coin sombre, au fond de la salle. La seule personne à proximité, une blonde en débardeur orange, était absorbée par son iPod. « Bon, pensa Clary, avec un peu de chance, Éric ne nous trouvera pas ici. »

Soudain, la blonde se pencha pour taper sur l'épaule de Clary :

— Excuse-moi, c'est ton copain ?

En suivant le regard de la fille, Clary se préparait déjà à répondre : « Non, je ne le connais pas », quand elle s'aperçut que cette dernière faisait allusion à Simon. Il se dirigeait vers elles, les traits crispés par la concentration, s'efforçant de ne pas renverser le contenu des gobelets qu'il tenait à la main.

— Euh... non. C'est juste un ami

La fille eut un grand sourire :

— Il est mignon. Il a une copine ?

Clary hésita une seconde de trop avant de secouer la tête. La fille lui jeta un regard suspicieux :

— Il est gay ?

L'arrivée de Simon dispensa Clary de répondre. La blonde s'empressa de lui tourner le dos tandis qu'il posait les gobelets sur la table et s'installait à côté de Clary.

— Je déteste quand ils sont à court de tasses. Ces trucs-là sont bouillants !

Il souffla sur ses doigts en faisant la grimace. Clary, qui l'observait, réprima un sourire. Jusqu'alors, elle ne s'était jamais demandé si Simon était séduisant. Il avait de jolis yeux sombres, et il s'était un peu étoffé au cours de l'année précédente. Avec une bonne coupe de cheveux...

— Pourquoi tu me fixes comme ça ? J'ai quelque chose sur le nez ?

« Je dois le lui dire, songea Clary sans pouvoir s'y résoudre, bizarrement. Je ne serais pas une amie digne de ce nom si je ne le lui disais pas. »

— Ne regarde pas tout de suite, mais la blonde là-bas te trouve mignon, chuchota-t-elle.

Simon jeta un coup d'œil en direction de la fille, qui était plongée dans un magazine de mangas :

— Celle avec le T-shirt orange ?

Clary hocha la tête. Simon semblait dubitatif :

— Qu'est-ce qui te fait penser ça ?

« Dis-lui. Vas-y, dis-lui. » Au moment où Clary ouvrait la bouche pour répondre, elle fut interrompue par un sifflement aigu. Elle se couvrit les oreilles avec une grimace tandis qu'Éric, sur scène, luttait avec son micro.

— Désolé, les gars ! Bon, je m'appelle Éric. Au djembé, c'est mon pote Matt. Mon premier poème s'intitule « Sans titre ».

Avec une expression douloureuse, il se mit à gémir dans le micro :

— Allons, ma force aveugle, allons, mes reins infâmes, déversez votre aride zèle sur chaque protubérance !

Simon se ratatina dans son fauteuil :

— Je t'en prie, ne dis à personne que je le connais.

Clary s'esclaffa :

— Qui utilise encore le mot « infâme » ?

— Éric, répondit Simon d'un ton lugubre. Il le glisse dans tous ses poèmes.

— Turgide est mon tourment ! scanda Éric. L'agonie s'y terre et enfle !

Clary se rapprocha de Simon :

— Bref, à propos de la fille qui te trouve mignon...

— Aucun intérêt, la coupa Simon. Il y a quelque chose dont je veux te parler.

Clary le dévisagea avec surprise.

— Furious Mole n'est pas un nom pour un groupe, dit-elle.

— Rien à voir. C'est au sujet de notre conversation de tout à l'heure. Concernant mon célibat.

— Oh, fit Clary avec un haussement d'épaules. Oh, je ne sais pas. Demande à Jaida Jones de sortir avec toi, suggéra-t-elle, faisant référence à l'une des rares filles de St Xavier qu'elle appréciait. Elle est sympa, et elle t'aime bien.

— Je ne veux pas sortir avec Jaida Jones.

Clary éprouva soudain une bouffée de ressentiment inexplicable :

— Tu n'aimes pas les filles intelligentes ? Tu préfères les idiotes bien roulées ?

— Ce n'est pas ça, répondit Simon, qui semblait perdre patience. Je n'ai pas envie de lui proposer de sortir avec moi parce que ça ne serait pas honnête de ma part...

Il s'interrompit. Clary se pencha vers lui ; du coin de l'œil, elle vit la blonde se pencher, elle aussi, pour mieux entendre.

— Pourquoi ?

— Parce que j'ai quelqu'un d'autre en tête.

— Ah...

Simon avait viré au vert, comme le jour où il s'était cassé la cheville en jouant au foot dans le parc et qu'il avait dû rentrer chez lui en boitant. Clary se demanda pourquoi le fait d'avoir un faible pour quelqu'un le mettait dans un tel état d'anxiété.

— Tu n'es pas gay, si ?

Simon se décomposa :

— Si je l'étais, je serais mieux habillé.

— Alors, qui est-ce ? insista Clary.

Elle était sur le point d'ajouter que s'il était amoureux de Sheila Barbarino, Éric lui arracherait les yeux, quand elle entendit quelqu'un tousser bruyamment derrière elle. C'était une sorte de toux moqueuse, le genre de bruit que l'on fait pour dissimuler un fou rire.

Elle se retourna.

À quelques pas d'elle, elle aperçut Jace, assis sur un canapé vert délavé. Il portait les mêmes vêtements noirs que la veille au club. Ses bras nus étaient couverts de cicatrices. Il avait de grosses menottes aux poignets, et Clary distingua le manche en os d'un couteau dans sa main gauche. Il la regardait droit dans les yeux avec un sourire amusé. Il se moquait d'elle ! En plus, Clary en était absolument certaine, il ne se trouvait pas là cinq minutes plus tôt.

— Qu'est-ce qu'il y a ?

Simon avait suivi son regard. Il était clair, d'après l'expression inchangée de son visage, qu'il ne pouvait pas voir Jace.

« Mais moi, je te vois. » Jace lui fit signe de la main gauche ; un anneau brillait à son doigt. Il se leva et se dirigea d'un pas tranquille vers la porte. Médusée, Clary le regarda s'éloigner.

Elle sentit la main de Simon sur son bras. Elle l'entendit vaguement prononcer son nom, s'inquiéter de ce qui n'allait pas.

— Je reviens tout de suite, s'entendit-elle répondre en se levant d'un bond, oubliant presque de reposer son gobelet de café.

Elle se précipita vers la porte sous le regard hébété de son ami.

Clary sortit en trombe, terrifiée à l'idée que Jace ait disparu tel un fantôme dans les ténèbres de la ruelle. Elle le trouva adossé à un mur. Il venait de sortir un objet de sa poche et appuyait sur des boutons. Il leva des yeux surpris en l'entendant refermer la porte du café derrière elle.

Dans la lumière déclinante du soir, ses cheveux avaient des reflets cuivrés.

— Les poèmes de ton ami sont minables.

Clary le dévisagea sans répondre, prise de court :

— Quoi ?

— J'ai dit : ses poèmes sont minables. On dirait qu'il a avalé un dictionnaire avant de vomir des mots au hasard.

— Je me fiche de ses poèmes ! répondit Clary avec colère. Je veux savoir pourquoi tu me suis.

— Qui a dit que je te suivais ?

— Et, en plus, tu nous écoutais. Est-ce que tu veux bien m'expliquer ce qui se passe, ou dois-je appeler la police ?

— Pour leur dire quoi ? demanda Jace avec mépris. Que des gens invisibles te persécutent ? Crois-moi, petite fille, la police n'ira pas coffrer quelqu'un qu'elle ne peut pas voir.

— Je t'ai déjà dit de ne pas m'appeler petite fille. Moi, c'est Clary.

— Je sais. Joli nom. Du latin *Clara*, claire, pure ! Tu connais le latin ?

— Non, et je ne comprends rien à ce que tu me racontes.

— Tu as beaucoup à apprendre, décréta Jace avec une lueur de mépris dans le regard. Tu n'as pas l'air différente des autres Terrestres, et pourtant tu peux me voir. C'est un mystère.

— C'est quoi, une Terrestre ?

— Quelqu'un qui appartient au monde des humains. Quelqu'un comme toi.

— Toi aussi, tu es humain !

— C'est vrai. Mais je ne suis pas comme toi.

Sa voix ne trahissait aucune agressivité. Il ne paraissait pas se soucier qu'elle le croie.

— Tu t'imagines que tu es supérieur. C'est pour ça que tu t'es moqué de nous.

— J'ai ri parce que les déclarations d'amour m'amusent beaucoup, surtout quand le sentiment n'est pas partagé. Et parce que ton Simon est le plus banal des Terrestres que j'aie rencontré. Enfin, parce que Hodge te soupçonne d'être dangereuse. Sauf que, si c'est le cas, tu n'es certainement pas au courant.

— Moi, dangereuse ? répéta Clary avec stupéfaction. Je t'ai vu tuer quelqu'un hier soir. Je t'ai vu lui enfoncer un couteau dans les côtes, et...

« Et je l'ai vu te lacérer les bras avec ses doigts comme des lames de rasoir. Je t'ai vu saigner, et pourtant, à te regarder, on croirait qu'il ne t'est rien arrivé.

— Je suis peut-être un tueur, répondit Jace, mais, moi, je sais ce que je suis. Peux-tu en dire autant ?

— Je suis un être humain ordinaire, comme tu viens de le faire remarquer. Qui est ce Hodge ?

— Mon professeur. Et, à ta place, j'attendrais avant de me qualifier d'ordinaire. Laisse-moi voir ta main droite.

— Ma main droite ? Si je te la montre, tu me laisseras tranquille ?

— Bien sûr, dit Jace d'un ton moqueur.

Clary tendit la main de mauvaise grâce. Éclairée par la lumière s'échappant des fenêtres voisines, elle était pâle avec ses phalanges piquetées de taches de rousseur. Bizarrement, Clary se sentait aussi nue que si elle avait ôté son T-shirt pour lui montrer sa poitrine. Il lui prit la main et la retourna dans la sienne.

— Rien, dit-il, un peu déçu. Tu n'es pas gauchère, n'est-ce pas ?

— Non, pourquoi ?

Jace lui lâcha la main avec un haussement d'épaules :

— La plupart des enfants de Chasseurs d'Ombres sont marqués sur la main droite – ou gauche, s'ils sont gauchers comme moi – dès leur plus jeune âge d'une rune indélébile qui les dote d'une habileté particulière avec les armes.

Il lui montra le dos de sa main gauche, sans qu'elle détecte quoi que ce soit d'anormal.

— Je ne vois rien.

— Détends-toi. Attends qu'elle vienne à toi, comme on attend qu'un objet remonte à la surface de l'eau.

— Tu es fou !

Elle obéit cependant et se concentra sur la main de Jace, les minuscules lignes des phalanges, les jointures de ses doigts...

Et soudain, un motif noir apparut sur le dos de sa main comme un signal pour piéton qui s'y serait allumé : un motif noir en forme d'œil. Elle cligna des paupières, et le symbole disparut.

— C'est un tatouage ?

Il baissa la main et sourit avec condescendance :

— Peut mieux faire. Ce n'est pas un tatouage, c'est une Marque. Une rune imprimée dans notre peau.

— Et elle améliore le maniement des armes ?

Clary trouvait cette explication difficile à croire, mais pas plus improbable que l'existence des zombies, par exemple.

— Les Marques correspondent à différentes choses. Certaines sont indélébiles, mais la plupart disparaissent une fois qu'elles ont été utilisées.

— C'est pour ça que je ne vois pas de symboles sur ton bras aujourd'hui ? Même quand je me concentre dessus ?

— Exactement. Je savais bien que tu possédais la Seconde Vue.

Jace regarda le ciel :

— Il fait presque nuit. On devrait y aller.

— On ? Tu m'avais dit que tu me laisserais tranquille.

— J'ai menti, répondit-il sans la moindre gêne.

Hodge m'a donné l'ordre de te ramener à l'Institut avec moi. Il veut te parler.

— Pourquoi ça ?

— Parce que tu connais la vérité, désormais. Ça fait au moins cent ans que nous n'avons pas croisé un Terrestre qui connaissait notre existence.

— *Notre* existence ? Tu veux parler des gens de ton espèce ? De ceux qui croient aux démons ?

— De ceux qui les tuent. Nous sommes des Chasseurs d'Ombres. Enfin, c'est comme ça que nous nous faisons appeler. Les Créatures Obscures ont des termes moins flatteurs.

— Les Créatures Obscures ?

— Les Enfants de la Nuit. Les sorciers. Le peuple des fées. Les êtres magiques de cette dimension.

Clary secoua la tête :

— Attends, je parie qu'il y a aussi des vampires, des loups-garous et des zombies ?

— Évidemment. Bien qu'on trouve ces derniers plus au sud, là où vivent les prêtres vaudous.

— Et les momies ? Il n'y en a qu'en Égypte ?

— Ne sois pas ridicule ! Personne ne croit aux momies. Écoute, Hodge t'expliquera tout ça quand tu le verras.

— Et si, moi, je n'ai pas envie de le voir ? lança Clary en croisant les bras.

— C'est ton problème. Je t'emmène, de gré ou de force.

Clary n'en croyait pas ses oreilles :

— Tu menaces de me kidnapper ?

— Vu de cette manière, oui.

Clary allait protester avec véhémence, mais elle en fut empêchée par la sonnerie stridente de son téléphone.

— Vas-y, réponds, si tu veux, dit Jace, magnanime.

La sonnerie s'interrompit pour reprendre quelques secondes plus tard. Clary fronça les sourcils : sa mère devait être terriblement inquiète. Se détournant de Jace, elle se mit à fouiller dans son sac et en sortit son appareil :

— Maman ?

— Oh, Clary. Oh, Dieu merci.

Clary sentit un frisson de panique lui parcourir l'échine. Sa mère semblait affolée.

— Tout va bien, maman. J'arrive, je suis en route...

— Non ! s'écria Jocelyne d'une voix étranglée. Ne rentre pas à la maison ! Tu m'entends, Clary ? Ne rentre surtout pas à la maison. Va chez Simon. Va directement chez lui, et reste là-bas jusqu'à ce que je puisse...

Un bruit de fond couvrit sa voix : celui d'un objet lourd qui se fracasse sur le sol.

— Maman ! cria Clary. Maman, tu vas bien ?

Un bourdonnement assourdissant retentit dans le combiné. La voix de Jocelyne s'éleva au-dessus du vacarme :

— Promets-moi de ne pas rentrer à la maison. Va chez Simon et appelle Luke... Dis-lui qu'il m'a retrouvée...

Ses paroles furent noyées sous un raffut terrible, comme du bois qui explose sous un choc.

— Qui t'a retrouvée ? Maman, tu as appelé la police ? Tu as... ?

Clary fut interrompue par un bruit qui devait rester gravé dans sa mémoire : un sifflement sonore, suivi d'un choc sourd. Elle entendit la respiration affolée de sa mère, puis sa voix, étrangement calme :

— Je t'aime, Clary.

Ensuite son téléphone s'éteignit.

— Maman ! cria Clary. Maman, tu es là ?

« Fin de l'appel », annonça l'écran. Pourquoi sa mère avait-elle raccroché ainsi ?

— Clary, qu'est-ce qui se passe ? demanda Jace.

C'était la première fois qu'elle l'entendait l'appeler par son prénom. Sans lui prêter attention, elle appuya fiévreusement sur le bouton « rappel » de son portable. Mais elle ne perçut que le signal « occupé ».

Ses mains se mirent à trembler. Alors qu'elle essayait de recomposer le numéro de sa mère, le téléphone lui glissa des mains et se fracassa sur le trottoir. Elle s'agenouilla pour le ramasser ; malheureusement, il était hors d'usage. Au bord des larmes, elle jeta l'appareil au loin.

— Arrête, dit Jace en la relevant. Qu'est-ce qui s'est passé ?

— Donne-moi ton portable, dit Clary en s'emparant de l'objet en métal noir qui dépassait de la poche de sa chemise. Il faut que...

— Ce n'est pas un téléphone, dit Jace sans faire mine de le récupérer. C'est un Détecteur. Tu ne sauras pas t'en servir.

— Il faut que je prévienne la police !

— D'abord, raconte-moi ce qui s'est passé.

Clary tenta de se dégager, en vain : il lui tenait le bras d'une poigne d'acier.

— Je peux t'aider, fit-il.

Clary sentit une rage aveugle s'emparer d'elle. Sans même réfléchir, elle se jeta sur Jace et lui lacéra les joues de ses ongles. La surprise le fit reculer. Après s'être dégagée brusquement, elle courut en direction des lumières de la Septième Avenue.

Une fois dans la rue, elle se retourna, s'attendant presque à trouver Jace sur ses talons. Mais la ruelle était déserte. Pendant un instant, elle scruta les ténèbres, hésitante. Comme rien ne bougeait, elle pivota sur ses talons et courut en direction de sa maison.

4
Le Vorace

La nuit s'était encore réchauffée, et courir lui donnait l'impression de nager dans de la soupe. Au coin de sa rue, elle dut s'arrêter au passage piéton. Elle attendit en trépignant que le signal passe au vert tandis que les voitures défilaient dans un ballet de phares. Elle voulut rappeler chez elle, mais Jace n'avait pas menti : son téléphone n'en était pas un. Ou du moins, il ne ressemblait à aucun des téléphones que Clary avait pu voir jusqu'à présent. Les boutons du Détecteur ne comportaient pas de chiffres, mais des symboles bizarres, et il n'y avait pas d'écran.

En remontant la rue au pas de course jusque chez elle, elle vit que les fenêtres du premier étage étaient éclairées : signe que sa mère était à la maison. « OK, se dit-elle. Tout va bien. » Elle sentit son estomac se nouer en entrant dans l'immeuble. L'ampoule du plafonnier avait grillé, et le hall était plongé dans l'obscurité. Les ténèbres semblaient dissimuler quelque présence secrète. Clary commença à monter les escaliers en tremblant.

— Où allez-vous ? demanda une voix derrière elle.

Clary fit volte-face. Comme ses yeux commençaient à s'habituer à l'obscurité, elle distingua la forme d'un grand fauteuil installé devant la porte close de Mme Dorothea. Bien calée dans son siège, la vieille femme ressemblait à un gros coussin. Dans l'obscurité, Clary ne voyait que les contours ronds de son visage poudré, l'éventail en dentelle blanche qu'elle tenait à la main, et le trou béant de sa bouche quand elle reprit la parole :

— Ta mère fait un sacré raffut là-haut. Qu'est-ce qu'elle fabrique ? Elle déplace les meubles ?

— Je ne crois pas...

— Et l'ampoule de la cage d'escalier a grillé, tu avais remarqué ?

Dorothea tapota le bras du fauteuil de son éventail :

— Est-ce que ta mère peut faire venir son petit ami pour la changer ?

— Luke n'est pas...

— Et la verrière a besoin d'un coup de chiffon, elle est très sale. Pas étonnant qu'il fasse noir comme dans un four, ici.

« Luke n'est pas le propriétaire », eut envie de répondre Clary, outrée par cette attitude, typique de sa voisine. Une fois qu'elle aurait fait venir Luke pour changer l'ampoule, elle lui donnerait d'autres corvées : faire ses courses chez l'épicier, changer le joint de sa douche... Un jour, elle lui avait fait découper à la hache un vieux canapé qu'elle voulait sortir de l'appartement sans avoir à démonter la porte.

— Je lui dirai, répondit Clary en soupirant.

— Tu ferais bien.

Dorothea referma son éventail d'un mouvement brusque du poignet.

L'inquiétude de Clary grandit encore lorsqu'elle arriva sur son palier. Un rai de lumière filtrait par la porte entrouverte. Elle entra, la peur au ventre.

À l'intérieur, toutes les lumières étaient allumées, répandant une clarté aveuglante qui lui fit mal aux yeux.

Les clés de sa mère ainsi que son sac rose étaient posés sur la petite étagère en fer forgé près de la porte, à l'endroit où elle les laissait toujours.

— Maman ? appela Clary. Maman, je suis là !

Pas de réponse. Clary entra dans le salon. Les deux fenêtres étaient ouvertes, et la brise agitait le voilage blanc des rideaux. Soudain, le vent tomba, les rideaux s'immobilisèrent ; Clary s'aperçut que les coussins avaient été éventrés et leurs entrailles éparpillées dans la pièce. Les étagères avaient été renversées, leur contenu jeté par terre. Le banc du piano gisait sur le côté, et les partitions chéries de Jocelyne avaient subi le même sort que le reste.

Mais le plus terrifiant, c'étaient les tableaux. Tous avaient été arrachés de leur cadre et lacérés : des fragments de toile gisaient sur le sol. Le vandale avait dû se servir d'un couteau, la toile étant trop résistante pour être déchirée à mains nues. Les cadres vides faisaient penser à des squelettes nettoyés de leur chair. Clary sentit sa gorge se serrer.

— Maman ! gémit-elle. Où es-tu ? Maman !

Le cœur battant, elle se précipita dans la cuisine. Elle était vide. Les placards étaient ouverts, et les débris d'une bouteille de Tabasco gisaient sur le lino parmi des traînées de sauce rouge. Les genoux de Clary se dérobèrent sous elle. Elle savait qu'elle devait quitter l'appartement sans attendre, trouver un téléphone, appeler la police. Mais tout cela lui semblait si irréel ! Il lui fallait d'abord retrouver sa mère, s'assurer qu'elle allait bien. Et si des cambrioleurs étaient entrés, si sa mère s'était battue... ?

Mais quels étaient les cambrioleurs qui partaient sans emporter un portefeuille, ou encore la télé, le lecteur DVD, l'ordinateur portable hors de prix ?

Elle se dirigea vers la chambre de sa mère. Cette pièce au moins était restée intacte. L'édredon fleuri cousu par Jocelyne était soigneusement plié sur sa couette. Dans un cadre posé sur la table de nuit, une Clary de cinq ans souriait, petit visage encadré de boucles rousses avec des dents manquantes. Un sanglot lui noua la gorge. « Maman, gémit une voix dans sa tête, qu'est-ce qui t'est arrivé ? »

Le silence lui répondit. Non, pas le silence... Un bruit résonna soudain dans l'appartement, et Clary sentit ses cheveux se dresser sur sa tête. On aurait dit qu'un objet lourd venait de heurter le sol. Puis elle entendit une espèce de frottement, comme si quelque chose rampait en direction de la chambre. L'estomac noué par la peur, elle se retourna lentement.

Ne voyant personne dans l'embrasure de la porte, elle poussa un soupir de soulagement. Puis elle baissa les yeux.

Tapie sur le sol, une longue créature couverte d'écailles la fixait de ses innombrables yeux noirs enfoncés dans son crâne arrondi. La chose, à mi-chemin entre un alligator et un mille-pattes, avait un gros museau aplati et une queue terminée par un dard qui fouettait l'air de façon menaçante. Campée sur ses nombreuses pattes, elle était prête à bondir.

Un hurlement déchira la gorge de Clary. Elle recula en titubant, trébucha et tomba au moment où la créature se jetait sur elle. La jeune fille roula sur le côté, le monstre la manqua d'un cheveu et glissa en labourant le parquet de ses griffes. Il fit entendre un grondement sourd.

Clary se releva tant bien que mal et s'élança vers le hall. Mais la chose était plus rapide qu'elle. Elle bondit de nouveau, et se posa au-dessus de la porte, où elle resta suspendue telle une énorme araignée malfaisante, fixant Clary de ses innombrables yeux. Elle ouvrit lentement la gueule, révélant une rangée de crocs dégoulinant de bave verdâtre, puis darda une langue noire tout en sifflant et en gargouillant. Horrifiée, Clary s'aperçut que les sons émis par la créature étaient en réalité des mots.

— Petite fille, sifflait-elle. Chair. Sang. Manger, oh, manger.

Elle descendit peu à peu le long du mur. Clary, qui avait passé le stade de la terreur, était figée dans une espèce de torpeur glacée. Reculant de quelques pas, elle s'empara d'une photo encadrée posée sur le bureau à côté d'elle – elle, sa mère et Luke à Coney Island, juste avant de monter dans les autos tamponneuses – et la jeta sur le monstre.

Le cadre rebondit sur la créature et alla s'écraser sur le sol dans un bruit de verre brisé. Elle ne parut pas s'en apercevoir et continua sa lente progression en faisant craquer le verre sous ses pattes.

— Lui broyer les os, en sucer la moelle, boire à ses veines...

Le dos de Clary toucha le mur. Elle ne pouvait plus reculer. Elle sentit quelque chose bouger dans sa poche et sursauta. Fouillant dedans, elle en sortit l'objet en plastique qu'elle avait dérobé à Jace. Le Détecteur vibrait comme un téléphone portable. Il était si chaud qu'il lui brûlait presque la paume. Elle referma sa main dessus au moment où la créature bondissait sur elle.

Clary tomba en arrière, et sa tête et ses épaules heurtèrent le sol. Elle essaya de rouler sur le côté, mais la créature était trop lourde : elle l'écrasait de tout son poids. Son contact visqueux lui donna la nausée.

— Manger, manger, grognait le monstre. Mais c'est interdit, de se régaler.

Son haleine chaude puait le sang. Clary était au bord de l'asphyxie, elle avait l'impression que ses côtes allaient exploser. Sa main qui tenait le Détecteur était coincée sous le corps de la bête ; elle se débattit pour tenter de la dégager.

— Valentin n'en saura rien, sifflait la créature. Il n'a jamais parlé d'une petite fille. Valentin ne se mettra pas en colère.

Elle ouvrit lentement la gueule en soufflant son haleine pestilentielle dans la figure de Clary.

Celle-ci parvint enfin à libérer sa main. Avec un hurlement, elle frappa la chose pour l'aveugler. Elle avait presque oublié le Détecteur. Comme la créature avançait vers elle sa gueule béante, elle lui planta l'objet dans la mâchoire, et sentit des gouttes de salive acide dégouliner sur son poignet, son visage et sa gorge. Elle s'entendit crier comme de très loin.

L'air presque étonné, la créature recula d'un bond, le Détecteur logé entre ses crocs. Elle poussa un grognement furieux et rejeta la tête en arrière. Clary la vit avaler l'objet d'un seul mouvement de la gorge. « Ensuite, c'est à moi, pensa-t-elle, affolée. C'est à moi... »

Cependant sans crier gare, la chose commença soudain à se convulser. Secouée de spasmes incontrôlables, elle tomba sur le dos, battant l'air de ses nombreuses pattes, tandis qu'un liquide noir s'écoulait de sa gueule.

Haletante, Clary roula sur le côté et se releva péniblement. Elle avait presque atteint la porte quand elle entendit quelque chose siffler au-dessus de sa tête. Elle voulut se baisser, mais il était trop tard. Quelque chose heurta sa nuque, et elle sombra dans les ténèbres.

Des lumières bleues, blanches, rouges lui transperçaient les paupières. Il y eut un bruit aigu qui s'amplifia comme le hurlement d'un enfant terrifié. Clary eut un haut-le-cœur et ouvrit les yeux.

Elle était allongée sur l'herbe humide et glacée. Dans le ciel nocturne au-dessus de sa tête, l'éclat argenté des étoiles était éclipsé par les lumières de la ville. Jace était agenouillé près d'elle. Les menottes qui entravaient ses poignets projetaient des reflets argentés tandis qu'il déchirait le bout de tissu qu'il tenait dans ses mains.

— Ne bouge pas.

Clary grimaça : le hurlement dans ses oreilles lui déchirait les tympans. Elle désobéit, tourna la tête, et une douleur fulgurante lui parcourut le dos. Elle gisait sur un carré d'herbe derrière les rosiers soigneusement entretenus de Jocelyne. Le feuillage masquait en partie la rue, où une voiture de police garée le long du trottoir, le gyrophare allumé, faisait hurler sa sirène. Un petit groupe de voisins s'était déjà rassemblé devant l'immeuble quand deux policiers en uniforme sortirent de la voiture.

La police. Clary tenta de se redresser et eut un autre haut-le-cœur.

— Je t'ai dit de ne pas bouger ! pesta Jace. Ce Vorace t'a eue à la nuque, mais il n'a pas eu le temps de te tuer. Il faut qu'on t'emmène à l'Institut. Tiens-toi tranquille.

— Cette chose... le monstre... Il a parlé !

Clary se mit à trembler de façon incontrôlable.

— Tu as déjà entendu parler un démon ?

Avec des gestes délicats, Jace glissa la bande de tissu sous la nuque de Clary et la noua autour de son cou. Elle était enduite d'une substance cireuse qui lui rappelait le baume qu'utilisait sa mère pour hydrater ses mains abîmées par la peinture et l'essence de térébenthine.

— Le démon du Charivari avait l'apparence d'un être humain, lui.

— C'était un Eidolon. Ils changent de forme à leur guise. Les Voraces ne peuvent pas changer d'apparence. Pas très jolis à regarder, mais ils sont trop bêtes pour s'en soucier.

— Il a dit qu'il allait me dévorer.

— Mais il ne l'a pas fait. Tu l'as tue.

Jace finit de nouer le bandage et s'assit. Au grand soulagement de Clary, la douleur dans son cou se calma. Elle se redressa tant bien que mal :

— La police est là. On devrait...

— Ils ne peuvent rien pour toi. Quelqu'un a dû t'entendre crier et les a prévenus. Neuf fois sur dix, ce ne sont pas de véritables policiers. Les démons n'ont pas leur pareil pour dissimuler leurs traces.

— Ma mère, parvint à articuler Clary malgré sa gorge enflée.

— Le poison du Vorace circule dans tes veines en ce moment même. Tu seras morte dans une heure si tu ne viens pas avec moi.

Jace se releva et lui tendit la main pour l'aider à se mettre debout :

— Viens.

La terre commença à valser. Jace passa un bras autour des épaules de Clary pour la soutenir. Une odeur de saleté, de sang et de métal émanait de lui.

— Tu peux marcher ?

— Oui, je crois.

Clary jeta un coup d'œil à travers les buissons épais. Elle vit les deux policiers s'avancer dans l'allée. L'un des agents, une femme blonde et mince, tenait une torche électrique. Quand elle eut levé sa torche, Clary s'aperçut que sa main était décharnée comme celle d'un squelette.

— Sa main...

— Je t'avais bien dit que le plus souvent on avait affaire à des démons. Est-ce qu'on peut passer par la ruelle ?

Clary secoua la tête :

— C'est muré. Il n'y a pas d'issue...

Ses mots furent noyés par une quinte de toux. Elle porta la main à sa bouche et s'aperçut qu'elle était rouge de sang. Elle poussa un gémissement.

Jace lui saisit le poignet et le retourna pour exposer la chair pâle et vulnérable de l'intérieur de son bras au clair de lune. Le réseau de veines bleues qui se dessinait sous la peau acheminait le sang empoisonné jusqu'à son cœur et son cerveau. Clary sentit ses genoux se dérober sous elle. Elle s'aperçut que Jace avait un objet tranchant à la main. Elle tenta de se dégager, mais il la retint d'une poigne de fer. Elle sentit quelque chose transpercer sa chair. Lorsqu'il relâcha son étreinte, elle constata qu'un symbole noir semblable à ceux qui couvraient sa peau à lui était imprimé dans le creux de son poignet. Il était constitué de cercles concentriques.

— À quoi ça sert ?

— À te rendre invisible, répondit Jace. Temporairement.

Il glissa dans sa ceinture l'objet que Clary avait d'abord pris pour un couteau. C'était un long cylindre lumineux de l'épaisseur d'un doigt, acéré à une extrémité.

— C'est ma stèle, expliqua-t-il.

Clary, trop occupée à se concentrer pour ne pas tomber à la renverse, n'en demanda pas davantage. Le sol bougeait sous ses pieds.

— Jace, gémit-elle en s'affaissant contre lui.

Il la rattrapa sans difficulté, comme si venir à la rescousse des filles qui tombaient dans les pommes faisait partie de ses activités quotidiennes. Et c'était peut-être le cas. Il la prit dans ses bras et lui murmura quelque chose à l'oreille : Clary crut l'entendre prononcer le mot « Alliance ». Elle releva la tête, mais ne vit que les étoiles danser dans le ciel noir. Puis tout se brouilla, et même l'étreinte de Jace ne put l'empêcher de tomber.

5

L'Enclave et l'Alliance

— Tu crois qu'elle va se réveiller ? Ça fait déjà trois jours !

— Donne-lui un peu de temps. Le poison démoniaque est puissant, et ce n'est qu'une Terrestre. Elle n'a pas de runes qui la protègent, comme nous.

— Les Terrestres meurent d'un rien, j'ai l'impression.

— Tais-toi, Isabelle ! Tu sais que ça porte malheur, de parler de mort dans la chambre d'un malade.

« Trois jours », songea Clary, plongée dans un brouillard profond. Son cerveau, comme englué, fonctionnait au ralenti. « Il faut que je me réveille. »

Mais elle s'en sentait bien incapable.

Ses rêves la retenaient, l'un après l'autre, une rivière d'images qui l'emportait telle une feuille morte malmenée par le courant. Elle vit sa mère allongée sur un lit d'hôpital, les yeux cernés d'ecchymoses, le visage blême. Elle vit Luke, juché sur un tas d'ossements. Jace, une paire d'ailes blanches et duveteuses dans le dos. Isabelle, assise, nue, son fouet d'or enroulé autour d'elle, Simon, ses paumes ouvertes marquées d'une croix au fer rouge. Des anges en flammes. Des anges tombant du ciel.

— Je t'avais bien dit que c'était la même fille.

— Je sais. Une pauvre petite chose, hein ? Jace prétend qu'elle a tué un Vorace.

— Oui. La première fois que je l'ai vue, j'ai cru qu'il s'agissait d'une fée. Mais elle n'est pas assez jolie.

— Eh bien, on ne peut pas dire que ça aide, d'avoir du poison démoniaque dans les veines. Est-ce que Hodge a l'intention d'appeler les Frères ?

— J'espère que non. Ils me donnent la chair de poule. Se mutiler, comme ça...

— Nous aussi, on se mutile.

— Je sais, Alec, mais ce n'est pas permanent. Et ça ne fait pas toujours mal...

— Avec l'âge, oui. À propos, où est Jace ? C'est lui qui l'a sauvée, non ? Je pensais qu'il viendrait prendre de ses nouvelles.

— Hodge m'a dit qu'il n'est pas venu la voir depuis qu'il l'a amenée ici. Il doit s'en moquer.

— Parfois je me demande s'il... Regarde ! Elle a bougé !

— Il faut croire qu'elle vivra, en fin de compte.

Soupir.

— Je vais prévenir Hodge

Clary avait l'impression que ses paupières étaient scellées. En les ouvrant, elle sentit presque sa peau se déchirer. Elle cligna des yeux pour la première fois depuis trois jours.

Elle distingua un ciel d'un bleu limpide au-dessus de sa tête, ainsi que des nuages vaporeux et des anges potelés avec des rubans dorés noués autour des poignets. « Suis-je morte ? se demanda-t-elle. Le paradis ressemble donc à ça ? » Elle ferma les yeux pour les ouvrir de nouveau. Cette fois, elle comprit qu'elle contemplait un plafond voûté, sur lequel étaient peints des nuages et des chérubins.

Elle se redressa avec difficulté. Chaque parcelle de son corps la faisait souffrir, en particulier sa nuque. Elle regarda autour d'elle. Elle était allongée sur un lit en fer recouvert d'un drap de lin, au milieu d'une longue rangée de lits identiques. Sur une petite table à côté de son lit étaient posés un pichet en porcelaine et une tasse. Des rideaux de dentelle suspendus aux fenêtres masquaient la vue, mais elle discernait le faible ronronnement du trafic au-dehors, omniprésent à New York.

— Alors, tu t'es enfin réveillée, dit une voix cassante. Hodge sera content de l'apprendre. Nous pensions tous que tu finirais par mourir dans ton sommeil.

Clary tourna la tête. Isabelle était perchée sur le lit voisin. Ses longs cheveux de jais étaient divisés en deux nattes épaisses qui tombaient plus bas que sa taille. Sa robe blanche avait fait place à un jean et un haut bleu moulant, mais le pendentif rouge brillait toujours à son cou. Ses tatouages avaient disparu ; sa peau était lisse et aussi blanche que le lait.

— Désolée de te décevoir, répondit Clary d'une voix enrouée. C'est donc ça, l'Institut ?

Isabelle leva les yeux au ciel :

— Est-ce qu'il y a au moins une chose que Jace ne t'aurait pas dite ?

Clary partit d'une quinte de toux :

— Donc, c'est l'Institut ?

— Oui. Tu es à l'infirmerie, tu l'auras sans doute deviné.

Clary grimaça, ressentant une douleur cuisante à l'estomac. Isabelle la dévisagea avec inquiétude :

— Tu as mal ?

La douleur reflua, mais Clary éprouvait une sensation d'acidité dans la gorge et la tête lui tournait.

— Mon ventre...

— Ah oui. J'ai failli oublier. Hodge m'a dit de te donner ça à ton réveil.

Isabelle prit le pichet en porcelaine et versa une partie de son contenu dans la tasse, qu'elle tendit à Clary. C'était un liquide trouble et fumant qui, outre une odeur d'herbes, dégageait un parfum puissant et mystérieux.

— Tu n'as rien mangé depuis trois jours, fit remarquer Isabelle. C'est sans doute pour cette raison que tu te sens mal.

Clary trempa ses lèvres dans la tasse. Le breuvage riche, délicieux, réconfortant, avait un arrière-goût de beurre.

— Qu'est-ce que c'est ?

Isabelle haussa les épaules :

— Oh, une des tisanes de Hodge. Elles font toujours de l'effet.

Elle sauta sur le sol avec une grâce féline :

— Au fait, je m'appelle Isabelle Lightwood. J'habite ici.

— Je connais ton nom. Moi, c'est Clary. Clary Fray. C'est Jace qui m'a amenée ici ?

Isabelle hocha la tête :

— Hodge était furieux ; tu as mis du sang et de l'ichor partout sur le tapis de l'entrée. Si Jace avait fait un coup de ce genre en présence de mes parents, il aurait été puni, tu peux en être certaine.

Elle examina Clary plus attentivement :

— Il prétend que tu as tué ce Vorace toute seule.

Une image fugitive de la chose et de son horrible tête s'insinua dans l'esprit de Clary : elle frissonna en serrant sa tasse dans ses doigts.

— Je crois qu'il dit vrai.

— Pourtant, tu n'es qu'une Terrestre !

— C'est fou, hein ? dit Clary en savourant l'étonnement à peine masqué qui se peignait sur le visage d'Isabelle. Où est Jace ? Il est dans les parages ?

— Il est quelque part par là. Je devrais aller prévenir les autres que tu t'es réveillée. Hodge voudra sûrement te parler.

— Hodge est le professeur de Jace, c'est ça ?

— Hodge est notre professeur à tous. La salle de bains est là-bas. J'ai laissé de vieux vêtements à moi sur le porte-serviettes au cas où tu aurais envie de te changer.

Clary voulut prendre une autre gorgée de sa tisane, mais elle s'aperçut que sa tasse était vide. La faim ne la tenaillait plus et ses vertiges avaient disparu, à son grand soulagement. Elle reposa la tasse et rassembla les draps autour d'elle.

— Qu'avez-vous fait de mes vêtements ?

— Ils étaient couverts de sang et de poison. Jace les a brûlés.

— Ah bon ? Dis-moi, il est toujours aussi grossier, ou il réserve ses mauvaises manières aux Terrestres ?

— Oh, il est comme ça avec tout le monde, répondit gaiement Isabelle. C'est ce qui fait son charme. Ça et le fait qu'il a tué plus de démons que n'importe qui d'autre du même âge.

Clary la dévisagea avec perplexité :

— Ce n'est pas ton frère ?

Isabelle éclata de rire :

— Jace ? Mon frère ? D'où tiens-tu cette idée ?

— Eh bien, il vit ici avec vous, non ?

— Oui, mais...

— Pourquoi n'habite-t-il pas avec ses parents ?

Pendant un bref instant, Isabelle parut mal à l'aise.

— Parce qu'ils sont morts.

— Comment ? Dans un accident ?

Isabelle, nerveuse, repoussa une mèche de cheveux noirs derrière son oreille.

— Sa mère est morte à sa naissance. Son père s'est fait assassiner quand Jace avait dix ans. Il a assisté à la scène.

— Oh, fit Clary d'une petite voix. C'étaient des... démons ?

Isabelle fit un pas en arrière :

— Écoute, je dois aller prévenir les autres que tu es réveillée. Ça fait trois jours qu'ils attendent que tu ouvres les yeux. Oh, et il y a du savon dans la salle de bains. Il faut que tu fasses une toilette. Tu sens mauvais.

Clary lui jeta un regard noir :
— Merci beaucoup.
— De rien.

Les vêtements d'Isabelle étaient ridicules. Clary dut rouler le bas de son jean pour éviter de marcher dessus. Le décolleté plongeant de son haut rouge accentuait son manque de « pare-chocs », pour reprendre l'expression d'Éric.

Elle se lava dans la petite salle de bains avec un morceau de savon à la lavande. Elle trouva bien une serviette, mais pas de séchoir : elle resta avec les cheveux humides et emmêlés. Contemplant son reflet dans le miroir, elle constata qu'elle avait un bleu violacé sur la joue gauche et les lèvres sèches et enflées.

« Il faut que j'appelle Luke », songea-t-elle. Ils la laisseraient peut-être se servir de leur téléphone après sa discussion avec Hodge.

Elle trouva ses tennis au pied de son lit d'hôpital, ses clés nouées aux lacets. Après les avoir enfilés, elle prit une grande inspiration et se lança à la recherche d'Isabelle.

Le couloir de l'infirmerie était vide. Clary examina les lieux, un peu désarçonnée. C'était un de ces couloirs mal éclairés et interminables qu'elle arpentait parfois dans ses cauchemars. Des lampes en verre soufflé en forme de rose étaient fixées aux murs, l'air sentait la poussière et la cire de bougie.

Il lui sembla entendre au loin le tintement délicat d'un carillon éolien pris dans une tempête. Elle s'avança lentement dans le couloir en s'appuyant au mur. Le papier peint de style victorien bordeaux et gris était usé par les ans. De chaque côté du couloir s'alignaient des portes closes.

Les sons qu'elle suivait s'amplifiaient à mesure qu'elle progressait : c'était en réalité un air de piano joué par intermittence avec une maîtrise indéniable.

Arrivée au coin du couloir, elle trouva une porte grande ouverte qui donnait sur une salle de musique. Un grand piano occupait un angle de la pièce ; des chaises étaient disposées de part et d'autre. Une harpe protégée par un drap trônait au centre de la salle.

Assis au piano, Jace promenait ses longs doigts sur le clavier. Pieds nus, en jean et T-shirt gris, il avait les cheveux ébouriffés comme s'il sortait du lit. Tout en observant les mouvements rapides et assurés de ses mains, Clary songea que ces mêmes mains l'avaient soulevée de terre tandis que les étoiles dansaient autour d'elle telle une pluie de guirlandes argentées.

Elle avait dû trahir sa présence, car Jace se retourna pour scruter la semi-obscurité.

— Alec ? C'est toi ?

— Non, c'est moi, Clary, répondit-elle en s'avançant dans la pièce.

Jace se leva. Les touches du piano tintèrent.

— Notre Belle au Bois dormant s'est réveillée ! Qui t'a embrassée ?

— Personne, je me suis débrouillée toute seule.

— Il y avait quelqu'un avec toi ?

— Oui, Isabelle. Elle est allée chercher quelqu'un... Hodge, je crois. Elle m'a demandé de l'attendre, mais...

— J'aurais dû l'avertir que tu ne fais jamais ce qu'on te demande !

Il l'examina du coin de l'œil :

— Ce sont les vêtements d'Isabelle ? Tu es ridicule là-dedans.

— Je te rappelle que tu as brûlé les miens.

— Simple précaution.

Il referma le couvercle noir du piano :

— Viens, je t'emmène voir Hodge.

L'Institut était un endroit immense et caverneux, qui ne donnait pas l'impression d'avoir été bâti d'après un plan d'architecte : on aurait pu penser qu'il s'était naturellement creusé dans la roche sous l'action de l'eau et du temps. Par les portes entrebâillées, Clary entrevit d'innombrables pièces identiques, chacune meublée d'un lit, d'une table de nuit et d'une grande armoire en bois ouverte aux quatre vents. De hauts plafonds voûtés étaient gravés de minuscules motifs. Clary remarqua que certains d'entre eux revenaient régulièrement : des anges, des épées, des soleils et des roses.

— Pourquoi y a-t-il autant de chambres ici ? voulut-elle savoir. Je croyais que cet endroit était un institut de recherche.

— Nous sommes dans l'aile résidentielle. Nous nous sommes engagés à fournir un logement sûr à tous les Chasseurs d'Ombres qui en font la demande. Ces murs peuvent héberger jusqu'à deux cents personnes.

— Mais la plupart de ces chambres sont vides.

— Les gens vont et viennent. Personne ne reste bien longtemps. En temps normal, il n'y a que nous : Alec, Isabelle, Max, leurs parents, Hodge et moi.

— Max ?

— Tu as rencontré la jolie Isabelle ? Alec est son frère aîné. Max est le benjamin. Il est parti à l'étranger avec ses parents.

— Ils sont en vacances ?

Jace hésita :

— Pas exactement. Considère-les comme... comme des diplomates étrangers, et cet endroit comme une ambassade, en quelque sorte. En ce moment même, ils séjournent dans le pays d'origine des Chasseurs d'Ombres, où ils conduisent des négociations de paix très délicates. Ils ont emmené Max avec eux parce qu'il est trop jeune pour rester ici.

— Le pays d'origine des Chasseurs d'Ombres ? Comment s'appelle-t-il ?

— Idris.

— Je n'en ai jamais entendu parler.

— Je ne vois pas comment tu aurais pu, rétorqua Jace avec ce ton de supériorité agaçant qui le caractérisait. Les Terrestres ne connaissent pas son existence. Des boucliers – des sortilèges de protection, si tu préfères – en protègent les frontières. Si tu essayais d'entrer dans le pays, tu serais transportée instantanément d'une frontière à l'autre, sans même t'en apercevoir.

— Alors, Idris ne figure sur aucune carte ?

— Pas sur les cartes terrestres. Disons que c'est un petit pays situé entre la France et l'Italie.

— Mais il n'y a pas de pays entre la France et l'Italie.

— Précisément.

— J'imagine que tu es déjà allé là-bas.

— J'y ai grandi, comme la plupart d'entre nous, répondit Jace sans manifester la moindre émotion.

Cependant quelque chose dans le ton de sa voix laissait deviner que d'autres questions seraient mal accueillies.

— Bien entendu, reprit-il, les Chasseurs d'Ombres sont disséminés aux quatre coins du globe. Notre présence est nécessaire partout, car on trouve de l'activité démoniaque de toutes parts. Mais pour un Chasseur d'Ombres, Idris reste la terre ancestrale.

— Un peu comme La Mecque ou Jérusalem, dit Clary d'un ton pensif. Alors, vous êtes élevés là-bas, et une fois grands...

— ... on nous envoie là où on a besoin de nous. Ils sont rares, ceux qui, à l'instar d'Isabelle et d'Alec, grandissent loin du pays natal, parce que c'est là que se trouvent leurs parents. Avec toutes les ressources de l'Institut ici et l'enseignement de Hodge...

Il s'interrompit.

— Voici la bibliothèque.

Ils étaient arrivés devant une succession de lourdes portes en bois. Un chat persan dormait, roulé en boule, devant l'une d'elles. Il leva la tête à leur approche et poussa un miaulement en écarquillant ses yeux jaunes.

— Salut, Church, dit Jace en le caressant de son pied nu.

Le félin ferma les paupières de plaisir.

— Attends ! fit Clary. Alec, Isabelle et Max sont donc les seuls Chasseurs d'Ombres de ton âge que tu fréquentes ?

Jace suspendit son geste :

— Oui.

— Tu dois te sentir un peu seul.

— J'ai tout ce qu'il me faut.

Jace poussa la porte. Après un instant d'hésitation, Clary le suivit à l'intérieur.

La bibliothèque était une salle circulaire avec un haut plafond voûté, qui semblait avoir été aménagée dans une tour. Les murs étaient tapissés de livres ; des échelles montées sur roulettes avaient été installées ici et là contre les étagères. Les volumes en exposition n'étaient pas du genre ordinaire : ils étaient reliés de cuir et de velours, et solidement cadenassés de cuivre et d'argent. La tranche de chaque ouvrage était incrustée de gros joyaux scintillants et enluminée d'or. Leur usure suggérait non seulement qu'ils étaient anciens, mais aussi qu'ils avaient beaucoup servi, et qu'on en avait pris soin.

Le sol de la bibliothèque était décoré de fragments de verre, de marbre et de morceaux de pierres semi-précieuses, le tout formant un motif que Clary ne parvenait pas à identifier. Il aurait pu s'agir de constellations ou encore d'une carte du monde ; il lui faudrait monter au sommet des étagères pour le voir dans son ensemble.

Au centre de la pièce trônait un magnifique bureau en chêne massif, lustré par les ans. La table reposait sur le dos de deux anges, sculptés dans le même bois, aux ailes dorées à l'or fin. Leur visage exprimait la souffrance, comme si le poids de la table leur rompait le dos. Derrière le bureau était assis un homme maigre aux cheveux striés de gris et au nez en bec d'oiseau.

— Je vois qu'on aime les livres ! dit-il en souriant à Clary. Tu ne me l'avais pas dit, Jace.

Dans le dos de Clary, Jace fit entendre un petit gloussement. Même sans le voir, elle se le représentait les mains dans les poches, avec sur les lèvres ce sourire exaspérant dont il avait le secret.

— Nous n'avons pas vraiment eu le temps de discuter, répondit-il. J'ai bien peur que nous n'ayons pas abordé le chapitre des goûts littéraires.

Clary se retourna pour le fusiller du regard.

— Comment savez-vous que j'aime les livres ? demanda-t-elle à l'homme.

— Je l'ai deviné à l'expression de ton visage quand tu es entrée, expliqua-t-il en se levant pour contourner le bureau. Je me doute que ce n'est pas moi qui suis à l'origine de cet émerveillement...

Clary étouffa une exclamation de surprise quand il se redressa. D'abord elle crut qu'il était difforme, tant son épaule gauche semblait disproportionnée. Mais comme il s'avançait vers elle, elle s'aperçut que ce qu'elle avait pris pour une bosse était en fait un oiseau perché sur son épaule, qui la fixait de ses yeux noirs et perçants.

— Voici Hugo, dit l'homme en caressant l'oiseau. Hugo est un corbeau et, comme tous ceux de son espèce, il sait beaucoup de choses. Quant à moi, je m'appelle Hodge Starkweather. Je suis professeur d'histoire et, comme tous ceux de mon espèce, je n'en sais pas beaucoup.

Clary sourit malgré elle et serra la main qu'il lui tendait :

— Clary Fray.

— Enchanté de faire ta connaissance. C'est toujours un plaisir de rencontrer quelqu'un qui a tué un Vorace à mains nues.

Comme c'était bizarre d'être félicitée pour ses talents de tueuse !

— En fait, je l'ai tué avec le truc de Jace... Euh, je ne me rappelle plus comment ça s'appelle, mais...

— Elle veut parler de mon Détecteur, intervint Jace. Elle l'a jeté dans la gueule du monstre. Il a dû s'étrangler avec les runes. Il va m'en falloir un autre. J'aurais dû vous en parler.

— Tu en trouveras plusieurs dans la salle d'armes, répondit Hodge.

Lorsqu'il souriait à Clary, des dizaines de ridules apparaissaient autour de ses yeux, telles des craquelures sur un vieux tableau.

— Bon réflexe ! la félicita-t-il. D'où t'est venue l'idée de te servir du Détecteur comme d'une arme ?

Avant qu'elle ait pu répondre, un ricanement s'éleva dans la pièce. Clary était si obnubilée par les livres et par Hodge qu'elle n'avait pas vu Alec vautré dans un fauteuil moelleux, près de l'âtre vide.

— Vous croyez vraiment à cette histoire, Hodge ?

Clary, trop occupée à le dévisager, ne prêta pas attention à ses paroles. Comme beaucoup d'enfants uniques, elle était fascinée par la ressemblance entre les membres d'une même fratrie : en ce moment, à la lumière du jour, elle constatait qu'Alec ressemblait trait pour trait à sa sœur. Ils avaient la même chevelure de jais, les mêmes sourcils fins arqués, le même teint pâle. Mais tandis qu'Isabelle n'était qu'arrogance, Alec se ratatinait dans son fauteuil comme s'il craignait qu'on le remarque. Tous les deux avaient de longs cils ; seulement, Isabelle avait les yeux noirs tandis que ceux d'Alec étaient bleu sombre. Ils fixaient Clary avec une hostilité presque palpable.

— Je ne comprends pas où tu veux en venir, Alec, dit Hodge en levant un sourcil.

Clary se demanda quel âge il pouvait avoir. Il y avait quelque chose d'intemporel chez lui en dépit de ses cheveux grisonnants. Il portait un costume en tweed impeccablement coupé. Sans la cicatrice qui lui barrait la joue droite, il aurait pu passer pour un professeur d'université

— Tu insinues qu'elle n'a pas tué ce démon ?

— Bien sûr qu'elle ne l'a pas tué ! Regardez-la, c'est une Terrestre, Hodge, et une gamine, par-dessus le marché. Elle n'aurait pas pu vaincre un Vorace

— Je ne suis plus une gamine, protesta Clary. J'ai seize ans... Enfin, je les aurai dimanche.

— Le même âge qu'Isabelle, observa Hodge. Tu vois ta sœur comme une enfant ?

— Isabelle est issue d'une des plus grandes dynasties de Chasseurs d'Ombres de toute l'histoire, répondit sèchement Alec. Cette fille vient du New Jersey.

— Je suis de Brooklyn ! s'écria Clary, l'air outragé. Alors quoi ? J'ai tué un démon qui s'était introduit chez moi, et tu me traites de menteuse parce que je ne suis pas une richarde pourrie gâtée comme toi et ta sœur ?

Alec ouvrit de grands yeux :

— Comment tu m'as appelé ?

— Elle marque un point, Alec, intervint Jace en riant. Il faut vraiment tenir à l'œil ces démons qui s'expatrient dans les banlieues...

— Ce n'est pas drôle, Jace, dit Alec en se levant brusquement. Tu vas la laisser m'insulter sans réagir ?

— Oui, répondit Jace avec affection. Ça te fera du bien. Tu n'as qu'à le prendre comme une épreuve d'endurance.

— Tu es peut-être un *parabatai*, mais ta désinvolture me tape sur les nerfs.

— Je peux en dire autant de ton obstination. Quand je l'ai trouvée, elle gisait sur le sol dans une mare de sang avec un démon agonisant, à moitié vautré sur elle. Je l'ai vu disparaître de mes propres yeux. Si ce n'est pas elle qui l'a tué, alors qui ?

— Les Voraces sont des créatures stupides. Peut-être qu'il s'est piqué lui-même avec son dard. C'est déjà arrivé...

— Alors, maintenant tu prétends qu'il s'est suicidé ?

— Elle n'a pas sa place ici. Les Terrestres ne sont pas admis à l'Institut, et ce n'est pas sans raison. Si quelqu'un l'apprenait, il pourrait en référer à l'Enclave.

— Ce n'est pas tout à fait vrai, objecta Hodge. La Loi nous autorise à offrir l'asile aux Terrestres dans certaines circonstances. Un Vorace avait déjà attaqué la mère de Clary... Elle aurait bien pu être la suivante.

Attaqué. Un euphémisme pour « assassiné » ? Le corbeau perché sur l'épaule de Hodge émit un croassement sinistre.

— Les Voraces sont des machines à détecter et à détruire, répliqua Alec. Ils agissent sur l'ordre de sorciers ou de seigneurs démoniaques très puissants. Quel intérêt peut représenter un foyer ordinaire de Terrestres pour eux ? Une idée ?

Il posa sur Clary un regard plein de mépris.

— Ce devait être une erreur, suggéra-t-elle.

— Les démons ne commettent pas ce genre d'erreur. S'ils en ont après ta mère, il y a sûrement une raison. Si elle est innocente...

— Qu'est-ce que tu entends par là ?

Alec parut interloqué :

— Je...

— Ce qu'il veut dire, intervint Hodge, c'est qu'il est extrêmement rare qu'un démon puissant, de ceux qui commandent une horde de démons de moindre importance, s'immisce dans les affaires des humains. Aucun Terrestre ne peut invoquer un démon, ils n'ont pas ce pouvoir. Toutefois il en est qui, dans un accès de folie ou de désespoir, ont obtenu d'un sorcier qu'il le fasse pour eux.

— Ma mère ne connaît pas de sorcier. Elle ne croit pas à la magie.

Une pensée traversa l'esprit de Clary.

— Mme Dorothea, la voisine du dessous, elle, c'est une sorcière. Peut-être que les démons en avaient après elle et qu'ils l'ont confondue avec ma mère ?

Hodge sursauta :

— Tu as une sorcière pour voisine ?

— Ce n'est pas une vraie, dit Jace. J'ai mené ma petite enquête. Il n'y a aucune raison qu'un sorcier s'intéresse à elle, à moins qu'il ne cherche à ouvrir un commerce de fausses boules de cristal.

— Nous voilà revenus au point de départ, dit Hodge en caressant l'oiseau perché sur son épaule. Il est temps d'informer l'Enclave, semble-t-il.

— Non ! s'écria Jace. On ne peut pas...

— Il était logique de tenir secrète la présence de Clary entre ces murs tant que nous n'étions pas sûrs qu'elle se rétablirait. Maintenant, elle est sur pied, et c'est la première Terrestre à franchir les portes de l'Institut depuis plus de cent ans. Tu connais les règles concernant les Terrestres qui apprennent l'existence des Chasseurs d'Ombres, Jace. Il faut en informer l'Enclave.

— Absolument, enchérit Alec. Je pourrais envoyer un message à mon père...

— Clary n'est pas une Terrestre, annonça Jace d'un ton tranquille.

Hodge le dévisagea avec stupéfaction. Alec manqua s'étrangler de surprise. Dans le silence qui suivit, Clary entendit le froissement d'ailes d'Hugo.

— Mais si ! protesta-t-elle.

Jace se tourna vers Hodge, et Clary le vit avaler sa salive avec difficulté. Elle trouva ce signe de nervosité étrangement rassurant.

— Cette nuit-là, nous avons vu des démons Du'sien qui avaient emprunté les traits d'officiers de police. Nous avons été obligés de passer à côté d'eux. Clary était trop faible pour courir, et nous n'avions pas le temps de nous cacher : elle serait morte. Alors, je me suis servi de ma stèle, j'ai marqué d'une rune *mendelin* l'intérieur de son bras. Je pensais...

— Où avais-tu la tête ? s'écria Hodge en tapant si fort sur la table qu'il en fit craquer le bois. Tu sais pourtant que la Loi interdit de marquer les Terrestres ! Toi, mieux que les autres, tu devrais le savoir !

— Mais ça a marché ! Clary, montre-leur ton bras.

Clary jeta un regard dubitatif à Jace et tendit le bras. Elle se souvint de l'avoir contemplé cette nuit-là en songeant à quel point il était vulnérable. Maintenant, juste sous le pli du poignet, elle distinguait des cercles concentriques dont les contours ressemblaient à la trace d'une cicatrice qui s'était effacée avec le temps.

— Vous voyez, elle a presque disparu, dit Jace. Elle n'a rien senti.

— Ce n'est pas le problème.

Hodge avait du mal à réprimer sa colère :

— Tu aurais pu faire d'elle une Damnée !

Alec se redressa, les joues en feu :

— Tu n'es pas croyable, Jace ! Seuls les Chasseurs d'Ombres peuvent recevoir les Marques de l'Alliance. Les Terrestres en meurent...

— Tu ne m'as pas bien écouté. Ce n'est pas une Terrestre. Je te rappelle qu'elle peut nous voir ! Elle est des nôtres.

Clary baissa le bras. Soudain, elle avait froid.

— Mais... ce n'est pas possible !

— Je ne vois pas d'autre explication, dit Jace sans la regarder. Dans le cas contraire, la Marque que j'ai faite sur ton bras...

— Ça suffit, Jace, interrompit Hodge d'un ton qui trahissait son mécontentement. Ce n'est pas la peine de l'effrayer davantage.

— Mais j'ai raison, n'est-ce pas ? Ça expliquerait ce qui est arrivé à sa mère. S'il s'agissait d'une Chasseuse d'Ombres en exil, elle aurait bien pu avoir des ennemis issus du Monde Obscur.

— Ma mère n'est pas une Chasseuse d'Ombres !

— Ton père, alors.

Clary lui jeta un regard morne :

— Il est mort avant ma naissance.

Jace cligna imperceptiblement des yeux. Ce fut au tour d'Alec de prendre la parole.

— Ce n'est pas exclu, dit-il après une hésitation. Si son père était un Chasseur d'Ombres, et sa mère une Terrestre... Eh bien, nous savons tous que la Loi interdit d'épouser une Terrestre. Ils se cachaient peut-être.

— Ma mère m'en aurait parlé.

Clary songea toutefois qu'elle ne possédait qu'une seule photo de son père, que sa mère ne faisait jamais allusion à lui, et en déduisit qu'elle lui cachait la vérité.

— Pas nécessairement, dit Jace. Nous avons tous nos secrets.

— Luke, notre ami. Il l'aurait su.

À la pensée de Luke, Clary eut une bouffée d'angoisse et de culpabilité.

— Ça fait trois jours... Il doit être mort d'inquiétude. Est-ce que je peux l'appeler ? Vous avez un téléphone ? Je vous en prie !

Jace hésita, lança un coup d'œil à Hodge, qui hocha la tête et s'écarta du bureau. Derrière lui se trouvait un globe terrestre en cuivre, très différent de ceux que Clary avait vus jusqu'alors : il y avait quelque chose d'étrange dans la forme des pays et des continents. Un antique téléphone noir avec un cadran argenté était posé à côté. Clary porta le combiné à son oreille et entendit le bruit familier et rassurant de la tonalité.

Luke décrocha à la troisième sonnerie :

— Allô ?

— Luke ! C'est moi. C'est Clary.

— Clary.

Clary perçut le soulagement dans sa voix, et autre chose, qu'elle ne parvenait pas à identifier.

— Tu vas bien ?

— Oui. Je suis désolée, je n'ai pas pu t'appeler avant. Luke, maman...

— Je sais. La police est venue.

— Alors, tu n'as pas eu de ses nouvelles, murmura Clary.

Ses derniers espoirs s'envolèrent : sa mère n'avait pas réussi à fuir. Elle aurait forcément cherché à contacter Luke.

— Que t'a dit la police ?

— Seulement qu'elle avait disparu.

Clary repensa à la main de la femme policier et frémit.

— Où es-tu ? demanda Luke.

— En ville. Je ne sais pas où exactement. Avec des amis. Mon portefeuille a disparu. Si tu as un peu d'argent à me prêter, je pourrai prendre un taxi pour te retrouver chez toi...

— Non.

Clary faillit en lâcher le combiné du téléphone :

— Quoi ?

— Non, répéta Luke. C'est trop dangereux. Tu ne peux pas venir ici.

— Luke, je...

— Écoute, coupa-t-il d'un ton cassant. Quels que soient les ennuis de ta mère, ça n'a rien à voir avec moi. Tu ferais mieux de rester où tu es.

— Mais je ne veux pas rester ici ! s'entendit-elle gémir comme un petit enfant. Je ne connais pas ces gens. Toi...

— Je ne suis pas ton père, Clary. Je te l'ai déjà dit.

Clary sentit les larmes lui monter aux yeux :

— Pardon. C'est juste que...

— Ne m'appelle plus pour me aemander un service. J'ai mes problèmes, moi aussi. Je n'ai pas besoin des tiens, conclut-il avant de raccrocher.

Clary fixa le combiné en silence ; la tonalité retentissait dans son oreille tel le bourdonnement d'une vilaine guêpe. Elle recomposa le numéro de Luke, attendit, et cette fois tomba sur la messagerie. Elle raccrocha le téléphone d'une main tremblante. Jace l'observait, appuyé contre le bras du fauteuil d'Alec :

— Apparemment, il ne s'est pas réjoui d'avoir de tes nouvelles.

Clary avait l'impression que son cœur s'était réduit à la taille d'une noix, minuscule et dure comme de la pierre. « Ne pas pleurer, songea-t-elle. Pas devant ces gens. »

— J'aimerais parler avec Clary, dit Hodge. Seul à seule, ajouta-t-il d'un ton sans équivoque à l'intention de Jace.

Alec se leva :

— Bien, on vous laisse discuter.

— Ce n'est pas juste ! protesta Jace. C'est moi qui l'ai trouvée. C'est moi qui lui ai sauvé la vie ! Tu veux que je reste, pas vrai ?

Clary détourna les yeux. Si elle ouvrait la bouche, elle éclaterait en sanglots. Comme dans un rêve, elle entendit Alec ricaner :

— Tu n'es pas indispensable, Jace.

— Ne sois pas ridicule, rétorqua ce dernier, mais Clary perçut de la déception dans sa voix. Très bien. Vous nous trouverez dans la salle d'armes.

La porte se referma derrière eux avec un bruit sec. Clary avait des picotements dans les yeux, comme lorsqu'elle retenait ses larmes depuis trop longtemps. À travers un voile, elle vit Hodge se pencher vers elle :

— Assieds-toi. Là, sur le canapé.

Les joues humides de larmes, elle se laissa tomber avec gratitude dans les coussins moelleux.

— Je ne pleure pas beaucoup, d'habitude, dit-elle en s'essuyant les yeux. Ce n'est rien. Ça va passer dans une minute.

— La plupart des gens ne pleurent pas seulement quand ils sont tristes ou qu'ils ont peur, mais aussi lorsqu'ils se sentent frustrés. Ta frustration est compréhensible. Tu viens de vivre une expérience pénible.

— Pénible ? Oui, on peut le dire.

Clary sécha ses larmes avec le T-shirt d'Isabelle.

Hodge tira sa chaise de derrière le bureau et s'installa en face d'elle. Ses yeux, du même gris que ses cheveux et ses vêtements, brillaient d'une lueur bienveillante.

— Qu'est-ce qui te ferait plaisir ? Tu veux boire quelque chose ? Un thé ?

— Non, répondit Clary d'une voix étouffée. Je veux retrouver ma mère. Je veux retrouver ceux qui l'ont enlevée et les tuer de mes propres mains.

— Malheureusement, nous ne sommes pas en mesure de songer à la vengeance pour le moment, alors ce sera un thé ou rien.

Clary lâcha le coin de son T-shirt, à présent couvert de traces humides, et demanda :

— Alors, qu'est-ce que je dois faire ?

— Tu pourrais commencer par me raconter ce qui s'est passé, dit Hodge en fouillant dans sa poche.

Il en sortit un mouchoir froissé, qu'il lui tendit. Clary l'accepta, un peu surprise : elle n'avait jamais rencontré quelqu'un qui utilise des mouchoirs en tissu.

— Le démon qui t'a attaquée dans ton appartement... était-ce la première créature de ce genre qu'il t'ait été donné de voir ? Tu n'avais pas la moindre idée que de telles choses existaient, auparavant ?

Clary secoua la tête, puis se ravisa :

— Si, j'en ai déjà rencontré une, mais je n'ai pas compris de quoi il s'agissait. La première fois que j'ai vu Jace...

— Oui, évidemment, comment ai-je pu l'oublier ? Au Charivari. C'était la première fois ?

— Oui.

— Et ta mère n'a jamais fait de remarque particulière devant toi ? Au sujet d'un autre monde, peut-être, que la plupart des gens ne peuvent pas voir ? Est-ce qu'elle s'intéresse de près aux mythes, aux contes de fées, au fantastique... ?

— Non, elle a toutes ces choses en horreur. Elle déteste même les dessins animés de Disney, c'est dire. Elle ne veut pas que je lise de mangas, elle trouve ça puéril.

— Comme c'est étrange... murmura Hodge en se grattant la tête.

— Pas tant que ça. Ma mère n'a rien d'exceptionnel. C'est la personne la plus normale du monde.

— Les démons n'ont pas pour habitude de saccager les appartements des gens normaux.

— Est-il possible qu'ils aient commis une erreur ?

— Si c'était le cas, et si tu étais une fille comme les autres, tu n'aurais pas vu le démon qui t'a attaquée, ou tu l'aurais vu sous une forme différente : un chien agressif, un être humain maléfique. Le fait que tu pouvais le voir, le fait qu'il t'a parlé...

— Comment savez-vous qu'il m'a parlé ?

— C'est Jace qui me l'a dit.

— Il voulait me dévorer, mais je crois qu'il n'en avait pas le droit.

À ce souvenir, Clary ne put s'empêcher de frissonner.

— Les Voraces obéissent généralement aux ordres d'un démon plus puissant. Ils ne sont pas très futés, ni capables d'agir de leur propre fait. A-t-il parlé de ce que cherchait son maître ?

Clary réfléchit un instant :

— Il a mentionné un certain Valentin...

Hodge sursauta. Hugo, jusqu'alors perché confortablement sur son épaule, s'envola avec un croassement ulcéré.

— Valentin ?

— Oui. J'ai entendu le même nom au Charivari, dans la bouche de ce garçon... ou devrais-je dire démon..

— C'est un nom que nous connaissons tous.

Hodge s'exprimait d'un ton posé, mais Clary s'aperçut que ses mains tremblaient un peu. Hugo, après s'être perché à nouveau sur son épaule, hérissa les plumes.

— C'est un démon ?

— Non. Valentin est – était – un Chasseur d'Ombres.

— Un Chasseur d'Ombres ? Pourquoi, « était » ?

— Parce qu'il est mort il y a quinze ans.

Clary avait la tête lourde. Elle aurait peut-être dû accepter ce thé, en fin de compte.

— Se pourrait-il que ce soit quelqu'un d'autre, qui porte le même nom que lui ?

Hodge éclata d'un rire sans joie :

— Non, mais il est possible que quelqu'un se soit servi de son nom pour transmettre un message.

Il se leva et se mit à faire les cent pas dans la pièce, les mains derrière le dos.

— Et il a choisi le bon moment pour le faire, reprit-il.

— Comment ça ?

— Les Accords.

— Les négociations de paix ? Jace m'en a parlé. Avec qui ?

— Avec les Créatures Obscures. Désolé, tout ça doit te paraître confus.

— Non, vous croyez ?

Hodge s'adossa au bureau en caressant les plumes d'Hugo d'un air absent :

— Les Créatures Obscures partagent le Monde Obscur avec nous. Nous avons toujours eu des relations tendues.

— Vous parlez des vampires, des loups-garous et... ?

— Les créatures magiques. Les fées. Et les Enfants de Lilith, ces demi-démons que sont les sorciers.

— Et vous, les Chasseurs d'Ombres, qui êtes-vous, au juste ?

— On nous appelle parfois les Nephilim. Dans la Bible, ce terme désigne les descendants d'humains et d'anges. D'après la légende ayant trait à notre origine, nous avons été créés il y a plus d'un millénaire, à l'époque où les humains subissaient des invasions démoniaques venant d'autres mondes. Un sorcier invoqua l'ange Raziel qui, après avoir mélangé son propre sang à du sang humain dans une coupe, leur donna à boire cette mixture. Ceux qui avaient bu le sang de l'ange devinrent des Chasseurs d'Ombres, ainsi que leurs enfants et les enfants de leurs enfants. La coupe fut baptisée par la suite Coupe Mortelle. Si la légende n'est pas un fait avéré, ce qui est vrai, en revanche, c'est qu'au fil des ans, quand les Chasseurs d'Ombres comptaient trop de pertes dans leurs rangs, il était toujours possible d'en créer d'autres grâce à la Coupe.

— Comment ça, « était » ?

— La Coupe a disparu. Valentin l'a détruite juste avant de mourir. Après avoir allumé un grand feu, il s'est jeté dedans avec sa femme et son enfant. Sur sa terre calcinée, personne n'a rien bâti depuis. On prétend qu'elle est maudite.

— Et c'est le cas ?

— C'est fort possible. L'Enclave lance parfois des malédictions pour punir ceux qui ont bafoué la Loi. Valentin a transgressé la règle la plus importante de toutes, il a pris les armes contre les siens. Lui et son groupe de partisans, le Cercle, ont massacré des dizaines de nos frères ainsi que des centaines de Créatures Obscures lors des derniers Accords. Nous les avons repoussés de justesse.

— Pourquoi s'est-il retourné contre les autres Chasseurs d'Ombres ?

— Parce qu'il n'approuvait pas les Accords. Il méprisait les Créatures Obscures et estimait qu'on devrait toutes les massacrer afin de garder ce monde pur pour les humains. Bien que les Créatures Obscures ne soient ni des démons ni des envahisseurs, il leur prêtait une nature démoniaque, et à ses yeux c'était une raison suffisante pour qu'on se débarrasse d'elles. L'Enclave ne partageait pas son avis, estimant que nous aurions besoin des Créatures Obscures pour chasser définitivement les démons. Et, honnêtement, qui peut affirmer que les créatures magiques n'appartiennent pas à ce monde, alors qu'elles y vivent depuis plus longtemps que nous ?

— Et les Accords ? Ils ont été signés ?

— Oui. Quand les Créatures Obscures ont vu que l'Enclave avait pris leur défense contre Valentin et le Cercle, elles ont compris que les Chasseurs d'Ombres n'étaient pas leurs ennemis. Ironie du sort, avec son insurrection, Valentin a rendu les Accords possibles. Excuse-moi, cette leçon d'histoire doit te paraître bien fastidieuse ! En bref, Valentin était un agitateur, un visionnaire doté d'un grand charme, très persuasif... et un assassin. Et voilà que son nom refait surface...

— Et qu'est-ce que ma mère a à voir là-dedans ?

— Je l'ignore. Mais je ferai tout ce qui est en mon pouvoir pour le découvrir. Je vais envoyer des messages à l'Enclave et aux Frères Silencieux. Ils voudront peut-être te rencontrer.

Clary ne demanda pas qui étaient les Frères Silencieux. Elle était lasse de poser des questions, et les réponses de Hodge semaient encore davantage la confusion dans son esprit. Elle se leva :

— Est-ce que je peux rentrer chez moi ?

Hodge la considéra avec inquiétude :

— Non, je... je ne crois pas que ce serait sage.

— Il y a des choses là-bas dont j'aurai besoin si je dois rester ici. Des vêtements...

— Nous te donnerons de quoi t'en acheter d'autres.

— S'il vous plaît. Je dois vérifier ce qu'il reste chez moi.

Hodge hésita avant de hocher la tête :

— Si Jace accepte de t'accompagner, vous irez tous les deux.

Il se tourna vers le bureau pour fouiller dans ses papiers. Puis, regardant par-dessus son épaule comme s'il venait de s'apercevoir qu'elle était encore là, il ajouta :

— Il est dans la salle d'armes.

— Je ne sais pas où c'est.

Hodge eut un sourire malicieux :

— Church va te montrer.

Clary jeta un coup d'œil vers la porte, où le gros chat persan à la fourrure bleutée dormait, roulé en boule. Quand elle eut fait quelques pas dans sa direction, il se leva et, avec un miaulement impérieux, la précéda dans le couloir. Se retournant un instant, Clary vit que Hodge était déjà en train d'écrire. Sans doute un message destiné à cette organisation mystérieuse, l'Enclave. Ces gens-là n'étaient pas très sympathiques, apparemment. Elle se demanda quelle serait leur réponse.

L'encre rouge ressemblait à du sang sur le papier blanc. Les sourcils froncés, Hodge Starkweather roula méticuleusement la lettre et siffla Hugo. L'oiseau vint se poser sur son poignet en croassant doucement. Hodge fit une grimace de douleur. Des années auparavant, lors de l'Insurrection, il s'était blessé à l'épaule, et même un poids aussi léger que celui d'Hugo, tout comme un changement de saison, des fluctuations de température ou un mouvement brusque du bras, réveillait les vieilles blessures et le souvenir de souffrances qu'il aurait préféré laisser dans l'oubli.

Mais il est des souvenirs qui ne s'effacent jamais. Des images surgissaient derrière ses paupières quand il fermait les yeux. Les cadavres, la terre piétinée, une estrade blanche ensanglantée. Les râles des mourants.

Les champs verdoyants et vallonnés d'Idris et son ciel d'un bleu limpide percé par les tours de la Cité de Verre. La nostalgie l'étreignit. Il serra le poing. Hugo battit des ailes en lui donnant des coups de bec furieux, qui firent saigner ses doigts. Hodge ouvrit la main pour libérer l'oiseau, qui s'envola à tire-d'aile, décrivit un grand cercle au-dessus de sa tête et fila par la fenêtre. Bientôt il disparut dans le ciel.

S'efforçant de chasser le pressentiment qui l'accablait, Hodge prit une autre feuille de papier sans faire cas des gouttes écarlates qui dégoulinaient le long de ses doigts.

6

Le Damné

La salle d'armes correspondait exactement à l'idée que l'on s'en fait d'ordinaire. Toutes sortes d'armes – épées, dagues, piques, lances, bâtons, baïonnettes, fouets, massues, haches et arcs – étaient accrochées aux murs. Des sacoches en cuir remplies de flèches pendaient sur des crochets, et des bottes, jambières et gantelets s'entassaient çà et là. Une odeur de fer, de cuir et d'acier poli imprégnait l'air. Alec et Jace étaient assis à une grande table au centre de la pièce, la tête penchée sur un objet posé entre eux. Jace leva les yeux à l'approche de Clary :

— Où est Hodge ?

— Il écrit aux Frères Silencieux.

Alec réprima un frisson :

— Berk.

Clary s'avança vers la table en s'efforçant d'ignorer son regard :

— Qu'est-ce que vous faites ?

— On met la touche finale à ça.

Jace s'écarta pour lui montrer trois longs cylindres en argent qui n'avaient pas l'air particulièrement dangereux :

— Voici Sanvi, Sansavi et Semangelaf. Ce sont des poignards séraphiques.

— On ne dirait pas des poignards. Comment les avez-vous fabriqués ? Avec de la magie ?

Alec prit l'air outragé, comme si elle venait de lui demander d'enfiler un tutu et d'exécuter une pirouette.

— Ce qu'il y a de drôle avec les Terrestres, observa Jace sans s'adresser à elle en particulier, c'est qu'ils s'intéressent beaucoup à la magie, alors qu'ils ne savent même pas ce que ce mot signifie.

— Je sais ce qu'est la magie ! s'offusqua Clary.

— Non, tu crois le savoir, nuance. La magie est une force obscure élémentaire. Rien à voir avec ces histoires de baguettes magiques et de boules de cristal.

— Je n'ai jamais dit ça...

Jace l'interrompit d'un geste :

— Tu peux décréter qu'une anguille électrique est un canard en plastique, elle n'en sera pas un pour autant, n'est-ce pas ? Et je plains le pauvre idiot qui déciderait de prendre un bain avec une anguille.

— Tu racontes n'importe quoi !

— Mais non, répondit Jace d'un air digne.

— Mais si, intervint Alec. Écoute, on ne fait pas de magie, point, ajouta-t-il sans accorder un regard à Clary. C'est tout ce que tu as besoin de savoir.

Clary était tentée de répliquer, mais elle se ravisa. Alec ne semblait déjà pas beaucoup l'aimer ; il était inutile d'en rajouter. Elle se tourna vers Jace :

— Hodge m'a autorisée à passer chez moi.

Jace faillit en faire tomber le poignard séraphique qu'il tenait à la main :

— Quoi ?

— Il veut bien que je jette un œil sur les affaires de ma mère, à condition que tu m'accompagnes.

— Jace ! soupira Alec, mais celui-ci l'ignora.

— Si tu tiens vraiment à prouver que ma mère ou mon père étaient des Chasseurs d'Ombres, reprit Clary, il va falloir fouiller ses effets personnels. Enfin, ce qu'il en reste.

— Droit dans la gueule du loup ! dit Jace en souriant. Bonne idée. Si on part maintenant, on aura encore trois à quatre heures de jour.

— Vous voulez que je vienne avec vous ? proposa Alec comme Clary et Jace se dirigeaient vers la porte.

Clary se retourna : il s'était à moitié levé de sa chaise et les fixait d'un regard brillant d'impatience.

— Non, ce n'est pas la peine, répondit Jace sans se retourner. Nous pouvons régler ça tout seuls.

Alec jeta à Clary un regard venimeux. Elle referma la porte avec soulagement. Jace s'éloignait dans le couloir à grandes enjambées, et elle dut presque courir pour le rattraper.

— Tu as tes clés ? demanda-t-il.

— Oui.

— Bien. Remarque, on pourrait toujours entrer par effraction, mais il vaut mieux ne pas risquer d'attirer l'attention d'éventuels guetteurs.

— Si tu le dis...

Le couloir débouchait sur un hall dallé de marbre, avec une grille en fer noir au fond. Jace appuya sur un bouton près de la grille, qui s'alluma, et alors seulement Clary comprit qu'il s'agissait d'un ascenseur. Il s'ébranla dans un grincement.

— Jace ?

— Oui ?

— Comment savais-tu que j'avais du sang de Chasseur d'Ombres ? Qu'est-ce qui t'a mis la puce à l'oreille ?

L'ascenseur émit une dernière plainte en s'arrêtant à leur niveau. Jace déverrouilla la grille. L'intérieur de l'ascenseur faisait penser à la cage d'un oiseau, avec ses cloisons en fer forgé et ses dorures.

— J'ai deviné, répondit Jace en refermant la grille derrière eux. C'est l'explication la plus probable.

— Tu as deviné ? Tu devais être sacrément sûr de toi, étant donné que tu aurais pu me tuer avec ton tatouage !

Jace pressa un bouton sur la paroi, et l'ascenseur se mit à descendre ; Clary sentit les vibrations de la machine lui parcourir tout le corps.

— J'étais sûr à quatre-vingt-dix pour cent.

— Je vois...

Le garçon avait dû percevoir un changement dans la voix de Clary, car il se tourna vers elle. Elle lui assena alors une gifle qui manqua lui faire perdre l'équilibre. Surpris, il porta la main à sa joue :

— Pourquoi tu as fait ça ?

— Pour les dix pour cent qui restent, répondit-elle.

La descente s'effectua dans un silence de mort.

Jace ne desserra pas les dents pendant tout le trajet en train jusqu'à Brooklyn. Clary ne le quitta pas d'une semelle pour autant : elle se sentait un peu coupable, surtout quand elle contemplait la marque rouge que sa main avait laissée sur sa joue.

Le silence ne la dérangeait pas vraiment, au moins il lui permettait de réfléchir. Elle se repassait mentalement la conversation avec Luke, encore et encore. Ce souvenir, douloureux comme une rage de dents, elle ne parvenait pas à le chasser de son esprit.

Au fond du compartiment, deux adolescentes assises sur une banquette riaient sous cape. C'était ce genre de filles que Clary ne supportait pas à St Xavier, avec leurs mules rose bonbon et leur faux bronzage. D'abord, elle crut qu'elles se moquaient d'elle ; puis elle s'aperçut, surprise, que c'était Jace qu'elles regardaient.

Elle se rappela la blonde du café qui lorgnait Simon. Les filles avaient toujours cet air-là quand un garçon leur plaisait. Avec tout ce qui s'était passé, Clary avait presque oublié que Jace était séduisant. Il n'avait pas les traits délicatement ciselés d'Alec, mais son physique était plus intéressant. À la lumière du jour, ses yeux avaient la couleur du miel et en ce moment même ils étaient... braqués sur elle. Il leva un sourcil :

— Tu as quelque chose à me dire ?

Clary décida sur-le-champ de trahir la cause féminine :

— Ces filles, là-bas, à l'autre bout du compartiment... Elles te regardent.

Jace répondit avec une complaisance tranquille :

— C'est normal, je suis beau à tomber par terre.

— Ce n'est pas la modestie qui t'étouffe !

— La modestie ? C'est un concept de laid. Les humbles régneront peut-être un jour sur le monde ; en attendant, il appartient aux vaniteux.

Il adressa un clin d'œil aux deux filles, qui se cachèrent derrière leurs cheveux en gloussant.

— Comment se fait-il qu'elles te voient ? demanda Clary avec un soupir.

— Les charmes sont un vrai casse-tête. Quelquefois, on en fait l'économie.

L'incident avec les filles dans le train parut améliorer son humeur. Comme ils quittaient la station et prenaient la direction de l'appartement, il sortit l'un des poignards séraphiques de sa poche et se mit à jouer avec en sifflotant.

— Tu es vraiment obligé de faire ça ? demanda Clary. C'est agaçant.

Pour toute réponse, Jace siffla plus fort

— D'accord ! Je te demande pardon de t'avoir frappé.

— Heureusement que c'est moi. Alec t'aurait rendu ta gifle.

— Oui, j'ai l'impression que ça le démange, dit Clary en shootant dans une canette de soda vide. Comment t'a-t-il appelé ? Para quelque chose ?

— *Parabatai.* Ce mot désigne deux guerriers qui combattent côte à côte comme des frères. Alec est plus que mon meilleur ami. Mon père et le sien étaient des *parabatai* dans leur jeunesse. Son père est aussi mon parrain, c'est pourquoi j'habite avec eux. Ils sont ma famille adoptive.

– Mais tu ne t'appelles pas Lightwood.

— Non, répondit-il sans autre explication.

Clary l'aurait bien questionné davantage, mais ils étaient arrivés chez elle, et son cœur s'était mis à battre la chamade. Elle avait les mains moites et les oreilles bourdonnantes. Elle s'arrêta à côté des haies de buis et leva lentement la tête, s'attendant à trouver des cordons de police devant l'entrée, du verre brisé sur la pelouse, et l'immeuble réduit à un tas de décombres.

Il n'y avait rien à signaler. Baignant dans la lumière réconfortante de l'après-midi, la bâtisse semblait irradier. Des abeilles butinaient paresseusement sur les rosiers poussant sous les fenêtres de Mme Dorothea.

— Tout a l'air normal.

— Vu de l'extérieur, oui.

Jace sortit de sa poche un de ces objets en métal et plastique qu'elle avait pris pour un téléphone portable.

— C'est un Détecteur ? demanda Clary. À quoi ça sert ?

— À capter les fréquences, comme une radio, sauf que ces fréquences-là sont d'origine démoniaque.

Jace tint le Détecteur devant lui en s'approchant de l'immeuble. L'appareil se mit à clignoter faiblement tandis qu'ils gravissaient le perron, puis s'arrêta. Jace fronça les sourcils.

— Il relève des traces d'activité, mais c'est peut-être ce qui reste de l'autre nuit. Le signal n'est pas assez fort pour prouver la présence de démons.

Clary laissa échapper un soupir de soulagement. Elle se baissa pour prendre ses clés attachées à ses lacets, et en se redressant elle remarqua des éraflures sur la porte de l'immeuble. La dernière fois, il devait faire trop sombre, car elle ne les avait pas vues. Elles ressemblaient à des marques de griffes.

Jace la retint par le bras :

— Je vais passer le premier.

Clary aurait voulu rétorquer qu'elle n'avait pas besoin de se cacher derrière lui, mais les mots lui manquèrent. Elle était aussi terrifiée que le jour où elle avait vu le Vorace. La peur lui laissait un goût métallique dans la bouche.

Jace poussa la porte et lui fit signe de le suivre. Une fois dans le hall, elle scruta l'obscurité. L'ampoule du plafonnier n'avait toujours pas été changée, la verrière était trop sale pour laisser filtrer la moindre clarté, et des ombres s'étiraient sur le marbre ébréché du sol. Sous la porte close de Mme Dorothea, aucun rai de lumière... Clary pria pour qu'il ne lui soit rien arrivé.

Jace passa la main sur la rampe de l'escalier. Quand il la retira, elle était maculée d'une substance rouge sombre.

— Du sang.

— C'est peut-être le mien, suggéra Clary.

— Il aurait séché, depuis le temps. Viens.

Il monta l'escalier, Clary sur ses talons. L'étage était plongé dans l'obscurité, et elle dut s'y prendre à trois fois pour insérer la bonne clé dans la serrure. Jace, penché au-dessus d'elle, cachait mal son impatience.

— Ne me souffle pas dans le cou, chuchota-t-elle avec colère.

Sa main tremblait. Enfin, la serrure céda avec un cliquetis.

— J'y vais le premier, dit Jace en retenant Clary.

Elle hésita, puis s'écarta pour le laisser passer. Elle avait les mains moites, et la chaleur n'y était pour rien. En fait, il faisait frais dans l'appartement, presque froid. Elle frissonna.

Le salon était vide. Entièrement vide, comme le jour où elles avaient emménagé. Les murs et le sol étaient nus, les meubles avaient disparu, même les rideaux avaient été ôtés des fenêtres. Des taches plus claires sur le mur indiquaient l'emplacement des tableaux de sa mère. Comme dans un rêve, Clary suivit Jace jusqu'à la cuisine.

Elle était tout aussi vide : le réfrigérateur avait disparu, ainsi que la table et les chaises. Les placards étaient ouverts et on avait enlevé le contenu de leurs étagères.

— Que pourraient bien faire les démons de notre micro-ondes ? lâcha Clary dans un souffle.

Jace secoua la tête en souriant :

— Je l'ignore, et je ne sens aucune présence démoniaque pour le moment. À mon avis, ils ont déguerpi depuis belle lurette.

Clary jeta un dernier regard autour d'elle. Elle nota distraitement qu'on avait nettoyé la tache de Tabasco sur le sol.

— Tu es contente ? demanda Jace. Il n'y a rien ici.

— Je veux voir ma chambre.

Jace allait répondre, puis il se ravisa.

— S'il faut en passer par là... dit-il en glissant le poignard séraphique dans sa poche.

La lumière du couloir ne fonctionnait plus, mais Clary n'en avait pas besoin pour se repérer. Suivie de près par Jace, elle trouva à tâtons la porte de sa chambre et posa la main sur la poignée. Elle était froide dans sa paume, comme un glaçon sur la peau nue. Jace lui jeta un regard furtif. Elle tourna la poignée, qui céda lentement. On eût dit que, de l'autre côté de la porte, quelque chose la retenait...

Soudain, le battant vola en éclats, projetant Clary contre le mur du couloir. Elle se cogna à la paroi et roula sur le ventre. En se redressant, elle entendit un rugissement sourd.

Jace, plaqué lui aussi contre le mur, fourrageait dans sa poche, le visage figé par la surprise. Devant lui, tel un géant sorti d'un conte de fées, se dressait un homme massif qui tenait une hache dans son énorme main. Des haillons sales couvraient sa carcasse répugnante, ses cheveux emmêlés étaient collés par la crasse. Il dégageait une odeur de sueur rance et de chair putride. Clary fut soulagée de ne pas pouvoir distinguer son visage : son dos était déjà une vision d'horreur à lui seul.

Jace leva son poignard séraphique et cria : « Sansavi ! », libérant une lame du tube en métal. Clary songea à ces cannes des vieux films qui dissimulaient une baïonnette qu'on actionnait d'une simple pression du doigt. Mais elle n'avait jamais vu de lame semblable à celle-ci : elle était transparente comme du verre, incroyablement effilée, et presque aussi longue que son avant-bras. Le poignard brillait dans l'obscurité. Jace frappa l'homme gigantesque, qui recula avec un hurlement. Puis il fit volte-face et se précipita sur Clary. Il la prit par le bras et la poussa devant lui dans le couloir. Elle entendait la chose dans leur dos ; ses pas résonnaient comme des poids en plomb qu'on aurait laissé tomber sur le sol.

Les deux jeunes gens atteignirent l'entrée, puis débouchèrent sur le palier. Jace eut le temps de claquer la porte derrière eux. Clary entendit le « clic ! » de la serrure automatique et retint son souffle. Un énorme choc retentit à l'intérieur de l'appartement ; la porte se mit à trembler sur ses gonds. Clary battit en retraite vers l'escalier. Jace regarda dans sa direction : une lueur d'excitation démente brillait dans ses yeux :

— Descends ! Sors de...

Un autre coup se fit entendre, et cette fois les gonds de la porte cédèrent. Jace fit un écart pour éviter d'être écrasé, en se déplaçant si vite que Clary le vit à peine bouger : en une fraction de seconde, il se retrouva sur la première marche de l'escalier telle une étoile filante, le poignard scintillant dans sa main. Il se tourna vers elle pour lui crier quelque chose, mais ses mots furent noyés par le rugissement de la créature qui fonçait sur lui en fendant l'air de sa hache. Clary se plaqua contre le mur. Jace se baissa, et la lourde lame s'enfonça dans la rampe d'escalier.

Jace éclata de rire, ce qui mit le monstre en fureur. Abandonnant sa hache, il se rua sur le garçon en levant ses poings énormes. Celui-ci fit virevolter son poignard avant de l'enfoncer jusqu'à la garde dans l'épaule du géant, qui chancela, puis tomba en avant, les bras tendus. Jace sauta de côté, mais il ne fut pas assez rapide : les mains monstrueuses se saisirent de lui, et le géant l'entraîna dans sa chute. Jace poussa un seul cri. S'ensuivit un vacarme terrible ; puis le silence revint.

Clary dévala les marches quatre à quatre. Jace était étendu au pied de l'escalier, le bras replié sous lui. Le géant gisait en travers de ses jambes, la garde du poignard dépassant de son épaule. Il était encore en vie, et de l'écume rougeâtre s'échappait de sa bouche. Clary pouvait voir son visage à présent, blême et parcheminé, lacéré d'horribles cicatrices noirâtres qui masquaient ses traits. À la place des yeux, il avait des orbites suppurantes et rougies de sang. Réprimant un haut-le-cœur, Clary descendit les dernières marches en trébuchant, enjamba le corps du monstre et s'agenouilla à côté de Jace.

Il ne bougeait plus. Elle posa la main sur son épaule : sa chemise était poissée de sang, le sien ou celui du géant, elle n'aurait su dire.

— Jace ?

Il ouvrit les yeux :

— Il est mort ?

— Presque.

Jace grimaça de douleur :

— Mes jambes...

— Ne bouge pas.

Elle le prit par les bras et tira pour le dégager. Il poussa un gémissement en libérant ses jambes de sous la carcasse agitée de spasmes de la créature, et se releva tant bien que mal, le bras gauche plaqué contre le torse.

— Comment va ton bras ?

— Il est cassé. Tu peux fouiller dans la poche droite de ma veste ? Prends le poignard séraphique et donne-le-moi.

Clary hésita un instant avant de s'exécuter. Elle était si près de Jace qu'elle sentait son odeur, un mélange de sueur, de savon et de sang. Son souffle lui chatouillait le cou. Elle referma la main sur le tube en métal et le tendit à Jace sans le regarder.

— Merci, dit-il.

Ses doigts effleurèrent les contours de l'arme et il prononça : « Sanvi. » Le tube libéra une lame effilée dont la lumière illumina le visage de Jace.

— Ne regarde pas, dit-il en se penchant sur le corps balafré de la créature.

Il leva le poignard au-dessus de sa tête et l'abattit. Du sang jaillit de la gorge du géant, éclaboussant les bottes de Jace.

Clary s'attendait à ce que la chose disparaisse en se ratatinant sur elle-même, comme le gamin du Charivari. Mais il n'en fut rien. Une odeur de sang, puissante et métallique, envahit l'atmosphère. Jace était livide ; Clary n'aurait pas su dire si c'était dû à la douleur ou au dégoût.

— Je t'avais dit de ne pas regarder !

— Je croyais qu'il disparaîtrait. Qu'il retournerait dans sa propre dimension, tu sais.

— Ça, c'est ce qui arrive aux démons quand ils meurent.

Jace ôta sa veste avec une grimace de douleur :

— Là, ce n'était pas un démon.

De sa main droite, il sortit quelque chose de sa ceinture. C'était l'objet lisse en forme de cylindre qu'il avait utilisé pour imprimer des cercles sur la peau de Clary. À sa vue, elle sentit des picotements dans son avant-bras.

Jace esquissa un pâle sourire :

— Ceci est une stèle.

Il effleura avec l'objet une marque sur son bras, dont la forme étrange évoquait une étoile. Deux de ses branches étaient détachées du dessin.

— Et voici la marche à suivre quand un Chasseur d'Ombres est blessé.

De la pointe de la stèle, il traça une ligne reliant les deux branches de l'étoile. La marque se mit à briller comme sous l'effet d'une encre phosphorescente, puis s'imprima dans sa peau à la manière d'un objet qui s'enfonce dans l'eau, laissant une empreinte fantomatique : une cicatrice pâle et fine, presque invisible.

Une image s'insinua dans l'esprit de Clary : le dos nu de sa mère en maillot de bain, ses omoplates et le creux de sa colonne vertébrale mouchetés de minuscules marques blanches. Une image sans doute issue d'un rêve : le dos de sa mère n'était pas vraiment comme ça, elle en était certaine. Mais cette vision la hantait.

Jace laissa échapper un soupir, et ses traits se détendirent. Il remua le bras, doucement d'abord, puis avec plus de facilite. le leva et le baissa en serrant le poing. Visiblement, il n'était plus cassé.

— Incroyable ! souffla Clary. Comment...

— C'est une *iratze*, une rune de guérison, répondit Jace. La stèle sert à l'activer.

Il glissa le fin cylindre dans sa ceinture et remit sa veste. De la pointe de sa botte, il tâta le corps du géant.

— Il va falloir faire un rapport à Hodge. Il en sera

malade ! ajouta-t-il, comme si la perspective d'inquiéter Hodge l'amusait.

Clary songea que Jace était du genre à aimer l'action, même si les choses tournaient mal.

— Si je comprends bien, c'est parce que cette chose n'est pas un démon que le Détecteur n'a pas signalé sa présence ?

Jace hocha la tête :

— Tu vois ces cicatrices sur son visage ? C'est une stèle qui en est à l'origine. Une stèle comme celle-ci.

Il tapota le cylindre qui pendait à sa ceinture.

— Tu m'as demandé ce qu'il arrivait quand on marquait quelqu'un qui n'est pas de notre sang. Une seule Marque ne peut que brûler. En revanche, plusieurs, imprimées dans la chair d'un être humain ordinaire qui n'a pas de Chasseur d'Ombres parmi sa descendance, donnent cela.

Il montra le corps à ses pieds :

— Les runes sont extrêmement douloureuses. Les marqués perdent la raison, la souffrance les rend fous. Ils deviennent des tueurs féroces, sans états d'âme. Ils ne mangent ni ne dorment, à moins qu'on ne les force, et ils meurent très vite, d'habitude. Les runes possèdent un grand pouvoir ; elles peuvent être utilisées pour faire le bien comme le mal. Les Damnés sont des créatures mauvaises.

Clary le dévisagea, horrifiée :

— Qui est derrière tout ça ?

— Un sorcier, peut-être, ou une Créature Obscure passée du mauvais côté. Les Damnés restent loyaux envers ceux qui les ont marqués. Ils obéissent à des ordres simples. Imagine... une armée d'esclaves.

Il enjamba le cadavre et jeta un œil à Clary par-dessus son épaule :

— Je retourne là-haut.

— Mais... il n'y a rien à voir !

— Il n'était peut-être pas seul. Attends-moi ici.

Il commença à monter l'escalier.

— À ta place, je resterais où je suis, dit une voix stridente et familière. D'autres viendront, sois-en sûr.

Jace, qui avait presque atteint le palier, fit volte-face et scruta l'obscurité. Clary, quant à elle, avait immédiatement reconnu la voix.

— Mme Dorothea ?

La vieille dame hocha la tête d'un air solennel. Debout sur le seuil de son appartement, elle portait une espèce de robe d'intérieur violette en soie sauvage qui ressemblait un peu à une tente. Des chaînes en or étincelaient à ses poignets et à son cou. Ses longs cheveux méchés de gris s'échappaient d'un chignon enroulé au sommet de son crâne.

Jace la fixa avec surprise :

— Mais...

— D'autres quoi ? demanda Clary.

— D'autres Damnés, répondit Dorothea avec un enjouement qui ne se prêtait guère aux circonstances.

Elle parcourut du regard le hall d'entrée :

— Vous avez semé une sacrée pagaille ! Et je parie que vous n'avez pas l'intention de réparer les dégâts. C'est typique !

— Mais vous êtes une Terrestre ! parvint enfin à articuler Jace.

— Bien observé, répliqua Dorothea. L'Enclave a dû briser le moule après toi.

Sur le visage du garçon, la stupéfaction laissa bientôt place à la colère :

— Vous connaissez l'Enclave ? Vous étiez au courant de son existence, vous saviez qu'il y avait des Damnés dans cette maison, et vous ne l'avez pas prévenue ? C'est un crime contre l'Alliance...

— Ni l'Enclave ni l'Alliance n'ont jamais rien fait pour moi, rétorqua la voyante, les yeux étincelants de colère. Je ne leur dois rien.

Pendant un instant, son accent new-yorkais rugueux avait fait place à une intonation plus grave, plus dure, que Clary ne lui connaissait pas.

— Arrête, Jace, dit-elle.

Puis, se tournant vers Mme Dorothea :

— Si vous connaissez l'existence de l'Enclave et des Damnés, alors vous savez peut-être ce qui est arrivé à ma mère ?

Dorothea secoua la tête en faisant tinter ses boucles d'oreilles. La compassion se lisait sur son visage :

— Si j'ai un conseil à te donner, c'est d'oublier ta mère. Elle n'existe plus.

Clary sentit le sol se dérober sous ses pieds.

— Vous voulez dire qu'elle est morte ?

— Non, répondit Dorothea comme à regret. Je suis sûre qu'elle est encore en vie. Pour le moment.

— Alors, il faut que je la retrouve ! s'écria Clary.

Le monde avait cessé de vaciller. Jace se tenait derrière elle, la main posée sur son bras comme pour la réconforter, mais elle n'y prêta pas attention.

— Vous comprenez ? Il faut que je la retrouve avant....

Mme Dorothea l'interrompit d'un geste :

— Je ne veux pas être mêlée aux histoires des Chasseurs d'Ombres.

— Mais vous connaissiez ma mère ! C'était votre voisine...

— L'Enclave a ouvert une enquête officielle, intervint Jace. Je pourrais revenir avec les Frères Silencieux.

— Oh, pour l'am...

Dorothea regarda tour à tour la porte de son appartement, Jace et Clary.

— C'est bon, entrez, dit-elle enfin. Je vous dirai ce que je sais.

Elle jeta un regard noir à Jace :

— Toi, Chasseur d'Ombres, si tu racontes à quiconque que je vous ai aidés, demain tu te réveilleras avec des serpents à la place des cheveux et une paire de bras en plus.

— J'aimerais bien avoir une autre paire de bras, plaisanta Jace. C'est pratique pour se battre.

— Sauf s'ils sortent de ton...

Dorothea s'interrompit pour lui sourire, non sans malice.

— ... cou.

— Berk, fit Jace.

— C'est le mot qui convient, Jace Wayland.

Dorothea entra dans l'appartement en faisant virevolter les pans de sa robe comme un drapeau aux couleurs criardes.

Clary se tourna vers Jace :

— Wayland ?

— C'est mon nom, répondit Jace, l'air troublé. Ça ne me plaît pas beaucoup qu'elle le connaisse.

Les lumières étaient allumées dans l'appartement ; une odeur entêtante d'encens envahit le hall de l'immeuble, se mêlant à la puanteur du sang.

— Je pense qu'on devrait tout de même discuter avec elle, dit Clary. Qu'est-ce qu'on a à perdre ?

— Quand tu auras passé un peu plus de temps dans notre monde, tu ne me reposeras plus cette question.

7

La porte multidimensionnelle

L'appartement de Mme Dorothea avait le même agencement que celui de Clary, mais elle utilisait l'espace de façon radicalement différente. L'entrée, qui empestait l'encens, était tapissée de rideaux de perles et de posters d'astrologie. L'un d'eux représentait la constellation du zodiaque, un autre le guide des signes chinois, un troisième, recensant les lignes de la main, s'accompagnait d'une citation latine : *In manibus fortuna*. De petites étagères remplies de livres occupaient le mur près de la porte.

La tête de Mme Dorothea émergea de derrière l'un des rideaux.

— Tu t'intéresses à la chiromancie ou tu fouines ? demanda-t-elle en suivant le regard de Clary.

— Ni l'un ni l'autre. Vous savez vraiment lire l'avenir ?

— Ma mère était très douée pour ça. Elle pouvait lire l'avenir d'un homme dans sa main et dans les feuilles de thé. Elle m'a transmis certains de ses trucs.

Elle se tourna vers Jace :

— En parlant de thé, tu en veux un, jeune homme ?

— Quoi ? demanda Jace d'un air distrait.

— Du thé. C'est excellent pour l'estomac et la concentration.

— Moi, j'en veux bien, dit Clary, se rappelant soudain qu'elle n'avait rien mangé ni bu depuis une éternité.

Elle avait l'impression de marcher uniquement à l'adrénaline depuis son réveil.

— Va pour moi aussi, se décida Jace. À condition que ce ne soit pas du Earl Grey, précisa-t-il en plissant son nez fin. Je déteste la bergamote.

Mme Dorothea fit entendre un caquètement sonore avant de disparaître derrière le rideau.

Clary leva un sourcil :

— Tu n'aimes pas la bergamote ?

Jace s'approcha de la petite étagère pour en examiner le contenu :

— Ça te pose problème ?

— Tu es le seul type de mon âge, à ma connaissance, qui sache ce qu'est la bergamote, sans parler du Earl Grey.

— Oui, et alors ? dit Jace d'un air hautain. Je ne suis pas comme les autres types. Et puis, ajouta-t-il en prenant un livre sur l'étagère, à l'Institut, nous suivons des cours de base sur les propriétés médicinales des plantes. C'est obligatoire.

— Je pensais que tu n'étudiais que des matières du genre « sciences du massacre » et « décapitation, premier niveau ».

— Très drôle, Fray ! rétorqua Jace en feuilletant le livre.

Clary, qui s'était absorbée dans la contemplation du poster de chiromancie, se retourna brusquement :

— Ne m'appelle pas comme ça.

Jace leva les yeux, surpris :

— Pourquoi ? Ce n'est pas ton nom de famille ?

L'image de Simon s'insinua dans l'esprit de Clary. Simon, la dernière fois qu'elle l'avait vu avant de sortir en courant du Java Jones. Elle se tourna de nouveau vers le poster :

— Laisse tomber.

— Je vois, dit Jace, et au son de sa voix, Clary comprit qu'il en savait plus qu'elle ne l'aurait voulu.

Il remit le livre à sa place.

— Ce sont les âneries qu'elle met en évidence pour impressionner des Terrestres crédules, décréta-t-il d'un air dégoûté. Il ne faut pas espérer trouver un livre sérieux ici.

— Ce n'est pas parce que tu ne pratiques pas ce genre de magie... commença Clary.

Il la fit taire d'un regard furieux :

— Je n'ai rien à voir avec la magie. Mets-toi ça dans le crâne : les êtres humains ignorent tout de la magie. C'est, entre autres, ce qui fait d'eux des humains. Les sorciers, eux, s'en servent parce que du sang de démon coule dans leurs veines.

Clary prit le temps de digérer ce qu'elle venait d'entendre.

— Mais je t'ai vu t'en servir. Tu manies des armes magiques...

— Je me sers d'outils magiques, oui. Et, pour ça, j'ai dû suivre un entraînement rigoureux. Et puis, les runes tatouées sur ma peau me protègent. Si tu tentais d'utiliser un poignard séraphique, par exemple, tu te brûlerais sans doute, et tu y perdrais peut-être la vie.

— Et si je portais ces mêmes tatouages ? Est-ce que je pourrais m'en servir ?

— Non, répondit Jace avec agacement. Les Marques ne sont qu'une partie du procédé. Il y a des tests, des épreuves, des niveaux d'entraînement... Écoute, oublie ça, tu veux ? Tiens-toi à l'écart de mes couteaux. Ne touche pas mes armes sans ma permission.

— Dommage ! Moi qui voulais les vendre sur eBay.. marmonna Clary.

— Sur quoi ?

Clary lui adressa un sourire mielleux :

— Un endroit mythique doté d'un immense pouvoir magique.

Jace la regarda sans comprendre, puis haussa les épaules :

— La plupart des mythes sont vrais, du moins en partie.

— Je commence à m'en rendre compte.

— Le thé est servi. Ne restez pas plantés là comme des imbéciles. Venez au petit salon.

— Il y a un « petit » salon ? s'étonna Clary.

— Bien sûr. Où suis-je censée recevoir mes visiteurs ?

— Je vais de ce pas confier mon couvre-chef au majordome, dit Jace.

La voyante lui jeta un regard assassin :

— Si tu étais moitié aussi drôle que tu le penses, mon garçon, tu serais encore deux fois plus drôle que tu ne l'es en réalité.

Elle disparut derrière le rideau avec un gros soupir de mépris. Jace fronça les sourcils :

— Je ne suis pas certain d'avoir compris ce qu'elle entendait par là.

— Ah bon ? répondit Clary. Moi, je vois tout à fait ce qu'elle veut dire.

Et, avant qu'il ait pu répliquer, elle suivit la maîtresse des lieux.

Le petit salon était plongé dans la pénombre. Une lumière ténue filtrait sous les tentures en velours noir qui masquaient un pan de mur. Des oiseaux et des chauves-souris empaillés fixés à des cordelettes pendaient du plafond. Ils avaient des perles noires en guise d'yeux. Le sol était recouvert de tapis persans poussiéreux. Des fauteuils moelleux entouraient une table basse. Une pile de cartes de tarot retenues par un ruban de soie et une boule de cristal montée sur un socle doré étaient posées aux deux extrémités de la table. Au centre trônait un service à thé. Des sandwiches s'empilaient sur une assiette, une théière bleue déroulait un mince serpentin de vapeur blanche. Deux tasses et leurs soucoupes assorties avaient été soigneusement disposées devant deux des fauteuils.

— Waouh ! fit Clary. C'est super.

Elle prit place dans l'un des fauteuils. Comme c'était bon de s'asseoir un peu !

Dorothea sourit, une lueur espiègle dans le regard.

— Un peu de thé ? demanda-t-elle en prenant la théière. Lait ? Sucre ?

Clary jeta un regard en coin à Jace qui, assis à côté d'elle, venait de s'emparer de l'assiette de sandwiches et l'examinait attentivement.

— Sucre, répondit-elle.

Jace haussa les épaules, choisit un sandwich et reposa l'assiette. Clary l'observait d'un air suspicieux alors qu'il mordait dans son sandwich. Il haussa les épaules à nouveau.

— Concombre, dit-il en réponse à son regard interrogateur.

— J'ai toujours pensé que les sandwiches au concombre se mariaient bien avec le thé, vous ne trouvez pas ? lança Mme Dorothea.

— Je déteste le concombre, maugréa Jace en tendant le reste de son sandwich à Clary.

Elle mordit dedans : il était parfait. Juste ce qu'il fallait de mayonnaise et de poivre. Son estomac émit un gargouillement de gratitude, car c'était la première nourriture qu'elle avalait depuis les *nachos* mangés avec Simon.

— Concombre et bergamote, dit-elle. Y a-t-il d'autres choses que tu détestes ?

Jace regarda Dorothea par-dessus sa tasse avant de répondre :

— Les menteurs.

La vieille dame reposa calmement la théière :

— Traite-moi de menteuse si tu veux. C'est vrai, je ne suis pas une sorcière. Mais ma mère l'était, elle.

Jace manqua s'étrangler avec son thé :

— C'est impossible !

— Pourquoi ça ? demanda Clary avec curiosité.

Elle avala une gorgée de thé. Il était amer, avec un goût prononcé de fumé.

— Parce qu'elles sont moitié humaines, moitié démons, répondit Jace avec un soupir. Les sorciers sont tous des sang-mêlé. Et pour cette raison ils ne peuvent pas avoir d'enfants. Ils sont stériles.

— Comme les mules, ajouta Clary d'un air songeur en se remémorant un cours de biologie. La mule est un hybride stérile.

— Tu as une connaissance du bétail stupéfiante ! ironisa Jace. Toutes les Créatures Obscures sont partiellement démoniaques, mais seuls les sorciers descendent directement d'un démon. C'est pourquoi ils ont de grands pouvoirs.

— Les vampires et les loups-garous ont du sang de démons, eux aussi ? Et les fées ?

— Les vampires et les loups-garous sont le fruit de maux transmis par les démons. La plupart des maux démoniaques sont mortels pour les humains, mais dans ces deux cas précis, ils altèrent les personnes infectées sans pour autant les tuer. Quant aux fées...

— Les fées sont des anges déchus, expliqua Dorothea, chassés du paradis à cause de leur vanité.

— Ça, c'est la légende. On prétend aussi qu'elles sont le fruit d'une union entre un ange et un démon, ce qui m'a toujours semblé plus probable. Le bien et le mal mêlés. Les fées sont aussi belles que sont censés l'être des anges, mais elles peuvent faire preuve de beaucoup de cruauté et de malice. Et rappelez-vous que la plupart d'entre elles évitent la lumière du jour...

— Car le Mal n'a de pouvoir que dans les ténèbres, récita tout bas Dorothea, comme si elle reprenait les mots d'un vieux poème.

Jace lui jeta un regard méprisant.

— C'est exact, les sorciers ne peuvent pas enfanter, reprit Dorothea. Ma mère m'a adoptée, car elle voulait s'assurer que quelqu'un s'occuperait de cet endroit après sa disparition. Je n'ai pas besoin de maîtriser la magie. Il me suffit d'ouvrir l'œil.

— Comment ça ? demanda Clary

Avec une moue entendue, la vieille dame tendit la main vers l'assiette de sandwiches. Mais cette dernière était vide : Clary avait tout mangé. Dorothea s'esclaffa :

— Enfin une fille qui a de l'appétit ! De mon temps, les femmes étaient des créatures robustes et gaillardes, pas des brindilles comme maintenant.

— Merci, marmonna Clary.

Elle pensa à la taille de guêpe d'Isabelle et se sentit soudain énorme. Elle reposa sa tasse d'un geste brusque. Mme Dorothea s'en empara sur-le-champ pour en examiner le fond.

— Quoi ? demanda Clary, nerveuse. J'ai fendu la tasse ?

— Elle lit ton avenir dans les feuilles de thé, répondit Jace avec dédain.

Pourtant, à l'instar de Clary, il se pencha vers Dorothea, qui faisait tourner la tasse entre ses doigts épais, les sourcils froncés.

— C'est mauvais ?

— Ce n'est ni bon ni mauvais. C'est... déroutant.

Dorothea leva les yeux vers Jace.

— Donne-moi la tienne, ordonna-t-elle.

— Mais je n'ai pas fini mon...

La vieille dame lui arracha la tasse des mains et versa le thé qui restait dans la théière. Puis elle scruta le fond de la tasse.

— Je vois de la violence dans ton avenir, et beaucoup de sang versé. Tu tomberas amoureux de la mauvaise personne. Et tu as un ennemi.

— Un seul ? Voilà une bonne nouvelle ! lança Jace en s'adossant à son fauteuil.

Dorothea reposa sa tasse et reprit celle de Clary. Elle secoua la tête :

— Je ne peux rien lire là-dedans. Les images se mélangent, elles n'ont aucun sens.

Elle jeta un coup d'œil à la jeune fille :

— Tu as un Verrou dans la tête ?

Clary la dévisagea sans comprendre :

— Un quoi ?

— Un sort qui dissimule un souvenir ou qui peut bloquer la Seconde Vue.

— Non, bien sûr que non.

Jace se redressa vivement :

— Minute, papillon ! C'est vrai qu'elle prétend ne pas se rappeler avoir eu la Seconde Vue avant cette semaine. Peut-être...

— De quoi je me mêle ? Ne me regarde pas de cet air condescendant !

Jace prit l'air offensé :

— Je n'ai rien fait du tout.

— Tu allais te moquer de moi, je le vois bien.

— Ça ne signifie pas que j'ai tort. Quelqu'un a bloqué tes souvenirs, j'en suis presque certain.

— Très bien, essayons autre chose, intervint Dorothea.

Elle reposa la tasse et prit le paquet de tarots enrubannés. Elle les disposa en éventail et les tendit à Clary :

— Promène ta main sur les cartes jusqu'à ce que tu en touches une qui te donne une impression de chaud ou de froid, ou qui colle à tes doigts, puis donne-la-moi.

Clary promena docilement sa paume sur les cartes. Elles étaient lisses au toucher, mais aucune d'elles ne lui sembla particulièrement chaude ou froide, et aucune ne collait à ses doigts. Elle en choisit donc une au hasard et la montra à Dorothea.

— L'As de Coupes ! annonça cette dernière avec stupéfaction. La carte de l'amour.

Clary retourna la carte pour l'examiner. Elle lui semblait lourde ; on y voyait une main tenant une coupe devant un soleil rayonnant. La coupe était en or gravé de soleils plus petits, et incrustée de rubis. Le style de l'artiste lui était aussi familier que son propre souffle.

— C'est une bonne carte, non ?

— Pas nécessairement. Les hommes commettent souvent des actes terribles par amour, répondit Mme Dorothea, les yeux étincelants. Mais c'est une carte puissante. Qu'est-ce qu'elle te rappelle ?

— C'est ma mère qui l'a peinte, dit Clary en jetant la carte sur la table. C'est elle, n'est-ce pas ?

Dorothea acquiesça, l'air satisfait :

— Elle les a toutes peintes. Elle m'en a fait cadeau.

— C'est vous qui le dites, lança Jace.

Il se leva, le visage fermé :

— Connaissiez-vous vraiment la mère de Clary ?

Clary se pencha vers lui :

— Jace, tu n'es pas obligé...

Dorothea s'adossa à son fauteuil, les cartes étalées devant elle.

— Jocelyne savait qui j'étais, et inversement. Nous n'en parlions pas beaucoup. Parfois, elle me rendait service – comme peindre ces cartes – et, en échange, je lui donnais à l'occasion des nouvelles du Monde Obscur. Il y avait un nom qui revenait souvent. Elle m'avait demandé de surveiller tout ça de près, ce que j'ai fait.

L'expression de Jace était impénétrable :

— Et ce nom, c'était quoi ?

— Valentin.

Clary se redressa.

— Et quand vous dites que vous saviez, pour elle, que voulez-vous dire ? Qui était-elle, au juste ? demanda Jace.

— Dans son passé, Jocelyne avait été des vôtres. Une Chasseuse d'Ombres. Un membre de l'Enclave.

— Non, murmura Clary.

Dorothea la regarda avec tristesse :

— C'est la vérité. Elle a choisi de vivre entre ces murs parce que...

— Parce qu'ils renferment un Sanctuaire, l'interrompit Jace. Pas vrai ? Votre mère était une Sentinelle. Elle a fait de cet endroit un refuge idéal pour les Créatures Obscures en fuite. C'est ça, hein ? Vous dissimuliez des criminels !

— On pourrait le dire comme ça, répondit Dorothea. Tu connais la devise de l'Alliance ?

— *Dura lex, sed lex*, récita Jace. La loi est dure, mais c'est la loi.

— Parfois la loi est trop sévère. Je sais que l'Enclave m'aurait séparée de ma mère si elle avait pu. Tu aurais voulu que je la laisse agir de même avec d'autres ?

— Alors, vous êtes une vraie philanthrope, ironisa Jace. Vous voulez me faire avaler que les Créatures Obscures ne vous paient pas grassement pour bénéficier du Sanctuaire ?

Dorothea lui fit un large sourire qui découvrit ses molaires en or :

— Tout le monde ne peut pas compter sur son joli minois !

Jace ne releva pas le compliment :

— Je devrais vous dénoncer auprès de l'Enclave...

— Non ! s'exclama Clary en se levant. Tu as promis.

— Je n'ai rien promis du tout.

Jace arracha l'une des tentures en velours :

— Et ça, qu'est-ce que c'est ?

— C'est une porte, Jace.

Bizarrement, la porte était encastrée dans le mur entre deux baies vitrées. Elle ne pouvait mener nulle part ! Elle était faite d'un métal légèrement brillant, plus doré que le cuivre, mais qui semblait aussi lourd que le fer. Le bouton de la porte avait la forme d'un œil.

— La ferme ! lança Jace avec colère. C'est un Portail, n'est-ce pas ?

— Une porte multidimensionnelle, répondit Dorothea en étalant les tarots sur la table. Les dimensions ne sont pas formées que de lignes droites, tu sais, ajouta-t-elle en avisant le regard médusé de Clary. Elles comportent des plis, des creux, des recoins et des fissures. C'est un peu dur à expliquer à quelqu'un qui n'a pas étudié la théorie dimensionnelle... En principe, cette porte peut te conduire n'importe où dans cette dimension. C'est...

— Une issue de secours, dit Jace. C'est la raison pour laquelle ta mère a voulu s'installer ici. Pour pouvoir fuir à n'importe quel moment.

— Alors, pourquoi n'a-t-elle pas...

Clary s'interrompit, glacée d'horreur.

— C'est à cause de moi. Elle ne voulait pas partir sans moi ce soir-là !

Jace secoua la tête :

— Tu n'as rien à te reprocher dans cette histoire.

Les yeux pleins de larmes, Clary l'écarta d'un geste brusque.

— Je veux savoir où elle voulait se rendre, dit-elle en s'avançant vers la porte. Je veux savoir où elle avait prévu de fuir pour...

— Clary, non !

Jace se précipita vers elle : trop tard ! Ses doigts s'étaient déjà refermés sur la poignée. Cette dernière tourna facilement, et la porte s'ouvrit à la volée comme si elle s'était jetée contre elle. Dorothea se leva en poussant un cri.

Avant même qu'elle ait pu finir sa phrase, Clary se sentit aspirée en avant et tomba dans le vide.

8

L'arme du choix

Clary fut tellement surprise qu'elle en oublia de crier. La sensation de tomber était particulièrement désagréable : elle sentit le cœur lui remonter dans la gorge, son estomac se liquéfia. Elle tendit les mains pour se raccrocher à quelque chose, n'importe quoi, qui aurait pu ralentir sa chute.

Ses doigts se refermèrent sur une branche, et elle s'affala lourdement sur le sol, heurtant la terre compacte de l'épaule et de la hanche. Elle roula sur le dos, le souffle coupé. Elle allait se redresser lorsqu'un corps atterrit sur elle.

Sous le choc, elle se cogna le front et sentit ses genoux cogner ceux du nouveau venu. Après avoir recraché des cheveux qui n'étaient pas les siens, Clary tenta de se dégager du poids qui l'écrasait.

— Aïe ! s'exclama Jace avec indignation. Tu m'as donné un coup de coude.

— Et toi, tu m'étouffes !

Jace se redressa sur les coudes et dévisagea tranquillement Clary. Elle distingua le ciel bleu au-dessus de lui, un morceau de branche et le coin d'un toit de bardeaux gris.

— Eh bien, tu ne m'as pas vraiment laissé le choix. Tu t'es précipitée tête la première comme si tu prenais le métro. Tu as de la chance que ce portail ne nous ait pas jetés dans l'East River !

— Tu n'étais pas obligé de me suivre.

— Si. Tu es bien trop inexpérimentée pour te sortir seule d'une situation dangereuse.

— Comme c'est gentil de ta part ! Je vais peut-être te pardonner, finalement.

— Me pardonner quoi ?

— De m'avoir dit de la fermer.

— Je n'ai jamais dit ça... Enfin si, mais tu...

— Aucune importance.

Clary commençait à avoir des crampes dans le bras. Elle roula sur le côté pour se dégager, remarqua la pelouse mal entretenue, le grillage, et examina de plus près la maison grise qui lui paraissait à présent tristement familière.

Elle se figea :

— Je sais où nous sommes.

— Quoi ?

— C'est la maison de Luke.

Clary s'assit par terre en poussant Jace au passage. Après s'être relevé d'un mouvement gracieux, il lui tendit la main. Elle choisit de l'ignorer et, une fois debout, se mit à secouer son bras endolori.

Ils se trouvaient à Williamsburg, devant une petite maison grise nichée parmi d'autres habitations identiques alignées le long de la berge. Une brise en provenance de l'East River agitait une pancarte suspendue au-dessus du perron en brique. Jace en lut l'inscription à voix haute : *Librairie Garroway. Livres neufs et d'occasion. Éditions épuisées. Fermé le samedi.* Il jeta un coup d'œil sur la porte d'entrée verrouillée avec un gros cadenas. L'équivalent de plusieurs jours de courrier s'entassait sur le paillasson.

— Il vit dans une librairie ?

— Non, derrière.

Clary regarda la rue déserte, qui était flanquée d'un côté par le pont de Williamsburg, et de l'autre par une fabrique de confiseries désaffectée. Au-delà du fleuve qui s'écoulait paresseusement, le soleil se couchait derrière les gratte-ciel de Manhattan en soulignant d'or leurs contours.

— Jace, comment a-t-on pu atterrir ici ?

— C'est le Portail, répondit-il en examinant le cadenas. Il te suffit de penser à un endroit pour y être transporté.

— Mais je n'ai pensé à rien !

— Si, forcément, répliqua Jace avec indifférence. Bon, puisqu'on est ici... Qu'est-ce qu'on fait ?

— On s'en va. Luke m'a ordonné de ne pas venir chez lui.

Jace secoua la tête :

— Et tu te contentes d'obéir à ses ordres ?

Clary frissonna : malgré la chaleur, elle avait froid.

— Est-ce que j'ai le choix ?

— On a toujours le choix. À ta place, je m'intéresserais de près à ce Luke. Tu as les clés de la maison ?

— Non, mais parfois il ne ferme pas la porte.

Elle montra du doigt l'étroite allée qui séparait la maison de Luke de l'habitation voisine. Des poubelles en plastique s'y alignaient à côté de piles de journaux et d'un grand bac rempli de bouteilles de soda vides. Au moins, Luke se sentait concerné par l'environnement.

— Tu es sûr qu'il n'est pas chez lui ?

Clary jeta un coup d'œil sur le trottoir désert :

— Sa camionnette n'est pas là, la boutique est fermée et les lumières sont éteintes. Il y a de grandes chances qu'il soit parti.

— Montre le chemin, alors.

L'allée entre les deux maisons se terminait par un grillage clôturant la petite arrière-cour de Luke, où de rares plantes poussaient dans les fissures des dalles.

— Il va falloir l'escalader, dit Jace en introduisant le bout de sa botte dans un trou du grillage.

Il commença son ascension. La clôture fit un tel bruit de ferraille que Clary jeta un regard inquiet alentour. Heureusement, les lumières étaient éteintes chez le voisin aussi. Parvenu au sommet de la clôture, Jace se laissa tomber de l'autre côté et atterrit dans les buissons. Un hurlement déchirant accompagna sa chute. Pendant un instant, Clary crut qu'il était tombé sur un chat errant. Elle entendit le garçon pousser une exclamation de surprise. Une forme sombre – beaucoup plus grande qu'un chat – surgit des buissons et s'enfuit en courant, à demi courbée. Après s'être relevé d'un bond, Jace se lança à sa poursuite, l'air féroce.

Clary grimpa à son tour sur la clôture. Comme elle passait la jambe de l'autre côté, le jean d'Isabelle se prit dans le grillage et le tissu se déchira. Elle s'étala par terre juste au moment où Jace poussait un cri de triomphe :

— Je le tiens !

Clary se retourna et vit Jace assis à califourchon sur l'intrus étendu face contre terre.

— Voyons à quoi tu ressembles..., dit-il en lui attrapant les poignets

— Lâche-moi, espèce d'idiot ! rugit l'autre.

Il se dégagea et parvint à s'asseoir, ses lunettes perchées de travers sur son nez. Clary écarquilla les yeux :

— Simon ?

— Oh non ! s'exclama Jace d'un ton résigné. Moi qui espérais avoir mis la main sur quelque chose d'intéressant...

— Mais qu'est-ce que tu fabriquais, caché dans les buissons de Luke ? demanda Clary en ôtant les feuilles des cheveux de Simon, qui la laissa faire de mauvaise grâce. Explique-moi !

En s'imaginant ses retrouvailles avec Simon, une fois cette aventure terminée, Clary se l'était représenté de meilleure humeur.

— C'est bon, ça suffit. Je peux me recoiffer tout seul, Fray, dit-il en se dégageant.

Ils étaient assis sur les marches du perron derrière la maison de Luke. Jace, juché sur la rampe, s'appliquait consciencieusement à les ignorer : il s'efforçait de se limer les ongles avec sa stèle. Clary ne put s'empêcher de se demander si l'Enclave approuverait.

— Luke sait que tu es ici ?

— Bien sûr que non, répondit Simon avec colère. Je ne lui ai jamais posé la question, mais je suis sûr qu'il a une politique très ferme vis-à-vis des vagabonds qui rôdent dans ses buissons.

— Tu n'es pas un vagabond, il te connaît.

Clary avait envie de caresser sa joue qui saignait encore un peu à l'endroit où il s'était égratigné avec une branche.

— L'essentiel, c'est que tu ailles bien.

Simon partit d'un rire sans joie :

— Que MOI, j'aille bien ? Clary, tu as une idée de ce que j'ai traversé pendant ces trois jours ? La dernière fois que je t'ai vue, tu sortais du Java Jones comme si tu avais le feu aux fesses, et depuis... rien. Tu ne décroches plus ton portable, ton fixe est en dérangement. Et Luke qui me dit que tu séjournes chez des parents, alors que je sais très bien que tu n'as pas d'autre famille ! J'ai cru que j'avais fait quelque chose qui t'avait mise en rogne.

— Qu'est-ce qui t'a fait penser ça ?

Clary lui prit la main, mais il se dégagea sans même la regarder :

— Je ne sais pas.

Jace, toujours absorbé dans sa besogne, ricana.

— Tu es mon meilleur ami, dit Clary. Je ne suis pas fâchée contre toi.

— Et pourtant, tu n'as pas pris la peine de m'appeler pour m'informer que tu sortais avec un faux blond pseudo-gothique que tu as sans doute rencontré au Charivari, dit Simon avec amertume. J'ai passé ces trois jours à me demander si tu n'étais pas morte !

— Je ne sors avec personne, répondit Clary, soulagée que Simon ne puisse pas la voir rougir dans l'obscurité.

— Et mes cheveux sont naturellement blonds, ajouta Jace. Simple précision.

— Alors, qu'est-ce que tu as fait pendant tout ce temps ? demanda Simon avec un regard soupçonneux. Tu es vraiment allée jouer les infirmières auprès de ta grande-tante Matilda qui a contracté la grippe aviaire ?

— C'est ce que Luke t'a raconté ?

— Non, il m'a seulement dit que tu étais chez un parent malade, et que ton téléphone ne marchait pas à la campagne. Je n'en ai pas cru un mot ! Après qu'il m'a viré de chez lui, j'ai fait le tour de la maison pour jeter un œil par la fenêtre. Je l'ai vu entasser des affaires dans un gros sac comme s'il partait pour le week-end. Et c'est là que j'ai décidé de rester dans les parages pour le surveiller.

— Pourquoi ? Parce que tu l'as vu faire son sac ?

— Il l'a rempli d'armes, répondit Simon en frottant sa joue ensanglantée avec la manche de son T-shirt. Des poignards, deux dagues, et même une épée. Le plus bizarre, c'est que ses armes brillaient dans le noir.

Il regarda tour à tour Clary et Jace :

— Et maintenant, tu vas me dire que j'ai tout imaginé ?

— Non, répondit Clary.

Elle regarda furtivement Jace. La lumière du couchant allumait des étincelles dorées dans ses yeux.

— Je vais lui dire la vérité.

— Je sais.

— Tu ne vas pas essayer de m'en empêcher ?

Il contempla la stèle dans sa main :

— J'ai prêté serment auprès de l'Alliance. Ce n'est pas ton cas.

Clary se tourna vers Simon et prit une grande inspiration :

— Bon, voici ce que tu dois savoir.

Il faisait nuit noire quand Clary se tut enfin. Simon avait écouté sa longue explication, l'air impassible ; il avait juste grimacé un peu quand elle lui avait fait le récit de sa rencontre avec le Vorace. Après avoir terminé, elle s'éclaircit la gorge, s'apercevant soudain qu'elle mourait de soif.

— Alors, des questions ?

Simon leva la main :

— Oh oui, plein.

Clary poussa un gros soupir :

— Vas-y.

Il montra Jace du doigt :

— Alors, c'est un... comment appelles-tu les gens comme lui, déjà ?

— Un Chasseur d'Ombres.

— Un chasseur de démons, précisa Jace. Je tue des démons. Franchement, ce n'est pas très difficile.

Simon se tourna vers Clary :

— C'est vrai ?

Il s'attendait sans doute à ce qu'elle réponde que Jace était en réalité un dangereux maniaque en fuite, qu'elle avait décidé de prendre sous son aile pour des raisons humanitaires.

— La stricte vérité.

— Et les vampires aussi ? Et les loups-garous, les sorciers, tous ces trucs ?

— D'après ce que j'ai entendu dire, oui.

— Et eux, tu les tues aussi ? demanda Simon à Jace, qui avait remis la stèle dans sa poche et vérifiait ses ongles impeccables.

— Seulement quand ils se sont mal conduits.

Pendant un moment, Simon fixa ses pieds en silence. Clary douta que lui confier ce genre de secret fût vraiment la chose à faire. Il était beaucoup plus pragmatique que la plupart des gens qu'elle connaissait : il détesterait peut-être l'idée d'être confronté à quelque chose qui résistait à toute explication logique. Inquiète, elle se pencha vers lui au moment où il relevait la tête.

— C'est génial ! s'exclama-t-il.

— Génial ?

Jace semblait aussi dérouté que Clary.

Simon hocha la tête avec enthousiasme :

— Carrément. On se croirait dans *Donjons et Dragons*, sauf que là, c'est vrai.

Jace considéra Simon comme s'il appartenait à une espèce rare d'insectes.

— C'est un jeu, expliqua Clary, vaguement embarrassée. Les gens font semblant d'être des magiciens ou des elfes, et ils doivent éliminer des monstres et d'autres horreurs.

Jace parut perplexe. Simon sourit :

— Tu ne connais pas *Donjons et Dragons* ?

— Si, j'ai déjà entendu parler de donjons. Et de dragons aussi, bien qu'ils soient en voie d'extinction.

Simon parut déçu :

— Tu n'as jamais tué de dragon ?

— Il n'a probablement jamais rencontré non plus d'elfe géant en bikini de fourrure, rétorqua Clary, exaspérée. Lâche-le, Simon.

— En réalité, les elfes mesurent environ vingt centimètres, fit remarquer Jace. Et ils mordent.

— Et les femmes vampires ? demanda Simon. Il y en a des jolies ?

Pendant un instant, Clary craignit que Jace ne se jette sur Simon pour l'étrangler. Or il sembla étudier la question :

— Oui, peut-être.

— Génial ! répéta Simon.

Finalement, Clary préférait quand ils se battaient.

Jace se laissa glisser de la rampe :

— Bon, on la fouille, cette maison, oui ou non ?

Simon se leva :

— Et comment ! Qu'est-ce qu'on cherche, au juste ?

— « On » ? Je ne me souviens pas de t'avoir invité.

— Jace ! protesta Clary.

Jace sourit :

— Je plaisantais. On y va ?

Clary chercha la poignée de la porte dans le noir. Le battant s'ouvrit en déclenchant le plafonnier du porche, qui illumina l'entrée. La porte d'accès à la librairie était fermée ; Clary secoua la poignée.

— Elle est verrouillée, constata-t-elle.

— Permettez, Terrestres, dit Jace en la poussant de côté.

Il sortit sa stèle de sa poche et la posa contre la serrure. Simon le regarda faire avec irritation. « Aucune beauté vampire ne lui ferait aimer Jace », se dit Clary.

— C'est un sacré casse-pieds, non ? marmonna-t-il. Comment tu peux le supporter ?

— Il m'a sauvé la vie.

Simon lui jeta un regard furtif :

— Comment...

La porte s'ouvrit avec un clic.

— Voilà, dit Jace en remettant la stèle dans sa poche.

Clary vit la Marque sur la porte – juste au-dessus de sa tête – au moment où ils entraient. Au fond de la boutique, il y avait une petite réserve dont les murs s'écaillaient par endroits. Des cartons étaient empilés un peu partout, leur contenu inscrit au marqueur : « romans », « poésie », « cuisine », etc.

— L'appartement est par là.

Clary se dirigeait vers l'autre bout de la pièce, quand Jace la rattrapa par le bras :

— Attends.

Elle lui lança un regard nerveux :

— Quelque chose ne va pas ?

— Je ne sais pas.

Il se glissa entre deux piles de cartons et laissa échapper un sifflement :

— Clary, tu devrais venir voir ça.

Elle jeta un regard autour d'elle. Il faisait sombre dans la réserve. Le seul éclairage, filtrant par la fenêtre, provenait du plafonnier du porche.

— Il fait noir comme dans un four ici...

Une lumière aveuglante illumina soudain la pièce. Simon détourna la tête en clignant des yeux. Jace gloussa. Il s'était perché sur un carton ; quelque chose brillait entre ses doigts repliés.

— De la lumière de sort, expliqua-t-il.

Simon marmonna quelque chose dans sa barbe. Clary se frayait déjà un chemin parmi les cartons pour rejoindre Jace. Il se tenait derrière une pile de romans à énigme, en équilibre précaire. La lumière surnaturelle projetait une lueur étrange sur son visage.

— Regarde-moi ça, murmura-t-il en montrant le mur.

Elle crut d'abord qu'il s'agissait d'une paire d'appliques ornementales, puis, en y regardant de plus près, elle s'aperçut que c'étaient en réalité des menottes reliées à de courtes chaînes fixées au mur.

— On dirait des...

— ... menottes, dit Simon en s'avançant tant bien que mal parmi les cartons. Il ne serait pas un peu...

— Si c'est à l'adjectif « pervers » que tu penses, abstiens-toi, rétorqua Clary avec un regard lourd de sens. C'est de Luke qu'on parle !

Jace passa la main à l'intérieur d'une des menottes. Quand il la ressortit, ses doigts étaient couverts d'une poussière rougeâtre.

— Du sang. Regardez.

Il montra le plâtre bosselé du mur autour des chaînes.

— Quelqu'un a essayé d'arracher ces chaînes du mur. Et apparemment, il s'est donné du mal.

Clary sentit les battements de son cœur s'accélérer.

— Tu crois que c'était Luke ?

— Je crois qu'on ferait mieux de s'assurer qu'il va bien.

La porte menant à l'appartement n'était pas verrouillée. Elle s'ouvrait sur le salon. Si la librairie renfermait des centaines de livres, l'appartement en contenait encore plus. Des étagères s'élevaient jusqu'au plafond, et chacune d'elles contenait deux rangées d'ouvrages. La plupart étaient des recueils de poésie ou des romans, fantastiques pour beaucoup. Clary se revit en train de lire l'intégralité des *Chroniques de Prydain*, pelotonnée dans le fauteuil près de la fenêtre tandis que le soleil se couchait sur l'East River.

— À mon avis, il est toujours dans les parages, dit Simon en s'avançant sur le seuil de la kitchenette. Le percolateur est allumé, et il y a du café encore chaud.

Clary jeta un coup d'œil sur la cuisine. Des assiettes s'empilaient dans l'évier. Les vestes de Luke étaient suspendues, bien en ordre, dans le placard de l'entrée. Elle traversa le couloir et ouvrit la porte de la petite chambre. Elle était telle que dans son souvenir, avec son dessus-de-lit gris et son bureau jonché de vêtements. Clary se détourna. Une part d'elle-même était absolument certaine qu'en entrant chez Luke ils trouveraient l'appartement sens dessus dessous, et lui-même attaché, blessé, ou pire. À présent, elle ne savait plus quoi penser.

Hébétée, elle entra dans la chambre d'amis, située de l'autre côté du couloir, où elle avait dormi tant de fois lorsque sa mère s'absentait pour ses affaires. Ils veillaient jusque tard dans la nuit, regardant de vieux films d'horreur en noir et blanc. Elle y avait même laissé un sac à dos avec des affaires de rechange pour ne pas avoir à traîner son bagage chaque fois qu'elle venait ici.

Elle s'agenouilla pour l'extirper de dessous le lit. Il était couvert de badges, des cadeaux de Simon pour la plupart. Dans le sac se trouvaient des vêtements pliés, quelques sous-vêtements propres, une brosse à cheveux, et même du shampooing. « Dieu merci ! » songea Clary en refermant la porte de la chambre d'un coup de pied. Elle retira en hâte le jean et le T-shirt trop grands d'Isabelle, à présent tachés d'herbe et de sueur, et enfila un pantalon en velours beige et un haut bleu orné de caractères chinois sur le devant. Elle fourra les affaires d'Isabelle dans son sac à dos, le jeta sur son épaule et sortit de la chambre. Quel réconfort de posséder de nouveau quelque chose à soi !

Elle trouva Jace dans le bureau aux murs tapissés de livres, en train d'examiner le contenu d'un sac de sport ouvert sur le bureau. Il était, comme l'avait dit Simon, rempli d'armes : des couteaux, un fouet et une espèce de disque en métal tranchant comme un rasoir.

— C'est un *chakhram*, dit Jace quand Clary entra dans la pièce. Une arme de guerrier sikh. On le fait tourner autour de son doigt avant de le lancer. Ce genre d'arme est rare et difficile à manier. Bizarre que Luke en possède une... C'était l'arme de prédilection de Hodge, dans le temps. Enfin, d'après ce qu'il m'a dit.

— Luke collectionne les objets d'art, fit remarquer Clary en montrant l'étagère derrière le bureau, sur laquelle s'alignaient des idoles en bronze russes et indiennes.

Sa préférée, une statuette indienne représentant la déesse de la destruction, Kali, brandissait une épée et une tête tranchée tout en dansant, la tête en arrière, les yeux fermés. Un vieux paravent chinois en bois de rose sculpté trônait à côté du bureau.

Jace mit le *chakhram* de côté. Le sac comprenait aussi un tas de vêtements qui semblaient avoir été ajoutés au dernier moment.

— Tiens, je crois que ça t'appartient, Clary.

Il sortit de dessous les vêtements froissés une photographie sous cadre. Le verre fendu dessinait de fines craquelures sur les visages souriants de Clary, Luke et Jocelyne.

— Oui, c'est à moi, dit Clary en lui prenant la photo des mains.

— Le verre est cassé.

— Je sais, c'est moi quand j'ai jeté la photo sur le Vorace. Ça signifie que Luke est retourné à l'appartement après l'attaque. Aujourd'hui même, peut-être...

— Il a dû être le dernier à franchir le Portail. C'est pourquoi on a atterri ici. Tu n'as pensé à aucune destination, alors il nous a transportés au dernier endroit où il a envoyé quelqu'un.

— C'est gentil de la part de Dorothea de nous avoir prévenus de son passage, ironisa Clary.

— Il l'a probablement soudoyée pour qu'elle se taise. Ou alors elle se fie davantage à lui qu'à nous. Ce qui sous-entend qu'il n'est peut-être...

Simon fit irruption dans le bureau, l'air affolé :

— Quelqu'un arrive !

Clary fit tomber la photo :

— C'est Luke ?

Simon regarda par-dessus son épaule avant de hocher la tête :

— Oui. Mais il n'est pas seul, il y a deux hommes avec lui.

— Des hommes ?

Jace traversa la pièce en hâte, alla ieter un coup d'œil dehors et poussa un juron :

— Des sorciers !

Clary le dévisagea avec surprise :

— Des sorciers ? Mais...

Jace s'éloigna de la porte :

— Il y a une autre issue ?

Clary fit non de la tête. Un bruit de pas résonna dans la boutique, et elle sentit la panique la submerger. Jace regarda autour de lui, frénétique. Ses yeux se posèrent sur le paravent en bois de rose.

— Cachez-vous là, derrière. Vite !

Clary posa la photo sur le bureau et se glissa derrière le paravent en entraînant Simon à sa suite. Jace les talonna, la stèle à la main. Il les avait à peine rejoints lorsqu'ils entendirent la porte s'ouvrir, et les pas se diriger vers le bureau. Les trois hommes étaient en grande conversation. Clary lança un regard nerveux à Simon, qui avait blêmi, puis à Jace. Avec la pointe de sa stèle, celui-ci dessina un rectangle dans l'espace derrière le paravent. Sous les yeux de Clary, le rectangle se matérialisa comme un panneau de verre. Simon retint son souffle. « Ils ne peuvent pas nous voir », chuchota Jace.

Clary se rapprocha de la vitre et risqua un œil à travers. Elle voyait distinctement la pièce : les étagères, le bureau sur lequel était jeté le sac, et Luke près de la porte, hirsute et un peu voûté, ses lunettes perchées sur le haut du crâne. Elle était tenaillée par la peur, même s'il ne pouvait pas la voir : la fenêtre créée par Jace était l'équivalent d'une glace sans tain dans la salle d'interrogatoire d'un commissariat.

Luke se tourna vers le seuil.

— Allez-y, n'hésitez pas à vérifier, dit-il d'un ton lourd de sarcasme. Votre intérêt me flatte.

Un ricanement retentit dans la pièce. D'un geste impatient, Jace tapota sa fenêtre magique, qui s'agrandit, révélant la pièce dans son intégralité. Deux hommes vêtus d'une longue robe rouge à capuchon encadraient Luke. L'un, tout maigre, arborait une élégante moustache grise et une barbe en pointe. Quand il souriait, il découvrait des dents d'une blancheur éclatante. L'autre, charpenté comme un lutteur, avait des cheveux roux coupés court. Son visage était écarlate, et il avait les pommettes luisantes.

— Ça, des sorciers ? chuchota Clary.

Jace ne prit pas la peine de répondre. Il se figea comme s'il craignait que Clary ne se précipite vers Luke. Elle aurait voulu pouvoir le rassurer : il y avait quelque chose de terrifiant chez ces deux hommes en robe couleur sang.

— Considère notre venue comme une visite de contrôle amicale, Graymark, dit l'homme à la moustache grise en souriant de ses dents blanches et pointues.

— Tu n'as rien d'amical, Pangborn.

Luke s'assit sur un coin de son bureau, dissimulant le sac de sport aux deux hommes. Maintenant qu'il était tout près, Clary constata que son visage et ses mains étaient couverts d'ecchymoses, et qu'il avait les doigts égratignés. Une longue éraflure disparaissait sous son col de chemise. Que lui était-il arrivé ?

— Pas touche, Blackwell ! C'est précieux, lança-t-il avec sévérité.

Le gros homme roux, qui avait pris la statuette de Kali sur l'étagère, promena délibérément ses doigts épais sur le corps de l'idole :

— Jolie babiole !

— Ah, fit Pangborn en prenant la statuette des mains de son compagnon. Voilà celle qui fut créée pour terrasser un démon et qu'aucun homme ou dieu ne pouvait vaincre. « Ô Kali, ma mère bienheureuse ! Enchanteresse du grand Shiva, dans ta joie délirante tu danses en tapant des mains. Tu es la plus gracieuse de toutes les danseuses, et nous ne sommes que tes jouets impuissants. »

— Charmant, commenta Luke. Je ne savais pas que tu t'intéressais aux mythes indiens.

— Tous les mythes sont vrais, répliqua Pangborn, et Clary sentit un frisson lui parcourir l'échine. L'aurais-tu aussi oublié ?

— Je n'oublie rien.

Malgré la désinvolture de Luke, Clary voyait à ses épaules et à l'expression de sa bouche qu'il était tendu.

— Je suppose que c'est Valentin qui vous envoie ?

— En effet. Il a pensé que tu avais peut-être changé d'avis.

— Comment le pourrais-je ? Je vous ai déjà dit que je ne savais rien. Jolis manteaux, au fait.

— Merci, répondit Blackwell avec un sourire rusé. On les a récupérés sur les cadavres de deux sorciers.

— Ce sont les tenues officielles des Accords, pas vrai ? Un souvenir de l'Insurrection ?

Pangborn rit doucement :

— Des trophées de guerre.

— Vous n'avez pas peur que l'on vous prenne pour des vrais ?

— Non, dit Blackwell, il suffit de regarder de près.

Pangborn caressa le bas de sa robe.

— Tu te souviens de l'Insurrection, Lucian ? Un grand et terrible jour ! Tu te souviens comme nous nous sommes entraînés ensemble avant la bataille ?

Luke fit la grimace :

— Le passé est le passé. Je n'ai rien à vous dire, messieurs. Je ne peux plus vous aider, désormais. Je ne sais rien.

— Rien, voilà un mot bien vague, dit Pangborn avec mélancolie. Quelqu'un qui possède autant de livres sait forcément quelque chose.

— Si vous voulez savoir où trouver des martinets à tête grise au printemps, je pourrais vous indiquer le bon ouvrage de référence. Mais en ce qui concerne la disparition de la Coupe Mortelle...

— « Disparition » n'est pas le terme qui convient. N'oublions pas que c'est Jocelyne qui l'a cachée.

— Peut-être. Alors, elle ne vous a toujours pas dit où elle se trouvait ?

— Elle n'a pas encore repris connaissance. Valentin est déçu. Il attendait leurs retrouvailles avec impatience.

— Je suis sûr que ce n'est pas réciproque, marmonna Luke.

— Tu es jaloux, Graymark ? ricana Pangborn. Tes sentiments pour elle auraient-ils changé ?

Les mains de Clary se mirent à trembler. « Jocelyne ? Ils parlent vraiment de ma mère ? »

— Je n'ai jamais rien ressenti pour elle. Deux Chasseurs d'Ombres séparés des leurs, bannis... Tu peux facilement imaginer pourquoi nous nous sommes rapprochés. Je n'ai pas l'intention de contrarier les projets de Valentin pour elle, si c'est ce qui l'inquiète.

— Je ne dirais pas qu'il soit inquiet. Curieux, plutôt. Nous nous demandions tous si tu étais encore en vie. Si tu avais gardé ton apparence humaine.

Luke leva les sourcils :

— Et... ?

— Tu m'as l'air en forme, dit Pangborn comme à regret.

Il reposa la statuette sur l'étagère :

— Il y avait un enfant, non ? Une fille.

Luke sembla pris de court :

— Quoi ?

— Ne joue pas les idiots ! s'emporta Blackwell. Nous savons que cette garce a une fille. Ils ont trouvé des photos d'elle dans l'appartement, et sa chambre...

— Je croyais que vous me demandiez si j'avais des enfants, dit Luke d'une voix suave. Oui, Jocelyne a une fille, Clarissa. J'imagine qu'elle s'est enfuie. Valentin vous a chargés de la retrouver ?

— Pas nous en particulier, répondit Pangborn. Mais oui, il la cherche.

— On devrait fouiller les lieux, suggéra Blackwell.

— Je ne vous le conseille pas, dit Luke en se levant du bureau.

Une lueur menaçante s'alluma dans son regard, bien que son expression n'ait pas changé.

— Qu'est-ce qui vous fait penser qu'elle est toujours en vie ? Je croyais que Valentin avait envoyé des

Voraces pour nettoyer l'appartement. Une bonne dose de leur poison, et la plupart des gens tombent en cendres sans laisser aucune trace !

— On a trouvé un Vorace mort sur les lieux, de quoi éveiller les soupçons de Valentin.

— Il n'en faut pas beaucoup pour le rendre soupçonneux. C'est peut-être Jocelyne qui l'a tué. Elle en est tout à fait capable.

— Peut-être, grommela Blackwell.

Luke haussa les épaules :

— Écoutez, j'ignore où se trouve la gamine, mais je suis persuadé qu'elle est morte, sans quoi elle se serait manifestée. De toute façon, elle ne représente pas un grand danger. Elle a quinze ans, elle n'a jamais entendu parler de Valentin, et elle ne croit pas aux démons.

— Elle en a, de la chance ! gloussa Pangborn.

— Plus maintenant.

Blackwell leva un sourcil :

— Tu m'as l'air en colère, Lucian.

— Je ne suis pas en colère, je suis furieux. Je n'ai pas l'intention de m'immiscer dans les projets de Valentin, vous comprenez ? Je ne suis pas fou !

— Content de voir que tu as enfin appris à sauver ta peau après toutes ces années, Lucian. Tu n'as pas toujours été aussi pragmatique.

— Tu n'es pas sans savoir, lança Pangborn avec désinvolture, que nous l'échangerions volontiers contre la Coupe, ta Jocelyne ? On te la livrerait à domicile, saine et sauve. Valentin lui-même l'a promis.

— Je ne suis pas intéressé. J'ignore où se trouve votre précieuse Coupe, et je ne veux pas être mêlé à vos histoires. Je déteste Valentin, mais je le respecte. Je sais qu'il écrase ceux qui se mettent en travers de son chemin. Pour ma part, j'ai l'intention de me tenir à l'écart. C'est un monstre... une machine à tuer.

— Tu peux parler ! rétorqua Blackwell.

— J'en déduis que ce sont les préparatifs de ta retraite ? dit Pangborn en pointant du doigt le sac posé sur le bureau. Tu quittes la ville, Lucian ?

Luke hocha la tête :

— Je pars pour la campagne. J'ai l'intention de faire profil bas pendant quelque temps.

— Nous pourrions t'en empêcher, déclara Blackwell. Te contraindre à rester.

Luke sourit. Son visage était méconnaissable. Soudain, il n'était plus l'homme bienveillant et cultivé qui avait poussé Clary sur les balançoires du parc et lui avait appris à faire du tricycle. Une lueur féroce, glaciale et malveillante s'était allumée dans ses yeux :

— Vous pouvez toujours essayer.

Pangborn échangea un regard avec Blackwell, qui secoua lentement la tête, puis il se tourna vers Luke :

— Si tu recouvres brutalement la mémoire, fais-nous signe.

— Vous êtes les premiers sur ma liste, répondit Luke avec le même sourire.

— Nous allons devoir prendre congé, annonça Pangborn avec un bref signe de tête. Que l'Ange te protège, Lucian.

— L'Ange ne protège pas ceux de mon espèce.

Luke prit son sac sur le bureau et en noua les cordons :

— En route, messieurs !

Après avoir rabattu leur capuchon, les deux hommes sortirent de la pièce, suivis de Luke quelques instants plus tard. Il s'arrêta un moment sur le seuil et jeta un regard autour de lui, comme s'il avait oublié quelque chose. Puis il referma soigneusement la porte derrière lui.

Immobile, Clary entendit le claquement de la porte d'entrée et le cliquetis lointain de la chaîne et des clés, alors que Luke verrouillait le cadenas. Elle ne parvenait pas à effacer de son souvenir l'expression de son visage quand il avait déclaré ne pas s'intéresser au sort de sa mère.

Elle sentit une main sur son épaule.

— Clary ? dit Simon d'une voix douce, hésitante. Tu vas bien ?

Elle secoua la tête. À vrai dire, elle avait l'impression qu'elle ne pourrait plus jamais se sentir bien.

— Comment veux-tu que ça aille ? répondit Jace d'un ton tranchant.

Il poussa le paravent d'un geste brusque :

— Au moins, nous savons maintenant qui a envoyé un démon à ta mère, et pourquoi. Ces hommes pensent qu'elle détient la Coupe Mortelle.

— C'est une idée totalement ridicule ! dit Clary, les lèvres serrées.

— Peut-être, lança Jace en s'adossant au bureau de Luke.

Il la fixa d'un regard dénué d'expression :

— As-tu déjà vu ces hommes auparavant ?

— Non, jamais.

— Lucian avait l'air de les connaître. Ils se traitaient en amis.

— Je n'irais pas jusque-là, intervint Simon. Disons plutôt qu'ils se retenaient de se sauter à la gorge.

— Ils ne l'ont pas tué. Ils pensent qu'il en sait plus qu'il ne veut bien l'admettre.

— À moins qu'ils ne répugnent à tuer un Chasseur d'Ombres, suggéra Clary.

Jace partit d'un ricanement à donner la chair de poule :

— J'en doute.

Clary lui jeta un regard noir :

— Qu'est-ce qui te fait dire ça ? Tu les connais ?

Jace cessa brusquement de rire :

— Si je les connais ? Oui, on peut le dire. Ce sont eux les meurtriers de mon père.

9

Le Cercle et la confrérie

Clary s'avança pour toucher le bras de Jace. Dire quelque chose, n'importe quoi... Mais que dire à quelqu'un qui venait de voir les assassins de son père ? Son hésitation ne lui porta pas grand préjudice : Jace se dégagea d'un mouvement brusque, comme si on l'avait piqué.

— On ne devrait pas traîner ici. On ne sait jamais, Luke pourrait revenir.

Ils sortirent par la porte de derrière, puis, après que Jace se fut servi de sa stèle pour la verrouiller, ils regagnèrent la rue déserte. La lune brillait comme un médaillon précieux au-dessus de la ville, jetant des reflets perlés sur les eaux de l'East River. Le ronronnement lointain des voitures filant sur le pont de Williamsburg résonnait dans l'air moite, pareil à un battement d'ailes.

— Est-ce que quelqu'un peut me dire où on va ? demanda Simon.

— À la station de métro, répondit calmement Jace.

— Tu plaisantes ? Les pourfendeurs de démons ne prennent pas le métro.

— C'est plus rapide que la voiture.

— Je m'imaginais quelque chose de plus excitant, un van avec « Mort aux démons » tagué sur le flanc, ou...

Jace ne prit même pas la peine de l'interrompre. Clary lui jeta un regard à la dérobée, songeant à sa mère : quand Jocelyne était furieuse ou contrariée, elle était d'un calme effrayant. Dans ces moments-là, Clary songeait à l'aspect trompeusement solide de la glace emprisonnant un lac juste avant qu'elle ne craque sous votre poids. Jace affichait ce même calme. Son visage était dénué de la moindre expression, mais une lueur farouche brillait dans ses yeux de fauve.

— Simon, maugréa-t-elle. Ça suffit.

Son ami lui lança un regard qui semblait dire : dans quel camp es-tu ? Mais Clary l'ignora. Elle garda les yeux fixés sur Jace tandis qu'ils tournaient dans Kent Avenue. Les lumières du pont nimbaient sa chevelure d'un halo irréel. Était-ce mal qu'elle se réjouisse à l'idée que les hommes qui avaient enlevé sa mère soient les mêmes qui avaient assassiné le père de Jace bien des années auparavant ? Il devait l'aider à retrouver Jocelyne, qu'il le veuille ou non. Il ne pouvait pas l'abandonner.

— Tu vis ici ? Mais... c'est une église !

Simon contempla la vieille cathédrale avec ses vitraux cassés et ses portes scellées avec du scotch par la police.

Jace passa la main dans le col de sa chemise et en sortit une clé en cuivre suspendue à une chaîne. C'était le genre de clé qui sert à ouvrir un vieux coffre dans un grenier. Clary l'observait avec curiosité : il n'avait pas verrouillé la porte derrière lui en sortant de l'Institut.

— Vivre dans un lieu sacré peut s'avérer utile, répondit-il.

— Je comprends bien, mais, sans vouloir te vexer, cet endroit est un taudis, dit Simon en fixant d'un air dégoûté la grille rouillée qui protégeait le vieil édifice et les monceaux d'ordures entassés sur les marches.

Clary s'efforça de faire le vide dans son esprit. Elle s'imagina en train de frotter la scène avec un des chiffons imbibés de térébenthine qu'utilisait sa mère, pour effacer le charme comme s'il s'agissait d'une vieille peinture.

La réalité lui apparut telle la lumière d'une lampe traversant une vitre teintée. Clary distingua les flèches de la cathédrale, l'éclat des vitraux et la plaque de cuivre portant le nom de l'Institut fixée près de la porte. Elle contempla quelques instants cette vision avant de la laisser disparaître avec un soupir.

— C'est un charme, Simon. L'endroit ne correspond pas réellement à ce que tu vois.

— Si c'est ton idée du charme, je ne suis pas près de te confier mon look.

Jace introduisit la clé dans la serrure de la grille en regardant Simon par-dessus son épaule :

— Je ne suis pas sûr que tu aies conscience de l'honneur qui t'est fait. Tu es le premier Terrestre autorisé à pénétrer dans l'Institut.

— Peut-être que c'est l'odeur qui tient les autres à distance.

— Ignore-le, dit Clary à Jace avant de donner un coup de coude à Simon. Il dit toujours ce qui lui passe par la tête, sans jamais filtrer.

— Les filtres, c'est pour les cigarettes et le café, marmonna Simon comme ils entraient. Je n'aurais rien contre l'un ou l'autre, d'ailleurs.

Clary songea qu'elle aurait bien bu un café elle aussi tandis qu'ils montaient un escalier de pierre en colimaçon, dont chaque marche était marquée d'un glyphe. Certains d'entre eux lui semblaient familiers : ils titillaient son esprit à la manière de ces mots dans des langues étrangères qui lui donnaient l'impression que, en se concentrant un peu, elle parviendrait à en tirer quelque signification.

Clary et les deux garçons prirent l'ascenseur en silence. La jeune fille ne pouvait chasser de son esprit la vision d'une grande tasse de café au lait, comme celui que sa mère préparait le matin. Parfois, Luke débarquait avec des viennoiseries achetées à Chinatown... À la pensée de Luke, la poitrine de Clary se serra, et sa faim disparut.

L'ascenseur s'arrêta dans un grincement, et ils se retrouvèrent dans le hall. Jace ôta sa veste, la jeta sur un fauteuil et siffla entre ses dents. Au bout de quelques secondes, Church s'avança furtivement, ses yeux jaunes étincelant dans la pénombre.

— Church, dit Jace en s'agenouillant pour caresser la tête grise du chat. Où est Alec ? Où est Hodge ?

Church fit le gros dos et poussa un miaulement. Jace plissa le nez, mimique que Clary aurait trouvée charmante en d'autres circonstances.

— Ils sont dans la bibliothèque ? demanda le garçon en se relevant.

Church s'ébroua avant de faire quelques pas dans le couloir, puis se retourna pour les regarder. Jace suivit le chat comme s'il s'agissait de la chose la plus naturelle du monde et invita d'un geste Simon et Clary à l'imiter.

— Je n'aime pas les chats, marmonna Simon en donnant un coup d'épaule à Clary pendant qu'ils s'avançaient dans le corridor étroit.

— Connaissant Church, répliqua Jace, il est fort probable que ce soit réciproque.

Ils s'engagèrent dans l'un des couloirs qui desservaient les chambres. Simon leva les sourcils :

— Combien de gens vivent ici, au juste ?

— C'est un institut, répondit Clary. Un endroit où peuvent loger les Chasseurs d'Ombres quand ils séjournent en ville. C'est à la fois un refuge et un centre de recherche.

— Je croyais que c'était une église.

— C'est un institut basé DANS une église.

— C'est clair comme de l'eau de roche.

La nervosité perçait dans le ton désinvolte de Simon. Plutôt que de le faire taire, Clary noua ses doigts autour des siens, et il la remercia d'une pression de la main.

— Je sais que c'est bizarre, dit-elle avec douceur, mais il faut que tu suives le mouvement. Fais-moi confiance.

Simon la fixa d'un air grave :

— J'ai confiance en toi. C'est lui qui ne me plaît pas.

Il tourna les yeux vers Jace, qui marchait à quelques pas devant eux. Ce dernier semblait en grande conversation avec le chat. Clary se demanda de quoi ils pouvaient bien parler. De politique ? D'opéra ? De la hausse du prix du poisson ?

— Eh bien, fais un effort. Pour l'instant, il est ma seule chance de retrouver ma mère.

Simon fut parcouru d'un léger frisson.

— Cet endroit ne me dit rien qui vaille, chuchota-t-il.

Clary se souvint de sa première impression, à son réveil l'autre matin. Tout lui semblait à la fois hostile et familier. Manifestement, Simon n'éprouvait pas ce sentiment de familiarité.

— Tu n'es pas obligé de rester, dit Clary, qui s'était pourtant disputée avec Jace dans le métro pour gagner le droit de garder Simon auprès d'elle, sous prétexte qu'après avoir passé trois jours à surveiller Luke il pourrait leur fournir des renseignements utiles.

— Si, répondit Simon.

Comme ils entraient dans une pièce, il lui lâcha la main. Il s'agissait d'une énorme cuisine qui, contrairement au reste de l'Institut, bénéficiait de tout le confort moderne, avec ses comptoirs en acier et ses étagères en verre remplies de vaisselle. Isabelle se tenait près de la cuisinière en fonte, une cuillère à la main, les cheveux relevés sur le sommet du crâne. De la vapeur s'échappait d'une marmite, et divers ingrédients étaient disséminés sur le plan de travail : tomates, ail et oignon hachés, herbes aromatiques, fromage râpé, cacahuètes non décortiquées, une poignée d'olives et un poisson entier, dont les yeux vitreux fixaient le plafond.

— Je prépare une soupe, dit Isabelle en agitant sa cuillère en direction de Jace. Tu as faim ?

Elle jeta un coup d'œil derrière lui, et, apercevant Simon et Clary, lâcha :

— Oh, mon Dieu ! Tu nous amènes un autre Terrestre ? Hodge va t'étriper.

Simon s'éclaircit la gorge :

— Je m'appelle Simon.

Isabelle l'ignora :

— JACE WAYLAND ! J'attends tes explications.

Jace jeta un regard noir au chat :

— Espèce de traître ! Je t'avais demandé de me conduire auprès d'Alec !

Church roula sur le dos et se mit à ronronner de satisfaction.

— Pas la peine de t'en prendre à Church. Ce ne sera pas sa faute si Hodge te trucide.

Isabelle plongea la cuillère dans la marmite. Clary se demanda quel goût pouvait avoir une soupe contenant des cacahuètes, du poisson, des olives et des tomates.

— J'ai été obligé de l'emmener, dit Jace. Isabelle... aujourd'hui j'ai vu deux des hommes qui ont tué mon père.

Les épaules d'Isabelle se raidirent, mais quand elle se retourna elle semblait plus inquiète que surprise.

— J'espère que ce n'est pas l'un d'eux ? demanda-t-elle en montrant Simon de sa cuillère.

À la surprise de Clary, Simon ne protesta pas. Il était trop occupé à contempler la jeune fille, bouche bée. Bien entendu, Clary en fut contrariée. Isabelle était tout à fait le genre de Simon : grande, belle, séduisante. À bien y réfléchir, elle était le genre de tout le monde. Clary cessa de s'interroger au sujet de la soupe pour se demander ce qui se passerait si elle vidait le contenu de la marmite sur la tête d'Isabelle.

— Bien sûr que non, répondit Jace. Crois-tu qu'il serait encore en vie si c'était le cas ?

Isabelle considéra Simon avec indifférence.

— Je suppose que non, admit-elle en faisant tomber distraitement un bout de poisson par terre.

Church se jeta dessus avec voracité.

— Pas étonnant qu'il nous ait conduits ici, lança Jace d'un air dégoûté. Tu as recommencé à le gaver de poisson ! Il est déjà obèse.

— Pas du tout. Et puis, vous ne mangez rien, vous autres. Je tiens cette recette d'une nymphe de rivière, qui me l'a donnée au marché de Chelsea. Elle m'a dit que c'était délicieux...

— Si tu savais cuisiner, je mangerais peut-être, marmonna Jace.

Isabelle se figea en brandissant sa cuillère d'un air menaçant :

— Qu'est-ce que tu viens de dire ?

Jace se dirigea vers le réfrigérateur :

— J'ai dit que j'allais me préparer un en-cas.

— C'est bien ce que j'ai entendu.

Isabelle reporta son attention sur la soupe. Simon continuait à la regarder avec des yeux de merlan frit. Clary, furieuse sans pouvoir s'en expliquer la raison, jeta son sac à dos par terre et rejoignit Jace :

— Et toi, tu manges ! Je n'arrive pas à le croire !

— Qu'est-ce que tu veux que je fasse d'autre ? répondit-il avec un calme exaspérant.

Le réfrigérateur était rempli de cartons de lait dont la date de péremption remontait à plusieurs semaines, et de boîtes en plastique sur lesquelles était inscrit à l'encre rouge : HODGE. NE PAS TOUCHER.

— Waouh ! C'est le genre colocataire timbré, observa Clary.

— Qui, Hodge ? Non, il aime l'ordre, voilà tout.

Jace sortit l'une des boîtes du frigo :

— Miam ! Des spaghettis.

— Tu vas te couper l'appétit pour le reste, maugréa Isabelle.

— C'est bien mon intention, répliqua Jace en refermant le réfrigérateur d'un coup de pied avant de prendre une fourchette dans un tiroir.

Il se tourna vers Clary :

— Tu en veux ?

Elle secoua la tête.

— Évidemment que non, dit-il, la bouche pleine. Avec tous les sandwiches que tu as avalés...

— Il n'y en avait pas tant que ça.

Clary jeta un coup d'œil à Simon, qui avait réussi à engager la conversation avec Isabelle.

— Est-ce qu'on peut aller chercher Hodge, maintenant ? lança-t-elle avec humeur.

— Un peu de patience !

— Tu ne veux pas lui parler de ce qu'on a vu ?

— Je n'ai pas encore pris de décision.

Jace reposa la boîte et se lécha les doigts d'un air songeur :

— Mais si tu veux absolument y aller...

— Oui.

— Très bien.

Clary le trouvait très calme, beaucoup trop sûr de lui. Elle se demanda s'il lui arrivait de laisser transparaître son vrai visage derrière cette façade lisse.

— Où allez-vous ? demanda Simon comme ils atteignaient la porte.

Ses cheveux en désordre lui retombaient sur les yeux. « Il a l'air ahuri, pensa Clary non sans méchanceté, comme s'il avait reçu un coup de massue sur la tête. »

— Chercher Hodge, répondit-elle. Il faut que je lui parle de Luke.

— Tu comptes lui dire, pour les deux hommes que tu as vus, Jace ? s'enquit Isabelle. Ceux qui...

— Je ne sais pas. Alors, garde-le pour toi dans l'immédiat.

Elle haussa les épaules :

— D'accord. Tu as prévu de repasser ? Tu veux que je te mette de la soupe de côté ?

— Non.

— Et Hodge, crois-tu qu'il en voudra ?

— Personne n'en voudra.

— Moi, si, lança Simon.

— Mais non, tu as juste envie de coucher avec la cuisinière.

— Ce n'est pas vrai ! répliqua Simon, outragé.

— Comme c'est flatteur ! murmura Isabelle au-dessus de sa marmite avec un sourire amusé.

— C'est la vérité, dit Jace. Vas-y, demande-lui, et quand elle t'aura éconduit, on pourra passer à autre chose pendant que tu te ratatineras de honte.

Il claqua des doigts :

— Dépêche-toi, Terrestre, nous avons du pain sur la planche !

Simon détourna les yeux, rouge d'embarras. Clary, qui un instant auparavant aurait éprouvé une joie mauvaise, blêmit de colère :

— Laisse-le tranquille, Jace ! Arrête de jouer les sadiques, juste parce qu'il n'est pas l'un des vôtres.

— L'un des nôtres, tu veux dire. Bon, je vais voir Hodge. Venez si ça vous chante !

À ces mots, il claqua la porte derrière lui, laissant Clary seule avec Simon et Isabelle.

Cette dernière versa de la soupe dans un bol, qu'elle poussa sur la table vers Simon sans même le regarder. Mais elle souriait toujours, Clary aurait pu en jurer. À la surface de la soupe, d'une couleur verdâtre, flottaient des morceaux indéfinissables.

— Je vais avec Jace, déclara la jeune fille. Simon... ?

— Je reste ici, marmonna-t-il en regardant ses pieds. J'ai faim.

— Très bien.

Clary sentit sa gorge se serrer. Elle sortit de la cuisine au pas de charge, l'ombre grise de Church sur les talons.

Dans le couloir, elle trouva Jace en train de jouer avec l'un de ses poignards séraphiques. En la voyant, il rangea l'arme dans sa poche.

— C'est gentil de ta part de laisser les deux tourtereaux en tête à tête.

— Pourquoi faut-il toujours que tu te conduises comme le dernier des mufles ?

— Moi, un mufle ?

Il dévisagea Clary comme s'il était sur le point d'éclater de rire.

— Ce que tu as dit à Simon...

— J'essayais seulement de lui éviter des ennuis. Isabelle lui brisera le cœur. C'est le sort qu'elle réserve aux garçons de son espèce.

— Elle t'a fait le même coup ?

Jace se contenta de secouer la tête avant de se tourner vers Church.

— Hodge, dit-il. Et vraiment lui, cette fois. Emmène-nous ailleurs, et je te transforme en chair à pâté !

Le chat persan poussa un grognement et les précéda dans le couloir. Clary, qui marchait à quelques pas derrière Jace, le trouva fatigué et tendu. Elle se demanda s'il lui arrivait parfois de se laisser aller.

— Jace ?

— Quoi ?

— Pardon de m'être emportée contre toi.

— Quand ça ? ironisa-t-il.

— Mais toi non plus, tu n'es pas tendre avec moi.

— Je sais, répondit-il, à sa grande surprise. Il y a quelque chose chez toi qui...

— T'énerve ?

— Me déstabilise.

Clary aurait voulu lui demander comment elle devait interpréter sa remarque, mais elle s'abstint : elle avait trop peur qu'il ne lui donne une réponse moqueuse. Elle se creusa la tête pour changer de sujet :

— C'est toujours Isabelle qui s'occupe du dîner ?

— Dieu merci, non. La plupart du temps, les Lightwood sont là, et c'est Maryse, la mère d'Isabelle, qui s'en charge. C'est une excellente cuisinière.

Il semblait rêveur, et son expression lui rappela celle de Simon devant Isabelle.

— Alors, pourquoi elle n'a jamais appris la cuisine à sa fille ?

Ils longeaient la salle de musique, où Clary avait vu Jace jouer du piano le matin. La pièce était désormais plongée dans l'obscurité.

— Parce que, récemment, les femmes ont obtenu le droit de devenir des Chasseuses d'Ombres, au même titre que les hommes. Il y a toujours eu des femmes au sein de l'Enclave ; elles gravaient les runes, fabriquaient des armes ou enseignaient l'art du combat, mais elles comptaient parmi elles peu de guerrières dotées d'aptitudes exceptionnelles. Elles ont dû se battre pour obtenir le droit d'être formées. Maryse appartient à la première génération de celles qui ont bénéficié d'un entraînement proprement dit, et je crois que si elle n'a jamais appris la cuisine à sa fille, c'est qu'elle craignait qu'elle ne soit reléguée en permanence dans cette pièce.

— Et, à ton avis, c'est ce qui se serait passé ? demanda Clary avec curiosité.

Elle revit Isabelle au Charivari, son assurance et la dextérité avec laquelle elle maniait son fouet.

Jace eut un petit rire :

— Ce n'est pas le genre d'Isabelle. Elle est l'un des meilleurs éléments que j'aie rencontrés.

— Meilleure qu'Alec ?

Church, qui trottait sans bruit devant eux dans la pénombre, fit brusquement halte et miaula. Il était tapi au pied d'un escalier de fer en colimaçon qui se perdait dans l'obscurité.

— Alors, il est dans la serre, dit Jace. Voilà qui n'est pas surprenant.

Il fallut quelques instants à Clary pour comprendre qu'il s'adressait au chat.

— La serre ?

— Hodge aime bien s'enfermer là-haut, répondit Jace en s'engageant dans l'escalier. Il fait pousser des plantes médicinales qui nous servent par la suite. La plupart d'entre elles proviennent d'Idris. Je crois qu'elles lui rappellent le pays.

Clary monta l'escalier derrière lui. Ses pas résonnèrent sur les marches en fer ; Jace, en revanche, se déplaçait sans bruit.

— Est-ce qu'Alec est meilleur qu'Isabelle ? insista-t-elle.

Jace s'arrêta pour la regarder en se penchant dans l'escalier, à deux doigts de perdre l'équilibre. Elle repensa à son rêve : *des anges tombant du ciel.*

— Meilleur ? Non, pas vraiment. Il n'a jamais tué de démon.

— Ah bon ?

— J'ignore pourquoi. Peut-être parce qu'il a toujours à cœur de nous protéger, Isa et moi.

Ils avaient atteint le sommet des marches. Une porte à deux battants, décorée de feuilles de vigne se découpait dans le mur. Jace l'ouvrit d'un coup d'épaule.

Une odeur prononcée de verdure, de matières vivantes, de terre et de racines assaillit Clary au moment où elle entrait. Elle s'attendait à voir une pièce beaucoup plus exiguë, de la taille de la petite serre située derrière St Xavier, où les élèves du cours de biologie se livraient au clonage des petits pois ou à d'autres expériences mystérieuses. Or, elle découvrit une immense salle vitrée, où s'alignaient des arbres dont les branches chargées de feuilles exhalaient une odeur d'herbe fraîche. Des buissons offraient leurs baies luisantes, rouges, violettes ou noires, et des arbustes ployaient sous des fruits bizarres qu'elle n'avait jamais vus auparavant.

Clary respira à fond :

— Ça sent...

« Le printemps, pensa-t-elle, avant l'arrivée des grandes chaleurs qui consument les feuilles et flétrissent les pétales des fleurs. »

— Le pays, dit Jace. Enfin, pour moi.

Il se fraya un passage en écartant une branche, talonné de près par Clary. Pour l'œil inexpérimenté de la jeune fille, la serre ne suivait aucun agencement en particulier : partout où se posait le regard, ce n'était qu'une explosion de couleurs. Des fleurs d'un bleu violacé s'épanouissant à côté d'une haie d'un vert luisant, de la vigne grimpante parsemée de boutons orangés pareils à des gemmes. Ils arrivèrent dans une sorte de clairière où se trouvait un banc de granit appuyé contre le tronc penché d'un arbre au feuillage vert argent. De l'eau miroitait dans un bassin de pierre. Assis sur le banc, son oiseau noir perché sur l'épaule, Hodge contemplait l'eau d'un air pensif. Il leva les yeux vers le ciel à leur approche. Clary suivit son regard et vit la verrière de la serre qui scintillait au-dessus de sa tête comme la surface d'un lac.

— On dirait que vous attendez quelque chose, observa Jace en arrachant une feuille sur une branche voisine avant de l'entortiller autour de ses doigts.

Clary songea que, pour quelqu'un d'aussi calme en apparence, il avait beaucoup de manies nerveuses. À moins qu'il ne fût simplement du genre à ne jamais rester immobile.

— J'étais perdu dans mes pensées, répondit Hodge.

Il se leva du banc et son sourire disparut :

— Que s'est-il passé ? On dirait que...

— Nous avons été attaqués par un Damné, annonça Jace sans détour.

— Des guerriers damnés ? Ici ?

— Il était seul.

— Mais Dorothea nous a dit qu'il y en avait d'autres, ajouta Clary.

— Dorothea ? Ce serait peut-être plus simple de tout reprendre dans l'ordre.

Jace jeta à Clary un regard lourd de menaces, comme s'il la défiait de prendre la parole, et se lança dans le récit des événements de l'après-midi en omettant un seul détail, à savoir que les deux individus dans l'appartement de Luke étaient ceux qui avaient assassiné son père sept ans plus tôt.

— L'ami de la mère de Clary, ou qui que soit cet homme, se fait appeler Luke Garroway, conclut-il. Mais pendant que nous étions chez lui, les deux hommes qui prétendaient être des envoyés de Valentin l'ont appelé Lucian Graymark.

— Et leurs noms à eux ?

— Pangborn, répondit Jace. Et Blackwell.

Hodge avait blêmi. Sa cicatrice ressortait sur sa joue devenue couleur cendre.

— C'est bien ce que je craignais, murmura-t-il comme pour lui-même. Le Cercle est en train de se reformer

Perplexe, Clary se tourna vers Jace, qui paraissait aussi perdu qu'elle.

— Le Cercle ?

Hodge secoua la tête comme pour mettre de l'ordre dans ses idées :

— Venez avec moi. Il est temps que je vous montre quelque chose.

Les lampes à gaz étaient allumées dans la bibliothèque, et les meubles en chêne verni étincelaient telles des pierres précieuses. Dans la pénombre, les visages austères des anges qui soutenaient l'énorme bureau semblaient encore plus déformés par la douleur. Clary s'assit sur le canapé rouge, les jambes repliées, tandis que Jace s'installait nonchalamment sur l'accoudoir, à côté d'elle.

— Hodge, si vous avez besoin d'aide pour chercher...

— Non.

Hodge émergea de derrière le bureau en époussetant son pantalon :

— Je l'ai trouvé.

Il tenait à la main un gros livre relié de cuir marron. Il se mit à le feuilleter nerveusement en clignant des yeux comme une vieille chouette derrière ses lunettes et en marmonnant :

— Où est-ce ?... Où ?... Ah, voilà !

Après s'être éclairci la gorge, il lut à haute voix :

— Par la présente, je jure d'obéir sans conditions au Cercle et à ses principes... Je suis prêt à risquer ma vie à tout moment pour le Cercle afin de préserver la pureté de la lignée d'Idris et le monde mortel dont la sécurité nous a été confiée.

Jace fit la grimace :

— D'où vient ce document ?

— C'est le serment d'allégeance au Cercle de Raziel, qui date de vingt ans, répondit Hodge d'un ton étrangement las.

— Ça fait froid dans le dos, commenta Clary. On croirait le manifeste d'une organisation fasciste ou un truc du même genre.

Hodge reposa le livre. Il avait l'air aussi grave et attristé que les anges sous son bureau.

— Ce groupe de Chasseurs d'Ombres mené par Valentin, expliqua-t-il avec lenteur, s'était voué à l'extermination de toutes les Créatures Obscures afin de « purifier » le monde. Ils avaient prévu d'attendre leur arrivée à Idris pour la signature des Accords, qui doivent être renouvelés tous les quinze ans afin de conserver leur pouvoir magique, ajouta-t-il à l'intention de Clary. Une fois désarmés et sans défense, ils allaient tous être massacrés. Cet acte terrible était censé provoquer une guerre entre les humains et les Créatures Obscures. Et cette guerre, le Cercle avait bien l'intention de la gagner.

— C'est ce qu'on a appelé l'Insurrection, dit Jace, qui venait enfin de reconnaître dans l'histoire de Hodge un élément familier. J'ignorais que Valentin et ses partisans s'étaient donné un nom.

— On ne l'emploie pas souvent de nos jours. L'existence de ce groupe demeure une source d'embarras pour l'Enclave. La plupart des documents rattachés à son histoire ont été détruits.

— Alors, pourquoi possédez-vous une copie de ce serment ? demanda Jace.

Hodge hésita – un bref instant seulement. Cependant Clary eut le temps de s'en apercevoir, et elle sentit un frisson inexplicable lui parcourir l'échine.

— Parce que, dit-il, j'ai contribué à sa rédaction.

Jace le dévisagea, surpris :

— Vous faisiez partie du Cercle ?

— Oui, comme beaucoup d'entre nous...

Hodge gardait les yeux fixés droit devant lui .

— ... dont la mère de Clary.

Clary sursauta comme si elle venait de recevoir une gifle :

— Quoi ?

— J'ai dit...

— Je vous ai entendu ! Ma mère n'aurait jamais fait partie d'une organisation vouée à la haine !

— Je doute qu'elle ait eu le choix, répondit Hodge avec lenteur, comme si les mots lui coûtaient.

Clary le dévisagea sans comprendre :

— De quoi parlez-vous ? Pourquoi n'aurait-elle pas eu le choix ?

— Parce qu'elle était l'épouse de Valentin.

Deuxième partie :

Facile est la descente

Facilis descensus Averni :
Noctes atque dies patet atri ianua Ditis.
Sed gradium revocare superasque evadere ad auras ;
Hoc opus, hic labor, est.

Virgile, *L'Enéide*

10

La Cité des Os

Un silence hébété tomba sur l'assemblée. Puis Jace et Clary prirent la parole à l'unisson :

— Valentin avait une femme ? Il était marié ? Je croyais...

— C'est impossible ! Ma mère n'aurait jamais... Elle n'a été mariée qu'à mon père ! Elle n'avait pas d'ex-mari !

Hodge leva les mains d'un air las :

— Les enfants...

— Je ne suis pas une enfant ! protesta Clary en se réfugiant au fond de la salle. Et je ne veux pas en entendre davantage.

— Clary... dit Hodge.

La douceur dans sa voix surprit Clary : elle se retourna lentement et le fixa depuis l'autre côté de la pièce. Elle se demanda par quelle bizarrerie cet homme, avec ses cheveux blancs et son visage balafré, faisait beaucoup plus vieux que sa mère. Pourtant, ils avaient été « jeunes » à la même époque, ils avaient rejoint le Cercle, côtoyé Valentin.

— Ma mère n'aurait jamais..., reprit-elle avant de s'interrompre.

Elle n'était plus sûre de connaître sa propre mère. Jocelyne était devenue une étrangère, une menteuse, une dissimulatrice. De quoi n'était-elle pas capable, en fin de compte ?

— Ta mère a quitté le Cercle, dit Hodge.

Plutôt que de s'approcher d'elle, il la fixa d'un regard d'aigle :

— Une fois que nous avons compris à quel point les idées de Valentin étaient devenues extrêmes, nous avons été nombreux à l'abandonner. Lucian fut le premier à partir. Ce fut un coup dur pour Valentin, ils étaient très proches. Puis ce fut le tour de Michael Wayland. Ton père, Jace.

Jace leva les sourcils, mais ne dit rien.

— Certains sont restés loyaux. Pangborn. Blackwell. Les Lightwood...

— Les Lightwood ? Vous parlez de Robert et de Maryse ? souffla Jace, abasourdi. Et vous ? Quand avez-vous quitté le Cercle ?

— Je ne l'ai pas quitté, répondit doucement Hodge. Ni eux... Nous avions trop peur de la réaction de Valentin. Après l'Insurrection, les loyalistes tels que Blackwell et Pangborn ont fui. Nous sommes restés pour collaborer avec l'Enclave. Nous avons donné des noms et aidé à traquer ceux qui s'étaient échappés. Ainsi, nous avons pu bénéficier de sa clémence.

— Sa clémence ? répéta Jace.

— Tu penses au sort qui me retient ici, n'est-ce pas ? Tu as toujours cru que c'était la vengeance d'un démon ou d'un sorcier. En réalité il m'a été jeté par l'Enclave.

— Parce que vous faisiez partie du Cercle ?

— Parce que je ne l'ai pas quitté après l'Insurrection.

— Mais les Lightwood n'ont pas été punis, eux, lança Clary. Pourquoi ? Ils ont commis le même crime que vous.

— Ils ont bénéficié de circonstances atténuantes : ils étaient mariés, ils avaient un enfant. Mais s'ils vivent loin de chez eux, ce n'est pas de leur propre fait. Nous avons été bannis ici tous les trois... tous les quatre, devrais-je dire : Alec était un bébé braillard quand nous avons quitté la Cité de Verre. Eux ne peuvent retourner à Idris que pour des affaires officielles, et jamais longtemps. Moi, je ne pourrai plus jamais y mettre les pieds. Je ne reverrai plus la Cité de Verre.

Jace fixa Hodge avec insistance. Il voyait son professeur sous un jour nouveau.

— La loi est dure, mais c'est la loi, observa-t-il.

— C'est moi qui t'ai appris ça, dit Hodge avec une tristesse amusée. Et maintenant, tu me fais la leçon, à juste titre, d'ailleurs.

Malgré son envie de se laisser tomber dans le fauteuil le plus proche, il se tenait très droit. Clary songea que dans sa posture rigide il subsistait quelque chose du soldat qu'il avait été jadis.

— Pourquoi ne pas m'avoir dit avant que ma mère avait été mariée à Valentin ? demanda-t-elle. Vous connaissiez son identité...

— Je la connaissais sous le nom de Jocelyne Fairchild. Et tu paraissais si convaincue de son ignorance du Monde Obscur que tu avais réussi à me persuader qu'il ne pouvait pas s'agir de la même Jocelyne... Ou peut-être n'avais-je pas envie de le croire... Personne ne souhaite le retour de Valentin. Lorsque j'ai écrit aux Frères de la Cité des Os ce matin pour solliciter leur venue, j'étais loin de me douter que nous aurions à leur annoncer cette nouvelle. Quand l'Enclave apprendra que Valentin est de retour, qu'il recherche la Coupe, cela va provoquer un véritable tollé. J'espère seulement que cette nouvelle ne perturbera pas les Accords.

— Valentin serait trop heureux, dit Jace. Mais pourquoi s'intéresse-t-il autant à la Coupe ?

— C'est évident, non ? Il veut se bâtir une armée.

— Le dîner est servi !

Ils se retournèrent : Isabelle était plantée sur le seuil de la bibliothèque. Elle tenait toujours sa cuillère à la main, mais son chignon s'était défait, et des mèches de cheveux lui tombaient dans la nuque.

— Désolée de vous interrompre, ajouta-t-elle.

— Dieu Tout-Puissant ! s'écria Jace. L'heure fatale a sonné.

— J'ai... j'ai pris un petit déjeuner très copieux, prétexta Hodge, l'air affolé. Un déjeuner, je veux dire. Je ne peux plus rien avaler...

— J'ai jeté la soupe, annonça Isabelle. Et commandé des plats à emporter chez le Chinois du coin.

Jace se leva en s'étirant :

— Génial ! Je meurs de faim.

— Finalement je vais picorer un peu, déclara Hodge, un peu contrit.

— Vous mentez très mal, tous les deux ! lança Isabelle avec humeur. Écoutez, je sais que vous n'aimez pas ma cuisine...

— Alors, arrête de t'obstiner, lui conseilla Jace. Est-ce que tu as commandé du porc sauce aigre-douce ? Tu sais que j'adore ça.

Isabelle leva les yeux au ciel :

— Oui. Tout est dans la cuisine.

Jace sortit en lui ébouriffant affectueusement les cheveux au passage. Hodge emboîta le pas au garçon et, après avoir tapoté gentiment l'épaule d'Isabelle, il s'éloigna en baissant la tête d'un air penaud. Clary le suivit des yeux, songeuse : avait-elle vraiment vu en lui l'ombre de l'ancien guerrier, quelques minutes plus tôt ?

Isabelle s'apprêtait à imiter Jace et Hodge en faisant tourner sa cuillère entre ses doigts pâles, striés de cicatrices.

— C'est vrai ? demanda Clary.

Isabelle ne daigna pas la regarder :

— Quoi ?

— Jace. C'est vrai qu'il ment mal ?

Isabelle se tourna vers Clary et la fixa de ses grands yeux noirs, l'air pensif :

— Il ne sait pas mentir du tout. Pas sur les choses importantes, du moins. Il est capable de dire les pires vérités, mais il ne sait pas mentir.

Elle se tut avant d'ajouter d'un ton tranquille :

— C'est pourquoi il vaut mieux ne rien lui demander, à moins d'être sûr de pouvoir encaisser sa réponse.

Dans la cuisine chaude et brillamment éclairée, l'odeur sucrée salée de la nourriture chinoise rappela à Clary les dîners avec sa mère. Elle s'assit et contempla son assiette de nouilles en jouant avec ses baguettes, sans regarder Simon qui fixait toujours Isabelle de ses yeux de merlan frit.

— Eh bien, je trouve ça plutôt romantique, déclara Isabelle en aspirant ses perles de tapioca à l'aide d'une énorme paille rose.

— Quoi ? demanda Simon, instantanément sur le qui-vive.

— L'histoire de la mère de Clary, qui aurait épousé Valentin.

Jace et Hodge l'avaient mise au courant sans mentionner les sorts jetés par l'Enclave ni le fait que les Lightwood faisaient partie du Cercle.

— Voilà qu'il est revenu d'entre les morts pour la retrouver ! Peut-être qu'il veut se rabibocher avec elle.

— Ça m'étonnerait qu'il ait envoyé un Vorace chez elle dans le but de se « rabibocher », commenta Alec, qui était entré au moment où l'on passait à table.

Personne ne lui avait demandé où il avait disparu, et il n'y avait fait aucune allusion. Il s'assit à côté de Jace, en face de Clary, qu'il évitait de regarder dans les yeux.

— À sa place, je ne m'y serais pas pris comme ça, lança Jace. D'abord, les fleurs et les chocolats, ensuite, les lettres d'excuse, et les hordes de Voraces seulement après.

— Il lui a peut-être envoyé des fleurs et des chocolats, dit Isabelle. Qui sait ?

— Isabelle, déclara Hodge d'un ton patient, tu parles de l'homme qui a fait pleuvoir sur Idris des calamités inconnues jusqu'alors, monté les Chasseurs d'Ombres contre les Créatures Obscures et fait couler le sang dans les rues de la Cité de Verre !

— C'est plutôt sexy, toute cette noirceur d'âme, suggéra Simon, qui tentait de se donner des airs virils.

Il capitula devant le regard de Clary.

— Pourquoi Valentin veut-il tellement cette Coupe, et qu'est-ce qui lui fait croire que la mère de Clary est en sa possession ? demanda-t-il.

— Vous avez dit que c'était pour se bâtir une armée, ajouta Clary en se tournant vers Hodge. Vous entendez par là qu'on peut se servir de la Coupe pour créer d'autres Chasseurs d'Ombres ?

— Oui.

— Alors, Valentin n'aurait qu'à choisir le premier type dans la rue pour en faire un des vôtres ? s'enquit Simon. Rien qu'avec la Coupe ? Est-ce que ça marcherait sur moi ?

Hodge le jaugea longuement du regard :

— Qui sait ? Non, tu es probablement trop vieux. La Coupe n'agit que sur les enfants. Un adulte ne serait pas complètement transformé par le procédé, ou alors il en mourrait sur-le-champ.

— Une armée d'enfants... dit Isabelle à voix basse.

— Les enfants, ça grandit vite, lança Jace. Avant peu, il faudrait se mesurer à des adultes.

— Transformer une bande de gosses en guerriers, dit Simon, j'ai entendu des choses pires que ça. Je ne vois pas pourquoi c'est si important de le tenir éloigné de la Coupe.

— Il se servirait inévitablement de cette armée pour lancer une attaque contre l'Enclave, répondit sèchement Hodge. Par ailleurs, rares sont les humains qui peuvent être transformés en Nephilim, car la plupart d'entre eux ne survivraient pas à la mutation. Cette dernière nécessite une force et une résistance particulières. Avant d'y parvenir, ils doivent être soumis à des tests intensifs. Or Valentin ne s'encombrera jamais de ce genre de considération. Il utilisera la Coupe sur tous les enfants qu'il capturera, et se constituera une armée avec les vingt pour cent qui survivront.

Alec dévisagea Hodge d'un air horrifié :

— Comment le savez-vous ?

— Parce que c'était son plan quand je l'ai côtoyé au Cercle. Il prétendait que c'était le seul moyen de bâtir une armée susceptible de défendre notre monde.

— Mais c'est du meurtre ! lâcha Isabelle, qui avait viré au vert. Il voulait tuer des enfants !

— Il estimait que nous avions garanti un monde sûr aux humains pendant un millénaire, et qu'il était temps pour eux de nous rendre la pareille.

— En sacrifiant leurs enfants ? s'offusqua Jace, les joues empourprées de colère. Voilà qui va à l'encontre de tous nos principes : protéger les faibles, préserver l'humanité...

Hodge repoussa son assiette :

— Valentin était fou. Brillant, mais fou. Seules lui importaient l'extermination des démons et des Créatures Obscures, la purification du monde. Il aurait sacrifié son propre fils pour la cause et ne comprenait pas qu'on puisse penser autrement.

— Il avait un fils ? demanda Alec.

— Je parlais au conditionnel, dit Hodge en sortant son mouchoir.

Il s'en servit pour s'éponger le front avant de le remettre dans sa poche. Clary s'aperçut que sa main tremblait un peu.

— Après l'incendie de ses terres et la destruction de sa maison, reprit-il, on présuma qu'il avait préféré sacrifier sa vie et la Coupe plutôt que de se rendre à l'Enclave. Ses ossements et ceux de sa femme furent retrouvés parmi les cendres.

— Attendez ! s'écria Clary. Ma mère a survécu. Elle n'est pas morte dans cet incendie !

— Il semble désormais que Valentin ait survécu, lui aussi. L'Enclave sera furieuse d'avoir été dupée. Elle voudra retrouver la Coupe et, surtout, s'assurer que Valentin ne mette pas la main dessus.

— À mon avis, la première chose à faire, c'est retrouver la mère de Clary, dit Jace. La retrouver, puis retrouver la Coupe avant Valentin.

Clary trouvait l'idée excellente. Hodge, lui, dévisagea Jace comme s'il proposait de jongler avec des tubes de nitroglycérine :

— Sûrement pas !

— Alors, qu'est-ce qu'on fait ?

— Rien. Il veut mieux laisser cette affaire à des Chasseurs d'Ombres compétents et expérimentés.

— Je suis compétent, protesta Jace. Et j'ai de l'expérience.

— Je sais bien, répondit Hodge d'un ton ferme, presque paternel. Mais tu es encore un enfant.

Jace le scruta, les yeux mi-clos. Ses longs cils projetaient des ombres sur ses pommettes anguleuses. Chez quelqu'un d'autre, ce regard aurait pu être qualifié de timide, voire de penaud, mais dans le cas de Jace, il était lourd de menaces.

— Je ne suis pas un enfant, déclara-t-il.

— Hodge a raison, intervint Alec.

Il fixait Jace droit dans les yeux, et Clary songea qu'il devait être l'un des rares à ne pas avoir peur de lui. En revanche, il avait peur pour lui.

— Valentin est dangereux, poursuivit Alec. Je sais que tu es un Chasseur d'Ombres doué. Tu es même le plus fort parmi ceux de notre âge. Seulement, Valentin est l'un des meilleurs que la terre ait portés. Il faudrait une armée pour le vaincre !

— Et il s'est relevé la dernière fois, fit remarquer Isabelle en examinant les dents de sa fourchette.

— Mais nous, on est là, protesta Jace. On est là et, à cause des Accords, il n'y a personne d'autre. Si on ne fait rien...

— Je transmettrai un message à l'Enclave ce soir, le coupa Hodge. Ils nous enverront un groupe de Nephilim dès demain, s'ils le jugent nécessaire. Ils prendront les choses en main. Tu en as déjà trop fait.

Jace s'inclina mais ses yeux étincelaient :

— Je n'aime pas ça.

— On ne te demande pas d'être d'accord, répliqua Alec. On te demande de te taire et de ne pas faire de bêtises.

— Et ma mère ? lança Clary. Elle ne peut pas attendre l'arrivée des représentants de l'Enclave !

Valentin la retient prisonnière, d'après Pangborn et Blackwell, et il est capable de la...

Elle ne pouvait se résoudre à employer le verbe « torturer », mais elle savait qu'elle n'était pas la seule à y avoir pensé. Soudain, personne à la table n'osa soutenir son regard.

Excepté Simon. Il finit sa phrase pour elle :

— Lui faire du mal. Ils ont aussi précisé qu'elle était inconsciente, ce qui n'est pas pour réjouir Valentin. Apparemment, il attend qu'elle se réveille.

— À sa place, je resterais dans le coma, marmonna Isabelle.

— Mais qui sait ce qui peut arriver ? s'écria Clary, ignorant la remarque d'Isabelle. Je croyais que l'Enclave avait pour obligation de protéger les gens. Les Chasseurs d'Ombres devraient déjà être ici. Ils auraient déjà dû se lancer à sa recherche.

— Ce serait plus facile si on savait où chercher, rétorqua Alec.

— J'ai mon idée là-dessus, déclara Jace.

Clary le regarda avec surprise :

— Vraiment ? Où ?

— Ici.

Jace se pencha vers elle et effleura sa tempe d'un geste si délicat qu'elle se sentit rougir :

— Tout ce que nous avons besoin de savoir se trouve dans ta tête, sous ces jolies boucles rousses.

Clary porta la main à ses cheveux comme pour se défendre :

— Je ne crois pas...

— Et qu'est-ce que tu comptes faire ? demanda

Simon d'une voix cassante. Lui ouvrir la tête pour voir ce qu'il y a dedans ?

Les yeux de Jace étincelèrent, pourtant il répondit d'un ton calme :

— Pas du tout. Les Frères Silencieux peuvent nous aider à extraire ses souvenirs.

— Tu détestes les Frères Silencieux, objecta Isabelle.

— Je ne les déteste pas. Je les crains. Ce n'est pas la même chose.

— Tu ne m'as pas dit que c'étaient des bibliothécaires ? dit Clary.

— Oui, c'est le cas.

Simon émit un sifflement :

— Ces gars-là ne doivent pas plaisanter avec les pénalités de retard !

— Les Frères Silencieux sont avant tout archivistes. Mais ce n'est pas leur seule activité, intervint Hodge, qui semblait à bout de patience. Afin de fortifier leur esprit, ils ont choisi de porter certaines runes parmi les plus puissantes jamais créées. Le pouvoir de ces runes est si grand que...

Il s'interrompit et Clary se souvint des mots d'Alec : « Ils se mutilent. »

— Eh bien, elles modifient leur apparence physique. Ce ne sont pas des guerriers au même titre que les Chasseurs d'Ombres. Leurs pouvoirs sont liés à l'esprit, et non au corps.

— Ils peuvent lire dans nos pensées ? demanda Clary d'une petite voix.

— Entre autres. Ils figurent parmi les chasseurs de démons les plus redoutés.

— Pourquoi pas ? lança Simon. Ça n'a pas l'air si terrible. C'est toujours mieux que de se faire ouvrir la tête.

— Décidément, tu es encore plus bête que tu en as l'air, commenta Jace avec mépris.

— Jace a raison, dit Isabelle sans faire cas de Simon. Les Frères Silencieux font vraiment froid dans le dos.

— Ils sont aussi très puissants, ajouta Hodge. Ils se déplacent dans l'obscurité et ne parlent jamais. En revanche, ils peuvent ouvrir le cerveau d'un homme comme une noix, et le laisser ensuite hurler seul dans le noir.

Clary regarda Jace, affolée :

— Tu veux me livrer à ces gens ?

— Ils peuvent t'aider.

Jace se pencha par-dessus la table. Il était si près d'elle qu'elle pouvait voir les paillettes d'or sombre qui constellaient ses yeux clairs.

— Peut-être qu'on ne sera pas obligés de chercher la Coupe, dit-il doucement. Peut-être que l'Enclave s'en chargera. Mais ce qui se trouve dans ta tête n'appartient qu'à toi. Quelqu'un a dissimulé des secrets là-dedans, des secrets auxquels toi-même tu n'as pas accès. Tu veux connaître la vérité sur ta propre vie ?

— Je ne veux pas que quelqu'un s'immisce dans ma tête, répondit Clary d'une voix faible.

Elle savait que Jace avait raison, mais l'idée d'être livrée à ces êtres que même les Chasseurs d'Ombres trouvaient effrayants lui donnait la chair de poule.

— Je serai là, Clary. Je ne te laisserai pas seule avec eux.

Simon se leva d'un bond, rouge de colère :

— Ça suffit ! Laissez-la tranquille.

Alec regarda Simon comme s'il venait de s'apercevoir de sa présence :

— Qu'est-ce que tu fais encore là, Terrestre ?

— Je t'ai dit de la laisser tranquille, répéta Simon.

Jace lui jeta un regard venimeux :

— Alec a raison. L'Institut est voué à accueillir les Chasseurs d'Ombres, mais pas leurs amis terrestres. Surtout quand ils abusent de son hospitalité.

Isabelle se leva et prit Simon par le bras :

— Je vais lui montrer la sortie.

Pendant un instant, Simon eut l'air de vouloir résister ; puis, croisant le regard de Clary, il renonça. La tête haute, il laissa Isabelle le conduire hors de la pièce.

Clary se leva à son tour :

— Je suis fatiguée. J'aimerais dormir un peu.

— Tu n'as presque rien mangé, protesta Jace.

Elle repoussa sa main qui tentait de lui barrer le passage :

— Je n'ai pas faim.

Il faisait plus frais dans le couloir que dans la cuisine. Clary s'adossa au mur en tirant sur sa chemise, qui collait à sa peau moite de sueur. Elle distingua les silhouettes d'Isabelle et de Simon qui s'éloignaient dans le couloir avant de disparaître dans l'obscurité. Elle sentit son cœur se serrer : depuis quand Simon était-il sous la responsabilité d'Isabelle ? S'il y avait une leçon à tirer de cette histoire, c'est qu'il était très facile de perdre ce que l'on croyait pourtant acquis à jamais.

La pièce était toute d'or et de blanc, avec de larges murs et un haut plafond étincelants comme des pierres précieuses. Clary, vêtue d'une robe en velours vert, tenait un éventail doré à la main. Quelques mèches s'échappaient de son chignon qui, étrangement, lui semblait lourd quand elle bougeait la tête.

— Tu vois quelqu'un de plus intéressant que moi ? demanda Simon.

Dans son rêve, il s'était mystérieusement transformé en danseur émérite. Il la guidait parmi la foule comme une feuille entraînée par le courant d'une rivière. Il était habillé de noir de pied en cap, comme un Chasseur d'Ombres, et cette couleur mettait en valeur ses cheveux sombres, son teint légèrement mat et ses dents blanches. « Il est beau », songea Clary avec surprise.

— Non, c'est cet endroit. Je n'ai jamais rien vu de tel.

Ils passaient près d'une fontaine de champagne : une énorme vasque en argent avec en son centre une sirène versant le vin pétillant contenu dans sa jarre. Les gens remplissaient leur verre dans la vasque en riant et bavardant. La sirène tourna la tête et sourit à Clary, découvrant des dents blanches et tranchantes comme les crocs d'un vampire.

— Bienvenue dans la Cité de Verre, dit une voix qui n'était pas celle de Simon.

Clary s'aperçut qu'il avait disparu et qu'elle dansait désormais avec Jace, vêtu de blanc ; le fin coton de sa chemise laissait entrevoir les Marques noires. Une chaîne en bronze pendait à son cou, et des reflets d'or illuminaient ses cheveux et ses yeux ; elle aurait voulu peindre son por-

trait avec la peinture dorée qu'on utilisait pour les icônes russes.

— Où est Simon ? demanda-t-elle alors qu'ils tournoyaient autour de la fontaine.

Clary aperçut Isabelle et Alec, tous deux habillés de bleu. Ils se tenaient la main, tels Hansel et Gretel dans la forêt ténébreuse.

— Cet endroit est réservé aux vivants, répondit Jace.

Le contact de ses mains était glacé, et elle avait une conscience très nette de sa présence, contrairement à celle de Simon.

— Qu'est-ce que tu veux dire ? dit-elle en le fixant avec insistance.

Il se pencha vers elle. Elle sentit ses lèvres chaudes contre son oreille.

— Réveille-toi, Clary, murmura-t-il. Réveille-toi. Réveille-toi.

Clary se redressa d'un bond dans le lit, le souffle court, les cheveux plaqués sur sa nuque par une sueur glacée. Quelqu'un lui maintenait fermement les poignets ; elle tenta de se dégager et s'aperçut qu'il s'agissait de Jace.

Comment avait-elle atterri là ? Il était assis au bord du lit, l'air ensommeillé, les cheveux ébouriffés et le regard vague.

— Lâche-moi.

Il relâcha la pression de ses doigts :

— Désolé. Tu as essayé de me frapper à la seconde où j'ai prononcé ton nom.

— Je suis un peu nerveuse, j'imagine.

Elle jeta un regard autour d'elle. Elle se trouvait dans une petite chambre meublée d'acajou. D'après la lumière ténue qui filtrait par la fenêtre entrouverte, elle déduisit que l'aube se levait à peine. Son sac à dos était appuyé contre un mur.

— Comment suis-je arrivée ici ? Je ne m'en souviens pas...

— Je t'ai trouvée endormie par terre, dans le couloir, répondit Jace d'un ton amusé. Hodge m'a aidé à te mettre au lit. On s'est dit que tu te sentirais plus à l'aise dans une chambre qu'à l'infirmerie.

— Je ne me souviens de rien. Quelle heure est-il ?

— Près de cinq heures.

— Cinq heures du matin ? J'espère que tu as une bonne raison de me réveiller.

— Pourquoi, tu faisais un beau rêve ?

Elle entendait encore la musique résonner à ses oreilles :

— Je ne me le rappelle pas.

Jace se leva :

— L'un des Frères Silencieux est ici. Il veut te voir. Hodge m'a envoyé te chercher. En fait, il s'est proposé de le faire lui-même, mais, comme il est cinq heures du matin, j'ai pensé que tu serais moins grognon en trouvant une jolie vue.

— Tu parles de toi, là ?

— Qui d'autre ?

— Je n'ai pas donné mon accord pour cette histoire de Frère Silencieux, tu sais, maugréa-t-elle.

— Tu veux retrouver ta mère, oui ou non ?

Clary regarda Jace fixement.

— Il faut que tu rencontres Frère Jeremiah, déclara-t-il. Un point c'est tout. Il se peut même que tu l'apprécies. Il a beaucoup d'humour pour quelqu'un qui ne dit jamais rien.

— Sors d'ici, répondit Clary en se prenant la tête à deux mains, que je puisse me changer.

Elle s'extirpa du lit à l'instant où la porte se refermait sur lui. Malgré l'heure matinale, une chaleur moite régnait déjà dans la pièce. Clary referma la fenêtre et alla dans la salle de bains s'asperger le visage et rincer sa bouche pâteuse.

Cinq minutes plus tard, elle enfilait ses baskets. Elle avait opté pour un jean coupé et un T-shirt noir tout simple. Si seulement, au lieu de ses jambes maigrelettes et constellées de taches de rousseur, elle avait les longues jambes lisses d'Isabelle ! Mais à quoi bon se lamenter ? Elle rassembla ses cheveux en queue-de-cheval et alla rejoindre Jace dans le couloir.

Elle le trouva avec Church, qui tournait autour de lui en grognant.

— Qu'est-ce qu'il a, ce chat ? demanda-t-elle.

— Les Frères Silencieux le rendent nerveux.

— Apparemment, il n'est pas le seul.

Jace esquissa un pâle sourire. Church miaula tandis qu'ils s'éloignaient dans le corridor, mais se garda bien de les suivre. Heureusement, les grosses pierres de la cathédrale retenaient un peu la fraîcheur de la nuit : il faisait sombre et frais dans les couloirs.

En entrant dans la bibliothèque, Clary constata avec surprise que toutes les lumières étaient éteintes. Seule une lueur blanchâtre provenant des fenêtres du toit éclairait la pièce. Hodge, en costume, était assis derrière l'énorme bureau ; ses cheveux striés de gris brillaient dans la lumière de l'aube. Pendant un instant, elle crut qu'il était seul dans la pièce, et que Jace lui avait joué un tour. Puis elle distingua une forme dans l'obscurité, et s'aperçut que ce qu'elle avait pris pour un jeu d'ombres était en réalité un homme de haute taille, vêtu d'une longue robe qui couvrait complètement son corps. Son visage était dissimulé sous un capuchon. Le bas et les manches de sa robe couleur parchemin étaient ornés de motifs runiques complexes qui semblaient avoir été tracés avec du sang. Clary sentit ses cheveux se dresser sur sa tête.

— Voici Frère Jeremiah, de la Cité Silencieuse, annonça Hodge.

L'homme s'avança vers eux en soulevant le lourd tissu de sa robe à chaque pas. Clary remarqua qu'il se déplaçait sans faire le moindre bruit. Elle se demanda si ce n'était pas un fantôme. « Mais non, songea-t-elle comme il s'arrêtait devant eux. Il dégage une odeur étrange, douceâtre, de sang et d'encens mêlés, une odeur d'être vivant. »

— Et voici la jeune fille au sujet de laquelle je vous ai écrit, Jeremiah, dit Hodge en se levant de son bureau. Clarissa Fray.

La tête encapuchonnée se tourna lentement vers Clary, dont le sang se glaça dans ses veines.

— Bonjour, dit-elle.

Pas de réponse.

Hodge s'adressa à Jace :

— Je me suis rangé à ton avis.

— J'avais raison ! Comme d'habitude.

Hodge ignora cette remarque.

— J'ai donc envoyé une lettre à l'Enclave hier soir. Cependant les souvenirs de Clary n'appartiennent qu'à elle. Elle seule peut décider ce qu'elle en fera. Si elle accepte l'aide des Frères Silencieux, elle devrait avoir ce choix.

Clary ne répondit pas. Dorothea avait parlé d'un verrou dans sa tête qui bloquait des souvenirs. Bien sûr, elle aurait voulu savoir de quoi il s'agissait. Mais le Frère Silencieux était tellement... silencieux. Le silence qui émanait de lui telle une force obscure, noire et épaisse comme de l'encre, lui gelait les os.

C'est donc elle, la fille de Jocelyne ?

Clary recula d'un pas. Les mots avaient résonné dans sa tête, comme si elle les avait elle-même pensés... sauf que ce n'était pas le cas.

— Oui, répondit Hodge avant d'ajouter avec empressement : Mais son père était un Terrestre.

Ça n'a pas d'importance. Seul compte le sang de l'Enclave.

— Vous avez appelé ma mère Jocelyne, dit Clary, en cherchant vainement un visage sous le capuchon. Vous la connaissez ?

— Les Frères recensent tous les membres de l'Enclave, expliqua Hodge. Leurs archives sont très complètes...

— Pas si complètes que ça, objecta Jace. Ils ne savaient même pas qu'elle était toujours en vie.

Il est probable que pour s'échapper elle ait bénéficié de l'aide d'un sorcier. Ce n'est pas si simple, de fuir l'Enclave, pour un Chasseur d'Ombres.

Aucune émotion ne perçait dans la voix de Jeremiah : il était impossible de déterminer s'il approuvait ou non les actes de Jocelyne.

— Il y a quelque chose que je ne comprends pas, dit Clary. Pourquoi Valentin pense-t-il que ma mère détient la Coupe ? Si elle s'est donné autant de mal pour disparaître, comme vous dites, pourquoi l'aurait-elle emportée avec elle ?

— Pour empêcher Valentin de mettre la main dessus, répondit Hodge. Elle était la mieux placée pour savoir ce qu'il adviendrait s'il s'emparait de la Coupe. Et je suppose qu'elle ne se fiait pas à l'Enclave. Pas après que Valentin leur avait dérobé la Coupe une première fois.

Clary ne put s'empêcher de douter. Toute cette histoire lui paraissait hautement improbable. Elle essaya de s'imaginer sa mère fuyant sous le couvert de la nuit, une grosse coupe en or cachée dans la poche de son manteau. En vain.

— Jocelyne s'est retournée contre son mari en découvrant ce qu'il avait l'intention de faire avec la Coupe, poursuivit Hodge. Il n'est pas impossible d'imaginer qu'elle aurait fait tout ce qui était en son pouvoir pour empêcher qu'elle ne tombe entre ses mains. Si l'Enclave avait su qu'elle était toujours vivante, elle aurait commencé par chercher de son côté.

— Tous ceux que l'Enclave croyait morts sont toujours en vie, on dirait, observa Clary avec une pointe d'agacement. Peut-être qu'elle devrait investir dans du matériel d'empreintes dentaires.

— Mon père est mort, lui rappela Jace sur le même

ton. Je n'ai pas besoin d'empreintes dentaires pour le savoir.

Clary lui jeta un regard exaspéré :

— Écoute, je n'ai pas dit...

Ça suffit, la coupa Frère Jeremiah. *Tu peux connaître la vérité si tu as la patience de l'écouter.*

D'un geste vif, il ôta son capuchon. Clary réprima un cri. L'archiviste avait le crâne chauve, blanc et lisse comme un œuf. À la place de ses yeux, deux orbites vides. Ses lèvres étaient scellées par des lignes noires qui ressemblaient à des points de suture. Elle comprenait désormais ce qu'Alec avait voulu dire par « mutilation ».

Les Frères de la Cité Silencieuse ne mentent jamais. Si tu veux la vérité, tu l'obtiendras, mais je te demanderai la même chose en retour.

Clary releva la tête :

— Je ne suis pas une menteuse non plus.

L'esprit ne peut pas mentir.

Jeremiah s'avança vers elle.

Ce sont tes souvenirs que je veux.

L'odeur de sang et d'encre était désormais suffocante. Clary sentit la panique s'emparer d'elle :

— Attendez...

— Clary, dit Hodge avec douceur, il est tout à fait possible que tu aies refoulé ou enfoui certains souvenirs. Des souvenirs qui remontent à une époque où tu étais trop jeune pour les mémoriser consciemment, et que Frère Jeremiah est capable d'atteindre. Ils pourraient nous être d'une grande aide.

Clary se mordit la lèvre. Elle détestait l'idée que quelqu'un puisse s'immiscer dans sa tête et pénétrer des souvenirs si intimes et si anciens qu'elle-même ne pouvait pas y avoir accès.

— Rien ne l'y oblige si elle ne veut pas, dit Jace avec brusquerie.

— C'est bon. J'accepte, lança Clary avant que Hodge ait pu réagir.

Frère Jeremiah fit un bref signe de tête et s'avança sans bruit vers elle.

— Ça fait mal ?

En guise de réponse, il posa ses longues mains blanches sur son visage. La peau de ses doigts, aussi fine que du parchemin, était couverte de runes. Clary percevait le flux du pouvoir émanant de ces doigts, qui lui picotait la peau comme de l'électricité statique. Elle ferma les yeux, non sans avoir remarqué l'expression inquiète qui se lisait sur le visage de Hodge.

Sous ses paupières closes, des couleurs jaillirent dans l'obscurité de sa tête. Elle sentit une pression, un élancement à l'intérieur du crâne, dans les mains et les pieds. Serrant les poings, elle s'efforça de lutter contre les ténèbres qui l'accablaient. Elle avait l'impression qu'une matière dure, inflexible, l'écrasait inexorablement. Elle s'entendit haleter ; un froid glacial l'envahit. En un éclair, elle vit une rue couverte de givre, des immeubles grisâtres au-dessus de sa tête, une explosion de blancheur, des particules de glace qui lui piquaient le visage...

— Ça suffit.

La voix de Jace transperça le froid hivernal, et la neige disparut. Clary ouvrit brusquement les yeux. Peu à peu, la bibliothèque réapparut dans son champ de vision : les murs tapissés de livres, les visages anxieux de Jace et de Hodge. Frère Jeremiah se tenait devant elle, immobile comme une idole sculptée dans l'ivoire et rehaussée d'encre rouge. Clary ressentit une douleur fulgurante dans les mains et, baissant les yeux, vit les marques rouges laissées par ses ongles dans la peau.

— Jace, dit Hodge d'un ton réprobateur.

— Regardez ses paumes !

Clary referma les doigts pour cacher les marques. Hodge posa la main sur son épaule :

— Tu te sens bien ?

Clary hocha lentement la tête. La pression avait disparu, mais elle était en sueur.

Il y a un Verrou dans ta tête, dit Frère Jeremiah. *On ne peut pas accéder à tes souvenirs.*

— Un Verrou ? demanda Jace. Vous voulez dire qu'elle a refoulé ses souvenirs ?

Non, un sort en interdit l'accès. Je ne peux pas le rompre ici. Il faudra qu'elle se rende dans la Cité des Os et comparaisse devant la Confrérie.

— Un sort ? répéta Clary, incrédule. Qui aurait bien pu me jeter un sort ?

Personne ne lui répondit. Jace regarda son professeur. Il était d'une pâleur surprenante.

— Hodge, elle ne devrait pas y aller si elle ne...

— C'est bon.

Clary prit une longue inspiration. Ses mains la faisaient souffrir, et elle n'avait qu'une envie, s'allonger dans l'obscurité et dormir.

— J'irai. Je veux connaître la vérité. Je veux savoir ce qu'il y a dans ma tête.

— D'accord. Je t'accompagnerai.

En sortant de l'Institut, on avait l'impression de pénétrer dans un four. L'humidité était tombée comme une chape sur la ville, transformant l'air en soupe répugnante.

— Je ne comprends pas pourquoi on n'est pas partis avec Frère Jeremiah, grommela Clary.

Ils attendaient au coin de la rue, devant l'Institut. Le quartier était désert, à l'exception d'un camion poubelle qui se traînait lourdement sur la chaussée.

— Il ne veut pas être vu en compagnie de Chasseurs d'Ombres ou quoi ?

— Les Frères Silencieux *sont* des Chasseurs d'Ombres, répondit Jace.

Par quelque mystère, il ne semblait pas souffrir de la chaleur écrasante, ce qui donnait à Clary envie de le gifler.

— Je suppose qu'il est allé chercher sa voiture ? dit-elle d'un ton sarcastique.

Jace sourit :

— Oui, quelque chose comme ça.

— Tu sais, je me sentirais beaucoup mieux si Hodge venait avec nous.

— Quoi, je ne suffis pas à ta protection ?

— Ce n'est pas de protection que j'ai besoin en ce moment... Il me faut quelqu'un qui m'aide à réfléchir.

Soudain, elle porta la main à sa bouche :

— Oh... Simon !

— Non, moi, c'est Jace. Simon, c'est le nabot à tête de fouine avec une coupe de cheveux et un style vestimentaire à vomir.

— Oh, la ferme ! lança Clary, mais son injonction tenait plus du réflexe que du cri du cœur. J'avais l'intention de l'appeler avant de me coucher pour m'assurer qu'il était bien rentré.

Jace leva les yeux au ciel comme s'il s'attendait à ce que lui soient révélés les secrets de l'univers.

— Avec tout ce qui se passe, tu t'inquiètes pour Tête de Fouine ?

— Arrête de l'appeler comme ça ! Il n'a rien d'une fouine.

— Tu as raison. J'ai rencontré des fouines plus séduisantes. Il ressemble davantage à un rat. Il est probablement bien au chaud, en train de baver en rêvant d'Isabelle. Attends juste qu'elle se soit lassée de lui, et tu pourras ramasser les morceaux.

— Tu crois qu'Isabelle va se lasser de lui ?

Jace réfléchit un instant avant de répondre :

— Oui.

Clary était persuadée qu'Isabelle était plus maligne que ne se le figurait Jace. Elle finirait sûrement par s'apercevoir que Simon était un garçon fantastique, drôle, intelligent. Peut-être qu'ils sortiraient ensemble. Cette idée la glaça d'horreur.

Perdue dans ses pensées, elle mit un certain temps à s'apercevoir que Jace lui parlait. Comme elle se tournait vers lui, il esquissa un sourire désabusé :

— Quoi ?

— J'aimerais que tu cesses d'essayer désespérément d'attirer mon attention. Ça devient embarrassant.

— Le sarcasme est le dernier refuge des gens dépourvus d'imagination.

— Je ne peux pas m'en empêcher. Mon esprit mordant me sert à dissimuler mes blessures intimes.

— Tu n'es pas au bout de tes peines si tu persistes à marcher au milieu de la route. Tu cherches à te faire renverser par un taxi ?

— Ne sois pas ridicule ! On ne tombe pas facilement sur un taxi dans ce quartier.

Comme sur un signal, une grosse voiture noire aux vitres teintées longea le trottoir et s'arrêta devant eux dans un ronronnement de moteur.

Jace se tourna vers Clary, l'air mi-amusé, mi-impatient. Elle examina de plus près la voiture, tout en essayant de se concentrer pour laisser la réalité transparaître sous le voile du sortilège.

À présent, le véhicule ressemblait au carrosse de Cendrillon, sauf qu'au lieu d'être peint en rose, bleu et or tel un œuf de Pâques, il était noir comme la nuit, roues et accessoires inclus, et avait des vitres opaques. Sur le banc du cocher était assis Frère Jeremiah, qui tenait les rênes dans ses mains gantées. Son visage était de nouveau dissimulé sous le capuchon de sa robe couleur parchemin. La voiture était tirée par deux chevaux d'un noir de jais qui piaffaient d'impatience.

— Monte, dit Jace.

Comme elle restait immobile, bouche bée, il la prit par le bras et la poussa presque dans la voiture avant de monter à son tour. Le coche se mit en branle avant même qu'il ait refermé la portière.

Jace s'enfonça dans les sièges luxueusement rembourrés en disant :

— Ne fais pas la dégoûtée, tu as droit à une escorte personnelle vers la Cité des Os.

— Je ne fais pas la dégoûtée, je suis surprise, c'est tout. Je croyais qu'on irait en voiture... à moteur.

— Détends-toi. Sens-moi cette odeur de neuf !

Clary leva les yeux au ciel et se tourna vers la vitre. Elle aurait pensé qu'un carrosse tiré par des chevaux n'avait aucune chance d'avancer dans le trafic de Manhattan. Or ils se dirigeaient sans encombre vers le centre, progressant silencieusement et incognito au milieu du vacarme des taxis, des bus et des 4x4 qui bouchaient l'avenue. Devant eux, un taxi jaune changea de voie, leur coupant la route. Clary, inquiète pour les chevaux, se crispa. Brusquement, le coche fit un bond en avant, et les chevaux s'élancèrent au-dessus du taxi. Clary étouffa un cri. Le carrosse, au lieu d'être traîné sur la terre ferme, suivit les chevaux, et roula sans bruit sur le toit du taxi. Alors qu'il retombait sur le bitume avec un léger soubresaut, Clary jeta un œil par-dessus son épaule : le chauffeur de taxi continuait à tirer sur sa cigarette en regardant droit devant lui, les yeux perdus dans le vague.

— J'ai toujours trouvé ces gens-là distraits, mais là, c'est incroyable ! dit-elle d'une voix tremblante.

— C'est parce que tu peux voir à travers les charmes, maintenant...

Jace laissa sa phrase en suspens.

— Je n'y arrive qu'en me concentrant. Ça me fait un peu mal à la tête.

— C'est à cause du sort qu'on t'a jeté. Les Frères pourvoiront à ça.

— Et ensuite ?

— Ensuite, toute chose t'apparaîtra telle qu'elle est... infinie[1], dit Jace avec un sourire caustique.

— Tu cites Blake, maintenant ?

Le sourire de Jace s'évanouit :

— Je ne pensais pas que tu relèverais. Tu n'as pas une tête à lire beaucoup de poésie.

— Tout le monde connaît cette citation, à cause des Doors.

Jace dévisagea Clary sans comprendre.

— Les Doors. C'est un groupe de rock.

— Si tu le dis...

— Je suppose que tu n'as pas beaucoup de temps pour écouter de la musique dans ta branche d'activité, dit Clary en pensant à Simon, pour qui la musique était vitale.

Jace haussa les épaules :

— Juste les chants de lamentation des morts, à l'occasion.

Clary lui jeta un coup d'œil furtif pour s'assurer qu'il plaisantait, mais son visage était dénué d'expression.

— Tu jouais du piano, hier, à l'Institut. Alors, tu dois...

Le carrosse s'élança de nouveau dans les airs. Clary s'agrippa à son siège et regarda par la vitre : ils roulaient sur le toit d'un bus. De son poste d'observation, elle voyait les étages supérieurs et les toits des vieux

1. « Si les portes de la perception étaient nettoyées, toute chose apparaîtrait à l'homme telle qu'elle est, infinie » (William Blake, poète romantique britannique).

immeubles résidentiels qui bordaient l'avenue, avec leurs gargouilles et leurs corniches tarabiscotées.

— Je rigolais, dit Jace sans la regarder. Mon père tenait à ce que j'apprenne à jouer d'un instrument.

— Il devait être strict, ton père.

— Pas du tout, répondit-il sèchement. Il cédait à tous mes caprices. Il m'a appris plein de choses : le maniement des armes, la démonologie, les traditions obscures, les langues anciennes. Il m'a toujours donné ce que je voulais. Des chevaux, des armes, des livres, et même un faucon pour la chasse.

« Sauf que les armes et les livres, ce n'est pas vraiment ce dont rêvent la plupart des enfants pour Noël », pensa Clary tandis que le carrosse retombait sur le bitume avec un bruit sourd.

— Pourquoi tu n'as pas dit à Hodge que tu connaissais les interlocuteurs de Luke, et que ce sont ces hommes qui ont assassiné ton père ?

Jace regarda ses mains. Elles étaient fines et délicates, c'étaient les mains d'un artiste, et non celles d'un guerrier. La bague qu'elle avait remarquée précédemment brillait à son doigt. Elle avait toujours pensé que les bagues étaient réservées aux filles, mais celle-là faisait exception. C'était un anneau en argent noirci, lourd et solide, avec des étoiles autour. La lettre W était gravée à l'intérieur.

— Parce que, si je le lui avais dit, il aurait deviné que je veux tuer Valentin de mes propres mains. Et il ne m'aurait jamais laissé faire.

— Tu veux le tuer par esprit de vengeance ?

— Par esprit de justice. J'ignorais qui étaient les

hommes qui ont assassiné mon père. À présent, je le sais. C'est ma seule chance d'obtenir réparation.

Clary ne voyait pas comment une mort pouvait en compenser une autre, mais elle sentait qu'il était inutile de formuler sa pensée.

— Maintenant que tu sais qui l'a tué, tu...

Comme Jace ne la regardait pas, Clary se tut. Ils traversaient Astor Place, et venaient d'éviter de justesse un tram rouge qui leur avait coupé la route. Les passants écrasés par la chaleur faisaient penser à des insectes épinglés sous du verre. Quelques groupes de jeunes vagabonds s'étaient rassemblés au pied d'une grande statue en bronze, des pancartes réclamant des sous posées devant eux. Clary aperçut une fille, environ du même âge qu'elle, le crâne rasé, blottie contre un garçon noir avec des dreadlocks et une douzaine de piercings au visage. Il tourna la tête au passage du carrosse, comme s'il pouvait le voir, et elle eut le temps d'entrevoir son œil voilé qui, à cette distance, semblait dépourvu de pupille.

— J'avais dix ans, dit Jace.

Clary le regarda. Ses traits étaient dénués d'expression. À chaque fois qu'il évoquait son père, on aurait dit que le sang refluait de son visage.

— On vivait dans un manoir, à la campagne. Mon père préférait se tenir à l'écart des gens. Je les ai entendus remonter l'allée, et j'ai couru le prévenir. Il m'a ordonné de me cacher, et je me suis glissé sous l'escalier. J'ai vu ces hommes entrer, escortés de Damnés. Après avoir maîtrisé mon père, ils lui ont tranché la gorge. Son sang s'est répandu par terre. Mes chaussures baignaient dedans. Je n'ai pas bougé.

Il fallut un moment à Clary pour s'apercevoir qu'il s'était tu, et un autre pour retrouver sa voix :

— Je suis désolée, Jace.

Ses yeux étincelèrent dans l'obscurité :

— Je ne comprends pas pourquoi les Terrestres s'excusent toujours pour des choses qui ne sont pas de leur fait.

— Je ne m'excuse pas. C'est une façon de... manifester ma sympathie. De te dire que je compatis à tes malheurs.

— Je ne suis pas malheureux. Seuls les gens sans objectif sont malheureux. Moi, j'ai un but.

— Tu parles de tuer des démons, ou de venger la mort de ton père ?

— Les deux.

— Est-ce qu'il aurait vraiment souhaité que tu tues ces hommes pour le venger ?

— Un Chasseur d'Ombres qui tue un de ses frères est pire qu'un démon et devrait être traité comme tel, répondit Jace comme s'il récitait une leçon apprise dans un livre.

— Mais tous les démons sont-ils mauvais ? S'il existe des exceptions parmi les vampires et les loups-garous, peut-être...

Jace dévisagea Clary, l'air excédé :

— Ce n'est pas du tout la même chose. Les vampires, les loups-garous et même les sorciers ont une part d'humanité. Ils font partie de ce monde, ils y sont nés. Les démons, eux, viennent d'ailleurs. Ce sont des parasites interdimensionnels. Ils débarquent dans un monde et l'exploitent. Ils ne savent pas créer, ils ne savent que détruire. Ils réduisent un endroit à néant et, une fois leur travail de mort accompli, ils passent à un autre. C'est la vie qu'ils veulent, pas seulement la tienne ou la mienne, mais tout ce qui vit ici-bas, les villes et les rivières, les océans, tout, sans exception. Et la seule barrière entre eux et la destruction de ça – il montra le paysage urbain qui se déroulait derrière la vitre du carrosse, en agitant la main comme pour englober la ville entière, des gratte-ciel aux embouteillages de Houston Street –, ce sont les Nephilim.

— Oh, fit Clary. Combien de mondes existe-t-il ?

— Personne ne le sait. Des milliers ? Des millions, peut-être.

— Et ce sont tous... des mondes morts ? Quelle tristesse !

Clary sentit un poids au creux de son estomac, qui était peut-être seulement dû au fait qu'ils venaient de rouler sur une Austin Mini rouge.

— Je n'ai rien dit de tel.

Le profil de Jace se découpa sur la brume orangée qui recouvrait la ville.

— La vie existe sans doute dans d'autres mondes que le nôtre. Les démons peuvent se téléporter de l'un à l'autre, parce qu'ils n'ont pas d'enveloppe corporelle, pour la plupart. Personne ne sait précisément comment ils font. De nombreux sorciers s'y sont essayés sans jamais y parvenir. Apparemment, aucune forme terrestre ne peut franchir les portes séparant les mondes. Si c'était possible, nous serions peut-être capables d'empêcher leur venue ici. Seulement personne n'en a trouvé le moyen. Or il y en a de plus en plus ! Autrefois, notre monde ne subissait que de petites invasions démoniaques, faciles à contenir. Mais, depuis sa naissance, un nombre croissant de démons s'est introduit chez nous. L'Enclave est contrainte d'envoyer des Chasseurs d'Ombres en permanence et, souvent, ils ne reviennent pas.

— Si vous déteniez la Coupe Mortelle, vous pourriez créer davantage de chasseurs de démons, non ?

— Oui. Seulement, ça fait des années que nous avons perdu la trace de la Coupe, et beaucoup d'entre nous meurent jeunes. Ainsi, nos effectifs se réduisent peu à peu.

— Mais vous ne vous...

Clary chercha ses mots.

— ... reproduisez pas ?

Jace éclata de rire. Comme le carrosse virait brusquement à gauche, il se retint au siège. Clary fut projetée contre lui. Il la rattrapa et la maintint à distance, d'un geste délicat mais ferme. Elle sentit le contact froid de sa bague contre sa peau moite.

— Bien sûr que si ! On adore se reproduire. C'est un de nos passe-temps favoris.

Clary s'écarta de lui, les joues en feu, et se tourna vers la vitre. Ils roulaient vers une lourde grille en fer forgé envahie par la vigne.

— Nous y voilà, annonça Jace tandis que le carrosse s'engageait sur un chemin pavé.

Au moment où ils franchissaient la grille, Clary eut le temps de lire l'inscription : New York City Marble Cemetery.

— On n'enterre plus personne à Manhattan depuis un siècle à cause du manque de place ! s'exclama-t-elle.

Ils avançaient le long d'une allée étroite, bordée de chaque côté par un haut mur de pierre.

— La Cité des Os fut élevée ici bien avant.

Le véhicule s'arrêta dans un dernier soubresaut. Clary frémit en voyant Jace tendre le bras vers elle, mais c'était seulement pour ouvrir la portière de son côté. Elle contempla les muscles de son bras et le duvet blond fin comme du pollen

— On n'a pas le choix, c'est ça ? demanda-t-elle. On ne peut pas refuser de devenir un Chasseur d'Ombres.

— Non, répondit-il.

La portière s'ouvrit, laissant entrer un souffle d'air chaud. Le carrosse s'était arrêté sur un vaste carré de pelouse entouré de murs en marbre couverts de mousse.

— Mais si j'avais eu le choix, c'est tout de même ce que j'aurais choisi.

— Pourquoi ?

— Parce que c'est ce que je sais faire.

Il sauta à bas du coche. Clary se laissa glisser de son siège, les jambes pendantes, avant de sauter à son tour. Elle jeta un coup d'œil derrière elle : Frère Jeremiah descendait silencieusement de son perchoir. Il ne projetait aucune ombre sur l'herbe inondée de soleil.

Venez, fit-il.

S'éloignant du carrosse et des lumières rassurantes de la Seconde Avenue, il s'avança au milieu du jardin. L'herbe sèche craquait sous ses pas.

Les murs de marbre qui bordaient l'allée avaient un aspect nacré. Des noms et des dates étaient gravés dans la pierre. Clary ne comprit pas tout de suite qu'il s'agissait de stèles. Un frisson lui parcourut l'échine. Où étaient les corps ? Debout, à l'intérieur, comme s'ils avaient été emmurés vivants... ?

Elle en avait oublié de regarder où elle mettait les pieds et se cogna contre Jace. Elle poussa un cri.

— Ne hurle pas comme ça ! Tu vas réveiller les morts.

— Pourquoi est-ce qu'on s'arrête ? demanda-t-elle en fronçant les sourcils.

Jace montra du doigt Frère Jeremiah, qui avait fait halte devant la statue d'un ange au socle envahi par la mousse. Le marbre dans lequel elle était sculptée était si lisse qu'il en paraissait presque translucide. Le beau visage de l'ange avait une expression à la fois triste et farouche. Dans ses longues mains blanches, il tenait une coupe au bord orné de joyaux de marbre. Quelque chose dans cette statue titillait la mémoire de Clary. Une date était inscrite sur le socle : *1234*, ainsi que les mots suivants : *Nephilim : Facilis descensus Averni.*

— C'est censé représenter la Coupe Mortelle ? voulut savoir Clary.

Jace hocha la tête :

— Et là, sur le socle, c'est la devise des Nephilim.

— Qu'est-ce que ça signifie ?

Un sourire éclaira le visage du garçon :

— Depuis 1234, les Chasseurs d'Ombres portent mieux le noir que les veuves de leurs ennemis.

— Jace...

Cela signifie : *Facile est la descente aux Enfers*, expliqua Jeremiah.

— Sympa et accueillant comme devise, ironisa Clary en frissonnant malgré la chaleur.

— Les Frères ont beaucoup d'humour, tu verras, renchérit Jace.

Clary se tourna vers Frère Jeremiah. Il avait sorti des plis de sa robe une stèle qui brillait faiblement. De sa pointe, il traça le motif d'une rune sur le socle de la statue. Soudain, la bouche de l'ange s'ouvrit toute grande, comme pour pousser un cri inarticulé ; en même temps un trou béant pareil à une tombe se creusa dans l'herbe, aux pieds de Jeremiah.

Clary s'avança prudemment au bord du trou et en scruta le fond. Une volée de marches en granit s'enfonçait dans les profondeurs de la terre ; elles semblaient polies par des années d'allées et venues. Des torches éclairaient le passage de leurs flammes vertes et bleues. L'escalier se perdait dans l'obscurité.

Jace s'y engagea avec l'aisance de celui pour qui la situation est familière, sinon confortable. Parvenu à la première torche, il s'arrêta et se tourna vers Clary.

— Viens, dit-il avec impatience.

Clary avait à peine posé le pied sur la première marche qu'elle sentit une main glacée lui saisir l'avant-bras. Elle leva les yeux avec étonnement. Frère Jeremiah lui tenait le poignet en enfonçant ses doigts gelés dans sa chair. Elle distingua l'éclat blême de son visage balafré sous son capuchon.

Ne crains rien, dit sa voix dans sa tête. *Il faudrait plus d'un seul cri humain pour réveiller ces morts.*

Il lui lâcha le bras, et elle se précipita dans l'escalier pour rattraper Jace, le cœur battant. Il l'attendait au pied des marches, brandissant l'une des torches qui nimbait son visage d'un halo verdâtre.

— Tout va bien ?

Clary hocha la tête, trop effrayée pour parler. L'escalier débouchait sur un long tunnel sombre d'où émergeaient çà et là des racines d'arbre. Une lueur bleuâtre éclairait faiblement le bout du tunnel.

— Il fait... sombre, répondit-elle.

— Tu veux me donner la main ?

Clary mit ses mains derrière le dos comme un petit enfant :

— Ne me prends pas de haut, s'il te plaît.

— Comment faire autrement ? Tu es si petite !

Il jeta un coup d'œil derrière elle ; la torche projetait des étincelles à chacun de ses mouvements.

— Pas besoin de faire des cérémonies, Frère Jeremiah. Passez devant, on vous suit.

Clary sursauta. Elle ne s'était pas encore habituée aux déplacements silencieux de l'archiviste. Il s'avança sans bruit dans le tunnel. Après une hésitation, elle lui emboîta le pas, non sans avoir repoussé la main que lui tendait Jace.

Pour Clary, le premier aperçu de la Cité Silencieuse fut une succession de hautes arches en marbre, à perte de vue, qui évoquaient les rangées d'arbres d'un verger. Le marbre lui-même était d'aspect lisse et d'une teinte ivoire tirant sur le gris, incrusté par endroits de jade, d'onyx et de jaspe. Alors qu'ils s'avançaient vers la forêt d'arches, Clary distingua sur le sol les mêmes runes qui apparaissaient parfois sur la peau de Jace, sous forme de volutes et de courbes.

Comme ils passaient sous la première arche, une masse blanche se dressa sur la gauche de Clary, tel un iceberg émergeant devant la proue du *Titanic*. C'était un bloc de pierre blanche luisante, de forme cubique, qui comportait une espèce de porte. On aurait dit une maisonnette d'enfant, pas assez grande pour que Clary puisse se tenir debout à l'intérieur.

— C'est un mausolée, expliqua Jace en éclairant le bloc de sa torche. Une tombe, si tu préfères. C'est là que nous enterrons nos morts.

Une rune était sculptée sur la porte munie de verrous en fer.

— Tous vos morts ? s'enquit Clary, tiraillée par l'envie de lui demander si son père était enterré là.

Jace s'était déjà éloigné, et il était hors de portée de voix. Elle courut après lui, peu rassurée à l'idée de rester seule avec Frère Jeremiah dans cet endroit inquiétant.

— Tu m'avais dit qu'on allait dans une bibliothèque.

Il existe différentes sections dans la Cité Silencieuse, intervint Jeremiah. *Et nos morts ne sont pas tous enterrés ici. Il y a un autre ossuaire, à Idris, beaucoup plus grand. Dans cette section se trouvent les mausolées et le lieu d'incinération.*

— Le lieu d'incinération ?

Ceux qui meurent au combat sont incinérés. Leurs cendres sont ensuite utilisées pour édifier les arches de marbre que tu vois ici. Le sang et les ossements des tueurs de démons sont une protection puissante contre le mal. Même dans la mort, l'Enclave sert la cause.

« Comme ce doit être éreintant, songea Clary, de se battre sa vie durant, et de poursuivre le combat même après la mort ! » Du coin de l'œil, elle examina les rangées d'arches blanches comme autant de tombes, dont les portes étaient verrouillées de l'extérieur. Elle comprenait maintenant pourquoi cet endroit s'appelait la Cité Silencieuse : ses seuls habitants étaient ces frères muets et les défunts qu'ils protégeaient avec tant de zèle.

Ils avaient atteint un autre escalier menant vers une lumière crépusculaire. Jace s'avança avec sa torche qui projetait des ombres sur les murs.

— Nous arrivons dans la deuxième section, où se trouvent les archives et les salles de conseil, annonça-t-il comme pour la rassurer.

— Et où sont les logements ? demanda-t-elle, par politesse autant que par curiosité. Où dorment les Frères ?

Dormir ?

Le mot silencieux resta comme suspendu dans l'obscurité. Jace éclata de rire, et la flamme de sa torche vacilla :

— Il fallait que tu la poses, cette question !

L'escalier débouchait sur un autre tunnel, qui s'élargissait peu à peu. Au bout, un pavillon dont les quatre coins étaient soutenus par des piquets en os sculpté. Des torches brûlaient dans des supports en onyx, et une odeur de cendre et de fumée imprégnait l'air. Au centre du pavillon trônait une longue table de basalte noir veiné de blanc. Derrière, appuyée contre le mur, une énorme épée en argent. Son manche sculpté représentait une paire d'ailes ouvertes. Autour de la table étaient assis les Frères Silencieux, tous vêtus de la même robe couleur parchemin.

Frère Jeremiah ne perdit pas de temps.

Nous sommes arrivés. Clarissa, présente-toi devant le Conseil.

Clary jeta un coup d'œil à Jace, qui n'avait pas l'air d'avoir entendu. Frère Jeremiah avait dû s'adresser à elle seule. Elle observa la longue rangée de silhouettes emmitouflées dans leur longue robe. Le sol du pavillon était recouvert de dalles couleur bronze et rouge sombre. Devant la table se trouvait une dalle plus grande, en marbre noir, gravée d'étoiles argentées.

Clary s'avança jusqu'à son centre avec la sensation d'aller au-devant d'un peloton d'exécution.

— Bon, dit-elle en levant la tête. Et maintenant ?

Elle entendit alors un bruit, pareil à un soupir ou à un grognement, et ses cheveux se dressèrent sur sa tête. Ensemble, les Frères ôtèrent leur capuchon, découvrant leur visage balafré et leurs orbites vides.

Même si elle avait déjà vu le visage de Frère Jeremiah, Clary sentit son estomac se nouer. Elle avait l'impression de faire face à une rangée de squelettes. Ils lui rappelaient ces gravures médiévales sur bois qui représentaient des morts marchant ou dansant sur les corps entassés des vivants. Leurs bouches scellées semblaient sourire de façon macabre.

Le Conseil te souhaite la bienvenue, Clarissa Fray. La phrase résonna dans sa tête sauf que cette fois il ne s'agissait pas d'une seule voix, mais d'une douzaine, certaines graves et rocailleuses, d'autres douces et monocordes, toutes impérieuses, insistantes, prêtes à forcer les barrières fragiles de son esprit.

— Assez ! répondit-elle d'une voix forte et assurée qui la surprit.

Le vacarme cessa sur-le-champ, comme si quelqu'un venait de tourner le bouton d'une chaîne stéréo.

— Vous pouvez entrer dans mon esprit, mais uniquement quand je me sentirai prête.

Si tu ne veux pas de notre aide, alors tout ceci est inutile. C'est toi qui en as fait la demande, pourtant.

— Vous voulez savoir ce qu'il y a dans ma tête, tout comme moi. Ça n'exclut pas la délicatesse.

Le Frère qui était assis au centre de l'assemblée se caressa le menton de ses longs doigts blêmes.

C'est une énigme intéressante, de l'avis de tous, dit-il sèchement. *Mais il ne sert à rien d'utiliser la force si tu t'obstines à y résister.*

Clary serra les dents : elle aurait voulu leur résister, chasser ces voix d'intrus de sa tête. L'idée de laisser quelqu'un violer ses pensées les plus intimes lui était insupportable

Mais il était fort probable que ce soit déjà le cas, se rappela-t-elle. Il s'agissait seulement de déterrer un vieux crime, de le voler à sa mémoire. Si la manœuvre fonctionnait, ce qui lui avait été volé lui serait rendu. Elle ferma les yeux :

— Allez-y.

La première sensation se manifesta sous la forme d'un murmure à l'intérieur de son crâne, aussi léger que le bruissement d'une feuille morte .

Décline ton nom devant le Conseil.

— Clarissa Fray.

D'autres voix se joignirent à la première :

Qui es-tu ?

— Je m'appelle Clary. Ma mère est Jocelyne Fray. J'habite au 807, Berkeley Place, à Brooklyn. J'ai quinze ans. Mon père s'appelait...

Elle eut l'impression que son cerveau se tendait brusquement, comme un élastique, et elle s'abandonna au flot d'images qui se succédaient derrière ses paupières closes. Sa mère la faisant courir dans une rue en pleine nuit, au milieu des tas de neige sale. Puis un ciel gris et bas, des rangées d'arbres noirs dénudés. Un trou rectangulaire creusé dans la terre, un cercueil qu'on descendait dans le trou. *Tu es poussière et tu redeviendras poussière.* Jocelyne emmitouflée dans son édredon en patchwork, les yeux remplis de larmes, refermant en hâte une boîte avant de la glisser sous un oreiller au moment où Clary entrait dans la pièce. Elle lut, une fois encore, les initiales sur la boîte : J.C.

Les images défilaient de plus en plus vite, comme dans ces livres où les vignettes semblent s'animer quand on tourne vite les pages. Clary se tenait au sommet d'un escalier, les yeux baissés vers un couloir étroit. Luke était là, son sac de sport à ses pieds. Jocelyne lui faisait face, elle secouait la tête. « Pourquoi maintenant, Lucian ? Je te croyais mort... » Clary cilla : Luke semblait différent, elle avait l'impression de voir un étranger, barbu, les cheveux longs en bataille... Mais des branches lui obstruaient la vue : elle se trouvait dans le parc, et des fées vertes, hautes comme des cure-dents, voletaient parmi les fleurs écarlates. Au comble du ravissement, elle tendit la main pour en attraper une, et sa mère la prit dans ses bras avec un cri de terreur. Puis l'hiver, de nouveau, dans la même rue sombre. Elles marchaient à vive allure, blotties sous un parapluie. Jocelyne la poussait, puis la tirait par la main entre les tas de neige. Un porche en granit se dessina au milieu des flocons, au-dessus duquel étaient gravés les mots : LE MAGNIFIQUE. Puis elle se retrouva dans un hall qui sentait le fer et la neige fondue. Ses doigts étaient engourdis par le froid. Une main sous son menton la força à lever les yeux, et elle vit une inscription griffonnée sur le mur. Les deux mots jaillirent devant ses yeux comme une flamme : MAGNUS BANE.

Une douleur fulgurante envahit son bras droit. Elle poussa un cri tandis que les images refluaient et reprit conscience tel un nageur qui remonte à la surface. Elle sentit un contact froid contre sa joue et, ouvrant les yeux, vit des étoiles argentées. Elle battit des paupières et s'aperçut qu'elle gisait sur le sol en marbre, les genoux ramenés contre la poitrine. Elle remua et sentit un élancement dans son bras.

Elle se redressa maladroitement. Du sang s'écoulait d'une entaille au-dessus de son coude gauche : elle avait dû se blesser en tombant. Son T-shirt était taché de sang. Elle regarda autour d'elle d'un air égaré et aperçut Jace, immobile, les yeux fixés sur elle, la bouche crispée par l'inquiétude.

Magnus Bane. Ces mots signifiaient quelque chose, mais quoi ? Avant qu'elle ait pu poser la question à voix haute, Frère Jeremiah prit la parole.

Le verrou est plus solide que prévu. Il ne peut être levé que par celui qui l'a posé. Si nous devions nous en charger, tu n'y survivrais pas.

Clary se releva péniblement en massant son bras endolori :

— Mais je ne sais pas qui l'a posé. Si je le savais, je ne serais pas ici.

La réponse à cette question se trouve dans le fil de tes pensées, dit Frère Jeremiah. *Dans ton rêve éveillé, tu l'as vu écrite.*

— Magnus Bane ? Mais... ce n'est même pas un nom !

C'est suffisant.

Frère Jeremiah se leva. Comme sur un signal, le reste de la confrérie l'imita. Après avoir adressé un signe de tête à Jace, ils s'éloignèrent en file indienne. Seul resta Frère Jeremiah. Il regarda d'un œil impassible Jace se précipiter vers Clary.

— Laisse-moi voir ton bras, ordonna le garçon en lui saisissant le poignet.

— Aïe ! Je vais bien. Arrête, tu ne fais qu'empirer les choses, dit Clary en essayant de se dégager.

— Tu as saigné sur les Étoiles Diseuses.

Clary suivit son regard et s'aperçut que c'était vrai : il y avait une traînée de sang sur le marbre blanc et argenté.

— Je crois qu'il existe une loi à ce sujet.

Jace examina son bras en le retournant avec plus de douceur qu'elle ne l'en aurait cru capable. Il siffla entre ses dents : elle constata que son avant-bras était couvert de sang, du coude au poignet. Elle avait du mal à le mouvoir, et la blessure la lançait.

— C'est là que tu déchires ton T-shirt pour emmailloter ma blessure ? ironisa-t-elle.

Elle détestait la vue du sang, en particulier le sien.

— Si tu voulais que j'arrache mes vêtements, il aurait suffi de demander. Ç'aurait été beaucoup moins douloureux.

Il sortit sa stèle de sa poche. Au souvenir de la sensation de brûlure qu'elle avait éprouvée quand la stèle avait touché son poignet, Clary recula. Mais elle ne ressentit qu'une chaleur diffuse quand Jace se mit à promener l'objet au-dessus de sa blessure.

— Voilà, dit-il en se relevant.

Clary plia et déplia son bras avec étonnement. Si le sang était encore là, la blessure avait disparu, et avec elle la douleur.

— La prochaine fois que tu prévois de te faire mal pour attirer mon attention, rappelle-toi que quelques mots doux feraient merveille.

Clary ne put s'empêcher de sourire.

— Je m'en souviendrai, promit-elle, et, comme Jace se détournait, elle ajouta : Merci.

Il glissa la stèle dans sa poche sans la regarder, mais elle crut déceler une certaine satisfaction dans ses gestes.

— Frère Jeremiah, lança-t-il, vous n'avez rien dit jusqu'à présent. Vous avez sûrement quelques réflexions à nous faire partager ?

Je suis tenu de vous escorter jusqu'à la sortie de la Cité Silencieuse, rien de plus, répondit l'archiviste.

Clary se demanda si c'était son imagination ou si elle avait réellement perçu un soupçon d'agacement dans sa « voix ».

— On peut trouver la sortie tout seuls, déclara Jace d'un ton plein d'espoir. Je suis sûr de me rappeler le chemin...

Les merveilles de la Cité Silencieuse ne conviennent pas à des visiteurs non initiés, répondit Frère Jeremiah avant de leur tourner le dos dans un bruissement de robe. *Par ici.*

Quand ils eurent émergé à la surface, Clary prit une grande bouffée d'air matinal chargé d'odeurs citadines : la pollution, la crasse, l'humanité. Jace regarda autour de lui, pensif :

— Il va pleuvoir.

Clary leva les yeux vers le ciel de plomb et se rangea à son avis.

— On prend le carrosse pour rentrer à l'Institut ? demanda-t-elle.

Jace regarda tour à tour Frère Jeremiah, immobile comme une statue, et l'ombre noire du carrosse stationné sous l'arche qui menait à la rue, avant de se fendre d'un grand sourire :

— Pas question, je déteste ces machins-là. Appelons plutôt un taxi.

11

Magnus Bane

Jace se pencha pour cogner contre la paroi qui les séparait du chauffeur :

— Tournez à gauche ! À gauche ! Je vous avais dit de prendre par Broadway, espèce d'idiot !

Pour toute réponse, le chauffeur donna un brusque coup de volant qui projeta Clary contre Jace. Elle laissa échapper un grognement de rage.

— Pourquoi va-t-on à Broadway, au fait ?

— Je meurs de faim. Et il n'y a rien à manger à la maison excepté les restes d'hier soir.

Il sortit son téléphone et composa un numéro :

— Alec ! Réveille-toi !

Clary perçut un grommellement irrité à l'autre bout du fil.

— Retrouve-nous chez Taki's. C'est l'heure du petit-déjeuner. Oui, tu m'as bien entendu. Petit-déjeuner. Quoi ? C'est à quelques rues seulement. Dépêche-toi.

Le taxi s'arrêta. Après avoir tendu une liasse de billets au chauffeur, Jace poussa Clary hors de la voiture. Une fois debout sur le trottoir, il s'étira comme un chat :

— Bienvenue dans le meilleur restaurant de New York !

L'immeuble bas, en brique, qui s'affaissait en son milieu comme un soufflé raté, n'avait pas vraiment l'allure d'un grand restaurant. Un vieux néon crachotant suspendu de travers annonçait le nom des lieux. Deux hommes en long manteau noir et chapeau de feutre traînaient devant le seuil. L'édifice ne comportait pas de fenêtres.

— On dirait une prison, observa Clary.

— Sauf qu'en prison tu ne pourrais pas commander des spaghettis *fra diavolo* bons à s'en lécher les doigts, répondit Jace.

— Je n'ai pas envie de spaghettis. Je veux savoir ce que c'est que ce Magnus Bane.

— C'est le nom d'un sorcier. Seul un sorcier aurait pu mettre un verrou pareil dans ta tête. Ou l'un des Frères Silencieux, mais manifestement ils n'y sont pour rien.

— Tu as déjà entendu parler de ce sorcier ?

— Son nom m'est familier...

— Salut !

Alec, qui avait l'air de sortir du lit et d'avoir enfilé un jean par-dessus son pyjama, les rejoignit au pas de course. Il avait les cheveux en bataille et gardait les yeux rivés sur Jace en ignorant Clary, comme d'habitude.

— Isa est en route. Elle arrive avec le Terrestre.

— Simon ? D'où il sort, celui-là ? demanda Jace.

— Il s'est présenté à l'Institut à la première heure ce matin. Il ne se décolle pas d'Isa, on dirait. Pathétique, commenta Alec avec une grimace amusée.

Clary dut se retenir de le frapper.

— Bon, on entre, oui ou non ? lança-t-elle. Je meurs de faim.

— Moi aussi, dit Jace. Je mangerais bien des queues de rat frites.

Clary se demanda si elle avait bien entendu :

— Quoi ?

— Relax ! répondit Jace avec un sourire. C'est un restau comme les autres.

Ils furent arrêtés par l'un des hommes qui se tenaient devant l'entrée. Comme il se redressait, Clary entrevit son visage sous son chapeau. Sa peau était rouge sombre, ses mains larges étaient dotées d'ongles bleus tirant sur le noir. Elle se figea, mais Jace et Alec ne parurent pas s'en inquiéter. Ils dirent quelques mots au portier, qui hocha la tête et s'écarta pour les laisser passer.

— Jace, chuchota Clary tandis que la porte se refermait derrière eux. Qu'est-ce que c'était ?

— Tu parles de Clancy ? dit Jace en parcourant du regard la salle de restaurant brillamment éclairée.

L'endroit était agréable malgré l'absence de fenêtres. Des banquettes en bois garnies de coussins multicolores invitaient les clients à se mettre à l'aise. De la vaisselle joliment dépareillée était exposée derrière le comptoir. Une fille blonde en tablier de serveuse rose et blanc rendait la monnaie avec professionnalisme à un homme trapu en chemise de flanelle. En apercevant Jace, elle le salua d'un geste et leur fit signe de s'asseoir où bon leur semblait.

— Clancy éloigne les indésirables, expliqua Jace en se dirigeant vers l'une des banquettes.

— C'est un démon ? demanda Clary.

Quelques clients se retournèrent pour la dévisager, dont un garçon aux dreadlocks bleues assis à côté d'une belle Indienne aux longs cheveux noirs avec des ailes dorées, fines comme de la gaze. Il fronça les sourcils, l'air courroucé. Clary fut soulagée que le restaurant soit presque désert.

— Pas du tout, répondit Jace en se laissant choir sur la banquette.

Clary fit mine de s'asseoir à côté de lui, mais Alec avait déjà pris sa place. Elle se replia donc sur la banquette en face. Son bras était toujours endolori malgré les soins de Jace. Elle était épuisée, comme si les Frères Silencieux l'avaient vidée de sa substance, et la tête lui tournait.

— C'est un ifrit, poursuivit Jace, un sorcier qui n'a pas de pouvoirs magiques. Ces demi-démons ne peuvent pas jeter de sorts, sans qu'on sache pourquoi.

— Les pauvres ! commenta Alec en prenant le menu.

Clary l'imita et resta interdite. Des sauterelles grillées au miel étaient proposées en plat du jour ; on trouvait aussi des assiettes de viande crue, un poisson cru entier ou encore un plat bizarre baptisé croque-chauve-souris. La page des boissons était consacrée aux différents types de sang en réserve : au grand soulagement de Clary, qui s'attendait à y trouver des échantillons du groupe A, O ou B négatif, on y proposait seulement divers sangs d'animaux.

— Mais qui s'envoie un poisson cru entier ? demanda-t-elle.

— Les kelpies, répondit Alec. Les selkies. Et peut-être les nixes, à l'occasion.

— Ne commande pas de nourriture féerique, conseilla Jace en la regardant par-dessus son menu. Ça fait perdre la boule aux humains. Tu manges une prune féerique, et l'instant d'après tu te retrouves en train de courir nue comme un ver dans Madison Avenue avec une ramure de cerf sur la tête... Ne va pas t'imaginer que ça m'est déjà arrivé, s'empressa-t-il d'ajouter.

Alec se mit à rire.

— Tu te souviens...

Il se lança dans une histoire qui contenait tellement de noms mystérieux que Clary renonça à en suivre le fil. Elle reporta son attention sur Alec. Il émanait de lui un dynamisme, une énergie presque fiévreuse qu'elle n'avait pas remarqués jusque-là. En présence de Jace, il s'animait. Elle songea que, si elle avait dû les dessiner tous deux à ce moment-là, Jace aurait été un peu flou tandis qu'Alec se serait imposé nettement, tout en surfaces planes et en angles.

Jace gardait les yeux baissés quand Alec parlait ; un sourire distrait sur les lèvres, il jouait avec son verre d'eau. Elle sentait qu'il avait l'esprit ailleurs. Elle éprouva une bouffée de sympathie soudaine pour Alec. Ça ne devait pas être facile de prendre soin de Jace... Elle repensa à sa remarque : « J'ai ri parce que les déclarations d'amour m'amusent beaucoup, surtout quand les sentiments ne sont pas partagés. »

Jace leva les yeux au passage de la serveuse.

— Est-ce qu'on peut espérer avoir du café ? demanda-t-il d'une voix forte, interrompant Alec au milieu de sa phrase.

Alec se tut, et sa belle assurance l'abandonna. Clary prit la parole précipitamment :

— Et la viande crue, c'est pour qui ?

— Les loups-garous, répondit Jace. Bien que moi-même je n'aie rien contre un steak bien saignant de temps en temps.

Il tendit le bras par-dessus la table pour retourner le menu de Clary :

— La nourriture pour humains est au dos.

Elle parcourut avec stupéfaction la liste de plats parfaitement ordinaires :

— Ils font des milk-shakes, ici ?

— Leur milk-shake abricot-prune au miel de fleurs sauvages est tout simplement divin, dit Isabelle, qui venait d'entrer avec Simon. Pousse-toi, lança-t-elle à Clary, qui se retrouva coincée contre le mur.

Après s'être glissé à côté d'Isabelle, Simon lui adressa un sourire gêné qu'elle ne lui rendit pas.

— Tu devrais en prendre un, poursuivit Isabelle.

Clary, qui ne savait pas trop si la sœur d'Alec s'adressait à elle ou à Simon, ne répondit pas. Les cheveux de la jeune fille, qui lui chatouillaient le nez, exhalaient un parfum vanillé. Elle réprima une envie d'éternuer : elle détestait les parfums à la vanille, elle ne comprendrait jamais pourquoi certaines filles éprouvaient le besoin de sentir comme un dessert.

— Alors, comment ça s'est passé, dans la Cité des Os ? demanda Isabelle en ouvrant son menu. Vous avez trouvé ce qu'il y a dans la tête de Clary ?

— On a un nom, répondit Jace. Magnus...

— La ferme, grommela Alec en frappant Jace avec son menu.

Jace parut vexé.

— C'est quoi, ton problème ? lâcha-t-il en se frottant le bras.

— Cet endroit grouille de Créatures Obscures ! Reste discret sur les détails de notre enquête.

— Notre enquête ? répéta Isabelle en riant. Alors, maintenant on est des détectives ? On devrait peut-être utiliser des noms de code.

— Bonne idée, dit Jace. Pour moi, ce sera baron Hotschaft Von Hugenstein.

Alec recracha sa gorgée d'eau dans son verre. C'est à ce moment que la serveuse vint prendre leur commande. De près, elle était toujours jolie. Mais ses yeux dépourvus de blanc et de pupille étaient entièrement bleus.

— Vous avez choisi ?

Jace sourit :

— Comme d'habitude.

La serveuse lui rendit son sourire.

– Moi aussi, dit Alec sans susciter une telle réaction.

Isabelle commanda un milk-shake aux fruits, Simon se contenta d'un espresso, et Clary, après une hésitation, opta pour un grand café et des crêpes à la noix de coco. La serveuse lui fit un clin d'œil avant de s'éloigner au pas de course.

— C'est une ifrit, elle aussi ? demanda Clary en la regardant partir.

— Kaelie ? Non. Elle est à moitié elfe, je crois, répondit Jace.

— Elle a des yeux de nixe, dit Isabelle d'un air songeur.

— Vous ne savez pas à quelle espèce elle appartient ? s'étonna Simon.

— Je respecte sa vie privée, répliqua Jace avant de donner un coup de coude à Alec : Hé, laisse-moi passer une seconde.

Alec se poussa en grommelant. Clary vit Jace se diriger vers Kaelie qui, penchée au-dessus du bar, transmettait la commande au cuisinier à travers le passe-plat. Comme il baissait la tête, Clary ne vit que sa toque blanche, ainsi que de grandes oreilles duveteuses qui sortaient par des trous percés de chaque côté de son couvre-chef.

Kaelie se tourna en souriant vers Jace, qui l'enlaça. Elle se blottit contre lui, et Clary se demanda ce que Jace entendait au juste par « respecter sa vie privée ».

Isabelle leva les yeux au ciel :

— Il ne peut pas s'empêcher de draguer le personnel !

Alec se tourna vers elle :

— Tu ne penses pas sérieusement qu'elle lui plaît ?

— C'est une Créature Obscure, répliqua Isabelle en haussant les épaules comme si sa réponse expliquait tout.

— Je ne saisis pas tout, intervint Clary.

Isabelle la toisa avec indifférence :

— Quoi ?

— Vous ne pourchassez pas les Créatures Obscures, car ce ne sont pas vraiment des démons. Mais ce ne sont pas non plus des humains ! Les vampires tuent, ils boivent le sang de leurs victimes...

— Il y a les bons et les mauvais vampires. Seuls les

mauvais boivent le sang des vivants, expliqua Alec. Et ceux-là, on a le droit de les supprimer.

— Et les loups-garous ?

— Ils tuent les démons, répondit Isabelle. Alors, s'ils nous laissent tranquilles, on en fait autant.

« C'est comme épargner les araignées parce qu'elles mangent les moustiques », pensa Clary.

— Si je comprends bien, ils sont assez bien pour vous faire la cuisine ou flirter avec vous, mais ils n'ont pas la même valeur que les humains ?

Isabelle et Alec la dévisagèrent comme si elle leur parlait en ourdou.

— Ils sont différents, dit Alec après un silence.

— Ils valent mieux que nous ? demanda Simon.

— Non, répondit Isabelle d'un ton tranchant. On peut transformer un Terrestre en Chasseur d'Ombres. Et les Terrestres sont nos ancêtres. Mais aucune des Créatures Obscures ne pourra jamais faire partie de l'Enclave. Elles ne résisteraient pas aux runes.

— Alors, elles sont faibles ? s'enquit Clary.

— Je n'irais pas jusque-là, dit Jace en se rasseyant à côté d'Alec.

Il avait les cheveux ébouriffés et une marque de rouge à lèvres sur la joue.

— Du moins, pas les Peris, les djinns, les Ifrits, et tous ceux qui essaient d'écouter notre conversation.

Il sourit à Kaelie, qui arrivait avec leurs plats. Clary examina ses crêpes d'un regard soupçonneux. Elles avaient pourtant l'air délicieux : d'un brun doré, elles dégoulinaient de miel. Elle en prit une bouchée tandis que Kaelie s'éloignait en se tordant les chevilles sur ses talons hauts. Une merveille !

— Je t'avais dit que c'était le meilleur restaurant de Manhattan, dit Jace en mangeant ses frites avec les doigts.

Clary jeta un coup d'œil à Simon, qui remuait son café, la tête baissée.

— Mmm, fit Alec, la bouche pleine.

Jace se tourna vers Clary :

— Tu sais, tout ça, ce n'est pas à sens unique. Nous n'aimons peut-être pas beaucoup les Créatures Obscures, mais elles nous le rendent bien. Les quelques centaines d'années placées sous le signe des Accords n'ont pas suffi à effacer un millénaire d'hostilités.

— Je suis sûre qu'elle ne sait même pas en quoi consistent ces Accords, Jace, lança Isabelle.

— Si, justement, répondit Clary.

— Moi non, déclara Simon.

Jace regarda une frite avant de mordre dedans :

— Peut-être, mais on s'en fiche. J'apprécie la compagnie de certaines Créatures Obscures dans certains lieux, en certaines occasions. Mais on n'est pas vraiment invités aux mêmes fêtes.

— Attends, dit Isabelle en se redressant brusquement. Quel nom tu as dit déjà ? demanda-t-elle à Jace. Celui dans la tête de Clary ?

— Je n'ai rien dit. Ou du moins, je n'ai pas eu le temps de finir. C'est Magnus Bane.

Il adressa un sourire moqueur à Alec :

— Tu vois, pas besoin d'en faire un plat !

Alec marmonna une insulte, la tête penchée sur son café, et Clary ne put s'empêcher de sourire.

— Ce n'est pas possible..., souffla Isabelle. Et pourtant j'en suis presque sûre !

Elle fouilla dans son sac et en sortit une feuille de papier bleu :

— Jetez un œil là-dessus.

Alec prit le papier, l'examina quelques instants et haussa les épaules avant de le tendre à Jace :

— C'est une invitation à une fête quelque part dans Brooklyn. Je déteste Brooklyn.

Jace se redressa sur son siège, tout comme Isabelle quelques instants plus tôt.

— Où as-tu trouvé ça ?

— C'est un kelpie qui me l'a donné au Charivari, répondit Isabelle avec un geste vague. Selon lui, ça promet d'être une sacrée fête. Il avait une pile de ces prospectus.

— Qu'est-ce que c'est ? demanda Clary avec impatience. Vous allez nous laisser regarder, oui ou non ?

Jace retourna la feuille afin que tous puissent en lire le contenu. Le prospectus, imprimé sur un papier très fin qui ressemblait à du parchemin, avait été rédigé d'une écriture élégante, en pattes de mouche. Il annonçait la tenue d'une grande fête dans l'humble demeure de Magnus le Magnifique, le Sorcier, et promettait aux invités « une soirée enchanteresse, au-delà de leurs rêves les plus fous ».

— Magnus, dit Simon. Comme Magnus Bane ?

— Je doute qu'il y ait beaucoup de sorciers prénommés Magnus dans les parages, répondit Jace.

— Est-ce que ça signifie qu'on va devoir aller à cette fête ? lâcha Alec.

— Rien ne nous y oblige. Mais, d'après cette invitation, Magnus Bane est le Grand Sorcier de Brooklyn. Et, pour ma part, j'aimerais bien savoir ce que le nom de ce type a à voir avec toi, dit Jace en s'adressant à Clary.

La fête ne commençait pas avant minuit. Aussi, ayant une journée entière à tuer, Jace et Alec s'enfermèrent-ils dans la salle d'armes. Quant à Isabelle et Simon, ils avaient l'intention d'aller se promener à Central Park pour qu'elle lui montre le cercle des fées. Simon proposa à Clary de les accompagner. Ravalant sa rage, elle prétexta une extrême fatigue.

Ce n'était pas tout à fait un mensonge. Elle était réellement épuisée ; son corps était encore affaibli par les effets secondaires du poison. Après avoir ôté ses chaussures, elle s'allongea sur son lit et s'efforça de dormir. Mais le sommeil ne vint pas. La caféine pétillait dans ses veines comme de l'eau gazeuse, et des images surgissaient dans son esprit. Elle revoyait sans cesse le visage de sa mère, son expression paniquée, les Étoiles Diseuses, et elle entendait les voix des Frères Silencieux dans sa tête. Pourquoi un puissant sorcier avait-il mis un verrou dans sa tête ? Dans quel but ? Quels souvenirs, quelles expériences avait-elle perdus ? Peut-être que tout ce dont elle croyait se souvenir n'était en réalité qu'un énorme mensonge...

Elle se releva, incapable de pousser plus loin le fil de sa pensée. Pieds nus, elle sortit dans le couloir et prit le chemin de la bibliothèque. Hodge pourrait peut-être l'aider, lui.

Mais la bibliothèque était vide. La lumière de l'après-midi filtrait à travers les rideaux entrouverts. Le livre dont Hodge leur avait lu un extrait était posé sur le bureau. Tout près, Hugo dormait sur son perchoir, le bec niché sous l'aile.

« Ma mère connaissait ce livre, pensa Clary. Elle a posé ses mains dessus, elle en a lu des passages. » Elle ne résista pas à l'envie de tenir entre ses mains un objet qui avait fait partie de la vie de sa mère et prit le volume. La lumière du soleil en avait réchauffé le cuir. Elle l'ouvrit.

Un bout de papier plié s'échappa des pages et tomba à ses pieds. Elle se pencha pour le ramasser et le déplia, intriguée.

C'était la photo d'un groupe de jeunes gens à peine plus âgés que Clary, qui devait remonter à une vingtaine d'années. Elle n'eut aucun mal à la dater : ce n'était pas tant leur tenue (comme la plupart des Chasseurs d'Ombres, ils portaient des vêtements noirs quelconques) que le fait d'avoir reconnu au premier coup d'œil Jocelyne, alors âgée de dix-sept ou dix-huit ans, les cheveux longs, le visage un peu plus rond, le dessin des lèvres et du menton moins affirmé. « Elle me ressemble », pensa Clary.

Sur la photo, Jocelyne enlaçait un garçon que Clary ne connaissait pas. Elle en éprouva un choc : elle n'aurait jamais cru sa mère capable de fréquenter un autre homme que son père. Jocelyne n'avait jamais de rendez-vous galant et ne semblait guère s'intéresser aux choses de l'amour. Elle n'était pas comme les autres mères célibataires qui chassaient le père célibataire dans les réunions de parents d'élèves, ou comme la mère de Simon qui consultait sans arrêt les sites de rencontre. Le garçon en question était séduisant, avec ses yeux noirs et ses cheveux si blonds qu'ils paraissaient blancs.

— C'est Valentin, dit une voix dans son dos. Quand il avait dix-sept ans.

Elle sursauta et faillit laisser tomber la photo. Hugo poussa un croassement mécontent avant de se réinstaller sur son perchoir en ébouriffant ses plumes.

C'était Hodge, qui l'observait avec curiosité.

— Je suis désolée, dit Clary. Je n'avais pas l'intention de fouiner dans vos affaires.

Elle posa la photo sur le bureau et recula.

— Ce n'est rien, répondit-il en caressant le cliché de sa main flétrie et couverte de cicatrices, qui contrastait avec la manche impeccable de son costume en tweed. Cela fait partie de ton passé, après tout.

Clary s'approcha à nouveau du bureau, comme attirée par un aimant. Le garçon aux cheveux blond-blanc de la photo souriait à Jocelyne ; il avait ce regard qu'ont les garçons lorsqu'une fille leur plaît vraiment. « Personne, songea Clary, ne m'a jamais regardée de cette façon. » Valentin, avec son visage froid et ses traits fins, ne ressemblait en rien à son propre père, à qui elle devait sa couleur de cheveux et son sourire engageant.

— Valentin a l'air... plutôt sympa.

— Il était tout sauf « sympa », mais il avait du charme et de l'intelligence à revendre, et il savait se montrer très persuasif. Tu reconnais quelqu'un d'autre ?

Clary examina la photo. Derrière Valentin, un peu sur la gauche, se tenait un garçon frêle avec une masse de cheveux châtain clair. Il avait les épaules larges et les poignets fins de quelqu'un qui n'a pas terminé sa croissance.

— C'est vous ?

Hodge hocha la tête :

— Et... ?

Elle dut y regarder à deux fois avant d'identifier quelqu'un d'autre de sa connaissance, si jeune qu'elle pouvait à peine le reconnaître. Ce furent ses lunettes qui le trahirent, et ses yeux bleu pâle.

— Luke.

— Lucian. Et ici...

Se penchant sur la photo, Hodge montra un couple de jeunes gens à l'allure élégante, tous deux très bruns. La fille mesurait une tête de plus que le garçon. Leurs traits anguleux avaient une expression prédatrice, presque cruelle.

— Les Lightwood, dit Hodge. Et là – il montra un beau garçon aux cheveux bruns bouclés et à la mâchoire carrée –, c'est Michael Wayland.

— Jace ne lui ressemble pas du tout.

— Jace ressemble à sa mère.

— C'est une photo de classe ?

— Non, c'est une photo du Cercle, prise l'année de sa création. C'est pourquoi Valentin, le chef, se trouve devant, et Luke à sa droite : c'était son second.

— Je me demande pourquoi ma mère a rejoint une organisation comme celle-ci.

— Tu dois comprendre...

— Vous n'arrêtez pas de répéter la même chose, s'emporta Clary. Il n'y a rien à comprendre. Dites-moi la vérité, et on verra ensuite.

— Comme tu voudras.

Hodge s'interrompit pour caresser Hugo qui se pavanait sur le bureau, l'air important.

— Les Accords n'ont jamais gagné le soutien de toute l'Enclave. Les familles les plus vénérables, en particulier, s'accrochaient au passé, à l'époque où les Créatures Obscures n'étaient bonnes qu'à se faire massacrer. Ce n'était pas simplement par haine, les gens voulaient se sentir en sécurité. Il est plus facile d'affronter une menace sans faire dans le détail... et nous connaissions presque tous quelqu'un qui avait été blessé ou tué par une Créature Obscure. Il n'y a rien de pire que l'absolutisme moral de la jeunesse. C'est facile, à cet âge, de croire au bien et au mal, à l'ombre et à la lumière. Valentin n'a jamais perdu ni son idéalisme destructeur ni sa haine farouche de tout ce qu'il considérait comme « non humain ».

— Mais il aimait ma mère.

— Oui, il aimait ta mère. Et il aimait Idris...

— Qu'est-ce que ça a de si extraordinaire, Idris ? maugréa Clary.

— C'était, dit Hodge avant de se reprendre, c'est la patrie des Nephilim, le seul lieu où ils peuvent être eux-mêmes, où ils ne sont pas obligés de se cacher ni d'utiliser un charme. Un endroit bénit par l'Ange. Nul ne sait ce qu'est une ville avant d'avoir vu Alicante et ses tours de verre. C'est d'une beauté qui dépasse l'imagination.

Sa voix trahissait la souffrance. Clary se rappela soudain son rêve :

— Est-ce qu'il y avait des... bals dans la Cité de Verre ?

Hodge cligna des yeux comme si on venait de l'arracher à un rêve :

— Toutes les semaines. Je n'y ai jamais assisté, mais ta mère, oui. Et Valentin.

Il rit doucement :

— J'étais du genre studieux. Je passais mes journées à la bibliothèque d'Alicante. Les livres que tu vois ici ne sont qu'une petite partie des trésors qu'elle renferme. Je pensais qu'un jour, peut-être, je pourrais rejoindre la Confrérie, mais après ce que j'ai fait, ses membres s'y sont opposés.

— Je suis désolée, lâcha maladroitement Clary.

Le souvenir de son rêve était encore présent dans son esprit. « Y avait-il une fontaine et une sirène à l'endroit où ils dansaient ? Valentin portait-il du blanc afin que ma mère puisse voir les Marques sur sa peau, à travers sa chemise ? »

— Je peux la garder ? demanda-t-elle en montrant la photo.

Une ombre d'hésitation passa sur le visage de Hodge.

— Je préférerais que tu ne la montres pas à Jace. Il a assez de soucis comme ça, sans qu'on y ajoute un cliché de son défunt père.

— Bien sûr, dit Clary en serrant la photo sur son cœur. Merci.

— De rien. Tu es venue ici pour me voir ?

— Je voulais savoir si vous aviez des nouvelles de l'Enclave. Concernant la Coupe... et ma mère.

— J'ai reçu une courte réponse ce matin.

— Ils ont envoyé quelqu'un ? Des Chasseurs d'Ombres ?

La voix de Clary trahissait son excitation.

Hodge détourna le regard :

— Oui, en effet.

— Pourquoi ne sont-ils pas ici ?

— On craint que l'Institut ne soit surveillé par Valentin. Moins il en saura, mieux cela vaudra.

Voyant la tristesse se peindre sur le visage de Clary, il soupira :

— Pardon, je ne peux pas t'en dire plus, Clarissa. L'Enclave ne me fait pas confiance, même maintenant. Ils ne m'ont pas dit grand-chose. Je t'aiderais si je le pouvais.

La note de sincérité dans sa voix dissuada Clary d'insister. Elle dit seulement :

— Vous le pouvez. Je n'arrive pas à dormir. Je ressasse trop. Serait-il possible...

— Ah, les tourments de l'esprit ! dit Hodge d'un ton compatissant. J'ai quelque chose qui t'aiderait peut-être, en effet. Attends-moi ici.

La potion que Hodge lui avait donnée dégageait une odeur agréable de genévrier et de feuilles. Clary n'avait de cesse d'ouvrir la fiole pour en respirer le parfum. En entrant dans sa chambre, elle trouva Jace vautré sur le lit en train de regarder son carnet de croquis. Avec un petit cri de surprise, elle laissa tomber la fiole, et le liquide vert qu'elle contenait se répandit sur le plancher.

— Oh ! s'exclama Jace en se redressant. J'espère que ce n'était rien d'important.

— C'était un somnifère, répondit Clary avec colère en poussant la fiole du pied. Et il n'en reste plus une goutte !

— Si seulement Simon était ici ! Il parviendrait à t'endormir rien qu'en parlant.

Clary n'était pas d'humeur à défendre Simon. Elle s'assit sur le lit et ramassa son carnet de croquis :

— Je n'ai pas pour habitude de le montrer aux gens.

— Pourquoi ?

Jace était débraillé comme s'il venait de se réveiller.

— Tu dessines plutôt bien. Parfois, c'est même excellent.

— Eh bien, parce que... c'est une sorte de journal. Sauf que je ne l'écris pas avec des mots, mais avec des images. Toujours est-il que c'est mon intimité.

Jace prit l'air vexé :

— Un journal en images sans le moindre portrait de moi ? Où sont les fantasmes torrides ? Les couvertures de romans à l'eau de rose ? Les...

— Est-ce que toutes les filles que tu rencontres tombent amoureuses de toi ?

La question de Clary parut le décontenancer.

— Ça n'a rien à voir avec l'amour, répondit-il après un silence. Du moins...

— Tu n'es pas obligé de jouer les jolis cœurs en permanence, tu sais ! Ce serait un soulagement pour tout le monde.

Jace contempla ses mains. Elles étaient déjà, comme celles de Hodge, grêlées de minuscules cicatrices blanches, malgré sa peau jeune et lisse.

— Si tu es vraiment fatiguée, je peux te raconter une histoire pour t'aider à t'endormir, suggéra-t-il.

— Tu es sérieux ?

— Je ne plaisante jamais.

Clary se demanda si la fatigue ne leur avait pas fait perdre la tête à tous deux. Mais Jace semblait plus triste que fatigué. Elle posa son carnet de croquis sur la table de nuit et se pelotonna contre l'oreiller :

— D'accord.

— Ferme les yeux.

Clary s'exécuta. La lumière de la lampe s'imprima derrière ses paupières comme de minuscules éclats d'étoiles.

— Il était une fois un garçon, commença Jace.

Clary l'interrompit sur-le-champ :

— Un Chasseur d'Ombres ?

— Bien sûr.

L'espace d'un instant, elle crut déceler une pointe d'amusement dans sa voix.

— Le jour de ses six ans, son père lui offrit un faucon. « Les faucons sont des rapaces, ils tuent d'autres oiseaux », lui expliqua son père. Ce sont les Chasseurs d'Ombres du ciel.

« Le faucon n'aimait pas l'enfant, et l'enfant le lui rendait bien. Son bec tranchant lui faisait peur, et ses yeux perçants, qui semblaient toujours l'observer, le dérangeaient. L'oiseau lui donnait des coups de bec et de griffes dès qu'il s'approchait. Pendant des semaines, les poignets et les mains du garçon furent couverts d'égratignures. Il ignorait que son père avait choisi un faucon qui avait vécu à l'état sauvage pendant plus d'un an ; par conséquent, il était presque impossible de l'apprivoiser. Mais le garçon persévérait parce que son père lui avait demandé de se faire obéir de l'oiseau, et qu'il voulait lui faire plaisir.

« Il restait constamment auprès du faucon, le tenait éveillé en lui parlant, ou en lui jouant de la musique, car il avait entendu dire qu'un oiseau fatigué était plus facile à apprivoiser. Il apprit à se servir de son équipement : les jets qui permettaient d'attacher l'oiseau au poignet, le chaperon, la longe, la filière. Il était censé cacher la vue du rapace, mais il ne pouvait pas se résoudre à le faire. Aussi essayait-il de rester dans son champ de vision quand il lui caressait les ailes, afin de gagner sa confiance. Il lui présentait la nourriture dans sa main, et au début l'oiseau refusa de s'alimenter. Par la suite, il mangea avec tant de voracité qu'il lui planta son bec dans la paume. Pourtant le garçon était heureux, parce qu'il progressait. Il voulait que l'oiseau s'habitue à sa présence, même s'il lui fallait saigner pour en arriver là.

« Il s'aperçut que le faucon était un bel oiseau, que ses ailes gracieuses étaient conçues pour voler vite, qu'il était puissant et rapide, farouche et doux. Lorsqu'il piquait vers le sol, il se déplaçait à une vitesse vertigineuse. Quand il apprit à décrire des cercles dans les airs avant de venir se poser sur son poignet, le garçon fut fou de joie. Parfois, l'oiseau se perchait sur son épaule et nichait son bec dans ses cheveux. Le garçon savait que son faucon l'aimait et, une fois certain qu'il était parfaitement apprivoisé, il alla trouver son père pour lui montrer ses prouesses, s'attendant à susciter sa fierté.

« Mais son père prit dans ses mains l'oiseau, désormais apprivoisé et confiant, et lui brisa le cou. “Je t'avais demandé de te faire obéir, lui dit-il en jetant par terre le corps sans vie du faucon. Au lieu de quoi, tu lui as appris à t'aimer. Les faucons ne sont pas des animaux de compagnie : ils sont farouches, sauvages et cruels. Cet oiseau n'était pas apprivoisé ; il était vaincu."

« Une fois seul, l'enfant pleura son oiseau jusqu'à ce que son père envoie un serviteur pour l'enterrer. L'enfant ne pleura plus jamais, et il n'oublia pas ce qu'il avait appris, à savoir qu'aimer, c'est détruire, et qu'être aimé, c'est aller vers sa destruction.

Clary, qui avait retenu son souffle tout du long, roula sur le dos et ouvrit les yeux.

— Quelle histoire horrible ! s'écria-t-elle avec indignation.

Jace avait replié ses jambes, le menton sur les genoux.

— Tu trouves ? demanda-t-il pensivement.

— Ce père est un monstre. C'est de la maltraitance ! J'aurais dû me douter que les Chasseurs d'Ombres ont une autre conception des contes pour enfants. De quoi donner des cauchemars...

— Parfois, la Marque donne des cauchemars à des sujets trop jeunes.

Il dévisagea Clary d'un air songeur. La lumière filtrant à travers les rideaux dessinait des ombres sur son visage. « Chiaroscuro », pensa Clary. L'art des jeux d'ombre et de lumière.

— C'est une bonne histoire, en y réfléchissant, dit-il. Le père essaie juste d'aguerrir son fils. De lui apprendre la rigueur.

— Mais il faut aussi savoir être souple, parfois, objecta Clary en bâillant.

Malgré le contenu de l'histoire, les inflexions dans la voix de Jace lui avaient donné sommeil.

— Sans quoi on se brise, conclut-elle.

— Pas si on est assez fort, dit Jace d'un ton résolu. Il se pencha vers elle et elle sentit sa main lui effleurer la joue. Elle avait fermé les yeux. La fatigue lui liquéfiait les os. Elle allait s'endormir quand les paroles de Jace lui revinrent en mémoire : « Il m'a donné tout ce que je voulais. Des chevaux, des armes, des livres et même un faucon pour la chasse. »

— Jace, murmura-t-elle.

Mais le sommeil la tenait déjà entre ses bras, l'entraînait vers le fond, et elle sombra.

Elle fut réveillée par un ordre :

— Debout !

Elle ouvrit les yeux avec difficulté. Quelque chose lui chatouillait le visage. Des cheveux. Elle se redressa d'un bond, et sa tête heurta quelque chose de dur.

— Aïe ! Tu m'as cognée ! s'écria une voix féminine.

Isabelle. Elle alluma la lampe de chevet et se frotta le front en jetant un regard plein de rancune à Clary. Elle semblait irradier sous la lumière de la lampe : elle portait une longue jupe argentée et un haut à paillettes, et ses ongles vernis brillaient comme des pièces de monnaie. Des perles en argent parsemaient sa chevelure sombre. Elle faisait penser à une déesse lunaire, et Clary la détesta sur-le-champ.

— Quelle idée de te pencher au-dessus de moi comme ça ! Tu m'as fait une peur bleue, dit-elle en se massant elle aussi le front. Qu'est-ce que tu veux ?

Isabelle désigna le ciel sombre au-dehors :

— Il est presque minuit. On part pour la fête, et tu n'es toujours pas habillée.

— J'avais l'intention de garder les mêmes vêtements, répondit Clary en montrant son jean et son T-shirt. Ça te pose un problème ?

— Si ça me pose un problème ?

Isabelle faillit s'étrangler.

— Évidemment ! Aucune Créature Obscure n'aurait l'idée de s'accoutrer de la sorte. C'est une fête ! Tu vas te faire remarquer avec ton allure... décontractée, lâcha-t-elle d'un ton qui sous-entendait bien pis que l'adjectif « décontractée ».

— J'ignorais qu'il fallait mettre le paquet, dit Clary avec aigreur. Je n'ai rien emporté d'habillé !

— Je te prêterai ce qu'il faut.

— Oh non !

Clary songea au T-shirt et au jean trop grands qu'elle avait dû enfiler la dernière fois.

— Non, vraiment, je ne veux pas abuser.

— J'insiste, répondit Isabelle avec un grand sourire.

— J'aurais préféré garder mes vêtements, protesta Clary en s'agitant, mal à l'aise, tandis qu'Isabelle la poussait devant le miroir en pied de sa chambre.

— Hors de question ! Là-dedans, tu as l'air d'avoir huit ans, et surtout on dirait une Terrestre.

— Aucune de tes affaires ne m'ira.

— Nous verrons bien.

Clary observait Isabelle dans le miroir tandis qu'elle passait le contenu de son placard en revue. On aurait cru qu'une boule de disco avait explosé dans sa chambre : les murs noirs étaient couverts de volutes dorées peintes à l'éponge. Des vêtements gisaient un peu partout dans la pièce, abandonnés sur le lit tendu de draps noirs chiffonnés ou sur le dos d'une chaise, débordant du placard et d'une grande armoire. Une coiffeuse surmontée d'une glace encadrée de fourrure rose était encombrée de bijoux, de paillettes, de fards et de poudres.

— Jolie déco, commenta Clary avec une pensée nostalgique pour les murs orange de sa propre chambre.

— Merci, je l'ai faite moi-même.

Isabelle émergea de son placard en tenant à la main une robe noire moulante avec de fines bretelles, qu'elle lança à Clary.

— C'est beaucoup trop petit, dit celle-ci en dépliant le minuscule bout de tissu.

— C'est du stretch, ça se détend. Va l'essayer.

Clary s'enferma en hâte dans la petite salle de bains peinte en bleu vif. Elle enfila la robe par la tête : elle était très ajustée. Puis, retenant sa respiration, elle retourna dans la chambre, où Isabelle, assise sur le lit, glissait des bagues d'orteil incrustées de pierres précieuses à ses pieds chaussés de sandales.

— Tu as de la chance d'être aussi plate, commenta-t-elle. Je ne peux pas porter cette robe sans soutien-gorge.

— Elle est trop courte, maugréa Clary.

— Mais non, elle est très bien, décréta Isabelle en fouillant sous le lit.

Elle en sortit une paire de bottes et un collant résille noir.

— Tiens, mets-les, ça te grandira un peu.

— Ah, parce que, en plus d'être plate, je suis naine ?

Clary tira rageusement sur le bas de la robe, qui lui couvrait à peine le haut des cuisses. Elle ne portait presque jamais de jupes, encore moins des jupes courtes, aussi le fait de dévoiler autant ses jambes la mettait-il mal à l'aise.

— Si elle est trop courte pour moi, je n'ose pas imaginer ce qu'elle donne sur toi, pensa-t-elle tout haut.

— Sur moi, c'est un T-shirt, répondit Isabelle en souriant.

Clary s'assit sur le lit pour enfiler le collant et les bottes. Ces dernières étaient un peu trop larges au niveau des mollets, mais lui tenaient bien le pied. Après les avoir lacées, elle se leva pour se regarder dans la glace et dut admettre que l'ensemble minirobe noire, collant résille et bottes à talons faisait son petit effet. Seule ombre au tableau...

— Tes cheveux, décréta Isabelle. Ils ont besoin d'un bon coup de peigne. Assieds-toi.

Elle indiqua la coiffeuse d'un geste impérieux. Clary s'installa devant et garda les yeux fermés tandis qu'Isabelle défaisait ses tresses sans la moindre délicatesse et lui brossait énergiquement les cheveux avant de les fixer avec des épingles. Elle rouvrit les paupières au moment où Isabelle écrasait une houppette sur son visage, libérant un nuage épais de poudre pailletée. Clary toussa et lui jeta un regard lourd de reproche.

— Ce n'est pas moi qu'il faut admirer, dit Isabelle en riant, c'est ton reflet.

Clary s'exécuta : Isabelle avait rassemblé ses cheveux en un élégant chignon maintenu par des épingles scintillantes. Soudain, elle se rappela son rêve, le poids de ses cheveux tandis qu'elle dansait avec Simon... Elle se tortilla, troublée.

— Ne bouge pas, lui ordonna Isabelle. Ce n'est pas terminé. Ouvre grand les yeux, ajouta-t-elle en s'emparant d'un eye-liner.

— Isabelle, je peux te poser une question ?

— Bien sûr, répondit la jeune fille en maniant l'eye-liner avec dextérité.

— Est-ce qu'Alec est gay ?

La main qui tenait l'eye-liner dérapa, dessinant une longue ligne noire qui s'étirait du coin de l'œil jusqu'à la racine des cheveux.

— Oh, mince ! grommela Isabelle en reposant son feutre.

— Ce n'est pas grave.

— Si, justement.

Elle semblait au bord des larmes. Elle fouilla parmi le désordre sur la coiffeuse pour trouver un morceau de coton, qu'elle tendit à Clary. Puis elle s'assit sur le lit en faisant tinter ses bracelets de cheville et observa Clary entre ses cheveux :

— Comment tu as deviné ?

— Je...

— Tu n'as pas intérêt à le répéter à qui que ce soit !

— Pas même à Jace ?

— Surtout pas à Jace !

— Comme tu voudras, répondit Clary avec une certaine raideur. Il faut croire que j'ai sous-estimé le problème.

— C'est à cause de mes parents. Ils le renieraient et le feraient exclure de l'Enclave...

— Quoi, on ne peut pas être gay ET Chasseur d'Ombres ?

— Il n'existe aucune règle officielle à ce sujet. Seulement, les gens n'aiment pas ça. Enfin, ceux de notre âge s'en formalisent moins, je crois, ajouta-t-elle d'un ton dubitatif, et Clary se souvint qu'Isabelle en avait bien peu rencontré. Quant à la génération d'avant... Si ça arrive, on évite d'en parler.

— Oh, fit Clary, qui regrettait d'avoir abordé le sujet.

— J'adore mon frère. Je ferais n'importe quoi pour lui. Mais là, je ne peux rien...

— Au moins, il t'a, toi, la coupa Clary, et pendant un instant, elle pensa à Jace, qui considérait l'amour comme un vecteur de destruction. Tu crois vraiment que Jace serait... gêné ?

— Je n'en sais rien, déclara Isabelle d'un ton qui suggérait que le sujet était clos. Ce n'est pas à moi de lui en parler.

— J'imagine que non.

Clary se pencha vers le miroir pour enlever le trait noir. En se redressant, elle contempla son reflet avec étonnement. Que lui avait fait Isabelle ? Ses pommettes étaient plus saillantes, son regard plus perçant, plus mystérieux, et le vert de ses yeux ressortait davantage.

— Je ressemble à ma mère !

— Quoi ? Tu trouves que ça te vieillit ? Peut-être qu'avec un peu plus de paillettes...

— Non, pas de paillettes, dit Clary précipitamment. Non, c'est bien. Ça me plaît.

— Parfait, allons-y.

Isabelle se leva d'un bond.

— Je dois passer dans ma chambre récupérer quelque chose, annonça Clary en se levant à son tour. Sinon... est-ce qu'il me faut une arme ? Tu en emportes une, toi ?

— J'en ai plein !

Isabelle sourit et leva les pieds l'un après l'autre. Ses bracelets tintèrent comme des clochettes de Noël.

— Regarde, ceux-là sont en or, un métal toxique pour les démons, et ceux que j'ai sur la cheville droite sont en fer bénit. C'est au cas où je tomberais sur un vampire agressif ou une fée... Les fées détestent le fer. Avec une rune de force gravée sur chacun d'eux, je peux balancer de sacrés coups de pied, crois-moi.

— Mode et chasse aux démons... Je n'aurais jamais cru que ça pouvait aller ensemble.

Isabelle éclata de rire :

— Tu serais étonnée.

Les garçons les attendaient dans le hall. Ils étaient tous les trois vêtus de noir. Simon portait un pantalon un peu trop grand et son T-shirt, qu'il avait retourné pour cacher le logo du groupe. Il s'était réfugié dans un coin, l'air mal à l'aise, tandis que Jace et Alec prenaient la pose, nonchalamment adossés à un mur. Simon leva les yeux tandis qu'Isabelle pénétrait dans le hall, son fouet enroulé autour du poignet, les bracelets de ses chevilles tintant comme des clochettes à chacun de ses pas. Clary s'attendait à ce qu'il soit subjugué par la beauté d'Isabelle ; or ses yeux se posèrent sur elle-même et il resta bouche bée.

— Qu'est-ce que c'est que cette tenue ? souffla-t-il.

Clary avait jeté une veste légère sur ses épaules pour se sentir moins nue et portait en bandoulière son sac à dos, qu'elle avait récupéré dans sa chambre. Cependant ce que regardait Simon, comme s'il les voyait pour la première fois, c'étaient ses jambes.

— C'est une robe, Simon, répondit-elle sèchement. Je sais que je n'en mets pas souvent, mais tout de même...

— Elle est très courte, fit-il remarquer, l'air confus.

« Même avec ses vêtements de chasseur de démons, il a tout du gendre idéal, poli avec les parents et gentil avec le chien », songea Clary. Jace, en revanche, évoquait exactement le contraire.

— J'aime bien ta robe, dit-il en se redressant.

Il l'examina de la tête aux pieds :

— Il manque juste un petit quelque chose.

— Depuis quand tu joues les experts en mode ? demanda Clary d'une voix mal assurée.

Il se tenait tout près d'elle, si près qu'elle sentait la chaleur de son corps ainsi que l'imperceptible odeur de brûlé qui se dégageait des Marques récemment appliquées sur sa peau.

Il sortit un objet de sa veste et le lui tendit. C'était une longue dague dans un fourreau en cuir. Le manche était incrusté d'un seul rubis taillé en forme de rose.

Clary secoua la tête :

— Je ne saurais même pas m'en servir...

Jace lui mit la dague de force dans la main et referma ses doigts dessus.

— Tu apprendras.

Puis, baissant la voix, il ajouta :

— Tu as ça dans le sang.

— Si tu le dis...

— Je peux te donner un fourreau pour que tu l'attaches autour de la cuisse, proposa Isabelle. J'en ai plein.

— PAS QUESTION ! dit Simon.

Clary lui lança un regard courroucé :

— Merci, pas mon genre.

Elle glissa la dague dans la poche extérieure de son sac à dos. Puis, levant les yeux, elle s'aperçut que Jace la fixait avec insistance :

— Une dernière chose.

Il ôta les épingles brillantes de ses cheveux, libérant une cascade de boucles sur ses épaules. Clary frissonna : le contact de ses cheveux sur sa peau nue était inhabituel, mais étrangement agréable.

— C'est beaucoup mieux, déclara Jace et, pour une fois, c'était lui qui semblait mal à l'aise.

12

La fête

Les indications figurant sur l'invitation les conduisirent dans une zone industrielle de Brooklyn, dont les rues étaient bordées de fabriques et d'entrepôts. Certains d'entre eux avaient été transformés en lofts et en galeries d'art, mais leurs hautes façades rectilignes percées de rares fenêtres grillagées avaient gardé une apparence quelque peu menaçante.

En sortant du métro, ils se dirigèrent grâce au Détecteur d'Isabelle, qui possédait une espèce de système GPS intégré. Simon, qui adorait les gadgets en tout genre, était fasciné, ou du moins il prétendait que c'était le Détecteur, l'objet de sa fascination. Pour éviter le duo, Clary traînait derrière. Ils traversèrent un square envahi par les broussailles, dont la pelouse mal entretenue était brûlée par la chaleur estivale. Sur leur droite, les flèches sombres d'une église se détachaient sur le ciel sans étoiles.

— Accélère, dit une voix irritée dans son oreille.

C'était Jace, qui avait ralenti pour marcher à ses côtés.

— Je n'ai pas envie de passer mon temps à regarder dans mon dos pour m'assurer qu'il ne t'est rien arrivé, ajouta-t-il.

— Ne te donne pas cette peine.

— La dernière fois que je t'ai laissée seule, tu as été attaquée par un démon.

— T'inquiète, je n'ai pas l'intention de me faire tuer pendant notre charmante promenade nocturne.

— Il existe une frontière très mince entre le sarcasme et l'hostilité et, là, tu l'as franchie. Qu'est-ce qui t'arrive ?

Clary se mordit la lèvre :

— Ce matin, plusieurs types bizarres et pas très rassurants m'ont trituré le cerveau. Là, je m'apprête à rencontrer celui qui m'a trituré le cerveau avant eux. Et si je n'aimais pas ce qui s'y trouve ?

— Qu'est-ce qui te fait penser ça ?

— Je déteste quand tu réponds à une question par une autre, lança Clary en écartant une mèche de son front moite.

— Mais non, tu trouves ça charmant ! Quoi, tu n'as pas envie de connaître la vérité ?

— Non. Enfin, peut-être. Je ne sais pas, avoua-t-elle avec un soupir. Tu en aurais envie, toi, à ma place ?

— On arrive ! s'exclama Isabelle, qui ouvrait la marche.

Ils étaient dans une rue étroite, bordée de vieux entrepôts, dont la plupart semblaient désormais habités : des jardinières ornaient les fenêtres, des rideaux de dentelle s'agitaient dans la brise humide, des poubelles en plastique numérotées s'alignaient sur le trottoir. Clary scruta l'obscurité, mais il lui était impossible de déterminer s'il s'agissait bien de la rue qu'elle avait vue dans la Cité des Os : dans sa vision, elle disparaissait presque entièrement sous la neige.

Elle sentit la main de Jace sur son épaule.

— Bien sûr, murmura-t-il. En toute circonstance.

— Quoi ?

— La vérité. Je...

— Jace ! cria Alec.

Lâchant l'épaule de Clary, le garçon se retourna.

— Tu crois qu'on est au bon endroit ?

Alec montra du doigt quelque chose dissimulé par une grosse voiture noire.

— Qu'est-ce que c'est que ça ?

Jace rejoignit Alec, et Clary l'entendit rire. Contournant la voiture, elle tomba sur une rangée de motos rutilantes. Des tubes et des tuyaux huileux s'enroulaient comme autant de veines autour de leur châssis noir. Les engins donnaient l'impression désagréable d'être vivants.

— Des vampires, dit Jace.

— Pour moi, ce sont des motos, déclara Simon, qui venait d'arriver avec Isabelle.

Elle fronça les sourcils en les apercevant.

— Oui, sauf qu'elles sont trafiquées pour fonctionner à l'énergie démoniaque. Les vampires s'en servent pour se déplacer la nuit. Ce n'est pas très légal mais...

— Il paraît que certaines de ces motos peuvent voler, dit Alec avec enthousiasme. Ou devenir invisibles en un clin d'œil. Ou encore rouler sous l'eau.

On aurait dit Simon devant un nouveau jeu vidéo.

Jace fit le tour des motos pour les examiner. Il caressa l'un des châssis sur lequel était peint en lettres argentées : NOX INVICTUS.

— La nuit victorieuse, traduisit-il.

Alec lui jeta un drôle de regard :

— Qu'est-ce que tu fabriques ?

Clary crut voir Jace glisser la main à l'intérieur de sa veste.

— Rien.

— Bon, dépêchons-nous, lança Isabelle. Je n'ai pas fait tous ces efforts de toilette pour vous regarder vous extasier devant un tas de bécanes !

— Ce sont de belles machines, dit Jace. Admets-le.

— Je l'admets bien volontiers, rétorqua Isabelle, qui ne semblait pourtant pas disposée à admettre quoi que ce soit. Maintenant, dépêchons-nous.

Jace se tourna vers Clary et montra du doigt un entrepôt en brique :

— L'immeuble, c'est celui-là ?

— Je crois, répondit-elle sans conviction. Ils se ressemblent tous.

— Il n'existe qu'un seul moyen de s'en assurer, déclara Isabelle en montant les marches d'un air déterminé.

Le reste du groupe lui emboîta le pas. Ils s'avancèrent, serrés les uns contre les autres, vers l'entrée de l'immeuble qui dégageait une odeur nauséabonde. Une ampoule suspendue à un fil éclairait une grosse porte blindée et un interphone doté d'une rangée de sonnettes. Une seule d'entre elles s'accompagnait d'un nom : BANE.

Isabelle appuya dessus. Rien ne se produisit. Elle recommença et s'apprêtait à sonner une troisième fois lorsque Alec la retint par le poignet :

— Et la politesse ?

Elle lui lança un regard noir :

— Alec...

À ce moment, la porte s'ouvrit à la volée.

Un homme dégingandé s'avança sur le seuil et les dévisagea avec curiosité. Isabelle fut la première à se ressaisir et demanda en souriant de toutes ses dents :

— Magnus ? Magnus Bane ?

— C'est moi.

L'homme qui leur barrait le passage était grand et maigre ; son visage était auréolé d'une épaisse chevelure noire coiffée en épis. Clary devina d'après la forme de ses yeux hagards et sa peau mate qu'il avait du sang asiatique. Il était vêtu d'un jean et d'une chemise noire ornée de dizaines de boucles en métal. Ses yeux rehaussés de crayon noir lui donnaient l'air d'un raton laveur, et ses lèvres étaient peintes en bleu. Il passa une main chargée de bagues dans ses cheveux en les regardant, pensif :

— Des enfants des Nephilim. Eh bien... Je ne me souviens pas de vous avoir invités.

Isabelle brandit son carton et le lui agita sous le nez comme un drapeau blanc.

— J'ai une invitation. Et voici mes amis, ajouta-t-elle en désignant le reste du groupe d'un grand geste.

Magnus lui arracha le papier des mains et l'examina d'un air mécontent.

— J'ai dû boire un coup de trop ce jour-là, dit-il

en ouvrant la porte. Entrez. Et évitez de massacrer mes invités !

Jace franchit le seuil sans quitter Magnus des yeux :

— Même si l'un d'eux renverse son verre sur mes chaussures neuves ?

Avec la rapidité de l'éclair, Magnus arracha la stèle des mains de Jace. Clary ne l'avait même pas vu la sortir de sa poche.

— Quant à ton joujou, dit-il en la remettant à sa place, garde-le bien au chaud, Chasseur d'Ombres.

Avec un sourire, il monta l'escalier en plantant là un Jace médusé.

— Venez, dit ce dernier en faisant aux autres signe de le suivre. Avant que je lui fasse sa fête.

Ils passèrent devant lui avec un petit rire nerveux. Seule Isabelle s'arrêta et dit en secouant la tête :

— Essaie de ne pas l'énerver, s'il te plaît. Sinon, il refusera de nous aider.

— Je sais ce que je fais.

— Je l'espère, répliqua-t-elle en s'éloignant dans un tourbillon de jupes.

Une longue volée de marches en fer menait à l'appartement de Magnus. Simon accéléra le pas pour rejoindre Clary, qui regrettait de s'être appuyée à la rampe : elle était couverte d'une substance visqueuse et verdâtre.

— Beurk, fit Simon en lui offrant un coin de son T-shirt pour s'essuyer. Tout va bien ? Tu as l'air... distraite.

— C'est Magnus. Sa tête me dit vraiment quelque chose.

— Tu crois qu'il va à St Xavier, lui aussi ?

— Très drôle ! répondit Clary avec aigreur.

— Tu as raison, il est trop vieux pour aller à l'école. Je me demande si ce n'est pas lui, mon prof de chimie de l'année dernière.

Clary éclata de rire. Isabelle s'empressa de les rejoindre :

— J'ai raté quelque chose de drôle, Simon ?

Simon eut la décence de paraître gêné, mais il ne répondit pas.

— Non, tu n'as rien raté, marmonna Clary.

Elle ralentit le pas. Les bottes d'Isabelle commençaient à lui meurtrir les pieds. En atteignant le sommet des marches, elle boitait presque ; cependant elle oublia la douleur à la seconde où elle franchissait la porte de l'appartement de Magnus.

Elle se trouvait dans un loft immense, entièrement vide, aux portes-fenêtres recouvertes d'une couche épaisse de peinture et de saleté qui empêchait la lumière d'entrer. De gros piliers peints de couleurs vives soutenaient le plafond voûté, noir de suie. Des portes démontées, en équilibre sur des boîtes de conserve, formaient un comptoir de fortune dans un coin de la pièce. Une femme à la peau violette en bustier métallique alignait sur le bar des boissons servies dans des verres de couleur qui teintaient le liquide à l'intérieur : rouge sang, bleu cyanose, vert poison. Même pour une barmaid new-yorkaise, elle travaillait avec une efficacité et une vitesse prodigieuses. Le fait qu'elle fût dotée de quatre longs bras gracieux y était sans doute pour quelque chose. Clary se souvint de la statue de Luke représentant une déesse indienne.

Le reste de la foule était aussi étrange qu'elle. Un beau garçon aux cheveux noirs tirant sur le vert souriait au-dessus d'une assiette de poisson cru. Il avait des dents pointues comme celles d'un requin. À son côté, une fille aux longs cheveux cendrés tressés de fleurs exhibait sous une courte robe verte des pieds palmés de grenouille. Un groupe de jeunes femmes, si pâles que Clary se demanda si elles n'avaient pas abusé du fard blanc, sirotaient dans des flûtes en cristal un liquide trop rouge pour être du vin. Au centre de la pièce s'étaient rassemblés les danseurs qui remuaient sur le rythme entêtant de la musique. Or on ne voyait pas de musiciens...

— La fête te plaît ?

Clary se retourna et vit Magnus adossé à l'un des piliers. Ses yeux étincelaient dans la pénombre. Jetant un regard autour d'elle, elle s'aperçut que Jace et les autres avaient disparu dans la foule.

Elle s'efforça de sourire :

— Qu'est-ce que tu fêtes, au juste ?

— L'anniversaire de mon chat.

— Oh. Où est-il ?

Magnus se détacha du pilier avant de déclarer, l'air solennel :

— Je ne sais pas. Il s'est enfui.

Clary fut dispensée de répondre par le retour de Jace et d'Alec. Ce dernier semblait maussade, comme à son habitude. Jace, une guirlande de fleurs scintillantes autour du cou, paraissait content de lui.

— Où sont Simon et Isabelle ? demanda Clary.

— Là-bas.

Jace montra la piste, et elle aperçut Simon et Isabelle, un peu en retrait de la foule. Simon s'efforçait de danser en faisant des petits bonds, l'air mal à l'aise, comme à l'accoutumée. Isabelle lui tournait autour avec des mouvements de serpent. Elle le mangeait des yeux, comme si elle projetait de l'entraîner dans un coin pour lui sauter dessus. Clary croisa les bras en faisant tinter ses bracelets.

— Écoute, dit Jace en se tournant vers Magnus, il faut vraiment qu'on discute...

— MAGNUS BANE ! cria une voix de stentor.

La voix appartenait à un homme de très petite taille qui devait être âgé d'une trentaine d'années. Il avait un corps compact et musclé, le crâne rasé et un bouc.

— Quelqu'un vient de verser de l'eau bénite dans le réservoir de ma moto. Elle est fichue ! Tous les tuyaux ont fondu.

— Fondu ? murmura Magnus. Quelle horreur !

— Je veux savoir qui a fait ça.

L'homme découvrit deux canines pointues. Clary l'observait, fascinée. Ses dents ne ressemblaient en rien à l'idée qu'elle s'était faite des crocs de vampire : elles étaient longues et fines comme des aiguilles.

— Tu avais juré qu'il n'y aurait pas de loups-garous ici ce soir, Bane.

— Je n'ai pas invité les Enfants de la Lune, répondit Magnus en examinant ses ongles étincelants. Tout ça à cause de votre guéguerre idiote. Si l'un d'entre eux a décidé de saboter ta moto, il ne s'agit pas de mon invité et, par conséquent...

Il eut un sourire triomphant.

— ... ce n'est pas ma responsabilité.

Le vampire poussa un rugissement de colère et, un doigt braqué sur Magnus, cria :

— Est-ce que tu es en train de me dire que...

Magnus bougea imperceptiblement l'index ; le vampire eut un haut-le-cœur et porta la main à sa gorge. Il ouvrit la bouche, mais aucun son n'en sortit.

— Tu n'es plus le bienvenu, lui dit Magnus avec désinvolture.

Il ouvrit grand les yeux, et Clary sursauta : ils avaient une fente en guise de pupilles, comme ceux d'un chat.

— Allez, déguerpis !

Il écarta les doigts, et aussitôt le vampire pivota sur ses talons comme si un être invisible venait de le prendre par les épaules. Il fendit la foule et se dirigea vers la porte.

Jace siffla entre ses dents :

— Impressionnant !

— Tu parles de sa petite crise de colère ? dit Magnus en levant les yeux au ciel. Je sais. Une vraie diva !

Alec émit un son étranglé. Il fallut quelques secondes à Clary pour s'apercevoir qu'il riait. « Il devrait faire ça plus souvent », pensa-t-elle.

— C'est nous qui avons mis de l'eau bénite dans son réservoir, vous savez, lança-t-il.

— ALEC ! s'écria Jace. Boucle-la.

— Je m'en doutais, dit Magnus, l'air amusé. Petits vandales ! Vous savez bien que leurs motos roulent à l'énergie démoniaque. Ça m'étonnerait qu'il puisse la réparer.

— Oh, on a cassé la jolie moto de la sangsue ! se lamenta Jace. Mon cœur saigne.

— J'ai entendu dire qu'on pouvait les faire voler, observa Alec avec animation.

Pour une fois, il souriait presque.

— Ce n'est qu'un conte de sorcière, répliqua Magnus.

Ses yeux de chat étincelèrent :

— C'est pour ça que vous vous êtes incrustés chez moi ? Pour saboter la moto d'un pauvre suceur de sang ?

— Non, répondit Jace, redevenu sérieux. Il faut qu'on discute. De préférence dans un endroit tranquille.

— Aurais-je des soucis avec l'Enclave ?

— Non.

— *A priori*, non, rectifia Alec. Aïe !

Il jeta un regard noir à Jace, qui venait de lui décocher un coup de pied dans la cheville.

— Non, répéta Jace. Si tu acceptes de nous aider, tout ce que tu diras restera confidentiel.

— Et si je refuse ?

Jace ouvrit les mains. Les runes imprimées sur ses paumes se détachaient, sombres sur la peau claire.

— Rien, peut-être. Une visite de la Cité Silencieuse, éventuellement.

— C'est un sacré choix que tu me donnes là, petit Chasseur d'Ombres, répondit Magnus d'un ton mielleux.

— Tu n'as pas le choix.

— Oui. C'est exactement ce que j'entendais par là.

La chambre de Magnus était une véritable débauche de couleurs : des draps et un couvre-lit jaune canari sur le matelas posé à même le sol, une table de toilette peinte en bleu électrique qui exhibait plus de produits de maquillage que celle d'Isabelle. Des rideaux en velours aux couleurs de l'arc-en-ciel masquaient les fenêtres, et un tapis vert en laine recouvrait le sol.

— Charmant, lança Jace en écartant un pan de rideau. J'imagine que ça rapporte, d'être le Grand Sorcier de Brooklyn ?

— Ça paie, oui, répondit Magnus. Mais pas des masses. Juste de quoi vivre.

Il referma la porte derrière lui avant de s'y adosser. Puis il croisa les bras, et son T-shirt se souleva, révélant un ventre plat et doré dépourvu de nombril.

— Bon, qu'est-ce que vous avez manigancé, dans vos petites têtes sournoises ?

Clary retrouva enfin la voix et put répondre avant Jace :

— Ils n'ont rien à voir là-dedans. C'est moi qui voulais vous parler.

Magnus tourna ses yeux inhumains vers elle :

— Tu n'es pas une des leurs. Tu ne fais pas partie de l'Enclave. Cependant tu peux voir le Monde Invisible.

— Ma mère appartenait à l'Enclave, elle.

C'était la première fois que Clary formulait tout haut cette vérité.

— Mais elle ne m'en a jamais rien dit. Elle a tenu ce fait secret, j'ignore pourquoi.

— Demande-le-lui.

— C'est impossible. Elle a...

Clary hésita :

— Elle a disparu.

— Et ton père ?

— Il est mort avant ma naissance.

Magnus poussa un soupir exaspéré :

— Comme l'a dit Oscar Wilde, perdre un parent est un grand malheur, en perdre deux, c'est de la négligence.

— Je n'ai pas perdu ma mère. Valentin l'a enlevée.

— Je ne connais pas de Valentin, prétendit Magnus.

Ses yeux cillèrent telle la flamme tremblotante d'une bougie, et Clary comprit qu'il mentait.

— Je suis désolé de ce qui t'arrive, mais je ne comprends pas en quoi ça me regarde. Si tu veux bien m'expliquer...

— Elle ne peut rien t'expliquer parce qu'elle ne se souvient de rien, l'interrompit Jace. Quelqu'un a effacé ses souvenirs. Nous sommes allés voir les frères de la Cité Silencieuse pour qu'ils y remédient. Ils n'ont obtenu que deux mots. Je te laisse deviner lesquels.

Un silence s'installa dans la pièce. Puis Magnus répondit avec un sourire amer :

— Ma signature. Je savais bien que c'était une folie. Un acte d'hubris...

— Vous avez laissé votre signature dans ma tête ? souffla Clary, incrédule.

Magnus traça des lettres rougeoyantes dans l'air. Elles restèrent un moment suspendues, étincelantes, leur lumière se reflétant sur les contours peints de ses yeux et de sa bouche. MAGNUS BANE.

— J'étais fier de mon œuvre accomplie sur toi, dit-il en fixant Clary. Une perfection ! J'avais fait en sorte que ce que tu verrais, tu l'oublies dans l'instant.

Aucune vision de fée, de gobelin ou de monstre ne viendrait troubler ton sommeil paisible de petite mortelle. C'était sa volonté.

Clary n'y tenait plus :

— La volonté de qui ?

Magnus poussa un soupir, et aussitôt les lettres de feu tombèrent en cendres. Enfin, il répondit, et bien qu'elle n'en éprouve aucune surprise, bien qu'elle sache exactement ce qu'il allait dire, elle eut l'impression que son cœur s'était arrêté.

— De ta mère.

13

Le souvenir de la neige

— C'est ma mère qui m'a fait ça ? s'écria Clary, mais son ton de surprise outragée sonnait faux, même à ses propres oreilles.

Jetant un regard autour d'elle, elle vit de la pitié dans les yeux de Jace. Même Alec semblait avoir de la peine pour elle.

— Pourquoi ?

— Je l'ignore. Je ne suis pas payé pour poser des questions. Je fais ce qu'on me dit de faire.

— Dans les limites imposées par l'Enclave, lui rappela Jace d'un ton doucereux.

Magnus hocha la tête :

— Évidemment.

— Alors, l'Alliance autorise ce... ce viol de l'esprit ? demanda Clary avec amertume.

Comme personne ne répondait, elle se laissa tomber sur le bord du lit :

— C'est arrivé une seule fois ? Y avait-il une chose spécifique qu'elle voulait me faire oublier ? Savez-vous de quoi il s'agissait ?

Magnus s'approcha de la fenêtre, l'air nerveux :

— Je ne crois pas que tu m'aies compris. La première fois qu'elle t'a emmenée, tu devais avoir deux ans à peine. Je regardais par cette fenêtre – il tapota la vitre, libérant un nuage de poussière et de débris de peinture – et je l'ai vue courir dans la rue. Elle serrait contre elle un paquet emmitouflé dans une couverture. Elle paraissait si jeune, si... ordinaire !

Le clair de lune illumina son profil d'aigle.

— En entrant, elle a déplié la couverture. Tu étais là. Elle t'a posée par terre, et tu t'es mise à trotter dans l'appartement, à ramasser des objets... Tu as tiré la queue de mon chat et poussé des cris d'orfraie quand il t'a griffée.

Magnus s'interrompit. Tous les regards étaient braqués sur lui.

— Elle m'a dit qu'elle était une Chasseuse d'Ombres. D'ailleurs, les Marques de l'Alliance étaient bien visibles. Avec le temps, elles forment de petites cicatrices argentées sur la peau. Je les voyais briller quand elle bougeait. Elle avait espéré que tu serais née sans le don de Seconde Vue : certains Chasseurs d'Ombres, pour voir le Monde Obscur, doivent recevoir un enseignement. Mais cet après-midi-là, elle t'avait vue jouer avec une fée prise au piège dans une haie. Elle a compris que tu pouvais *voir*. Alors, elle m'a demandé s'il était possible de t'ôter la Seconde Vue.

Clary poussa un soupir à fendre l'âme. Magnus poursuivit impitoyablement son récit :

— Je lui ai expliqué que toucher à cette partie de ton cerveau pourrait entraîner des dommages, voire la folie. Elle n'a pas versé une larme. Ce n'était pas le genre de femme à pleurer facilement, ta mère. Elle a voulu savoir s'il existait un autre moyen, et je lui ai répondu que je pouvais effacer au fur et à mesure tes souvenirs liés au Monde Obscur. Seule contrainte, elle devrait revenir me voir tous les deux ans, au moment où le sortilège commencerait à se dissiper.

— Et c'est ce qu'elle a fait ?

Le sorcier hocha la tête :

— Tu es revenue tous les deux ans depuis ce jour-là. Tu es la seule enfant que j'aie vue grandir, tu sais. Dans mon milieu, on n'a pas souvent l'occasion de côtoyer des enfants d'humains

— Alors, tu as reconnu Clary au moment même où elle est entrée, intervint Jace.

— Évidemment ! répliqua Magnus, agacé. Et j'ai eu un choc. Mais qu'auriez-vous fait à ma place ? Elle ne me connaissait pas. Elle n'était pas censée me connaître. Le seul fait qu'elle se trouve ici confirmait que le sort avait commencé à se dissiper. Nous avions prévu une autre visite il y a un mois environ. Je suis même passé chez toi en rentrant de Tanzanie, et Jocelyne m'a dit que vous vous étiez disputées et que tu t'étais enfuie. Elle devait m'appeler à ton retour, mais – il haussa les épaules – elle ne l'a jamais fait.

Un souvenir jaillit dans l'esprit de Clary. Elle se revit debout dans le vestibule avec Simon, luttant pour se rappeler quelque chose... « Je dois avoir la berlue, j'étais sûre d'avoir vu le chat de Dorothea. »

Dorothea n'avait pas de chat.

— Vous étiez dans notre immeuble, ce jour-là. Je vous ai vu sortir de l'appartement de Dorothea. Je me souviens de vos yeux.

— On ne m'oublie pas, en général, gloussa Magnus.

Il secoua la tête :

— Tu n'aurais pas dû te souvenir de moi. Je t'ai jeté un charme puissant à l'instant où tu es apparue. Tu aurais dû tomber dans le panneau.

— Si vous rompez le charme, est-ce que je serai capable de me rappeler tout ce que j'ai oublié ? Tous les souvenirs que vous m'avez volés ?

Magnus parut gêné :

— Je ne peux pas rompre le charme.

— Quoi ? s'écria Jace, furieux. Pourquoi ? L'Enclave exige...

Magnus le dévisagea froidement :

— Je n'aime pas qu'on me dise ce que j'ai à faire, petit Chasseur d'Ombres.

Clary vit à l'expression de Jace qu'il n'appréciait guère le ton de Magnus ; mais avant qu'il ait pu réagir, Alec prit la parole :

— Tu ne sais pas comment l'annuler ? demanda-t-il d'une voix douce et posée.

— Rompre un sort est beaucoup plus difficile que le jeter, répondit Magnus avec un soupir. La complexité de celui-ci, le soin que j'y ai mis... Si je commettais la plus petite erreur, son cerveau pourrait être endommagé de façon irréversible. Et puis, ajouta-t-il, il commence déjà à se dissiper. Les effets disparaîtront d'eux-mêmes avec le temps.

Clary le dévisagea avec sévérité :

— Est-ce que je pourrai récupérer mes souvenirs un jour ?

— Ça, je l'ignore. Il se peut qu'ils reviennent tous en même temps, ou petit à petit. Mais il est également possible que tu ne te rappelles jamais ce que tu as oublié au fil des ans. La requête de ta mère était unique en son genre. Je n'ai aucune idée de ce qui va se passer.

— Mais je ne veux pas attendre ! Depuis toujours, j'ai eu l'impression que quelque chose ne tournait pas rond chez moi. Je ressentais un manque, une fêlure. Maintenant, je sais...

Ce fut au tour de Magnus de l'interrompre.

— Je ne t'ai pas abîmée ! s'exclama-t-il avec une grimace de colère qui découvrit ses dents blanches et pointues. Tous les adolescents du monde éprouvent la même chose, ils se sentent déprimés, pas à leur place, différents d'une façon ou d'une autre, comme un prince né par erreur dans une famille de paysans. La différence, dans ton cas, c'est que c'est vrai. Tu ES différente. Peut-être pas meilleure que les autres, juste différente. Et ce n'est pas une partie de plaisir. Tu veux savoir ce que c'est de naître dans une famille de bons chrétiens avec la marque du diable ?

Il porta la main à ses yeux.

— Quand ton père tremble devant toi et que ta mère se pend dans la grange, rendue folle par ce qu'elle a engendré ? Le jour de mes dix ans, mon père a tenté de me noyer dans une crique. J'ai déchaîné sur lui tous mes pouvoirs, je l'ai transformé en torche vivante sur-le-champ. J'ai fini par chercher refuge auprès des pères de l'église. Ils m'ont caché. Ils m'ont appris que la pitié est un sentiment indigne, mais qu'elle vaut mieux que la haine. Quand j'ai découvert ce que j'étais vraiment, une moitié d'humain, je me suis détesté.

Un silence de mort succéda à la confession de Magnus. À la surprise de Clary, ce fut Alec qui le rompit :

— Tu n'y étais pour rien. Tu es né comme ça.

Le visage de Magnus se ferma :

— C'est le passé. Je crois que tu as compris où je voulais en venir. La différence n'est pas un plus, Clarissa. Ta mère a voulu te protéger. Ne lui en veux pas.

— Je me fiche d'être différente, répondit Clary. Je veux juste rester fidèle à moi-même.

Magnus poussa un juron dans un langage qu'elle ne connaissait pas. On aurait dit un crépitement de flammes.

— Très bien. Écoute, je ne peux pas défaire ce que j'ai fait, mais j'ai autre chose à te proposer. Un fragment de ce que tu aurais été si tu avais été élevée en vraie fille des Nephilim.

Il s'avança vers une étagère et prit un lourd volume relié de velours vert élimé, qu'il feuilleta en soulevant de la poussière et des particules de reliure noircies. Les pages de parchemin, couleur coquille d'œuf, étaient fines, presque translucides, et chacune était marquée d'une rune noire.

Jace leva les sourcils :

— C'est une copie du Grimoire ?

Magnus, qui continuait à tourner fiévreusement les pages du livre, ne répondit pas.

— Hodge en a un, fit Alec. Il me l'a montré une fois.

— Qu'est-ce que c'est, ce Grimoire ? demanda Clary.

Jace épousseta le rebord de la fenêtre avant de l'inspecter pour s'assurer qu'il était assez propre pour s'y asseoir.

— Ce livre recèle toutes les runes dessinées par l'ange Raziel dans l'ouvrage originel, le Livre de l'Alliance. Il n'en existe que quelques exemplaires, car sa fabrication nécessite des soins particuliers. Certaines des runes sont si puissantes qu'elles brûlent le papier ordinaire.

Alec parut impressionné :

— J'ignorais tout ça !

— Voilà ce qui arrive quand on dort pendant les cours d'histoire.

— Je ne...

— Oh si, tu bavais même sur la table.

— Silence ! dit Magnus.

Il glissa un doigt entre deux pages, s'avança vers Clary et déposa précautionneusement le livre sur ses genoux.

— Bon, quand j'ouvrirai le livre, je veux que tu examines attentivement cette page. Regarde-la jusqu'à ce que tu ressentes un changement dans ta tête.

— Est-ce que ça va faire mal ?

— Tout savoir exige un effort.

Clary fixa la rune noire sur la page blanche. D'abord, elle crut qu'il s'agissait d'une spirale ailée, mais en se penchant, elle vit un bâton autour duquel s'entortillait une branche de vigne. Les contours mouvants du motif lui titillaient l'esprit, telle la caresse d'une plume sur la peau. Elle s'obligea à garder les yeux ouverts jusqu'à en éprouver des picotements ; sa vision commença à se troubler. Elle allait céder quand un déclic se fit dans sa tête, comme une clé qui tourne dans une serrure.

La rune sur la page lui apparut soudain dans toute sa netteté et, malgré elle, elle pensa : « *Souvenir* ». Si la rune avait été un mot, ç'aurait été celui-là, sauf qu'elle communiquait plus de sens que n'importe quel mot qui lui serait venu à l'esprit. Elle portait son premier souvenir d'enfant, de la lumière passant à travers les barreaux de son lit, la réminiscence de l'odeur de la pluie et des rues de la ville, de la souffrance liée à une perte irréversible, le souvenir cuisant d'une humiliation et de l'oubli cruel d'un âge reculé, quand les événements les plus enfouis émergent avec une netteté atroce et que les incidents récents se perdent irrévocablement.

Avec un soupir, elle tourna une page, puis une autre, et laissa les images et les sensations la submerger. *Chagrin. Réflexion. Force. Protection. Grâce.* Elle poussa un cri de surprise et de reproche quand Magnus lui arracha le livre des mains.

— Ça suffit, dit-il en rangeant l'ouvrage sur l'étagère.

Il s'essuya les mains sur son pantalon aux couleurs vives, en y laissant des traînées de poussière :

— Si tu lis toutes les runes d'un coup, tu vas avoir mal à la tête.

— Mais...

— Les enfants des Chasseurs d'Ombres, pour la majorité d'entre eux, grandissent en apprenant une rune à la fois sur une période de plusieurs années, expliqua Jace. Le Grimoire contient des runes que, même moi, je ne connais pas.

— C'est dire ! ironisa Magnus.

Jace fit mine de ne pas avoir entendu :

— Magnus t'a montré la rune de la compréhension et du souvenir. Elle facilite la lecture et l'identification des autres Marques.

— Elle peut également servir de déclencheur et réveiller les souvenirs endormis, ajouta Magnus. C'est le moyen le plus rapide de récupérer ta mémoire. Je ne peux rien faire de plus.

— En tout cas, je n'ai toujours pas le moindre souvenir de la Coupe Mortelle, dit Clary.

— C'est donc de ça qu'il s'agit ?

Magnus semblait sincèrement surpris :

— Vous recherchez la Coupe de l'Ange ? Écoute, j'ai passé en revue tes souvenirs. Ils ne contenaient rien qui ait un rapport avec les Instruments Mortels.

— Les Instruments Mortels ? répéta Clary, perplexe. Je croyais...

— L'Ange a donné trois objets aux premiers Chasseurs d'Ombres : une coupe, une épée et un miroir. Les Frères Silencieux détiennent l'épée ; la Coupe et le miroir se trouvaient à Idris, du moins jusqu'à ce que Valentin entre en scène.

— Personne ne sait où se trouve le miroir, dit Alec. Et ce, depuis des lustres.

— C'est la Coupe qui nous préoccupe, déclara Jace. Valentin essaie de mettre la main dessus.

— Et vous voudriez la trouver avant lui ?

— Je croyais que vous ne saviez pas qui était Valentin, fit remarquer Clary.

— J'ai menti. Je ne suis pas un elfe, tu sais. Je ne

suis pas obligé de dire la vérité. Et seul un imbécile irait s'interposer entre Valentin et sa vengeance.

— Tu crois que c'est ça ? Qu'il cherche à se venger ? demanda Jace.

— Ça ne m'étonnerait pas. Il a subi un grave revers, et j'ai comme l'impression qu'il n'est pas du genre à accepter facilement la défaite.

Alec fixa Magnus avec insistance :

— Tu étais présent lors de l'Insurrection ?

Magnus soutint son regard sans ciller :

— Oui. J'ai tué un certain nombre des vôtres.

— Des membres du Cercle, rectifia Jace. Ils ne sont pas des nôtres...

— Si vous persistez à désavouer ce qu'il y a de mauvais en vous, dit Magnus, les yeux toujours fixés sur Alec, vous n'apprendrez jamais rien de vos erreurs.

Alec, qui tirait sur les fils du couvre-lit, rougit violemment.

— Ça n'a pas l'air de te surprendre beaucoup, le fait que Valentin soit toujours en vie, observa-t-il en évitant le regard de Magnus.

— Et vous ? Ça vous étonne ?

Jace ouvrit la bouche, mais se ravisa. Il semblait déconcerté.

— Alors, tu ne veux pas nous aider à retrouver la Coupe Mortelle ? finit-il par dire.

— Non, je ne le ferais pas, même si je le pouvais. Je n'ai aucune idée de l'endroit où elle se trouve, et je n'ai pas envie de savoir. Seul un imbécile... comme je l'ai dit.

Alec se redressa :

— Mais sans la Coupe, nous ne pourrons pas...

— ... en créer d'autres comme vous. Je sais. Ce n'est peut-être pas une tragédie pour tout le monde. Remarquez, si je devais choisir entre l'Enclave et Valentin, j'opterais pour la première. Au moins, elle n'a pas juré d'éradiquer mon espèce. Mais rien de ce qu'a fait l'Enclave ne mérite ma loyauté indéfectible. Alors, oui, je resterai en dehors de cette histoire. Maintenant, si vous avez fini, j'aimerais retourner à ma fête avant que mes invités ne s'entre-dévorent.

Jace, qui serrait et desserrait les poings, avait l'air à deux doigts d'exploser, Alec posa la main sur son épaule. Clary n'aurait pas pu en jurer dans l'obscurité de la pièce mais, apparemment, il avait du mal à le retenir.

— Vraiment ? fit-il.

Magnus lui lança un regard amusé .

— C'est déjà arrivé.

Jace marmonna quelque chose à l'intention d'Alec, qui se décida à le lâcher.

— Tu te sens bien ? demanda-t-il tout bas à Clary.

— Je crois. Je ne perçois aucune différence.

Magnus, debout sur le seuil de la chambre, claqua des doigts avec impatience.

— Allez, déguerpissez, les jeunes ! La seule personne autorisée à conter fleurette entre ces murs, c'est Magnus le Magnifique.

— Conter fleurette ? répéta Clary, qui n'avait jamais entendu quelqu'un utiliser cette expression.

— Le Magnifique ? releva Jace, qui cherchait juste à faire du mauvais esprit.

— Sortez, grommela Magnus.

Ils s'exécutèrent, et il s'attarda un instant pour verrouiller la porte de la chambre.

Aux yeux de Clary, la fête avait pris un aspect légèrement différent. C'était peut-être seulement dû à sa vision vaguement altérée : tout semblait plus net, le contour des objets mieux défini. Elle regarda un groupe de musiciens investir la petite estrade installée au centre de la pièce. Ils portaient des vêtements amples de couleurs franches : pourpre, or et vert, et chantaient d'une voix aiguë, éthérée.

— Je déteste la musique elfique, marmonna Magnus alors que les musiciens enchaînaient avec une autre chanson obsédante à la mélodie délicate et claire comme du cristal de roche. Ils ne savent jouer que des balades sentimentales.

Jace, qui semblait chercher quelqu'un du regard, éclata de rire.

— Où est Isabelle ?

Une vive inquiétude mêlée de culpabilité envahit Clary. Elle avait oublié Simon ! Elle parcourut la pièce des yeux, essayant d'apercevoir la silhouette familière, les épaules maigres et la touffe de cheveux noirs.

— Je ne les vois pas. Elle et Simon, je veux dire.

— La voilà.

Alec repéra sa sœur et lui fit signe, visiblement soulagé :

— Elle est là-bas. Attention au pouka !

— Quoi ? Quel pouka ? demanda Jace en regardant dans la direction d'un petit homme maigre à la peau brune avec une veste verte, qui considéra d'un air songeur Isabelle comme elle passait près de lui.

— Il m'a pincé au début de la soirée, répondit sèchement Alec. À un endroit stratégique.

— Loin de moi l'idée de te traumatiser, mais s'il s'intéresse à ton endroit stratégique, ça m'étonnerait qu'il en ait après ta sœur.

— Pas forcément, intervint Magnus. Les créatures féeriques ne sont pas très regardantes.

Jace adressa au sorcier une moue de dédain :

— Tu es encore là, toi ?

Avant que Magnus ait pu répondre, Isabelle s'avança vers eux, les joues roses. Elle empestait l'alcool :

— Jace ! Alec ! Où étiez-vous passés ? Je vous ai cherchés partout...

— Où est Simon ? demanda Clary.

Isabelle chancela.

— C'est un rat, répondit-elle, l'air triste.

— Il t'a touchée ? s'enquit Alec avec une sollicitude toute fraternelle. Si jamais il a tenté...

— Non, Alec, répondit Isabelle avec impatience. Ce n'est pas ça.

— Elle est saoule, dit Jace en se détournant, dégoûté.

— Pas du tout ! répliqua Isabelle, indignée. Bon, peut-être un peu, mais ce n'est pas le problème. Simon a bu un de ces trucs bleus... Je l'avais pourtant prévenu ! Il ne m'a pas écoutée, et il s'est transformé en rat.

— En rat ? répéta Clary, incrédule. Tu veux dire...

— Un rat ! Petit. Marron. Avec une longue queue.

— L'Enclave ne va pas aimer ça ! dit Alec. Je suis à peu près sûr que transformer les Terrestres en rats est contre la Loi.

— Techniquement, ce n'est pas elle qui l'a transformé en rat, observa Jace. On pourrait l'accuser de négligence, tout au plus.

— On s'en fiche, de cette Loi idiote ! s'écria Clary en saisissant le poignet d'Isabelle. Mon meilleur ami est un rat !

— Aïe ! fit Isabelle en essayant de se dégager. Lâche-moi !

— Pas avant que tu m'aies dit où il est.

Jamais elle n'avait eu autant envie de frapper quelqu'un qu'en ce moment.

— Je n'arrive pas à croire que tu l'aies laissé seul ! Il doit être terrifié...

— S'il n'a pas déjà été piétiné, fit remarquer Jace fort mal à propos.

— Je ne l'ai pas laissé seul, protesta Isabelle. Il s'est réfugié sous le bar. Lâche-moi ! Tu vas déformer mon bracelet.

— Garce ! rugit Clary en lâchant brutalement sa main.

Sans attendre la réaction de la jeune fille, elle se précipita vers le bar et s'agenouilla pour regarder en dessous. Elle crut voir une paire de petits yeux étinceler dans les ténèbres.

— Simon ? demanda-t-elle d'une voix étranglée. C'est toi ?

Simon le rat s'avança prudemment, les moustaches tremblantes. Clary distingua la forme arrondie de ses petites oreilles plaquées sur son crâne et son museau pointu. Elle surmonta son dégoût : elle avait toujours détesté les rats, avec leurs petites dents jaunâtres prêtes à mordre. Elle aurait préféré qu'il ait été transformé en hamster.

— C'est moi, Clary, dit-elle en détachant les syllabes. N'aie pas peur.

Jace et les autres la rejoignirent. Isabelle semblait désormais plus exaspérée que repentante.

— Il est là-dessous ? demanda Jace avec curiosité.

Clary, toujours à quatre pattes, hocha la tête :

— Chut ! Vous allez l'effrayer.

Elle glissa les doigts sous le bar et se mit à les agiter :

— S'il te plaît, Simon, sors de là. On demandera à Magnus d'annuler le sortilège. Tout ira bien.

Elle entendit un petit cri aigu et le rat pointa son museau. Avec une exclamation de soulagement, Clary le prit dans ses mains :

— Simon ! Tu m'as comprise !

Le rat, niché dans sa paume, fit entendre une plainte. Ravie, elle le serra sur son cœur.

— Oh, pauvre chéri, susurra-t-elle comme si elle s'adressait à un véritable animal de compagnie. Pauvre Simon ! Tout va s'arranger, je te le promets...

— Je ne m'inquiète pas trop pour lui, dit Jace. C'est sans doute la première fois de sa vie qu'il voit des seins d'aussi près.

— La ferme !

Clary jeta un regard noir à Jace, mais relâcha un peu son étreinte. Les moustaches du rat tremblaient, de colère ou de peur, elle n'aurait su dire.

— Va chercher Magnus, lança-t-elle sèchement. Il faut lui rendre son apparence.

— Il n'y a pas le feu, répondit Jace avec un grand sourire.

Il avança la main vers Simon pour le caresser :

— Il est mignon tout plein ! Regarde son petit museau rose.

Simon découvrit de longues dents jaunes et fit mine de le mordre. Le garçon retira sa main juste à temps.

— Isa, va chercher notre hôte le Magnifique, ordonna-t-il.

— Pourquoi moi ? protesta Isabelle.

— Parce que c'est ta faute si ce Terrestre est devenu un rat, idiote ! Et on ne peut pas le laisser ici.

Clary ne peut s'empêcher de remarquer que, excepté Isabelle, ils désignaient rarement Simon par son prénom.

— Tu ne te gênerais pas pour l'abandonner si ELLE n'était pas là, rétorqua Isabelle en mettant tout le fiel dont elle était capable dans cette unique syllabe.

Puis elle s'éloigna au pas de charge en faisant virevolter les pans de sa jupe.

— Je n'arrive pas à croire qu'elle t'ait laissé boire ce truc bleu ! dit Clary au rat. Tiens, voilà ce que c'est, de jouer les jolis cœurs !

Simon poussa un couinement courroucé. Clary entendit quelqu'un ricaner et, levant les yeux, vit Magnus penché sur elle.

— *Rattus norvegicus*, déclara-t-il en examinant Simon. Un rat commun, rien d'exotique.

— Je me moque de savoir à quelle espèce il appartient, dit Clary avec colère. Je veux qu'il redevienne comme avant.

Magnus se gratta la tête d'un air pensif avant de répondre :

— Inutile.

— C'est bien ce que je dis, lança Jace, l'air satisfait.

— INUTILE ? s'écria Clary si fort que Simon alla se blottir sous son pouce. Comment ça, inutile ?

— Parce qu'il retrouvera sa forme d'origine d'ici quelques heures. Les effets du cocktail sont temporaires. Inutile de préparer un sort de transformation, ça ne servirait qu'à le traumatiser. La magie a des effets néfastes sur les Terrestres, leur système nerveux n'y est pas habitué.

— Il n'a pas non plus l'habitude d'être un rat ! objecta Clary. Vous êtes un sorcier, vous n'avez qu'à annuler le sort.

— Non, répondit Magnus après un instant de réflexion.

— Vous ne voulez pas ?

— Pas pour des nèfles, chérie, et tu n'as pas les moyens.

— Je ne peux pas transporter un rat dans le métro ! gémit Clary. Il va s'échapper, ou alors un agent de la sécurité va m'arrêter pour transport illégal de vermine.

Simon fit entendre sa réprobation.

— Tu n'es pas une vermine, ça va de soi.

Une fille hurla à pleins poumons près de la porte, imitée aussitôt par six ou sept autres personnes. Leurs rugissements furieux s'élevèrent au-dessus de la musique. Magnus leva les yeux au ciel.

— Excusez-moi, dit-il en se dirigeant vers la foule des invités, qui se referma instantanément sur lui.

Clary, les jambes en coton, poussa un soupir sonore :

— Merci pour l'aide !

— Tu sais, suggéra Alec, tu peux toujours mettre le rat dans ton sac à dos.

Clary le dévisagea froidement, mais ne put trouver aucune objection à cette idée. Elle n'aurait pas pu fourrer Simon dans sa poche : les vêtements d'Isabelle n'en avaient pas, ils étaient trop serrés. Clary s'étonnait même que leur propriétaire arrive à y entrer.

Dans le sac, elle trouva une niche pour le rat entre son pull roulé en boule et son carnet de croquis. Il se blottit contre son portefeuille en la foudroyant du regard.

— Je suis désolée, murmura-t-elle tristement.

— Arrête, grommela Jace, tu ne l'as pas forcé à boire ce verre !

— Sans moi, il ne serait jamais venu ici, dit-elle d'une petite voix.

— Ne prends pas la grosse tête. Il est venu pour Isabelle.

D'un geste furieux, Clary referma son sac et se leva :

— Sortons d'ici. J'en ai plus qu'assez de cet endroit.

La foule compacte des crieurs près de la porte était en réalité des vampires, facilement reconnaissables à leur teint blême et à la noirceur de leurs cheveux. « Ils doivent les teindre », pensa Clary. Leur couleur ne pouvait pas être aussi foncée naturellement ; de plus, certains d'entre eux avaient des sourcils blonds. Ils se plaignaient avec force cris au sujet de leurs motos vandalisées et du fait que certains de leurs amis manquaient à l'appel.

— Ils sont probablement saouls, ils ont dû s'endormir quelque part, déclara Magnus avec un geste évasif de la main. Vous savez bien, vous autres, que vous vous transformez en chauves-souris ou que vous tombez en poussière quand vous forcez sur le Bloody Mary.

— Ils mélangent à leur vodka du vrai sang, chuchota Jace à l'oreille de Clary.

— Bien reçu, merci, répondit-elle en frissonnant.

— On ne peut pas ramasser tous les tas de poussière qui traînent au cas où ce serait Gregor, dit une fille avec une bouche boudeuse et des sourcils peints.

— Gregor s'en sortira très bien. Je passe rarement le balai, la rassura Magnus. Je me ferai une joie de renvoyer les retardataires à l'hôtel demain matin... dans une voiture avec vitres teintées, bien entendu.

— Et les motos ? demanda un garçon maigre dont les cheveux blonds commençaient à repousser sous la teinture bâclée.

Une boucle d'oreille en forme de pieu ornait son lobe gauche.

— Ça va prendre des heures de les réparer !

— Vous avez jusqu'au lever du soleil, répondit Magnus, qui commençait à perdre patience. Je vous suggère de vous y atteler dès maintenant.

Puis, élevant la voix :

— Bon, ça suffit ! La fête est finie ! Tout le monde dehors !

Le groupe cessa brusquement de jouer sur une note discordante. Des plaintes s'élevèrent parmi les fêtards, mais tous se dirigèrent avec docilité vers la sortie.

Aucun d'eux ne prit la peine de remercier Magnus en partant.

— Viens !

Jace poussa Clary vers la porte. La foule était compacte. Elle serra son sac à dos contre elle. Quelqu'un lui donna un coup d'épaule, elle poussa un cri et s'écarta de Jace. Une main effleura son sac. Levant les yeux, elle vit le vampire à la boucle d'oreille qui lui souriait :

— Hé, mignonne, qu'est-ce qu'il y a dedans ?

— De l'eau bénite, répondit Jace en réapparaissant comme par enchantement à ses côtés.

— Ouh, un Chasseur d'Ombres, lâcha le vampire. J'ai peur !

Avec un clin d'œil, il se fondit dans la foule.

— Les vampires sont de sacrés comédiens, soupira Magnus. Honnêtement, je ne sais pas pourquoi j'organise ces fêtes.

— En l'honneur de votre chat, lui rappela Clary.

— C'est vrai ! Le Président Miaou mérite tous mes efforts.

Il jeta un coup d'œil aux Chasseurs d'Ombres agglutinés derrière elle :

— Vous partez ?

Jace hocha la tête :

— On ne voudrait pas abuser de ton hospitalité.

— Quelle hospitalité ? Je n'irais pas jusqu'à prétendre que c'est un plaisir de vous avoir rencontrés. Cela dit, vous êtes tous charmants. Quant à toi – il adressa un clin d'œil à Alec, qui resta cloué sur place –, appelle-moi.

Alec rougit, se mit à balbutier et serait resté planté là toute la nuit si Jace ne l'avait pas agrippé par le coude pour l'entraîner vers la porte, Isabelle sur leurs talons. Clary s'apprêtait à les suivre quand Magnus la retint par le bras :

— J'ai un message pour toi. De la part de ta mère.

Clary fut tellement surprise qu'elle manqua lâcher son sac.

— De la part de ma mère ? Elle vous a demandé de me dire quelque chose ?

— Pas tout à fait, répondit Magnus.

Ses yeux mordorés de félin aux pupilles fendues avaient une expression sérieuse, pour une fois :

— Mais j'ai connu une autre facette d'elle. Elle a fait en sorte de te tenir à l'écart d'un monde qu'elle haïssait. Toute son existence, la fuite, la cachette, les mensonges – pour reprendre tes mots –, n'avait qu'un but, te protéger. Ne gâche pas ses sacrifices en risquant ta vie. Ce n'est pas ce qu'elle souhaite.

— Elle ne veut pas que je la sauve ?

— Pas si tu dois te mettre en danger.

— Mais je suis la seule à me soucier de ce qui lui arrive...

— Non, tu n'es pas la seule.

— Je ne comprends pas. Est-ce que... Magnus, si vous savez quoi que ce soit...

Il l'interrompit brutalement :

— Une dernière chose !

Il se tourna vers la porte par laquelle Jace, Alec et Isabelle venaient de disparaître.

— Garde à l'esprit que, quand ta mère a quitté le Monde Obscur, ce n'était pas les monstres qu'elle cherchait à fuir. Ni les sorciers, ni les loups-garous, ni le peuple féerique, ni même les démons. C'était eux. Les Chasseurs d'Ombres.

Ils l'attendaient devant l'entrepôt. Jace, adossé à la rampe de l'escalier de secours, les mains dans les poches, regardait les vampires s'affairer autour de leurs motos en jurant. Un petit sourire flottait sur ses lèvres. Alec et Isabelle se tenaient un peu à l'écart. Isabelle s'essuyait les yeux, et Clary sentit monter en elle de la colère : après tout, cette fille connaissait à peine Simon ! Ce n'était pas son problème. Seule Clary était en droit de faire une scène, et pas cette Chasseuse d'Ombres.

Elle suivit pourtant les autres, sans rien dire. Jace semblait perdu dans ses pensées. Isabelle et Alec, qui marchaient devant eux à toute allure, étaient visiblement en train de se disputer. Clary accéléra le pas en se dévissant le cou pour les entendre

— Ce n'est pas ta faute, disait Alec.

Il paraissait las, comme s'il avait déjà vécu ce genre d'épisode avec sa sœur. Clary se demanda combien de prétendants elle avait transformés en rats par accident.

— Mais ça devrait te dissuader de fréquenter les fêtes du Monde Obscur, ajouta-t-il. C'est beaucoup de problèmes pour pas grand-chose.

Isabelle renifla bruyamment :

— Si quelque chose lui était arrivé, je... je ne sais pas ce que j'aurais fait.

— Rien, comme d'habitude, sans doute, répondit Alec d'un ton blasé. Tu ne le connais pas vraiment.

— Ça ne signifie pas que je...

— Que quoi ? Tu l'aimes ? railla Alec. Il faut connaître quelqu'un pour l'aimer.

— Pas forcément, répondit Isabelle avec tristesse. Tu ne t'es pas amusé à la fête, Alec ?

— Non.

— J'ai pensé que tu pourrais bien t'entendre avec Magnus. Il est gentil, non ?

— Gentil ?

Alec dévisagea sa sœur comme si elle avait perdu l'esprit :

— Un chaton, oui, c'est gentil. Mais un sorcier ?

— Je me suis dit que vous pourriez peut-être lier connaissance, reprit Isabelle en jetant un bref coup d'œil à son frère. Devenir amis.

— J'ai déjà des amis, répliqua-t-il en regardant Jace par-dessus son épaule, comme malgré lui.

Jace, qui marchait la tête baissée, plongé dans ses pensées, n'eut pas l'air de s'en apercevoir.

Mue par une impulsion, Clary voulut jeter un œil dans le sac. Elle fronça les sourcils. Il était ouvert ! Elle s'efforça de visualiser la scène : elle avait soulevé le sac et remonté la fermeture Éclair. Elle en était certaine. Elle tira sur les deux pans d'un coup sec, le cœur battant.

Elle se rappela le jour où on lui avait volé son portefeuille dans le métro. Elle se souvint d'avoir ouvert son sac, de s'être aperçue de sa disparition : « Je l'ai fait tomber ? On me l'a volé ? » Avant de se rendre à l'évidence : il avait bel et bien disparu. C'était la même sensation, en mille fois pire. La bouche sèche, Clary fouilla le contenu du sac en écartant les vêtements et le carnet de croquis. Ses doigts raclèrent le fond : rien !

Elle s'arrêta net. Jace l'imita, l'air impatient. Alec et Isabelle avaient déjà une centaine de mètres d'avance.

— Qu'est-ce qu'il y a ? demanda-t-il.

Au ton de sa voix, Clary devina qu'il allait enchaîner sur une remarque sarcastique. Mais il avait dû remarquer l'expression de son visage, car il s'abstint.

— Il a disparu, murmura-t-elle. Simon. Il était dans mon sac à dos...

— Il a sauté ?

La question de Jace n'avait rien d'absurde, mais Clary, épuisée et frappée de panique, se mit à hurler :

— Bien sûr que non ! Quoi, tu crois vraiment qu'il a envie de finir sous les roues d'une voiture, dévoré par un chat, ou...

— Clary...

— Tais-toi ! cria-t-elle en lui jetant le sac à la figure. C'est toi qui as dit que ce n'était pas la peine de lui rendre son apparence...

Jace, qui avait rattrapé le sac au vol, l'examina à son tour.

— La fermeture Éclair a été arrachée. Quelqu'un a déchiré le sac pour l'ouvrir.

Secouant la tête d'un air hébété, Clary ne put que répondre dans un murmure :

— Ce n'est pas moi...

— Je sais, répondit Jace avec douceur.

Puis, élevant la voix :

— Alec ! Isabelle ! Continuez sans nous ! On vous rattrapera.

Les deux silhouettes, déjà loin, firent halte ; Alec parut hésiter, mais sa sœur le prit par le bras et le poussa énergiquement vers l'entrée du métro. Jace posa la main sur l'épaule de Clary et la fit pivoter. Elle le laissa la guider en trébuchant sur les inégalités du trottoir jusqu'à l'entrée de l'immeuble de Magnus. La puanteur de l'alcool frelaté et l'odeur étrange et douceâtre, que Clary avait fini par associer aux Créatures Obscures, imprégnaient l'atmosphère. Jace appuya sur la sonnette.

— Jace...

— Quoi ?

Clary chercha ses mots :

— Tu crois qu'il va bien ?

— Simon ?

Jace hésita et Clary se remémora les paroles d'Isabelle : « Il vaut mieux ne rien lui demander, à moins d'être sûr de pouvoir encaisser la réponse. » Sans dire un mot, il appuya plus fort sur la sonnette.

La voix de Magnus résonna dans l'entrée de l'immeuble :

— QUI OSE DÉRANGER MON REPOS ?

Jace semblait presque nerveux.

— Jace Wayland, tu te souviens ? C'est l'Enclave qui m'envoie.

— Ah oui, répondit Magnus, radouci. Tu es celui avec les yeux bleus ?

— Il parle d'Alec, chuchota Clary.

— Non. Il paraît que j'ai les yeux noisette, dit Jace dans l'interphone.

— Ah, c'est toi.

Le ton de Magnus trahissait sa déception.

Si Clary n'avait pas été si inquiète, elle aurait probablement éclaté de rire.

— Entre.

Le sorcier ouvrit sa porte. Il portait un turban doré et un kimono en soie rebrodé de dragons. Il cachait mal son agacement :

— Je dormais, figure-toi !

Jace allait lui répondre par une politesse, sans doute au sujet du turban, mais Clary le devança :

— Désolée de vous déranger...

Un petit animal blanc risqua un œil de derrière les chevilles du sorcier. Avec sa fourrure striée de gris et ses oreilles roses et touffues, il ressemblait davantage à une grosse souris qu'à un chat.

— C'est le Président Miaou ? demanda Clary.

— Oui, il est revenu.

Jace considéra le petit chat tigré avec mépris.

— Ce n'est pas un chat, ça ! Ce truc a la taille d'un hamster.

— Je vais m'efforcer gentiment d'oublier ce que tu viens de dire, déclara Magnus en poussant le chat du pied. Bon, qu'est-ce que vous venez faire ici ?

— C'est Simon ! Il a disparu, répondit Clary en lui tendant le sac à dos déchiré.

— Ah, fit Magnus. Peut-être qu'il s'est caché. Ce n'est pas facile de se retrouver dans la peau d'un rat, surtout si on n'est pas très malin...

— Simon n'est pas un idiot, protesta Clary avec colère.

— C'est vrai, renchérit Jace. Il a juste l'air d'un idiot, ce n'est pas pareil. En réalité, il est d'une intelligence moyenne.

Malgré son ton détaché, il paraissait tendu.

— En partant, un de tes invités a bousculé Clary. À mon avis, c'est là qu'il a déchiré son sac et pris le rat... euh... Simon.

— Et... ?

— Et je veux savoir de qui il s'agit. Quelque chose me dit que tu sais qui c'est. Tu es le Grand Sorcier de Brooklyn. Quoi qu'il se passe dans ton appartement, tu es le premier au courant

Magnus inspecta un de ses ongles pailletés :

— Tu n'as pas tort.

— Je vous en prie, parlez ! intervint Clary.

Elle avait senti la main de Jace se refermer sur son poignet, mais elle ne pouvait pas se taire.

— Très bien, répondit Magnus avec un soupir. J'ai vu l'un des vampires à moto s'en aller avec un rat brun dans la main. Honnêtement, j'ai cru que c'était l'un d'eux. Parfois, les Enfants de la Nuit se transforment en rat ou en chauve-souris quand ils ont trop bu.

Les mains de Clary tremblaient :

— Et là ? Vous pensez que c'était Simon ?

— C'est juste une hypothèse, qui me semble pourtant crédible.

— Une chose encore, dit Jace.

En dépit de sa voix calme, il paraissait sur le qui-vive, comme le jour où ils étaient entrés dans l'appartement de Clary, avant de tomber sur le Damné.

— Où se trouve leur repaire ? Le repaire des vampires ? C'est bien là qu'ils sont allés, n'est-ce pas ?

— Je suppose.

À son expression, on voyait bien que Magnus aurait préféré être ailleurs.

— Dis-moi où il se trouve ! insista Jace.

Le sorcier secoua sa tête enturbannée :

— Je ne vais pas me mettre à dos les Enfants de la Nuit pour un Terrestre que je ne connais même pas.

— Attendez ! s'écria Clary. Pourquoi en ont-ils après Simon ? Je croyais qu'ils n'avaient pas le droit de s'en prendre aux gens...

— Tu veux connaître mon avis ? Ils ont dû croire que c'était un rat apprivoisé et se sont dit que ce serait drôle de piquer l'animal de compagnie à un Chasseur d'Ombres. Malgré les Accords, ils ne vous portent pas dans leur cœur... et l'Alliance ne leur interdit pas de tuer des animaux.

— C'est ce qu'ils vont faire ? Le tuer ?

— Pas forcément. Ils croient peut-être que c'est un des leurs.

— Et si c'est le cas, qu'est-ce qui va arriver à Simon ?

— Eh bien, quand il redeviendra humain, ils le tueront. Ce qui vous laisse quelques heures.

— Alors, aidez-nous ! supplia Clary. Sinon, mon ami mourra.

Magnus la dévisagea de la tête aux pieds avec un mélange de compassion et de détachement :

— Ils meurent tous, ma petite. Tu devrais peut-être te faire à cette idée.

Il fit mine de refermer la porte, mais Jace glissa son pied dans l'embrasure. Magnus poussa un soupir :

— Quoi encore ?

— Tu ne nous as toujours pas dit où se trouve leur repaire.

— Et je n'en ai pas l'intention. Je vous ai...

Clary l'interrompit :

— Vous m'avez volé mes souvenirs ! Vous me devez au moins ça, non ?

Magnus plissa les yeux. Quelque part derrière lui, Président Miaou poussa une plainte. Le sorcier baissa lentement la tête avant de se frapper le front contre le mur.

— Le vieil hôtel Dumont, lâcha-t-il.

— Je sais où c'est, déclara Jace, l'air satisfait.

— Partons immédiatement ! Vous avez un Portail ? demanda Clary à Magnus.

— Non, les Portails sont très difficiles à installer, et ils présentent un certain risque. Il peut vous arriver des bricoles si vous ne prenez pas la peine de les surveiller ! Les seuls dont j'aie eu vent à New York se trouvent chez Dorothea et à Renwick ; mais dans les deux cas, c'est trop loin pour tenter le coup, même si vous êtes sûrs que le propriétaire vous laissera les utiliser, ce qui est peu probable. Pigé ? Maintenant, disparaissez.

Magnus fixa avec insistance le pied de Jace, qui bloquait toujours la porte. Ce dernier ne bougea pas.

— Une toute dernière chose. Y a-t-il un lieu saint dans les parages ?

— Bonne idée. Si vous comptez vous introduire dans un repaire de vampires, vous feriez mieux d'aller faire votre prière avant !

— Il nous faut des armes. D'autres armes que celles que nous possédons déjà.

— Il y a une église catholique dans Diamond Street. Ça fera l'affaire ?

Jace hocha la tête et recula :

— C'est...

Magnus leur claqua la porte au nez. Clary, le souffle court comme si elle avait couru, garda les yeux fixés sur le battant jusqu'à ce que Jace la prenne par le bras pour l'entraîner dehors dans la nuit.

14

L'Hôtel Dumort

L'église de Diamond Street avait une apparence spectrale. Ses vitraux gothiques reflétaient le clair de lune comme des miroirs d'argent. Une grille en fer forgé, peinte en noir mat, cernait l'édifice. Clary secoua le portail et constata qu'il était protégé par un gros cadenas.

— C'est verrouillé ! gémit-elle en jetant un regard à Jace par-dessus son épaule.

Il brandit sa stèle :

— Laisse-moi faire.

Elle le regarda s'attaquer à la serrure, et contempla son dos courbé, le jeu de ses muscles sous les manches courtes de son T-shirt. La lune donnait à sa chevelure des reflets argentés.

Le cadenas, tordu, tomba par terre dans un bruit de ferraille.

— La routine ! dit Jace, l'air content de lui. Je suis très bon à ce petit jeu.

Clary sentit la colère monter :

— Quand tu auras fini de t'autocongratuler, on pourrait peut-être envisager d'éviter à mon meilleur ami de se faire saigner à mort ?

— « T'autocongratuler »... quel vocabulaire ! siffla Jace, impressionné.

— Tu veux que je t'en donne, du vocabulaire, espèce de...

— Tss tss, on ne jure pas dans une église.

— On n'est pas encore entrés, marmonna Clary en le suivant le long de l'allée pavée qui menait à la porte à deux battants.

L'arche en pierre qui surplombait la porte était ornée de sculptures magnifiques : un ange les contemplait de son perchoir. De hautes flèches se détachaient sur le ciel nocturne, et Clary s'aperçut qu'il s'agissait de la même église qu'elle avait vue depuis le parc un peu plus tôt dans la soirée. Elle se mordit la lèvre :

— Ce n'est pas bien de forcer la porte d'une église, je trouve.

Un rayon de lune illumina le profil serein de Jace.

— On n'en aura pas besoin, dit-il en rangeant la stèle dans sa poche.

Il posa sa main fine et brune, couverte de délicates cicatrices blanches pareilles à un voile de dentelle, sur la porte en bois, juste au-dessus du verrou.

— Au nom de l'Enclave, récita-t-il, je demande la permission de pénétrer dans ce lieu saint. Au nom de notre Combat Sans Fin, je demande la permission d'en utiliser les armes. Au nom de l'ange Raziel, je demande Ta bénédiction dans mon combat contre les ténèbres.

Clary regarda Jace, interloquée. Il ne bougeait pas d'un cil, malgré le vent du soir qui lui ébouriffait les cheveux. Au moment où elle allait prendre la parole, la porte s'ouvrit lentement dans un grincement de charnières sur un espace froid, sombre et désert, d'où émergeaient çà et là quelques points lumineux.

Jace s'effaça pour la laisser passer :

— Après toi !

Quand Clary s'avança à l'intérieur, un courant d'air glacé l'enveloppa, et une odeur de cire et de pierre humide lui assaillit les narines. Des rangées de bancs s'étendaient jusqu'à l'autel. L'un des cierges alignés illuminait le mur du fond telle une gerbe d'étincelles. Elle prit conscience qu'en dehors de l'Institut, qui ne comptait pas vraiment, elle n'avait jamais mis les pieds dans une église auparavant. Elle en avait vu dans les films ou les dessins animés japonais : l'un de ses préférés mettait en scène un monstrueux prêtre-vampire. Elle avait beau savoir qu'on était censé se sentir en sécurité dans ces lieux, ce n'était pas son cas. Des formes étranges semblaient se tapir dans l'ombre. Elle frissonna.

— Les murs de pierre préservent l'endroit de la chaleur, dit Jace en la voyant trembler.

— Ce n'est pas ça. Tu sais, c'est la première fois que j'entre dans une église.

— Et l'Institut ?

— Je parle d'une véritable église. Avec des messes.

— Ah bon ? Eh bien, tu te trouves dans la nef, c'est là qu'on installe les bancs pour que les gens puissent assister à l'office.

Ils s'avancèrent, leurs voix se répercutant sur les murs en pierre.

— Et voici l'abside. Et là, c'est l'autel, où le prêtre célèbre l'eucharistie. Il se trouve toujours dans la partie est de l'édifice.

Jace s'agenouilla et, pendant un instant, elle crut qu'il priait. L'autel en granit drapé d'une tenture rouge était surplombé d'un panneau sculpté représentant les saints et les martyrs, chacun auréolé d'un disque d'or.

— Jace, murmura Clary. Qu'est-ce que tu fais ?

Jace s'était mis à tâter les dalles du sol comme s'il cherchait quelque chose dans la poussière :

— Je cherche des armes.

— Ici ?

— D'habitude, elles sont dissimulées à proximité de l'autel. On nous les garde à portée de main en cas d'urgence.

— Quoi, vous avez passé une espèce d'accord avec l'Église catholique ?

— Pas vraiment. Les démons sont arrivés sur Terre en même temps que nous. Ils sont disséminés partout dans le monde, sous des formes différentes : les *daimôn* grecs, les *daeva* perses, les *asura* hindous, les *oni* japonais. La plupart des croyances ont leur façon propre d'intégrer l'existence de ces démons et le combat qui nous oppose à eux. Les Chasseurs d'Ombres ne rejettent aucune religion, et en contrepartie toutes les religions nous assistent dans notre lutte. J'aurais aussi bien pu solliciter l'aide d'une synagogue, d'un temple shinto ou... Ah, nous y voilà !

Clary s'agenouilla à côté de lui. Sur la dalle qu'il venait d'épousseter était gravée une rune. Clary la reconnut presque aussi facilement que si elle avait lu un mot en anglais. C'était celle qui signifiait « Nephilim ».

Jace toucha la dalle de sa stèle. Avec un grincement, elle coulissa, révélant une cache. À l'intérieur se trouvait un long coffret en bois. Jace en souleva le couvercle et contempla avec satisfaction les objets soigneusement rangés dedans.

— Qu'est-ce que c'est que ça ? demanda Clary.

— Des fioles d'eau bénite, des poignards sanctifiés, des lames en argent et en acier, répondit Jace en disposant les armes sur le sol. Du fil d'électrum, pas très utile pour l'instant, mais c'est toujours bien d'en avoir sous la main, des balles en argent, des charmes de protection, des crucifix, des étoiles de David...

— Doux Jésus ! s'exclama Clary.

— Je doute qu'il rentre dans la cache.

— Jace !

— Quoi ?

— Ce n'est pas le genre de blague qu'on fait dans une église.

Il haussa les épaules :

— Je ne suis pas très croyant.

Clary le considéra avec étonnement :

— Sans blague ?

Jace secoua la tête. Une mèche de cheveux lui tombait sur le visage. Trop occupé à examiner une fiole contenant un liquide clair, il ne prenait pas la peine de la repousser. Clary éprouva l'envie subite de le faire pour lui.

— Tu pensais que j'étais porté sur la religion ?

Clary hésita :

— Eh bien... Si les démons existent, alors il doit y avoir...

— Quoi ? fit Jace en fourrant la fiole dans sa poche.

Ah... tu veux dire que si ça existe – il montra le sol –, ça existe aussi – il indiqua le plafond.

— Ça se tient, non ?

Il prit un poignard pour en examiner le manche :

— J'ai tué des démons pendant la plus grande partie de ma vie. J'ai dû en renvoyer au moins cinq cents dans je ne sais quelle dimension infernale. Or, pendant tout ce temps, je n'ai jamais vu un ange. Et je n'ai jamais rencontré quelqu'un qui en aurait vu.

— Mais c'est un ange qui a créé les Chasseurs d'Ombres ! C'est Hodge qui le dit.

— Ça fait une belle histoire. Mon père croyait en Dieu. Pas moi.

— Pas du tout ?

Clary ne savait pas trop pourquoi elle insistait sur ce sujet, elle qui ne s'était jamais demandé si elle croyait en Dieu et aux anges. Si on le lui avait demandé, elle aurait répondu par la négative. Mais il y avait en ce garçon un je-ne-sais-quoi qui l'incitait à le bousculer, à fouiller sous cette carapace de cynisme, à lui faire admettre qu'il croyait en quelque chose, qu'il était capable d'éprouver des sentiments ou de la considération.

— Comment t'expliquer ? lança-t-il en glissant deux poignards dans sa ceinture.

La faible clarté qui filtrait à travers les vitraux sales projetait des carrés de couleur sur son visage.

— Mon père croyait en un Dieu juste. *Deus volt*, c'était sa devise : c'est la volonté de Dieu. C'était aussi celle des Croisés qui ont été massacrés au combat, tout comme mon père. Quand je l'ai vu, gisant dans son sang, j'ai compris que je n'avais pas cessé de croire en

Dieu. J'avais seulement cessé de croire que Dieu se soucie de nous. Que Dieu existe ou pas, à mon avis, ça n'a pas d'importance. Dans l'un ou l'autre cas, nous sommes seuls.

Ils étaient les seuls passagers de la rame du métro qui les emmenait vers leur destination. Clary se taisait, l'esprit occupé par Simon. De temps à autre, Jace se tournait vers elle comme pour lui parler, avant de s'enfermer à nouveau dans un silence inhabituel chez lui.

En sortant du métro, ils trouvèrent la ville déserte. Une odeur de métal flottait dans l'air moite, les épiceries portoricaines, les lavomatiques et les banques dormaient derrière leurs rideaux de fer. Après une heure d'investigations, ils finirent par trouver l'hôtel dans un passage perpendiculaire à la 116e Rue. Ils l'avaient longé deux fois, croyant qu'il s'agissait d'un énième immeuble résidentiel à l'abandon, avant que Clary n'aperçoive l'enseigne. Elle pendait à un clou, à demi dissimulée par un arbre rabougri. Quelqu'un avait effacé le N de « HÔTEL DUMONT » pour le remplacer par un R.

— Hôtel Dumort, dit Jace. Charmant !

Même si Clary n'avait fait que deux ans de français, c'était suffisant pour comprendre la plaisanterie.

Jace était cette fois encore sur le qui-vive, comme un chat qui vient de voir une souris se glisser sous un meuble.

— Ça ne peut pas être un hôtel, objecta Clary. Les fenêtres sont condamnées, et la porte a été murée... Oh, ajouta-t-elle en croisant le regard de Jace. C'est vrai, ce sont des vampires... Mais comment font-ils pour entrer ?

— Ils volent, répondit Jace en montrant du doigt les étages supérieurs de l'immeuble, qui avait dû être un hôtel élégant et luxueux par le passé.

La façade en pierre était ornée d'arabesques et de fleurs de lys noircies, érodées par des années d'exposition à l'air pollué et aux pluies acides.

— Pas nous, souligna Clary.

— Non, nous, on ne vole pas. On entre par effraction.

Il traversa la ruelle.

— L'idée de voler me semblait meilleure, dit Clary en courant pour le rattraper.

— En ce moment, n'importe quelle idée me semblerait meilleure.

Jace n'avait pas l'air de le penser. Son attitude, qui trahissait une certaine excitation à la perspective de cette chasse aux vampires, sous-entendait qu'il n'était pas aussi inquiet qu'il le laissait croire. « Il a tué plus de démons que n'importe qui d'autre de son âge », songea Clary. On ne tuait pas autant de démons si on rechignait à se battre.

Un vent chaud se leva. Il agita les feuilles des arbres décharnés plantés devant l'hôtel et fit voler sur la chaussée inégale les ordures qui jonchaient le caniveau et le trottoir. Clary trouvait l'endroit bizarrement désert : d'habitude, à Manhattan, on croisait toujours quelqu'un, même à quatre heures du matin. Certains des réverbères alignés sur le trottoir ne fonctionnaient plus, et le plus proche de l'hôtel projetait un halo pâle sur l'allée défoncée qui menait à la porte d'entrée condamnée.

— Reste dans l'ombre, souffla Jace en la tirant par la manche. Ils nous observent peut-être. Et ne regarde pas la façade, ajouta-t-il.

Trop tard : Clary avait déjà levé la tête vers les fenêtres cassées des étages supérieurs. Elle crut voir quelque chose passer devant l'une des fenêtres, une tache blanche qui aurait pu être un visage, ou une main rajustant un lourd rideau...

— Viens ! dit le garçon en l'entraînant dans les ténèbres environnant l'hôtel.

Elle sentit son pouls s'accélérer et le sang battre à ses tempes. Le faible murmure du trafic lui semblait très distant, couvert par le bruit amplifié de ses pas sur le bitume. Elle aurait tant voulu savoir se déplacer sans bruit comme un Chasseur d'Ombres ! Un jour, peut-être, elle demanderait à Jace de lui apprendre...

Au coin de l'immeuble, ils s'engouffrèrent dans une ruelle qui, à une époque lointaine, avait dû servir de chemin d'accès aux livreurs. Elle était envahie par les détritus : cartons moisis, bouteilles vides, débris de plastique, objets éparpillés que Clary prit d'abord pour de petits bâtons blancs mais qui, de plus près, ressemblaient à...

— Des ossements, fit Jace. De chiens, de chats. Regarde ailleurs : mieux vaut ne pas fouiller dans les poubelles des vampires.

Clary réprima un haut-le-cœur.

— Au moins on est sûrs d'être au bon endroit.

— Ça, oui. Maintenant, il ne nous reste plus qu'à trouver un moyen d'entrer.

Les fenêtres donnant sur la ruelle avaient été murées. Ils examinèrent le mur : aucune porte, pas de trace d'une issue de secours.

— C'est là qu'arrivaient les livreurs, expliqua Jace. Ils ne pouvaient pas emprunter l'entrée principale, et ils n'auraient pas pu garer leur camion ailleurs. Bref, il doit y avoir une porte.

Clary pensa aux petites boutiques et autres épiceries de son quartier à Brooklyn. Tôt le matin, sur le trajet de l'école, elle les avait souvent vu se faire livrer. Elle revoyait les épiciers coréens ouvrir une trappe dans le bitume pour glisser les cartons de serviettes en papier et de nourriture pour chat dans leur réserve.

— Je parie qu'il y a un trou dans le sol, sous toutes ces ordures.

Jace hocha la tête :

— C'est exactement ce que je pensais. Il va falloir enlever ce bazar. On peut commencer par ça, dit-il en indiquant une benne avec un manque d'enthousiasme flagrant.

— Tu préférerais affronter une horde de démons assoiffés de sang, pas vrai ?

— Au moins, ils ne grouillent pas de vers, eux. Enfin, ajouta-t-il d'un air pensif, pas tous. Je me rappelle ce démon que j'avais traqué dans les égouts de Grand Central...

— Non, dit Clary en l'arrêtant d'un geste. Je ne suis pas d'humeur, là.

— C'est bien la première fois qu'une fille me dit ça.

— Si on doit se fréquenter, ce ne sera pas la dernière.

Jace eut un sourire malicieux :

— Ce n'est pas le moment de bavarder. On a des ordures à traîner.

Il se dirigea d'un pas décidé vers la benne et en saisit un bord :

— Viens m'aider, on va la faire basculer.

— Et le bruit ? objecta Clary en se postant de l'autre côté de l'énorme conteneur. On devrait plutôt la pousser !

C'était une benne banale et sale peinte en vert foncé. En revanche, elle empestait beaucoup plus que la plupart des bennes : outre la puanteur des ordures, elle dégageait une odeur puissante et douceâtre qui soulevait le cœur.

— Bon, écoute...

Jace fut interrompu par une voix derrière eux :

— Vous êtes sûrs de ce que vous faites ?

Clary se figea et scruta les ténèbres de la ruelle. Pendant un instant de panique, elle se demanda si elle n'avait pas rêvé, mais Jace s'était immobilisé, lui aussi. Il n'était pourtant pas du genre à se laisser surprendre. Il s'écarta de la benne et porta la main à sa ceinture :

— Il y a quelqu'un ?

— *¡ Dios mío !*

L'inconnu parlait un espagnol chantant :

— Vous n'êtes pas du coin, pas vrai ?

La silhouette émergea lentement de l'ombre : un garçon, à peine plus âgé que Jace et plus petit de dix bons centimètres. Avec son corps fluet, ses grands yeux sombres et son teint olivâtre, il semblait sortir tout droit d'un tableau de Diego Rivera. Il portait un pantalon noir et une chemise blanche largement ouverte sur une chaîne en or qui étincela comme il s'avançait dans la lumière.

— On peut le dire, répondit Jace, la main toujours posée sur sa ceinture.

— Vous ne devriez pas traîner par ici, reprit le garçon en repoussant les épaisses boucles noires qui lui tombaient sur le front. C'est dangereux.

« Qu'est-ce qu'il sous-entend ? Que le quartier est mal famé ? » Clary réprima une envie de rire, bien que la situation n'eût rien de drôle.

— On est au courant, dit-elle. On s'est perdus, c'est tout.

Le garçon fit un geste en direction de la benne :

— Qu'est-ce que vous fabriquez avec ça ?

« Vite, un mensonge ! » pensa Clary en se tournant vers Jace dans l'espoir qu'il s'en sortirait mieux qu'elle. Ses espoirs furent vite déçus.

— On essaie d'entrer dans l'hôtel, répondit-il. On a pensé qu'il y aurait peut-être un passage derrière la benne.

Le garçon ouvrit de grands yeux incrédules :

— *Puta madre...* Pourquoi voulez-vous faire une chose pareille ?

Jace haussa les épaules :

— Pour s'amuser un peu.

— Vous ne comprenez pas ? Cet endroit est hanté, maudit ! Sauvez-vous !

Il secoua vigoureusement la tête et prononça quelques mots en espagnol qui, d'après Clary, devaient avoir trait à la bêtise des petits Blancs pourris gâtés.

— Venez avec moi, je vais vous raccompagner jusqu'au métro.

— On connaît le chemin, déclara Jace.

Le garçon rit doucement :

— *Claro.* Bien sûr que vous le connaissez, mais si je suis avec vous, personne ne vous causera d'ennuis. Vous ne voulez pas vous attirer des problèmes ?

— Ça dépend, répondit Jace en écartant légèrement les pans de sa veste pour laisser voir les armes qui pendaient à sa ceinture. Combien ils te paient pour tenir les gens à l'écart de l'hôtel ?

Le garçon jeta un regard derrière lui, et Clary, les nerfs à vif, imagina d'autres silhouettes sombres investissant la ruelle : faces blêmes, bouches écarlates, crocs étincelants... Le garçon se tourna de nouveau vers Jace, le visage fermé :

— Qui ça, *chico* ?

— Les vampires. Combien ils te paient ? Ou peut-être qu'ils t'ont promis de faire de toi l'un des leurs, de t'offrir la vie éternelle, où tu ne connaîtrais ni la maladie ni la souffrance ? Mais, tu sais, le temps est long quand on ne voit plus le soleil, *chico.*

— Je m'appelle Raphaël. Pas *chico*, précisa le garçon sans trahir la moindre émotion.

— Mais tu sais de quoi il parle, pas vrai ? Tu es au courant, pour les vampires ? demanda Clary.

Raphaël détourna la tête et cracha par terre. Quand il les regarda de nouveau, ses yeux étincelaient de haine :

— *Los vampiros, sí,* ces animaux assoiffés de sang ! Même avant que l'hôtel soit condamné, des histoires circulaient déjà sur les rires dans la nuit, les petits animaux qui disparaissent, les bruits...

Il s'interrompit, secoua la tête :

— Tous les habitants du quartier évitent de traîner dans le coin, mais qu'est-ce qu'on peut faire ? Appeler la police ?

— Quelqu'un les a déjà vus ? demanda Jace.

— Oui, un groupe de copains. Ils ont pensé que ce serait une bonne idée de s'introduire dans l'hôtel pour tuer les monstres qui y vivaient. Ils se sont armés de fusils et de couteaux, tous bénits par un prêtre. Eh bien, ils ne sont jamais revenus ! Ma tante a retrouvé leurs vêtements devant sa maison. Mon frère était avec eux. Voilà, maintenant vous savez pourquoi je traîne parfois ici au milieu de la nuit et pourquoi je vous ai prévenus. Si vous entrez là-dedans, vous n'en sortirez pas vivants.

— Mon ami est à l'intérieur, dit Clary. On est venus le chercher.

— Ah, fit Raphaël. Alors, je ne peux pas vous en dissuader ?

— Non, dit Jace. Mais ne t'inquiète pas, on ne connaîtra pas le même sort que ton frère et ses copains.

Il sortit l'un des poignards séraphiques de sa ceinture et le leva à hauteur de son visage :

— Avec ça, j'ai tué plein de vampires ! Leur cœur ne bat pas, mais ils meurent, eux aussi, crois-moi !

Raphaël lâcha quelques mots en espagnol, que Clary ne comprit pas. Il s'avança vers eux en trébuchant sur un tas d'emballages en plastique.

— Je sais qui vous êtes... Le vieux prêtre de

St Cecilia m'a parlé de vos semblables. Je croyais que c'était juste un mythe.

— Tous les mythes sont vrais, chuchota Clary, si bas qu'il ne l'entendit pas.

Il regardait Jace, les poings serrés :

— Je veux venir avec vous.

Jace secoua la tête :

— Non. Hors de question.

— Je vous aiderai à entrer.

— On ne peut pas t'emmener avec nous.

— Très bien !

Raphaël passa devant lui et poussa du pied un monceau de détritus empilés contre le mur. Derrière se trouvait une grille en fer recouverte d'une épaisse couche de rouille. Il s'agenouilla, prit la grille à deux mains et la souleva.

— C'est par là que mon frère et ses amis se sont glissés à l'intérieur. Ça mène au sous-sol, je crois.

Clary et Jace le rejoignirent. Clary retint sa respiration : la puanteur était insoutenable, et même dans l'obscurité, elle voyait des cafards ramper sur les tas d'ordures.

Jace esquissa un mince sourire. Il tenait toujours son poignard à la main : la lumière surnaturelle qu'il diffusait éclairait son visage d'un halo fantomatique. Clary revit Simon, brandissant une torche électrique sous son menton pour lui raconter des histoires d'horreur quand ils étaient plus jeunes.

Raphaël avait pâli :

— Entrez là-dedans et faites pour votre ami ce que je n'ai pas pu faire pour mon frère.

Jace glissa le poignard séraphique dans sa ceinture et lança un coup d'œil à Clary.

— Suis-moi, dit-il en se faufilant dans le trou avec agilité.

Clary retint son souffle, s'attendant à un cri de douleur ou d'étonnement, mais ne perçut que le bruit des pieds de Jace rencontrant la terre ferme.

— Tout va bien, dit-il à voix basse. Saute !

Clary se tourna vers Raphaël :

— Merci pour ton aide.

En guise de réponse, il lui tendit la main et l'aida à descendre à son tour dans le trou. Ses doigts étaient glacés. Elle se laissa glisser et Jace la rattrapa par les jambes.

— Ça va ?

— Oui, dit-elle en tirant sur sa robe, soulagée qu'il ne la voie pas rougir dans l'obscurité.

Jace leva son poignard séraphique pour éclairer les lieux. Ils se trouvaient dans une pièce basse de plafond avec un sol en béton craquelé. De la terre était visible là où il s'était affaissé, et de la vigne vierge commençait à envahir les murs. Une ouverture dont la porte avait été arrachée menait à une autre pièce.

Un bruit sourd fit sursauter Clary. En se retournant, elle vit Raphaël tomber à genoux à quelques pas d'elle. Après s'être relevé, il leur sourit de toutes ses dents.

Jace entra dans une colère noire :

— Je t'ai dit...

— Et je t'ai entendu, le coupa Raphaël avec un geste dédaigneux. Qu'est-ce que tu comptes faire ? Me renvoyer d'où je viens ? Me laisser seul ici pour que les morts vivants me tuent ?

— J'y pense sérieusement ! grogna Jace.

Il semblait fatigué ; Clary remarqua avec surprise qu'il avait de gros cernes sous les yeux.

— Il faut passer par là pour rejoindre les escaliers, déclara Raphaël en montrant la direction. On les trouvera dans les étages, vous verrez.

Il franchit l'ouverture étroite en bousculant Jace. Le Chasseur d'Ombres lui emboîta le pas en secouant la tête :

— Je commence vraiment à détester les Terrestres !

Le rez-de-chaussée de l'hôtel était un dédale de couloirs qui desservaient des réserves vides, une buanderie où s'entassaient des serviettes moisies dans des paniers d'osier en décomposition, et une cuisine sinistre exhibant d'immenses plans de travail en acier qui se perdaient dans les ténèbres. Les escaliers menant aux étages avaient été détruits et réduits en tas de planches poussées contre les murs, qui se mêlaient aux lambeaux, pareils à des fleurs de moisissure duveteuse, d'un tapis persan qui avait dû être somptueux autrefois.

L'absence d'escaliers déconcerta Clary. Qu'est-ce qui avait amené les vampires à les abattre ? Ils finirent par en trouver un intact, niché derrière la buanderie. Les femmes de chambre devaient s'en servir pour monter et descendre le linge avant l'installation des ascenseurs. Une épaisse couche de poussière recouvrait désormais les marches, telle de la neige grise, ce qui fit tousser Clary.

— Chuuut ! fit Raphaël. Ils vont t'entendre. On est près de l'endroit où ils dorment.

— Comment tu le sais ? murmura Clary.

Il n'était même pas censé être là ! De quel droit la sermonnait-il ?

— Je le sens. Pas toi ?

À son regard, Clary comprit qu'il avait aussi peur qu'elle. Elle secoua la tête. Elle ne sentait rien d'autre que le froid : après la chaleur étouffante du dehors, il n'en était que plus mordant.

Au sommet des marches se trouvait une porte sur laquelle était peint le mot « Hall », à peine visible sous la crasse. Jace poussa la porte en projetant des éclats de rouille. Clary retint son souffle...

La pièce où ils avaient pénétré était déserte. C'était un vaste hall, dont la moquette mitée laissait entrevoir par endroits le plancher vermoulu. Autrefois, au centre de la pièce, s'élevait en volutes gracieuses un grand escalier moquetté d'or et de pourpre. Il n'en restait que quelques marches suspendues dans le vide au-dessus de leurs têtes. Une vision surréaliste, rappelant les tableaux abstraits de Magritte, que Jocelyne aimait tant.

— Mais qu'est-ce qu'ils ont contre les escaliers ?

— Rien, répondit Jace. Ils n'en ont pas besoin, voilà tout.

— C'est une preuve que l'endroit leur appartient.

Les yeux de Raphaël brillaient d'excitation. Jace lui jeta un regard à la dérobée :

— Tu as déjà vu un vampire, toi ?

— Je sais à quoi ils ressemblent, répondit le garçon. Ils sont plus pâles et plus maigres que les humains, mais très forts. Ils se déplacent avec l'agilité d'un chat et la rapidité d'un serpent. Ils sont beaux et terribles à la fois. Comme cet hôtel.

— Tu trouves cet endroit beau ? dit Clary, surprise.

— On peut facilement s'imaginer ce qu'il était autrefois. Il est comme une vieille femme dont la beauté a été emportée par le temps. Cet escalier, par exemple, on peut deviner comment il était avant, avec des lampes à gaz éclairant les marches et des gens, penchés aux balustrades. Rien à voir avec...

— ... ces ruines ? suggéra Jace.

Raphaël sursauta, arraché à sa rêverie, et rit nerveusement.

Clary se tourna vers Jace :

— Où sont les vampires, au fait ?

— Là-haut, je suppose. Ils aiment dormir en altitude, comme les chauves-souris. Et le jour ne va pas tarder à se lever.

Telles deux marionnettes mues par des fils, Clary et Raphaël levèrent la tête. Ils ne virent rien d'autre que le plafond couvert de fresques, noir et craquelé comme s'il avait essuyé un incendie. À leur gauche, un passage voûté se perdait dans les ténèbres ; de chaque côté s'élevaient des colonnes gravées de feuilles et de fleurs. Alors que Raphaël baissait la tête, Clary distingua à la base de son cou une balafre blanche sur sa peau brune. Elle se demanda d'où elle venait.

— On devrait regagner l'escalier de service, chuchota-t-elle. Je me sens trop exposée ici.

Jace hocha la tête :

— Tu te rends compte que, une fois là-bas, il ne te restera qu'à appeler Simon, en espérant qu'il t'entendra ?

Clary s'efforça de dominer sa peur :

— Je...

Elle fut interrompue par un hurlement à glacer le sang.

Raphaël ! Il avait disparu. La poussière sur le sol n'avait gardé aucune trace de son passage, qu'il eût marché... ou qu'il ait été traîné de force. D'instinct, Clary se rapprocha de Jace, qui s'était déjà engagé dans le passage voûté, et les ténèbres au-delà. Elle ne pouvait pas le voir, mais se repérait grâce à la lumière projetée par son poignard, tel un voyageur entraîné dans un marais par un feu follet perfide.

Le couloir débouchait sur une salle de bal grandiose. Le sol en marbre blanc était désormais si craquelé qu'on se serait cru sur la banquise. Des balcons en saillie longeaient les murs, leur balustrade disparaissant sous la rouille. Des miroirs encadrés de dorures étaient suspendus entre deux balcons, chacun surmonté d'une tête de Cupidon. Des toiles d'araignée se balançaient dans l'air humide comme d'antiques voiles de noces.

Raphaël se tenait au centre de la salle, les bras ballants. Clary le rejoignit en courant, Jace sur ses talons.

— Tu vas bien ? demanda-t-elle, hors d'haleine.

Raphaël hocha lentement la tête :

— J'ai cru voir quelque chose bouger dans l'obscurité. Ce n'est rien.

— On a décidé de rebrousser chemin vers l'escalier de service, dit Jace. Il n'y a rien ici.

— Bonne idée, déclara le garçon.

Il se dirigea vers la porte, sans prendre la peine de s'assurer qu'ils le suivaient. Il n'avait pas fait quelques pas que Jace le rappela :

— Raphaël ?

Celui-ci se retourna en ouvrant de grands yeux étonnés, et Jace lança son couteau.

Raphaël avait de bons réflexes, mais il ne fut pas assez rapide. Le couteau l'atteignit en pleine poitrine et la puissance de l'impact le fit tomber à la renverse. Ses pieds se dérobèrent sous lui et il atterrit lourdement sur le sol. Dans la lumière diffuse du poignard, son sang paraissait noir.

— Jace, murmura Clary, sous le choc.

D'accord, il haïssait les Terrestres, mais il n'aurait jamais...

Comme elle s'élançait pour porter secours au blessé, Jace la poussa brutalement et se précipita vers lui pour arracher le poignard de sa poitrine.

Raphaël fut plus rapide, cette fois. Il saisit le couteau et poussa un hurlement quand ses doigts rencontrèrent la croix gravée sur le manche. La lame maculée de sang noir tomba par terre. Agrippant d'une main la chemise de Raphaël, Jace dégaina Sanvi. L'arme magique irradiait tellement que Clary distingua les couleurs autour d'elle : le bleu roi du papier peint en lambeaux, les incrustations d'or dans le marbre du sol et la fleur rouge sombre qui s'épanouissait sur le torse de Raphaël.

Ce dernier éclata de rire, découvrant des incisives blanches et pointues.

— Raté ! Tu n'as pas touché mon cœur.

Jace l'agrippa plus fort :

— Tu as bougé à la dernière seconde, c'est dommage.

Raphaël cracha un filet de sang, et Clary recula, figée d'horreur.

— Quand as-tu deviné ? demanda-t-il.

Sa voix, qui avait perdu tout accent, était plus ferme, plus tranchante.

— Dans la ruelle, répondit Jace. Mais je me suis dit que tu nous ferais entrer dans l'hôtel avant de t'en prendre à nous. Une fois à l'intérieur, nous ne sommes plus sous la protection de l'Alliance. C'est de bonne guerre. Comme tu ne nous attaquais pas, j'ai cru que je m'étais trompé. Et puis j'ai vu la balafre sur ton cou.

Il se redressa légèrement, le poignard toujours pointé vers la gorge de Raphaël.

— Elle a été laissée par une croix, n'est-ce pas ? Cette croix, tu la portais autour du cou quand tu étais allé rendre visite à ta famille, pas vrai ?

— C'est tout ce qui t'a mis sur la voie ? répliqua Raphaël en riant. Ma cicatrice ?

— Non. Tu as quitté le hall, et tes pieds n'ont pas laissé d'empreintes dans la poussière. Là, j'ai su.

— Ce n'est pas ton frère qui est venu ici chercher des monstres et qui n'en est jamais ressorti ! s'écria Clary. C'est toi !

— Vous êtes très malins, tous les deux, répondit

Raphaël. Mais ce n'est pas suffisant. Regardez, ajouta-t-il en montrant du doigt le plafond.

Jace repoussa sa main sans le quitter des yeux :

— Clary, qu'est-ce que tu vois ?

Elle leva lentement la tête, la peur au ventre...

Les balcons grouillaient de monde ! Des dizaines de vampires blafards les fixaient, leurs lèvres rouge sang grimaçant un rictus.

Jace, qui surveillait toujours Raphaël, demanda :

— Tu les as appelés, n'est-ce pas ?

Raphaël sourit. Le sang avait cessé de couler de sa blessure :

— Qu'est-ce que ça change ? Ils sont trop nombreux, même pour toi, Wayland.

Jace ne répondit pas. Immobile, il respirait par à-coups ; Clary pouvait presque sentir son envie irrépressible de tuer le vampire, de lui enfoncer son couteau dans le cœur pour effacer à jamais ce sourire de son visage.

— Ne le tue pas, Jace, dit-elle.

— Pourquoi ?

— Il pourrait peut-être nous servir d'otage.

Jace ouvrit de grands yeux :

— D'otage ?

Clary regarda derrière elle : les vampires, de plus en plus nombreux, s'agglutinaient dans le couloir voûté. Ils se déplaçaient sans le moindre bruit, comme les Frères de la Cité des Os. Mais les Frères n'avaient pas la peau aussi blanche, ni ces mains griffues...

Elle lécha ses lèvres sèches :

— Je sais ce que je fais. Force-le à se lever, Jace.

Jace la regarda longuement, puis haussa les épaules :

— Si tu le dis...

— Ce n'est pas drôle, aboya Raphaël.

Jace le fit lever en pointant son couteau entre ses omoplates.

— Je peux te transpercer le cœur tout aussi facilement de ce côté-là, dit-il. À ta place, je ne bougerais pas un cil.

Clary se tourna vers les silhouettes sombres qui se rapprochaient peu à peu.

— Pas un pas de plus ! lança-t-elle en levant la main, ou il lui transperce le cœur.

Un murmure parcourut la foule, et quelques rires s'en élevèrent.

— Arrêtez-vous ! cria Clary.

Jace appuya plus fort son arme, arrachant à Raphaël un cri de douleur.

L'un des vampires retint ses compagnons d'un geste. Clary reconnut le garçon blond avec la boucle d'oreille, qu'elle avait vu à la fête de Magnus.

— Elle ne plaisante pas, dit-il. Ce sont des Chasseurs d'Ombres.

Un autre vampire se fraya un chemin parmi l'attroupement pour se poster à côté de lui : c'était une jolie Asiatique aux cheveux bleus, vêtue d'une jupe en lamé. Clary en était à se demander s'il existait des vampires disgracieux. Soit ils ne choisissaient jamais de gens laids, soit ces derniers n'avaient aucune envie de vivre éternellement...

— Ils se sont introduits sur notre territoire, déclara-t-elle. Ils ne sont plus sous la protection de l'Alliance. Je propose qu'on les tue, ils en ont massacré plus d'un dans nos rangs.

— Lequel d'entre vous est le maître des lieux ? demanda Jace d'une voix monocorde. Qu'il s'avance.

La fille montra les crocs.

— Les usages de l'Enclave ne s'appliquent pas chez nous, Chasseur d'Ombres. Tu as violé ta précieuse Alliance en t'aventurant ici. La Loi ne te protégera pas.

— Ça suffit, Lily, dit le garçon blond d'une voix tranchante. Notre maîtresse n'est pas là. Elle se trouve à Idris.

— Quelqu'un la remplace, je suppose, lança Jace.

Le silence tomba sur l'assemblée. Les vampires perchés sur les balcons se penchèrent par-dessus les balustrades pour mieux entendre.

— C'est Raphaël, finit par répondre le vampire blond.

Lily fit entendre un sifflement réprobateur :

— Jacob...

Clary l'interrompit :

— Je vous propose un marché. En rentrant de la fête, vous avez ramené quelqu'un à qui je tiens. C'est mon ami Simon.

Jacob leva un sourcil :

— Tu fréquentes un vampire ?

— Ce n'est pas un vampire. Et ce n'est pas un Chasseur d'Ombres non plus, ajouta-t-elle à l'intention de Lily, dont le regard s'était durci. C'est un humain ordinaire.

— Nous n'avons pas ramené d'humain de chez Magnus. Ç'aurait été une violation de l'Alliance.

— Il avait été transformé en rat. Un petit rat brun. L'un de vous a dû croire qu'il s'agissait d'un animal de compagnie ou...

Clary se tut. Tous la regardaient comme si elle avait perdu la tête. Un sentiment de désespoir l'envahit.

— Attends ! lança Lily. Tu veux échanger Raphaël contre un rat ?

Clary jeta un regard implorant à Jace. Ses yeux semblaient dire : « C'est ton idée. Débrouille-toi. »

— Oui, répondit-elle en se tournant vers les vampires.

Ils la dévisagèrent en silence sans manifester la moindre réaction. Dans un autre contexte, Clary aurait dit qu'ils avaient l'air dérouté.

Elle sentait la présence de Jace derrière elle, elle entendait son souffle rauque. Il devait se creuser la cervelle pour s'efforcer de comprendre comment elle avait réussi à le traîner jusque-là. Il commençait sûrement à la détester.

— Tu veux parler de ce rat ?

Clary plissa les yeux. Un vampire à la peau noire avec des dreadlocks venait de fendre la foule. Il tenait quelque chose dans ses mains, quelque chose de marron qui remuait faiblement.

— Simon ? murmura-t-elle.

Le rat se mit à couiner et à se débattre dans les mains du garçon, qui baissa les yeux vers le captif, l'air mécontent.

— J'ai cru que c'était Zeke. Je me demandais pourquoi il se montrait aussi bizarre.

Il secoua ses dreadlocks :

— Qu'elle le prenne ! Il n'arrête pas de me mordre.

Clary aurait voulu se précipiter pour lui arracher Simon, mais Lily s'interposa avant qu'elle ait pu faire un pas dans sa direction :

— Attends ! Qui nous dit qu'une fois que tu auras récupéré le rat, ton copain ne va pas tuer Raphaël ?

— Parole d'honneur, répondit Clary sans réfléchir.

Elle se figea, s'attendant à déclencher l'hilarité générale.

Mais personne ne rit. Raphaël jura à voix basse en espagnol. Lily questionna Jace du regard.

— Clary, dit-il d'une voix qui trahissait à la fois l'exaspération et l'abattement. Tu es sûre que c'est...

— Pas de parole, pas de marché ! l'interrompit Lily. Elliott, ne relâche pas le rat.

Le garçon aux dreadlocks referma ses doigts sur Simon, qui lui mordit sauvagement la main. Le vampire hurla.

Clary saisit l'occasion pour murmurer à Jace :

— Donne ta parole ! Ça ne va pas te tuer !

— Pour nous, donner sa parole, ce n'est pas comme pour vous, les Terrestres, répliqua-t-il avec colère. Je suis enchaîné à jamais par le serment que je prête.

— Vraiment ? Et que se passerait-il si tu trahissais ta parole ?

— Je ne peux pas la trahir, c'est bien le problème...

— Lily a raison, le coupa Jacob. Il nous faut votre parole. Jurez que vous ne ferez pas de mal à Raphaël, même si on ne vous rend pas le rat.

— Moi, je ne ferai aucun mal à Raphaël, répondit Clary. Quoi qu'il arrive.

Lily eut un sourire indulgent :

— Ce n'est pas toi qui nous inquiètes.

Elle jeta un regard lourd de sens à Jace, qui maintenait Raphaël d'une poigne de fer. Une tache de sueur s'était formée sur sa chemise, entre ses omoplates.

— Très bien, dit-il enfin. Je vous donne ma parole.

— Prononce le Serment, ordonna Lili. Jure sur l'Ange. Prononce-le de bout en bout.

Jace secoua la tête :

— À vous l'honneur.

Ses mots fusèrent dans le silence comme une volée de cailloux. Ils furent accueillis par un murmure qui gagna peu à peu toute la foule. Jacob semblait inquiet ; Lily, furieuse.

— Compte là-dessus, Chasseur d'Ombres ! lança-t-elle.

— Je te signale que nous détenons votre chef.

Jace enfonça un peu plus la pointe de son couteau dans la gorge de Raphaël :

— Et vous, qu'est-ce que vous avez ? Un rat !

Simon poussa un couinement furieux. Clary réprima l'envie de se précipiter à son secours.

Lily se tourna vers Raphaël :

— Maître ?

Raphaël gardait la tête baissée ; ses boucles brunes lui cachaient le visage. Du sang tachait le col de sa chemise et sa peau brune.

— Un rat qui doit avoir son importance pour que vous soyez venus le chercher jusqu'ici ! souffla-t-il. C'est toi, Chasseur d'Ombres, qui vas prêter serment le premier.

Jace resserra son étreinte d'un geste convulsif. Clary

vit ses muscles se tendre et les jointures de ses doigts blanchir tandis qu'il s'efforçait de maîtriser sa colère.

— Le rat est un Terrestre. Si vous le tuez, vous tomberez sous le coup de la Loi...

— Il est sur notre territoire, lui rappela Raphaël. Les intrus ne sont pas protégés par l'Alliance, tu le sais bien...

— C'est vous qui l'avez emmené ici ! objecta Clary. Il n'est pas venu de son propre gré.

— Un détail mineur, répliqua Raphaël en lui souriant malgré le couteau qui pesait sur sa gorge. Vous croyez que nous ne sommes pas au courant des rumeurs qui circulent dans le Monde Obscur ? Valentin est de retour. Bientôt, il ne sera plus question d'Accords ni d'Alliance.

Jace releva brusquement la tête :

— Qui t'a dit ça ?

— C'est un secret de Polichinelle ! répondit Raphaël avec mépris. Il a payé un sorcier pour rassembler une horde de Voraces il y a une semaine à peine. Il a chargé ses Damnés de retrouver la Coupe Mortelle. Quand il aura mis la main dessus, ces faux traités de paix seront oubliés : ce sera la guerre. Aucune Loi ne m'empêchera de t'extirper le cœur sur la place publique, Chasseur d'Ombres !

C'en était trop pour Clary. Après avoir donné un coup d'épaule à Lily, elle se jeta sur Elliott et lui arracha Simon des mains. Le rat s'agrippa à sa manche en donnant des coups de griffe frénétiques.

— Tout va bien, murmura-t-elle. Tout va bien.

Elle savait pourtant qu'il n'en était rien. Au moment où elle allait fuir, elle sentit des mains la retenir par la veste. Elle se débattit, mais ses efforts pour échapper aux doigts osseux de Lily étaient entravés par la peur de lâcher Simon, qui s'accrochait à sa chemise avec ses pattes et ses dents.

— Lâche-moi ! cria-t-elle en donnant des coups de pied à son assaillante.

Le bout de sa botte atteignit sa cible, et Lily poussa un cri de douleur et de rage. Elle frappa Clary de toutes ses forces au visage.

Clary chancela et manqua tomber. Elle entendit Jace l'appeler, se retourna et s'aperçut qu'il avait libéré Raphaël pour courir à son secours. Elle essaya de le rejoindre, mais Jacob la rattrapa par les épaules et ses doigts s'enfoncèrent dans sa chair.

Clary poussa un cri, qui fut noyé sous un hurlement encore plus fort : Jace, après avoir pris une fiole en verre dans la poche de sa veste, en avait jeté le contenu dans sa direction. Jacob hurla au contact de l'eau bénite. De la fumée s'éleva de ses doigts, et il lâcha Clary en hurlant comme un animal. Lily s'élança vers lui. Au milieu de la mêlée, Clary sentit quelqu'un la saisir par le poignet. Elle se débattit pour se dégager.

— Arrête, idiote, c'est moi ! lui chuchota Jace à l'oreille.

Elle n'eut pas le temps de se réjouir : une silhouette menaçante s'avança dans le dos de Jace. Elle cria. Jace se baissa et fit volte-face au moment où Raphaël se jetait sur lui avec la rapidité d'un fauve. Ses crocs se plantèrent dans l'épaule de Jace et déchirèrent sa chemise. Jace chancela, et Raphaël s'agrippa à lui comme une sangsue en essayant de lui mordre la gorge. Clary chercha fébrilement dans son sac à dos la dague que Jace lui avait donnée...

Soudain, une petite chose brune passa comme un éclair entre les jambes de Clary et bondit sur Raphaël. Simon ! Il s'agrippa farouchement à l'avant-bras du vampire ; ses petites dents pointues s'enfoncèrent profondément dans sa chair. Raphaël poussa un hurlement et lâcha Jace. Puis il recula en battant l'air de ses mains et vomit un chapelet d'injures en espagnol. Une fois son équilibre retrouvé, il envoya promener le rat sur le sol en marbre. Avec un couinement de douleur, Simon courut vers Clary. Elle se baissa pour le prendre dans ses bras et le serra fort contre sa poitrine. Elle sentit les battements effrénés de son petit cœur contre ses doigts.

— Simon, murmura-t-elle. Simon...

— On n'a pas le temps ! Tiens-le bien et suis-moi.

Jace la saisit par le poignet, brandissant de l'autre main son poignard séraphique. Il entreprit de se frayer un chemin parmi la foule, tantôt la tirant, tantôt la poussant. Les vampires reculaient avec des gémissements de bête apeurée devant la lame scintillante du poignard.

— Ne les laissez pas s'échapper ! cria Raphaël.

Le bras ensanglanté, les lèvres retroussées sur ses canines, il fusilla du regard la foule des vampires qui s'agitaient en tous sens.

— Emparez-vous de ces intrus ! Tuez-les tous les deux, et le rat avec !

Les vampires se ruèrent sur Jace et Clary, rejoints par d'autres, qui bondissaient des balcons comme de terrifiantes chauves-souris. S'arrachant à l'étau macabre, les deux amis parvinrent à atteindre le fond de la salle.

— On devrait peut-être se mettre dos à dos pour les combattre, non ? suggéra Clary.

— Pourquoi ?

— Je ne sais pas. Dans les films, c'est ce qu'ils font dans ce genre de... situation désespérée.

Jace éclata de rire.

Protégés par le poignard, ils reculaient toujours en s'efforçant d'éviter les débris de meubles et les éclats de marbre qui jonchaient le sol. Les vampires gardaient une distance respectable entre eux et le halo de lumière séraphique. Clary se demanda combien de temps il parviendrait à les tenir en respect.

— La situation n'a rien de désespéré, déclara Jace.

— Qu'est-ce qu'il te faut ? Une guerre nucléaire ?

Clary poussa un hurlement : bravant la lumière, Lily venait de se jeter sur Jace avec un grondement féroce. Il saisit le second poignard, pendu à sa ceinture, et le fit voler dans les airs. Lily tomba en arrière avec un cri perçant : une longue estafilade fumante lui barrait le bras. Les autres vampires s'agglutinèrent autour d'elle. « Il y en a tellement, pensa Clary, tellement... »

Elle tâta sa ceinture, et ses doigts se refermèrent autour du manche de la dague. Elle frémit à ce contact froid, étranger. Elle ne savait pas se servir d'un couteau. Elle n'avait jamais levé la main sur quelqu'un. Elle avait même séché les cours d'autodéfense qu'on leur dispensait au lycée. Elle tira l'arme de sa ceinture, la brandit d'une main tremblante...

À cet instant, les fenêtres de la salle explosèrent dans un fracas assourdissant de verre brisé. Elle s'entendit crier, vit les vampires, à quelques pas seulement d'elle et de Jace, faire volte-face avec une expression de surprise et de terreur sur le visage. Des dizaines de créatures s'engouffrèrent par les fenêtres cassées : quatre pattes, une fourrure soyeuse, luisant dans le clair de lune et parsemée d'éclats de verre, des yeux d'un bleu étincelant. Un grognement sourd s'échappait de leur gorge.

Des loups !

— Là, dit Jace, on est dans une situation désespérée.

15

L'ENVOLÉE

Les loups grognaient, prêts à bondir, et les vampires reculèrent, médusés. Seul Raphaël ne céda pas un pouce de terrain. Il tenait toujours son bras meurtri contre sa chemise maculée de crasse et de sang.

— *Los Niños de la Luna*, marmonna-t-il, et même Clary, dont l'espagnol laissait à désirer, comprit ses mots.

Les Enfants de la Lune.

— Je croyais que les vampires et les loups-garous se détestaient, chuchota-t-elle à Jace.

— Ils se détestent. Ils ne pénètrent jamais sur leurs territoires respectifs. L'Alliance l'interdit, répondit Jace, la voix vibrant d'indignation. Il a dû se passer quelque chose. C'est mauvais signe. Très mauvais signe !

— Pourquoi ?

— Parce que nous allons nous retrouver au milieu d'une guerre.

— COMMENT OSEZ-VOUS VENIR ICI ? vociféra Raphaël, le visage empourpré de rage.

Le plus gros des loups, un monstre à la fourrure mouchetée de gris et aux crocs impressionnants, émit une sorte de ricanement semblable au halètement d'un chien. Alors qu'il s'avançait, son apparence se modifia à la manière d'une vague qui enfle et s'enroule sur elle-même. Un instant plus tard, le loup avait laissé place à un homme grand et musclé dont la chevelure grise retombait sur les épaules comme un enchevêtrement de cordes. Il portait un jean et une grosse veste en cuir, et son visage maigre et fatigué avait quelque chose d'animal.

— Nous ne sommes pas venus chercher querelle. Nous voulons juste la fille.

Raphaël le dévisagea avec colère et étonnement :

— Qui ça ?

— L'humaine.

Le loup-garou montra du doigt Clary, figée de surprise. Simon, qui jusqu'alors couinait dans sa main, s'était tu. Dans son dos, Jace marmonna quelque chose qui ressemblait fort à un blasphème :

— Tu ne m'as pas dit que tu connaissais des loups-garous !

Visiblement, il était aussi surpris qu'elle.

— Je n'en connais pas !

— C'est mauvais signe.

— Tu l'as déjà dit.

— Ça vaut la peine que je me répète.

Clary s'approcha de lui :

— Jace... Qu'est-ce qu'ils ont tous à me regarder ?

Tous les visages étaient tournés vers elle : la plupart trahissaient l'étonnement. Raphaël pivota lentement vers le loup-garou :

— Hors de question ! Elle s'est introduite dans notre repaire, donc elle est à nous.

Le loup-garou éclata de rire :

— Je me réjouis de cette réponse !

À ces mots, il bondit et, en un éclair, il redevint loup, la fourrure luisante, la mâchoire béante, prêt à déchiqueter son adversaire. Il heurta Raphaël en pleine poitrine, et ils roulèrent sur le sol en rugissant. Avec un cri de rage, les vampires fondirent sur les loups-garous, qui s'étaient avancés au centre de la salle de bal.

Clary n'avait jamais rien entendu de comparable au vacarme qui suivit. Si les tableaux de Bosch avaient été accompagnés d'une bande-son, c'est à cela qu'elle aurait ressemblé.

Jace siffla entre ses dents :

— Raphaël est en train de passer la pire soirée de sa vie.

— C'est son problème, dit Clary, qui n'éprouvait aucune sympathie pour le vampire. Et nous, qu'est-ce qu'on fait ?

Jace jeta un regard autour de lui. La mêlée les avait acculés dans un coin de la salle ; cependant, si on ne tenait pas compte d'eux pour l'instant, cela ne durerait pas. Avant que Clary ait pu formuler sa pensée, Simon se débattit furieusement et, lui échappant des mains, sauta à terre.

— Simon ! cria-t-elle tandis qu'il disparaissait sous une tenture en velours élimé.

— Qu'est-ce qu'il..., souffla Jace, stupéfait.

Il retint Clary par le bras.

— Laisse-le partir. Il suit son instinct de rat, il quitte le navire.

Clary lui lança un regard ulcéré :

— Simon n'est pas un rat. Et il a mordu Raphaël pour te sauver, espèce d'ingrat.

Après s'être dégagée brutalement, elle se précipita derrière Simon, qui s'était blotti entre les plis de la tenture et poussait des cris aigus, frénétiques, en se raccrochant au tissu. Comprenant enfin ce qu'il essayait de lui montrer, Clary écarta la tenture moisie...

— Une porte, murmura-t-elle. Tu es génial !

Simon poussa un couinement modeste comme elle le soulevait dans ses bras. Jace la rejoignit en un bond. Elle secoua la poignée avant de se tourner vers lui, déconfite :

— Elle est fermée à clé. Ou murée.

Jace se jeta contre le battant, qui ne bougea pas d'un centimètre. Il poussa un juron.

— Mon épaule ! gémit-il. Je compte sur toi pour jouer les infirmières.

— Contente-toi d'ouvrir cette porte, tu veux ?

Soudain, Jace lança un regard derrière elle et écarquilla les yeux :

— Clary...

Clary se retourna. Un loup s'était détaché de la mêlée et fonçait droit sur elle, les oreilles aplaties sur le crâne. Il était énorme, d'un gris tirant sur le noir. Elle poussa un hurlement. Jace se précipita de nouveau contre la porte en jurant. Clary dégaina sa dague et la jeta sur le monstre.

Quelle ne fut pas sa surprise lorsque la lame alla se planter dans le flanc du loup-garou !

Il se figea avec un glapissement de douleur, mais trois de ses compagnons s'élançaient déjà vers eux. L'un s'arrêta au côté du loup blessé, tandis que les autres fonçaient vers les fugitifs. Jace se jeta contre le battant une troisième fois. Il céda dans un grincement assourdissant ; des éclats de bois volèrent autour. Jace se massa l'épaule, hors d'haleine, avant de s'engouffrer dans les ténèbres.

— Viens, Clary !

Elle se rua à sa suite et referma la porte à l'instant où les deux énormes loups bondissaient en avant. Elle chercha le verrou, en vain : il avait dû sauter sous le choc.

— Baisse-toi ! souffla Jace en sortant sa stèle pour tracer des lignes sombres sur le bois vermoulu de la porte.

Clary reconnut instantanément la rune qu'il venait de graver : une courbe évoquant une faucille, trois lignes parallèles, une étoile : « Ralentir ses poursuivants. »

— J'ai perdu la dague, dit-elle. Je suis désolée.

— Ça arrive, répondit Jace en empochant la stèle.

Clary entendit des coups sourds frappés contre la porte : les loups-garous essayaient de l'enfoncer, sans succès. Jace la tira par la main :

— La rune ne les retiendra pas longtemps. On ferait mieux de se dépêcher.

Ils se trouvaient dans un couloir humide et froid ; à l'autre bout, une volée de marches se perdait dans les ténèbres. Les marches étaient en bois, et une épaisse couche de poussière recouvrait la rampe.

Simon risqua le museau hors de la poche de Clary, et ses petits yeux noirs étincelèrent dans la pénombre.

— Bon, dit Clary en adressant un signe de tête à Jace. Toi d'abord.

Il esquissa un sourire las.

— Tu sais que je préfère passer le premier. Mais allons-y doucement. Je ne suis pas sûr que cet escalier puisse supporter notre poids.

Clary avait de sérieux doutes, elle aussi. Les marches craquaient et gémissaient sous leurs pieds. Elle se cramponna à la rampe pour garder l'équilibre. Ils progressaient aussi vite que possible dans l'escalier en spirale, franchissant palier après palier sans trouver de porte. Ils avaient atteint le quatrième quand une explosion résonna en bas, et un nuage de poussière les enveloppa.

— Ils ont dû franchir la porte, maugréa Jace. Bon sang, je pensais qu'elle tiendrait plus longtemps !

— Qu'est-ce qu'on fait ?

— On court !

Ils gravirent à toute allure les marches branlantes en faisant sauter un clou çà et là. Ils avaient atteint le cinquième palier ; Clary crut entendre les pattes des loups sur les premières marches ; mais c'était peut-être le fruit de son imagination. Elle se doutait bien que le souffle chaud qu'elle croyait sentir sur sa nuque n'était qu'une illusion ; en revanche, les hurlements qui se rapprochaient étaient bien réels, eux, et terrifiants.

Ils venaient d'atteindre le sixième palier. Clary, hors d'haleine, sentait l'air lui brûler les poumons. Elle reprit un peu espoir en apercevant une porte. Elle était faite de métal massif et quelqu'un avait glissé une brique dans l'embrasure en guise de cale. Elle n'eut guère le temps de se demander pourquoi : Jace ouvrit le battant d'un coup de pied et la poussa devant. Elle entendit un « clic ! » très net comme la porte se refermait derrière eux. « Dieu merci ! » pensa-t-elle.

Puis elle se retourna.

Au-dessus de sa tête, elle vit le ciel constellé d'étoiles pareilles à une poignée de diamants éparpillés. Il ne faisait pas nuit noire, une traînée rose à l'horizon indiquait que l'aube était proche. Ils se trouvaient sur un toit en ardoise d'où émergeaient des cheminées en brique. Une vieille citerne noircie par les ans s'élevait sur une plate-forme à une extrémité du toit ; de l'autre côté, une grosse bâche protégeait une réserve de bois.

— C'est par là qu'ils doivent entrer et sortir, dit Jace en jetant un coup d'œil à la porte dans son dos.

Clary voyait enfin son visage dans la pâle lueur de la nuit, et les marques de fatigue sous ses yeux semblables à des blessures. Le sang de Raphaël formait des taches noires sur ses vêtements.

— Ils volent pour partir d'ici. Voilà qui ne nous aide pas beaucoup.

— Il y a peut-être une issue de secours, suggéra Clary.

Ensemble, ils se dirigèrent maladroitement vers le bord du toit. Clary n'avait jamais aimé l'altitude, et les dix étages qui la séparaient de la rue lui donnèrent le vertige. Tout comme la vue de l'échelle de secours, un bout de fer impraticable qui s'accrochait tant bien que mal au flanc de l'hôtel. Elle se retourna pour jeter un œil à la porte par laquelle ils étaient sortis sur le toit. Elle s'était mise à vibrer et n'allait pas résister longtemps.

Jace se frotta les yeux. Un souffle d'air moite vint chatouiller la nuque de Clary. Elle vit une goutte de sueur dégouliner dans le col de Jace. Le moment était mal choisi pour y penser, mais elle aurait voulu qu'il se mette à pleuvoir pour faire éclater cette bulle de chaleur comme une cloque.

— Réfléchis, Wayland, réfléchis, marmonna Jace pour lui-même.

Une idée germa peu à peu dans l'esprit de Clary. Une rune se dessina derrière ses paupières closes : deux triangles reliés par une ligne, telle l'esquisse d'une paire d'ailes...

— C'est ça, murmura Jace et, l'espace d'un instant, Clary se demanda s'il était capable de lire dans ses pensées.

Il semblait fiévreux, soudain, ses yeux pailletés d'or brillaient d'excitation :

— Je ne comprends pas pourquoi je n'y ai pas pensé plus tôt !

Il courut jusqu'à l'autre extrémité du toit et se tourna vers elle. Elle attendit, immobile. Des formes miroitantes se bousculaient dans son esprit.

— Viens, Clary.

Reléguant ses pensées dans un coin de son cerveau, elle le rejoignit. Il tira sur la bâche qui cachait, non pas du bois, mais des engins aux chromes rutilants et à la peinture flamboyante.

— Un petit tour en moto ?

Jace enfourcha une énorme Harley d'un rouge sombre avec des flammes dorées peintes sur le réservoir et les garde-boue. Il jeta un regard à Clary pardessus son épaule :

— Monte !

— Tu plaisantes ? Est-ce que tu sais au moins conduire ce machin ? Tu as les clés ?

— Je n'en ai pas besoin. Elle marche à l'énergie démoniaque. Bon, tu montes ? À moins que tu ne préfères conduire ?

Sans répondre, Clary s'installa derrière lui. Pourtant une petite voix lui disait que c'était une mauvaise idée.

— Bien ! dit Jace. Maintenant, accroche-toi à ma taille.

Clary s'exécuta et sentit les muscles de son abdomen se contracter tandis qu'il se penchait pour introduire la pointe de la stèle dans le contact. À son étonnement, elle sentit la moto prendre vie sous elle. Dans sa poche, Simon se mit à couiner.

— Tout va bien, chuchota-t-elle d'une voix aussi apaisante que possible. Jace ! cria-t-elle par-dessus le bruit du moteur. Qu'est-ce que tu fais ?

— Je fais chauffer le moteur, pardi !

— Eh bien, dépêche-toi ! La porte...

Au même instant, celle-ci s'ouvrit avec fracas et les loups envahirent le toit. Au-dessus de leurs têtes, les vampires tournoyaient en poussant des cris de prédateurs.

Clary sentit les bras de Jace donner une secousse, et la moto s'élança. D'un geste convulsif, elle se cramponna à sa ceinture tandis qu'il zigzaguait sur les ardoises glissantes, s'efforçant de disperser les loups qui faisaient des bonds de côté en jappant. Elle l'entendit crier quelque chose, mais ses mots furent noyés sous le crissement des pneus, le hurlement du moteur et le vent. Le bord du toit se rapprochait à toute allure. Clary aurait voulu fermer les yeux, mais quelque chose l'en empêchait. La moto s'élança par-dessus le parapet avant de tomber en piqué vers le sol, dix étages plus bas.

Si Clary avait crié, elle ne s'en souvint pas par la suite. Elle eut l'impression d'être sur les montagnes russes, dans la première descente, lorsqu'on tombe dans le vide en levant bêtement les bras, l'estomac dans la gorge. Quand la moto se redressa dans un soubresaut, elle ne s'en étonna presque pas. Au lieu de piquer vers le sol, ils s'envolaient vers le ciel moucheté d'étoiles.

Clary regarda en arrière et vit un groupe de vampires rassemblé sur le toit, cerné par les loups. Elle détourna les yeux : elle espérait bien ne plus jamais revoir cet hôtel.

Jace poussa un cri de joie et de soulagement. Clary se pencha, les bras autour de sa taille.

— Ma mère m'a toujours dit : « Si j'apprends que tu es montée sur une moto avec un garçon, je te tue », cria-t-elle par-dessus le vent qui lui fouettait le visage et le rugissement assourdissant du moteur.

— Elle changerait d'avis si elle me connaissait, répondit Jace avec assurance. Je suis un excellent conducteur.

— Je ne savais pas que les motos des vampires pouvaient voler.

Jace manœuvra adroitement l'engin au-dessus d'un feu qui venait de passer au vert. En bas, Clary entendait le klaxon des voitures, le gémissement d'une sirène d'ambulance et le crissement des freins d'un bus, mais elle n'osa pas baisser les yeux.

— Certaines peuvent !

— Comment tu as deviné, pour celle-là ?

— J'ai tenté le coup ! répondit joyeusement Jace.

La moto s'éleva presque à la verticale dans les airs. Clary poussa un cri et s'agrippa un peu plus fort à la ceinture de Jace.

— Tu devrais regarder en bas ! La vue est incroyable !

La curiosité finit par l'emporter sur la terreur et le vertige. Avalant sa salive avec difficulté, Clary ouvrit les yeux.

Ils étaient plus haut qu'elle ne se l'était imaginé et, pendant un instant, la terre vacilla sous elle tel un paysage flou d'ombres et de lumières. Ils volaient vers l'est, en direction de l'autoroute qui serpentait sur la rive droite du fleuve.

Clary avait les mains engourdies et un poids dans la poitrine. La vue était magnifique, elle ne pouvait que l'admettre : la ville s'élevait telle une forêt d'argent et de verre. Le gris terne de l'East River miroitait en dessous, séparant Manhattan des autres quartiers comme une cicatrice. Le vent frais dans ses cheveux et sur ses jambes nues était délicieux après toutes ces journées de chaleur moite. Mais elle n'avait jamais volé, même en avion, et l'immense vide qui les séparait du sol la terrifiait. Elle ne put s'empêcher de fermer les yeux pendant qu'ils survolaient le fleuve. Non loin du pont de Queensboro, Jace bifurqua au sud et se dirigea vers l'île. Le ciel avait commencé à s'éclaircir, et Clary distingua au loin l'arche brillante du pont de Brooklyn et, au-delà, telle une tache sur l'horizon, la Statue de la Liberté.

— Ça va ? cria Jace.

Pour toute réponse, Clary se contenta de le serrer plus fort. Il tourna le guidon de la moto. Ils s'élancèrent vers le pont, et Clary distingua les étoiles entre les câbles de suspension. Un train matinal chargé de banlieusards endormis passa dans un fracas métallique. Combien de fois était-elle montée dans ce train ? Prise de vertiges, elle ferma les yeux et lutta contre la nausée qui l'envahissait.

— Clary ? Clary, tu vas bien ? répéta Jace.

Elle secoua la tête, les yeux toujours fermés, seule dans ses ténèbres, cernée par le vent, avec pour unique compagnie les battements de son cœur. Quelque chose lui griffa la poitrine. Ouvrant un œil, elle s'aperçut que Simon avait risqué la tête hors de sa poche et qu'il donnait des coups de patte frénétiques sur sa robe.

— Tout va bien, Simon, dit-elle au prix d'un effort. Ce n'est rien, c'est le pont...

Il lui redonna un coup de patte et montra les quais de Brooklyn qui s'étendaient sur leur gauche. Surmontant son vertige et sa nausée, elle regarda les entrepôts et les usines nimbés de la lumière pâle de l'aube.

— Oui, c'est très joli, dit-elle en refermant les yeux. Beau lever de soleil.

Jace se figea brusquement, comme s'il venait de recevoir une balle en plein cœur.

— Le soleil se lève ? cria-t-il avant de virer brutalement à droite.

La moto piqua vers le fleuve, que le ciel teintait de bleu. Clary se blottit contre Jace en prenant garde à ne pas écraser Simon.

— Et alors ? Quel est le problème ?

— Je te l'ai déjà expliqué ! La moto fonctionne à l'énergie démoniaque !

Il freina au moment où l'engin allait toucher la surface du fleuve et poursuivit sa route en la frôlant. L'eau éclaboussa le visage de Clary.

— Dès que le soleil se lève...

Le moteur se mit à crachoter. Jace poussa un juron et accéléra. La moto fit un bond en avant, puis toussa et, comme un cheval indompté, se cabra. Jace pestait encore quand le soleil pointa au-dessus des quais délabrés de Brooklyn, éclairant le paysage d'une lumière implacable. Clary distingua chaque roche, chaque caillou de la berge étroite qu'ils survolaient à présent. En dessous, l'autoroute déversait déjà son trafic matinal. Ils la dépassèrent en rasant le toit d'un camion. Au-delà s'étendait le parking jonché d'ordures d'un énorme supermarché.

— Accroche-toi ! ordonna Jace tandis que la moto crachait et tressautait sous eux. Accroche-toi à moi, Clary...

L'engin heurta l'asphalte du parking de la roue avant et continua à rouler en rebondissant sur le sol inégal. Une odeur de caoutchouc brûlé leur emplit les narines. La moto ralentit et percuta une barrière de parking avec tant de force que Clary, lâchant la ceinture de Jace, fut projetée dans les airs. Elle eut à peine le temps de se rouler en boule en priant pour que Simon ne soit pas écrasé lorsqu'ils toucheraient le sol.

Le choc fut violent. Elle ressentit une douleur fulgurante dans le bras ; elle roula sur le dos et tâta le contenu de sa poche. Elle était vide ! Elle voulut appeler Simon, mais le choc lui avait coupé le souffle. Elle aspira une grande bouffée d'air. Ses cheveux étaient mouillés, et elle sentit quelque chose dégouliner dans le col de sa veste.

Du sang ? Elle ouvrit les yeux avec difficulté. Elle avait la tête tout endolorie, et la chair de ses bras était à vif. Elle gisait dans une grosse flaque d'eau sale. L'aube s'était bel et bien levée. Elle chercha la moto des yeux : l'engin s'était consumé à la seconde où les rayons du soleil l'avaient touché : il n'en restait qu'un tas de cendres.

Jace se releva péniblement. Il s'élança vers Clary. La manche de sa veste était déchirée et il avait une longue égratignure sanglante sur le bras gauche. Sous le casque de boucles blond foncé poissées de sueur, de poussière et de sang, son visage était blanc comme un linge. Soudain, il se figea. Il en faisait, une tête ! Quoi, elle avait perdu une jambe dans l'accident, qui gisait sur le parking dans une flaque de sang ?

Elle tenta de se relever et sentit une main sur son épaule :

— Clary ?

— Simon !

Agenouillé près d'elle, Simon cligna des yeux comme si lui non plus n'arrivait pas à y croire. Ses vêtements étaient sales et fripés, et il avait perdu ses lunettes, mais il ne semblait pas blessé. Sans ses lunettes, il paraissait plus jeune, plus vulnérable, et un peu perdu.

— Tu vas bien ? Tu es la plus belle chose que j'aie jamais vue, dit-il, la voix chargée d'émotion.

— C'est parce que tu as perdu tes lunettes, répondit Clary.

Elle s'attendait à une répartie spirituelle, mais elle n'y eut pas droit.

Simon se jeta dans ses bras et la serra fort contre lui. Ses vêtements sentaient le sang, la sueur et la poussière, son cœur battait la chamade. Clary lui rendit son étreinte. Quel soulagement d'être dans ses bras et de savoir, enfin, qu'il était sain et sauf !

— Clary, j'ai cru... j'ai cru que tu...

— Que je ne reviendrais pas te chercher ? Bien sûr que si !

Tout en lui était familier, du tissu élimé de son T-shirt à l'os proéminent de sa clavicule, sur lequel elle posa le menton. Il répéta son nom, et elle lui caressa le dos d'un geste rassurant. En jetant un regard par-dessus son épaule, elle vit Jace se détourner comme si la lumière du soleil levant lui brûlait les yeux.

16

Des anges tombant du ciel

Hodge était furieux. Il attendait dans le vestibule avec Alec et Isabelle quand Clary et les garçons entrèrent en claudiquant, sales et couverts de sang. Il se lança immédiatement dans un sermon que n'aurait pas renié la mère de Clary. Il fulminait : ils avaient menti au sujet de leur destination – Jace, du moins – et, pour avoir enfreint la Loi, ils risquaient d'être bannis de l'Enclave. Sans parler de la honte qui entachait désormais le nom glorieux et séculaire des Wayland. Baissant la voix, il ajouta en jetant un regard noir à Jace :

— Tu as mis en danger la vie d'autrui avec ton entêtement. Je ne te laisserai pas t'en tirer par un haussement d'épaules !

— Je n'en avais pas l'intention. J'en serais bien incapable, mon épaule est démise.

— Si seulement la douleur physique était une leçon suffisante, répliqua Hodge d'un ton lourd de menaces. Non, tu vas passer les prochains jours à l'infirmerie, Isabelle et Alec aux petits soins pour toi !

Hodge avait vu juste : Jace et Simon finirent bel et bien à l'infirmerie. Mais seule Isabelle jouait les garde-malades quand Clary, qui était allée se laver, revint un peu plus tard. Entre-temps, Hodge avait soigné le bleu enflé sur son bras, et un passage de vingt minutes sous la douche était venu à bout de la saleté. Elle se sentait cependant courbaturée et endolorie.

Alec, assis sur le rebord de la fenêtre, l'air ombrageux, marmonna à son entrée :

— Oh, c'est toi.

— Hodge est en chemin, et il espère que vous parviendrez à rester en vie jusqu'à son arrivée, annonça-t-elle aux deux blessés.

— J'aimerais bien qu'il se dépêche, dit Jace avec mauvaise humeur.

Allongé sur un lit, la tête sur deux gros oreillers duveteux, il portait toujours ses vêtements sales.

— Pourquoi ? Tu souffres ?

— Non, j'ai une bonne résistance à la douleur. Mais je m'ennuie. Tu te souviens qu'à l'hôtel tu m'as promis que, si on s'en sortait vivants, tu enfilerais une blouse d'infirmière pour me donner un bain ?

— Tu as mal entendu. C'est Simon qui t'a promis ce bain.

Jace se tourna vers Simon, qui lui fit un large sourire :

— Dès que je serai sur pied, beau blond !

— Je préférais quand tu étais un rat, maugréa Jace.

Clary éclata de rire et s'avança vers Simon qui, cerné par les oreillers, les jambes coincées sous une pile de couvertures, semblait à deux doigts d'étouffer.

— Comment tu te sens ?

— Comme quelqu'un qui vient de se faire masser avec une râpe à fromage, répondit-il.

Il étira ses jambes en grimaçant de douleur :

— Je me suis cassé un os du pied. Il était tellement enflé qu'Isabelle a dû découper ma chaussure pour me l'enlever.

— C'est bien qu'elle prenne soin de toi, dit Clary avec aigreur.

Simon plongea ses yeux dans les siens :

— Il faut que je te parle.

Elle hocha la tête avec réticence :

— Je vais dans ma chambre. Rejoins-moi une fois que Hodge t'aura réparé, d'accord ?

À sa grande surprise, Simon se redressa pour l'embrasser sur la joue. Il se contenta de l'effleurer de ses lèvres, pourtant elle se sentit rougir. Elle pensa en se levant que c'était parce que les autres les surveillaient du coin de l'œil.

Une fois dans le couloir, elle porta la main à sa joue, perplexe. Un baiser sur la joue, ça ne signifiait pas grand-chose, mais ce n'était vraiment pas le genre de Simon. Voulait-il mettre les points sur les « i » avec Isabelle ? Ce que les hommes pouvaient être déconcertants ! Et Jace qui, comme à son habitude, jouait les princes ! Elle avait quitté la pièce sans lui laisser le temps de se plaindre de la qualité des draps.

— Clary !

Alec s'était précipité derrière elle dans le couloir :

— Il faut que je te parle.

Clary le dévisagea avec surprise :

— À quel sujet ?

Il parut hésiter. Avec son teint pâle et ses yeux bleu marine, il était aussi beau que sa sœur. Cependant, à l'inverse d'Isabelle, il faisait tout son possible pour passer inaperçu. Il portait des sweat-shirts usés jusqu'à la corde, et on aurait dit qu'il se coupait les cheveux lui-même dans le noir. Il paraissait mal dans sa peau.

— Je crois que tu devrais rentrer chez toi.

Clary avait beau savoir qu'il ne l'aimait pas, elle éprouva tout de même un choc.

— Alec, la dernière fois que je suis rentrée chez moi, j'y ai trouvé un Damné. Et un Vorace. Avec d'énormes crocs. Je suis la première à vouloir partir d'ici, mais...

— Tu as sûrement des proches qui accepteront de t'accueillir ?

Il y avait du désespoir dans sa voix.

— Non. Et, en outre, Hodge souhaite que je reste.

— Ce n'est pas possible. Pas après ce que tu as fait...

— Qu'est-ce que j'ai fait ?

— Par ta faute, Jace a failli mourir.

— Par ma faute ? De quoi tu parles ?

— Quelle idée de le traîner au secours de ton ami ! Tu te rends compte du danger que tu lui as fait courir ?

— Pour ton information, c'était son idée. C'est lui qui a demandé à Magnus l'adresse de leur repaire. C'est lui qui a trouvé les armes à l'église. Même sans moi, il y serait allé.

— Tu ne comprends pas ! Tu ne le connais pas. Moi, si. Il se sent obligé de sauver le monde, il donnerait volontiers sa vie. Parfois, j'ai l'impression qu'il cherche à se tuer. Et toi, tu l'encourages !

— Attends, Jace est un Nephilim. C'est votre rôle, de sauver les gens, non ? Vous passez votre vie à supprimer des démons, vous vous mettez sans cesse en danger. En quoi la nuit dernière était-elle différente ?

Alec perdit son sang-froid :

— Parce qu'il ne m'a pas laissé l'accompagner ! En temps normal, je reste à ses côtés, je le couvre, je protège ses arrières. Alors que toi... toi, tu es un poids mort, une Terrestre.

Il cracha ce dernier mot comme une insulte.

— Non, répondit Clary. Je suis une Nephilim, tout comme toi.

— Peut-être, mais tu n'as suivi aucun entraînement, tu ne sers pas à grand-chose. Ta mère t'a élevée dans le monde terrestre, et c'est à ce monde que tu appartiens. Tu n'as rien à faire ici : tu pousses Jace à se comporter comme... s'il n'était pas des nôtres, à renier son serment envers l'Enclave, à enfreindre la Loi...

— J'ai un scoop pour toi. Je n'ai jamais poussé Jace à faire quoi que ce soit. Il fait ce qui lui chante. Tu es bien placé pour le savoir.

Alec la dévisagea comme s'il avait affaire à une espèce de démon particulièrement répugnant, qu'il n'avait jamais rencontré jusque-là.

— Vous, les Terrestres, vous êtes tellement égoïstes ! éclata-t-il. Tu n'as pas idée de ce qu'il a fait pour toi, des risques qu'il a pris ! Je ne parle pas seulement de sa propre sécurité. Il pourrait tout perdre. Il a déjà perdu son père et sa mère ; tu veux qu'il perde aussi la seule famille qu'il ait ?

Clary recula. Elle enrageait contre Alec, parce qu'il avait en partie raison, mais aussi contre le reste du monde. Elle enrageait contre cette route verglacée qui lui avait volé son père avant sa naissance, contre Simon qui avait failli se faire tuer, contre Jace qui jouait les martyrs sans se soucier de sa propre vie, contre Luke qui lui avait menti. Contre sa mère qui n'était pas la femme ordinaire et ennuyeuse qu'elle prétendait être. Cette autre femme, radicalement différente, héroïque et extraordinaire, qu'elle était en réalité, Clary ne la connaissait pas. Cette autre-là n'était pas présente au moment où elle avait le plus besoin d'elle.

— Ça te va bien, de parler d'égoïsme ! répliqua-t-elle d'un ton venimeux. Rien ne compte en dehors de ta petite personne, Alec Lightwood. Pas étonnant que tu n'aies jamais tué un seul démon, tu n'es qu'un froussard.

Alec se figea :

— De qui tu le tiens ?

— De Jace.

— Il n'aurait jamais dit ça !

— Il l'a dit, pourtant.

Elle éprouva une joie mauvaise à l'idée de lui faire de la peine. Quelqu'un d'autre qu'elle devait souffrir, pour une fois.

— Tu peux parler tant que tu veux d'honneur, d'honnêteté, ces vertus prétendument étrangères aux Terrestres ! Si tu étais honnête, justement, tu admettrais que tu me fais une scène parce que tu es amoureux de lui. Ça n'a rien à voir avec...

Alec fondit sur elle à la vitesse de l'éclair. Avant qu'elle ait pu réagir, il la poussa contre le mur, et sa tête heurta le panneau en bois. Son visage à quelques centimètres du sien, il la fixa d'un regard noir :

— Ne t'avise jamais de le lui dire, ou je te tue, siffla-t-il, la bouche écumante. Je jure sur l'Ange que je te tue !

Il lui serrait les bras au point de lui faire mal. Elle laissa échapper une plainte. Alec cligna des yeux, comme s'il venait de s'éveiller d'un rêve, et la lâcha brusquement en reculant comme si son contact l'avait brûlé. Sans un mot, il pivota sur ses talons et regagna l'infirmerie en titubant tel un ivrogne.

Clary frotta ses bras meurtris sans le quitter des yeux, horrifiée par ce qu'elle venait de faire. « Bien joué, Clary ! Maintenant, il te déteste. »

Elle aurait dû s'endormir aussitôt, mais, malgré la fatigue, le sommeil tardait à venir. Elle finit par sortir son carnet de croquis, le cala sur ses genoux et se mit à dessiner. D'abord, des gribouillages sans queue ni tête : un détail de la façade délabrée de l'hôtel des vampires, une gargouille aux yeux globuleux. Une rue déserte éclairée par un seul réverbère projetant un halo jaune sur le trottoir, une silhouette sombre postée dans l'ombre. Raphaël dans sa chemise blanche tachée de sang avec la cicatrice laissée sur la gorge par la croix. Puis elle dessina Jace, debout sur le toit, contemplant le vide en contrebas. Il n'avait pas l'air effrayé, juste intrigué, comme si le vide le défiait, comme si rien ne pouvait le dissuader de sa propre invincibilité. Elle lui dessina des ailes semblables à celles de l'ange qui gardait la Cité des Os.

Enfin, elle essaya de dessiner sa mère. Elle avait confié à Jace qu'elle n'avait pas perçu de différence après la lecture du Grimoire, et c'était vrai dans l'ensemble. Pourtant, maintenant qu'elle s'efforçait de visualiser le visage de Jocelyne, elle s'aperçut que son souvenir s'était affiné : à présent, elle voyait les cicatrices de sa mère, ces minuscules marques blanches qui couvraient son dos et ses bras, pareilles à des flocons de neige.

L'idée que sa vie durant elle s'était trompée sur cette femme la faisait souffrir. Elle glissa le carnet sous son oreiller, les larmes aux yeux.

Des coups retentirent à la porte, discrets, hésitants. Elle se frotta précipitamment les yeux :

— Entrez.

C'était Simon. Il ne s'était toujours pas douché, ses vêtements étaient déchirés et couverts de taches, et il avait les cheveux en bataille. Il s'avança sur le seuil, faisant preuve d'une retenue contraire à ses habitudes.

Elle se poussa pour lui faire une place sur le lit. Il n'y avait rien de bizarre là-dedans : ils avaient dormi chez l'un ou chez l'autre pendant des années, construit des tentes et des forts avec les couvertures quand ils étaient petits, veillé tard pour lire des bandes dessinées en grandissant.

— Tu as retrouvé tes lunettes.

Un verre était fendu.

— Elles étaient dans ma poche. Elles s'en sont

mieux tirées que ce que j'aurais cru. Il va falloir que j'écrive une lettre de remerciements à mon oculiste.

— Est-ce que Hodge t'a réparé ?

— Oui, j'ai toujours l'impression d'être passé sous une voiture, mais je n'ai rien de cassé... Enfin, plus maintenant.

Il se tourna vers elle. Derrière les verres abîmés de ses lunettes, ses yeux étaient restés les mêmes : sombres et sérieux, avec des cils presque trop longs pour un garçon, et que la plupart des filles lui auraient enviés.

— Clary, le fait que tu sois venue me chercher... que tu aies pris tous ces risques...

— Stop. Tu aurais fait la même chose pour moi.

— Bien sûr ! Mais, moi, j'ai toujours su que ça fonctionnait de cette manière entre nous.

— Qu'est-ce que tu veux dire ?

— J'ai toujours eu davantage besoin de toi que l'inverse.

Il paraissait surpris d'avoir à expliquer ce qui était pour lui l'évidence.

— Ce n'est pas vrai !

— Si, décréta-t-il avec le même calme déconcertant. Tu n'as besoin de personne, on dirait. Tu as toujours été si... réservée. Tes crayons et ton monde imaginaire te suffisaient. Je devais te répéter les choses six, sept fois avant d'obtenir une réponse : tu étais loin, tu te tournais vers moi avec ce drôle de sourire, et je m'apercevais alors que tu avais oublié jusqu'à ma présence... Mais je ne t'en ai jamais voulu. Je préfère avoir la moitié de ton attention que toute celle de n'importe qui d'autre.

Voulant lui prendre la main, Clary attrapa son poignet. Elle sentit son pouls battre sous sa peau.

— Je n'ai aimé que trois personnes dans ma vie, Simon. Ma mère, Luke et toi. Et tu es le seul qui me reste. Comment peux-tu penser que tu ne comptes pas pour moi ?

— Ma mère prétend que pour s'accepter, on n'a besoin que de l'amour de trois personnes, répondit Simon d'un ton qui se voulait badin.

Sa voix se brisa cependant.

— Et elle pense que tu t'acceptes bien, *a priori*.

Clary eut un sourire triste :

— Est-ce que ta mère a d'autres paroles de sagesse à mon sujet ?

— Oui. Mais je les garde pour moi.

— Ce n'est pas juste, ces cachotteries !

— Qui a dit que le monde était juste ?

Pour finir, ils s'allongèrent côte à côte comme ils le faisaient quand ils étaient petits : épaule contre épaule, la jambe de Clary sur celle de Simon. Étendus sur le dos, ils bavardèrent en regardant le plafond, une habitude qui remontait à l'époque où celui de la chambre de Clary était décoré d'étoiles phosphorescentes. Si Jace sentait le savon et l'eau de toilette citronnée, Simon, lui, empestait comme quelqu'un qui vient de se rouler sur le parking d'un supermarché, mais Clary ne s'en souciait guère.

— Le plus drôle, dit-il en entortillant une mèche de cheveux roux autour de son doigt, c'est que j'ai plaisanté avec Isabelle au sujet des vampires juste avant que tout ça n'arrive. J'essayais juste de la faire rire.

— Et alors, tu as réussi ?

— Non.

Des pensées se bousculaient dans l'esprit de Clary, elle s'abstint toutefois de les formuler. Simon lui jeta un regard en coin :

— Est-ce qu'elle couche avec Jace ?

Clary faillit s'étrangler.

— Euh, non, fit-elle. Ils sont pratiquement parents. Ça ne risque pas d'arriver.

Elle se tut un instant :

— Enfin, je crois.

Simon haussa les épaules :

— Je m'en fiche, de toute façon.

— Tu parles !

— Si ! Tu sais, au début, je trouvais Isabelle excitante. Différente. Et puis, à la fête, je me suis aperçu qu'elle était complètement folle.

Clary le dévisagea avec méfiance :

— C'est elle qui t'a dit de boire ce cocktail bleu ?

— Non, c'est entièrement ma faute. Je t'ai vue partir avec Jace et Alec et... Je ne sais pas, tu semblais tellement méconnaissable... Je ne pouvais pas m'empêcher de penser que tu avais déjà changé et que tu ne me laisserais jamais appartenir à ton nouvel univers. J'ai eu envie de faire quelque chose qui m'en rapprocherait. Alors, quand le petit bonhomme vert est arrivé avec le chariot de boissons...

— Tu es un idiot, grommela Clary.

— Je n'ai jamais prétendu le contraire.

— Ça a dû être horrible.

— Quoi, d'être un rat ? Non. Au début, c'était déroutant. Je me retrouvais soudain au ras du sol. J'ai cru que j'avais bu une potion pour rapetisser, je n'arrivais juste pas à comprendre d'où me venait cette envie irrépressible de mâchouiller du papier.

Clary gloussa :

— Je parlais des vampires !

Le regard de Simon s'assombrit, et il détourna la tête :

— Non. Je ne me rappelle pas grand-chose entre la fête et le moment où j'ai atterri sur le parking du supermarché.

— C'est sans doute mieux comme ça.

Simon grommela quelque chose et bâilla. Dans la pièce, la lumière déclinait doucement. Clary se leva pour écarter les rideaux. Dehors, la ville baignait dans la lumière rougeâtre du couchant. Le toit argenté de l'immeuble Chrysler scintillait au loin.

— Le soleil se couche. On devrait peut-être penser à aller dîner.

Pas de réponse. Clary se retourna et s'aperçut que Simon s'était endormi, les bras croisés sous la tête. Elle poussa un soupir, s'approcha du lit pour ôter ses lunettes et les déposer sur la table de nuit. Elle ne comptait plus les fois où il s'était endormi avec ses lunettes sur le nez pour se réveiller en entendant les verres craquer.

« Et moi, où est-ce que je dors, maintenant ? » La perspective de partager un lit avec Simon ne la dérangeait pas ; seulement il ne lui avait pas laissé de place pour s'allonger. Elle envisagea pendant quelques instants de le réveiller, mais il paraissait si paisible ! Et puis, elle n'avait pas sommeil. Elle s'apprêtait à prendre son carnet de croquis sous l'oreiller quand on frappa à la porte.

Elle alla ouvrir sur la pointe des pieds. C'était Jace. Propre, en jean et chemise grise, les cheveux mouillés. Les bleus sur son visage, de violacés, avaient déjà viré au jaune. Il se tenait debout dans l'encadrement de la porte, les mains derrière le dos.

— Tu dormais ? demanda-t-il.

— Non, qu'est-ce qui te fait penser ça ?

Il jeta un regard lourd de sous-entendus à son short et à son débardeur en coton bleu ciel :

— Rien de spécial.

Clary sortit dans le couloir et referma la porte derrière elle.

— J'ai passé la plus grande partie de la journée au lit. Et toi ? Tu n'es pas fatigué ?

Il secoua la tête :

— Les Chasseurs de Démons ne dorment jamais. Ni la neige, ni la pluie, ni la chaleur, ni les ténèbres ne nous empêchent...

— Encore heureux que tu n'aies pas peur du noir !

Jace sourit. Contrairement à sa chevelure, ses dents n'étaient pas parfaites. Une de ses incisives supérieures était légèrement ébréchée, ce qui ajoutait à son charme.

Clary frissonna ; il faisait froid dans le couloir, et elle avait la chair de poule.

— Qu'est-ce que tu fais là ?

— Par « là », tu fais référence à ta chambre, ou s'agit-il d'une grande question existentielle ayant trait à notre rôle sur cette planète ? Tu te demandes si c'est juste une coïncidence cosmique, ou s'il existe un but méta-éthique plus important dans la vie ? C'est le grand sujet d'interrogation depuis la nuit des temps. D'accord, un simple réductionnisme ontologique fait figure d'argument fallacieux, mais...

— Je retourne me coucher.

Jace se mit entre Clary et la porte :

— Je suis là parce que Hodge m'a rappelé que c'était ton anniversaire.

Clary poussa un soupir exaspéré :

— C'est demain.

— Rien ne nous empêche de le fêter dès maintenant.

Clary le regarda avec suspicion :

— Toi, tu essaies d'éviter Alec et Isabelle !

Il hocha la tête :

— Ils cherchent la petite bête, tous les deux.

— Pour les mêmes raisons ?

— Je n'en sais rien.

Il jeta un coup d'œil furtif des deux côtés du couloir :

— Hodge s'y est mis, lui aussi. Ils veulent tous me parler. Pas toi. Toi, je parie que tu n'as pas envie de me parler.

— Non, répondit Clary. J'ai préférerais manger un morceau. Je meurs de faim.

Jace sortit ses mains de derrière son dos et lui tendit un sac en papier froissé.

— J'ai piqué de quoi manger dans la cuisine quand Isabelle avait le dos tourné.

Clary sourit :

— Un pique-nique ? Il est un peu tard pour aller à Central Park, non ? C'est infesté de...

— Fées. Je sais.

— C'est à « voyous » que je pensais. Bien que je plaigne le voyou qui s'en prendrait à toi...

— Voilà une réflexion pleine de sagesse, dit-il avec gratitude. Mais je ne pensais pas à Central Park. Que dirais-tu de la serre ?

— Maintenant ? En pleine nuit ? Il va y faire noir comme dans un four.

Jace eut un sourire de connivence :

— Viens. Je te servirai de guide.

17

La fleur de minuit

Dans la pénombre, les grandes pièces qu'ils traversèrent semblaient aussi irréelles qu'un décor de théâtre. Les meubles recouverts de draps blancs se dressaient dans l'obscurité comme des icebergs émergeant du brouillard.

Quand Jace ouvrit la porte de la serre, Clary fut assaillie par l'odeur riche et profonde de la terre et le parfum puissant des fleurs qui s'épanouissent le soir : ipomées, trompettes des anges, belles-de-nuit, et d'autres, dont elle ignorait le nom, telle une plante aux fleurs jaunes en forme d'étoile et aux pétales parsemée de pollen doré. À travers les vitres de la serre, on voyait les lumières de Manhattan scintiller comme des joyaux.

— Waouh ! C'est magnifique !

Jace sourit :

— Et nous avons l'endroit pour nous seuls. Alec et Isabelle détestent venir ici. Ils ont des allergies.

Clary frissonna en dépit de la chaleur :

— Quelles sont ces fleurs ?

Jace haussa les épaules et s'assit avec précaution près d'un arbuste piqueté de bourgeons :

— Aucune idée. Tu crois peut-être que j'ai écouté le prof en cours de botanique ? Je n'ai pas l'intention de devenir archiviste. Je n'ai pas besoin de connaître ces choses-là.

— Tu avais juste besoin d'apprendre à tuer, c'est ça ?

Jace leva les yeux et sourit de nouveau. Malgré son sourire démoniaque, il ressemblait à un ange blond sorti d'un tableau de Rembrandt.

— Exact.

Il lui tendit un paquet enroulé dans un torchon :

— Mais je sais aussi faire des sandwiches au fromage à tomber par terre. Goûte.

Clary sourit malgré elle et s'assit en face de lui. Le sol en pierre était froid contre ses jambes nues, mais cette sensation n'était pas désagréable après ces journées de chaleur implacable. Jace sortit du sac des pommes, une barre de céréales au chocolat et une bouteille d'eau.

— Joli butin ! commenta-t-elle, admirative.

Le sandwich au fromage était tiède et un peu mou, mais tout à fait mangeable. Dans l'une des innombrables poches de sa veste, Jace trouva un couteau avec un manche en os capable d'éviscérer un ours. Il se mit à éplucher méticuleusement une pomme.

— Bon, ce n'est pas un gâteau d'anniversaire, dit-il en lui tendant un quartier, mais c'est mieux que rien.

— Je ne m'y attendais pas, merci, répondit Clary en mordant dans le fruit.

— Tout le monde devrait avoir droit à un petit

quelque chose pour son anniversaire, déclara Jace en attaquant la seconde pomme. Ce n'est pas un jour comme les autres. Quand j'étais enfant, le jour de mon anniversaire, je pouvais faire tout ce que je voulais.

— Tout ? répéta Clary en riant. Quoi, par exemple ?

— Eh bien, pour mes cinq ans, j'ai demandé un bain de spaghettis.

— Mais ton père n'a pas voulu...

— Si, justement. Il a trouvé que ce n'était pas un cadeau très coûteux et que, si c'était vraiment ce que je souhaitais, pourquoi pas ? Il a ordonné aux domestiques de remplir la baignoire d'eau bouillante et de pâtes, et quand elles ont refroidi...

Il haussa les épaules :

— J'ai pris un bain dedans.

« Des domestiques ? » songea Clary.

— Comment c'était ?

— Glissant.

— J'imagine.

Elle essaya de se représenter un petit garçon riant aux éclats, immergé jusqu'aux oreilles dans une baignoire pleine de pâtes. En vain : Jace n'avait sans doute jamais ri aux éclats, même à l'âge de cinq ans.

— Qu'est-ce que tu demandais d'autre ?

— Des armes, le plus souvent. Ce qui ne te surprend pas, je suppose. Des livres. Je lisais beaucoup.

— Tu n'allais pas à l'école ?

— Non.

Sa voix se fit hésitante, comme s'ils abordaient un sujet qu'il répugnait à évoquer.

— Mais tes amis...

— Je n'avais pas d'amis en dehors de mon père. Et il me suffisait.

— Pas d'amis du tout ? s'étonna Clary.

— Quand, à dix ans, j'ai rencontré Alec, c'était la première fois que je voyais un enfant de mon âge.

Clary baissa les yeux. Une image se forma dans son esprit, désagréable, celle-là : elle pensa à Alec, à la façon dont il l'avait regardée en lançant : « Il n'aurait jamais dit ça ! »

— Inutile d'avoir de la peine pour moi, dit Jace comme s'il devinait ses pensées.

Mais ce n'était pas pour lui qu'elle avait de la peine.

— Il m'a donné la meilleure éducation. Il m'a fait visiter le monde entier. Londres. Saint-Pétersbourg. L'Égypte. On adorait voyager.

Son regard s'assombrit :

— Depuis sa mort, je n'ai plus bougé. Je suis reste à New York.

— Tu as de la chance. Je n'ai jamais mis les pieds hors de l'État. Ma mère ne m'a même pas laissée partir en voyage scolaire à Washington. Maintenant je sais pourquoi.

— Elle avait peur que tu fasses une crise ? Que tu commences à voir des démons à la Maison-Blanche ?

— Parce qu'il y a des démons à la Maison-Blanche ? lança Clary en grignotant un bout de barre chocolatée.

— Je plaisante. Enfin, je crois.

Il haussa les épaules avec philosophie :

— On en aurait été informés, j'en suis sûr.

— Je pense que ma mère ne voulait pas que je m'éloigne trop d'elle. Après la mort de mon père, elle a beaucoup changé.

Les paroles de Luke lui revinrent en mémoire : « Tu n'es plus la même depuis ce jour-là, mais Clary n'est pas Jonathan. »

— Tu te souviens de ton père ? demanda Jace.

Clary secoua la tête :

— Non, il est mort avant ma naissance.

— Comme ça, il ne te manque pas...

De la part de quelqu'un d'autre, Clary aurait trouvé cette réflexion horrible, mais pour une fois il n'y avait pas d'amertume dans la voix de Jace, seulement de la tristesse.

— Est-ce que ça passe ? s'enquit-elle. Le manque, je veux dire ?

Jace la regarda sans répondre, puis :

— Tu parles de ta mère, là ?

— Je pense à Luke, en fait.

— Tu oublies que ce n'est pas son vrai nom.

Il mordit pensivement dans son quartier de pomme avant d'ajouter :

— J'ai pas mal pensé à lui, moi aussi. Quelque chose ne colle pas dans son attitude...

— C'est un lâche ! dit Clary avec amertume. Tu l'as entendu. Il ne s'opposera pas à Valentin, pas même pour sauver ma mère.

— Mais c'est exactement...

Un carillon lointain l'interrompit. Quelque part, minuit sonnait au clocher d'une église.

Jace reposa son couteau et aida Clary à se relever. Ses doigts étaient un peu collants à cause du jus de pomme.

— Maintenant, regarde.

Ses yeux se posèrent sur l'arbuste couvert de dizaines de bourgeons à côté duquel ils s'étaient assis. Elle allait lui demander ce qu'elle était censée voir, mais il la fit taire d'un geste. Ses yeux brillaient d'excitation.

Soudain, l'un des bourgeons se mit à frémir, puis doubla de volume avant d'éclater. Clary eut l'impression de regarder en accéléré les plans d'un film montrant une fleur qui éclôt : les sépales d'un vert délicat s'écartèrent pour libérer les pétales emprisonnés à l'intérieur du bourgeon. Ils étaient parsemés d'un pollen pâle léger comme du talc.

— Oh ! fit-elle en levant les yeux vers Jace. Est-ce qu'elles éclosent tous les soirs ?

— Oui, mais pas avant minuit. Bon anniversaire, Clarissa Fray.

Clary se sentit très touchée :

— Merci.

— J'ai quelque chose pour toi.

Jace fouilla dans sa poche et en sortit un objet qu'il lui mit dans la main. C'était une pierre grise, un peu inégale, lisse par endroits. Clary la retourna dans ses doigts.

— Tu sais, quand les filles disent qu'elles veulent un gros caillou, il ne faut pas les prendre au pied de la lettre, plaisanta-t-elle.

— Très amusant, Miss Sarcasme ! Ce n'est pas un caillou, justement. Tous les Chasseurs d'Ombres ont leur pierre de rune.

Clary examina la pierre avec un intérêt nouveau, refermant ses doigts autour d'elle comme elle avait vu Jace le faire dans la cave. Elle n'aurait pas pu en jurer, mais elle crut voir un éclat de lumière filtrer entre ses doigts.

— Elle t'éclairera même dans les ténèbres les plus épaisses, dans ce monde et dans les autres.

Clary glissa la pierre dans sa poche :

— Merci pour ce cadeau. C'est mieux qu'un bain de spaghettis.

— Si tu divulgues cette information à qui que ce soit, je serai peut-être obligé de te tuer, dit Jace, l'air menaçant.

— Eh bien, quand j'avais cinq ans, j'ai demandé à ma mère de me mettre dans le sèche-linge et de me faire tourner avec les vêtements. La différence, c'est qu'elle ne m'a pas écoutée.

— Probablement parce qu'un petit tour dans le sèche-linge peut être fatal, alors que les pâtes sont rarement dangereuses. Sauf si c'est Isabelle qui les prépare.

La fleur de minuit perdait déjà ses pétales brillants comme des éclats d'étoile.

— À douze ans, je voulais absolument un tatouage. Ma mère n'a pas voulu non plus.

L'anecdote ne parut pas amuser Jace.

— La plupart des Chasseurs d'Ombres reçoivent leurs premières Marques à douze ans. Tu devais avoir ça dans le sang.

— Peut-être. Mais je doute que les Chasseurs d'Ombres aient droit à un tatouage de Donatello, la Tortue Ninja, sur l'épaule gauche.

Jace la dévisagea, perplexe :

— Tu voulais une tortue sur l'épaule ?

— Je voulais masquer ma cicatrice de varicelle.

Elle écarta la bretelle de son débardeur pour lui montrer la marque blanche en forme d'étoile sur son épaule.

— Tu vois ?

Jace détourna les yeux :

— Il se fait tard. On devrait redescendre.

Clary remonta maladroitement sa bretelle. Comme s'il avait envie de voir ses cicatrices ! Elle ne put s'empêcher de demander :

— Est-ce que toi et Isabelle, vous êtes déjà... sortis ensemble ?

Jace la fixa, l'air interdit. Le clair de lune donnait à ses yeux des reflets argentés.

— Isabelle ?

— Je me demandais... Enfin, Simon se demandait.

— Il devrait peut-être s'adresser directement à elle.

— Je ne suis pas sûre qu'il en ait envie. Aucune importance ! Ce ne sont pas mes affaires.

Jace eut un sourire désarmant.

— La réponse est non. L'un et l'autre, nous y avons peut-être pensé à une époque, mais elle est comme une sœur pour moi. Ce serait bizarre.

— Tu veux dire qu'Isabelle et toi, vous n'avez jamais...

— Jamais.

— Elle me déteste.

— Mais non, répondit Jace à l'étonnement de Clary. Tu la rends nerveuse, c'est tout : elle a toujours été la seule fille dans un parterre de garçons idolâtres, et ce temps est révolu.

— Elle est si belle !

— Et alors ? Toi aussi tu es belle, d'une beauté très

différente de la sienne, et ce détail ne lui a pas échappé. Elle a toujours rêvé d'être petite et gracile, tu sais. C'est dur, de dépasser les garçons d'une tête.

Clary ne répondit rien, ne trouvant pas les mots. Belle. Il avait dit « belle ». Personne ne lui avait jamais fait ce compliment, hormis sa mère, et ça ne comptait pas. C'était le travail d'une mère, de faire des compliments à sa fille. Elle dévisagea Jace, surprise.

— On devrait redescendre, répéta-t-il.

Elle était certaine que son regard le mettait mal à l'aise, mais elle ne pouvait s'empêcher de le fixer avec de grands yeux.

Sous la clarté de la lune, désormais haute dans le ciel, on y voyait presque comme en plein jour. En se dirigeant vers la sortie, Clary aperçut l'éclat blanc d'un objet sur le sol : c'était le couteau que Jace avait utilisé pour peler les pommes. Elle fit un bond de côté pour éviter de marcher dessus, et son épaule heurta celle de Jace. Comme elle perdait l'équilibre, il la rattrapa par le bras et, sans crier gare, l'attira contre lui pour l'embrasser.

Bercée par les battements frénétiques de son cœur, elle répondit à son baiser. Sur les lèvres de Jace s'attardait le goût sucré de la pomme. Elle caressa ses cheveux ; elle avait envie de le faire depuis le jour où elle l'avait rencontré. Ses doigts s'enroulèrent autour des mèches soyeuses. Son cœur aussi s'affolait. Soudain, un bruit étrange s'éleva dans la pièce, pareil à un battement d'ailes...

Jace s'écarta d'elle avec une exclamation de surprise

— Je crois qu'on a de la visite.

Clary leva la tête. Perché sur la branche d'un arbre voisin, Hugo les fixait de ses yeux perçants. Elle avait donc bien entendu un battement d'ailes, ce n'était pas la passion qui la faisait délirer.

— S'il est ici, Hodge ne doit pas être loin, murmura Jace. On devrait s'éclipser.

— Hodge t'espionne ?

— Non, il aime bien venir ici pour réfléchir. Dommage... on avait une conversation intéressante.

Lorsqu'elle redescendit l'escalier, tout semblait différent aux yeux de Clary. Pourtant rien n'avait changé. Jace lui tenait la main, et son contact envoyait de minuscules ondes électriques dans ses doigts, sa paume, son poignet. Sa tête fourmillait de questions, qu'elle tut, craignant de rompre le charme. Il avait dit « dommage », laissant entendre que la soirée était finie – du moins les baisers.

Arrivée devant sa porte, Clary s'adossa au mur et leva les yeux vers Jace :

— Merci pour le pique-nique d'anniversaire.

Il ne semblait pas disposé à lui lâcher la main :

— Tu vas te coucher ?

« Il essaie juste d'être poli », songea Clary. Mais c'était Jace, après tout. Jace ne s'encombrait jamais de politesses. Elle décida de répondre à sa question par une autre :

— Tu n'es pas fatigué ?

— Je ne me suis jamais senti aussi réveillé.

Il se pencha pour l'embrasser. Leurs lèvres se touchèrent, d'abord timidement, puis avec plus d'audace. Ce fut précisément à cet instant que Simon ouvrit la porte de la chambre à la volée et sortit dans le couloir, tout ensommeillé, la tignasse en bataille, sans ses lunettes. Mais il n'était pas aveugle pour autant.

— Qu'est-ce qui se passe ? s'écria-t-il.

Clary s'écarta brusquement de Jace comme si elle s'était brûlée.

— Simon ! Qu'est-ce que... Enfin, je croyais que tu...

— Dormais ? Oui, je dormais. Seulement, je me suis réveillé, et tu n'étais pas là, et j'ai cru...

Ses joues s'étaient empourprées, comme à chaque fois qu'il était contrarié ou embarrassé.

Clary ne savait que dire. Pourquoi n'avait-elle pas vu arriver cet incident ? La réponse était simple : elle avait complètement oublié Simon.

— Je suis désolée, dit-elle sans trop savoir à qui s'adresser.

Du coin de l'œil, elle vit Jace lui lancer un regard assassin, mais quand elle se tourna vers lui, il avait la même expression que d'habitude : tranquille, assurée, un rien blasée.

— À l'avenir, Clarissa, dit-il, aie l'obligeance de m'informer qu'il y a déjà un homme dans ton lit, histoire d'éviter ce genre de situation inconfortable.

— Tu l'as invité dans ton lit ? demanda Simon, éberlué.

— Ridicule, hein ? Nous deux, ça n'aurait jamais collé.

— Mais non ! s'exclama Clary. On s'est juste embrassés.

— On s'est juste embrassés ? répéta Jace d'un ton faussement offensé. Et notre amour, qu'est-ce que tu en fais ?

— Jace...

Clary vit une lueur de méchanceté s'allumer dans son regard, et elle jugea plus sage de se taire. Elle sentit son estomac se nouer.

— Simon, il est tard, dit-elle d'un ton las. Je suis désolée de t'avoir réveillé.

— Pas autant que moi.

À ces mots, il retourna dans la chambre au pas de charge et claqua la porte derrière lui.

— Allez, rattrape-le, lança Jace avec un sourire mielleux. Va lui dire que c'est toujours lui, ton petit chouchou, tu n'attends que ça.

— Arrête ! Si tu es en colère, dis-le. Inutile de jouer les insensibles. Tu ne ressens donc jamais rien ?

— Tu aurais peut-être dû y penser avant de m'embrasser.

Clary le dévisagea, incrédule :

— Moi, je t'ai embrassé ?

— Ne t'inquiète pas, moi non plus, je n'en garderai pas un souvenir impérissable, lâcha-t-il en tournant sur ses talons.

Clary le regarda s'éloigner, partagée entre l'envie d'éclater en sanglots et celle de lui courir après pour l'étrangler. Même si l'une ou l'autre réaction aurait pu lui procurer une grande satisfaction, elle préféra s'abstenir et entra dans la chambre, soudain épuisée.

Simon était debout au milieu de la pièce, l'air égaré. Il avait remis ses lunettes. Elle entendait encore résonner dans sa tête les mots de Jace lancés méchamment : « Va lui dire que c'est toujours lui, ton petit chouchou ! »

Elle s'avança vers son ami, mais s'arrêta net en voyant ce qu'il tenait à la main : son carnet de croquis, ouvert à la page du dessin de Jace.

— Joli coup de crayon, commenta-t-il. Tous ces cours de dessin ont fini par payer.

En temps normal, Clary lui aurait reproché d'avoir fouiné dans ses affaires. Là, le moment était mal choisi.

— Écoute, Simon...

— Je reconnais que venir bouder dans ta chambre n'était pas la meilleure chose à faire, l'interrompit-il d'un ton brusque en jetant le carnet de croquis sur le lit. Mais il fallait bien que je récupère mes affaires.

— Où vas-tu ?

— Je rentre chez moi. J'ai déjà perdu assez de temps ici. Les Terrestres ne sont pas les bienvenus.

— Écoute, je suis désolée, OK ? dit Clary avec un soupir. Je n'avais pas l'intention de l'embrasser : c'est arrivé, point. Je sais que tu ne l'aimes pas beaucoup...

— Non ! s'emporta Simon. Je n'aime pas le soda éventé. Je n'aime pas les boys bands pourris. Je n'aime pas être coincé dans les embouteillages. Je n'aime pas les devoirs de maths. Jace, je le déteste. Tu saisis la nuance ?

— Il t'a sauvé la vie, protesta Clary, consciente de son imposture.

Après tout, Jace n'avait accepté de se rendre à l'hôtel Dumort que parce qu'il craignait de s'attirer des ennuis si elle se faisait tuer.

— C'est un détail, répondit Simon avec dédain. Ce type est une enflure. Je croyais que tu valais mieux que ça.

Clary perdit son sang-froid :

— C'est ça, vas-y, donne-toi des grands airs avec moi ! Qui est-ce qui voulait sortir avec la fille la mieux roulée du lycée ?

Elle imita la voix traînante d'Éric. Simon serra les lèvres, l'air furieux.

— Et alors, quelle importance si Jace se comporte parfois comme un idiot ? Tu n'es pas mon frère, tu n'es pas mon père, je n'ai pas besoin de ton approbation. Je n'ai jamais aimé tes copines, mais, au moins, j'avais la décence de le garder pour moi.

— Là, dit Simon entre ses dents, c'est différent.

— Ah bon ? Pourquoi ?

— Parce que je vois comment tu le regardes ! cria-t-il. Moi, je n'ai jamais regardé aucune de ces filles comme ça ! C'était juste un moyen de tuer le temps, un entraînement avant...

— Avant quoi ?

Clary avait conscience d'être odieuse, tout autant que la scène qui se déroulait : ils ne s'étaient jamais disputés auparavant, hormis pour des broutilles. Cependant elle ne pouvait plus s'arrêter :

— Avant qu'Isabelle entre en scène ? Je n'arrive pas à croire que tu me sermonnes au sujet de Jace alors que tu t'es complètement ridiculisé devant elle ! lança-t-elle d'une voix suraiguë.

Simon serra les poings :

— J'essayais de te rendre jalouse ! Ce que tu peux être bête, Clary ! Tu ne vois donc rien ?

Elle le regarda, hébétée. Où voulait-il en venir ?

— Tu essayais de me rendre jalouse ? Mais pourquoi ça ?

Elle comprit immédiatement qu'elle n'aurait pas dû lui poser cette question.

— Parce que, répondit-il avec une amertume qui la surprit, je suis amoureux de toi depuis dix ans. J'ai pensé qu'il était temps de vérifier si tu ressentais la même chose pour moi. Il faut croire que ce n'est pas le cas...

Clary eut l'impression d'avoir reçu un coup de poing dans l'estomac. Les yeux fixés sur Simon, elle chercha ses mots ; dire quelque chose, n'importe quoi. Mais il ne lui en laissa pas le temps :

— Non, ne dis rien.

Immobile, elle le regarda se diriger vers la porte. Elle se sentait incapable de le retenir malgré toute sa bonne volonté. Que pouvait-elle répondre ? Moi aussi. Seulement, ce n'était pas le cas... Si ?

La main sur la poignée, il se tourna vers elle. Ses yeux derrière les verres exprimaient désormais davantage la fatigue que la colère.

— Tu veux vraiment savoir ce que ma mère a dit d'autre à ton sujet ?

Clary secoua la tête, mais il n'en tint pas compte :

— Elle a dit que tu me briserais le cœur.

Sur ce, il claqua la porte derrière lui.

Après son départ, elle se jeta sur son lit et ramassa son carnet de croquis. Elle le berça contre son cœur sans éprouver le besoin de dessiner ; simplement, l'odeur et le contact des choses familières lui manquaient : l'encre, le papier, la craie.

Elle envisagea de rattraper Simon. Mais que pourrait-elle lui dire ? « Ce que tu peux être bête, Clary ! Tu ne vois donc rien ? »

Elle repensa à certains de ses gestes et de ses mots, aux plaisanteries d'Éric et des autres à leur sujet, aux conversations qui s'interrompaient à son entrée dans la pièce... Jace, lui, savait depuis le début. « J'ai ri parce que les déclarations d'amour m'amusent beaucoup, surtout quand les sentiments ne sont pas partagés. » Elle n'avait pas pris la peine de se demander ce qu'il voulait dire ; désormais, tout était clair.

Elle avait confié à Simon qu'elle n'avait aimé que trois personnes : sa mère, Luke et lui. Elle se demanda si c'était réellement possible de perdre tous ceux que l'on aimait en l'espace d'une semaine. Survivait-on à une telle épreuve ? Et pourtant, pendant ce moment fugitif sur le toit avec Jace, elle avait oublié sa mère. Elle avait oublié Luke. Elle avait oublié Simon. Et elle s'était sentie heureuse. C'était bien cela, le pire : elle s'était sentie heureuse.

« Peut-être, pensa-t-elle, que perdre Simon, c'est le prix à payer pour mon égoïsme, pour le bonheur que j'ai éprouvé, rien qu'un instant, alors que ma mère a disparu. » De toute façon, quelle importance ? Jace embrassait peut-être exceptionnellement bien, mais il n'avait que faire d'elle. Il le lui avait clairement dit.

Elle baissa les yeux vers le carnet posé sur ses genoux. Simon avait raison : le portrait de Jace était réussi. Elle était parvenue à saisir le pli amer de sa bouche, l'expression étonnamment vulnérable de ses yeux. Les ailes semblaient si réelles qu'elle s'attendait presque à en éprouver la douceur en passant le doigt dessus. Elle laissa reposer sa main sur la page, l'esprit ailleurs...

Et recula sa main avec un sursaut. Ce n'était pas le papier rugueux que ses doigts touchaient, mais la douceur d'un duvet. Elle regarda les runes qu'elle avait griffonnées dans un coin de la page. Elles brillaient comme celles que Jace dessinait avec sa stèle.

Son cœur se mit à battre la chamade : si une rune pouvait donner vie à un dessin, peut-être, alors...

Sans détacher les yeux de la page, elle chercha ses crayons. Le souffle court, elle choisit une page blanche et se mit à dessiner fiévreusement la première chose qui lui vint à l'esprit : la tasse à café posée sur la table de nuit. S'appuyant sur ses souvenirs d'un cours de nature morte, elle la représenta dans ses moindres détails : le bord taché de café, l'anse fêlée. Mue par un instinct inexplicable, elle se mit à dessiner avec le plus grand soin les runes dans le coin de la feuille.

18
La Coupe Mortelle

Jace, allongé sur son lit, faisait semblant de dormir, jusqu'à ce qu'un tambourinement à la porte ait raison de sa patience. Il s'arracha à son lit avec une grimace de douleur. S'il avait prétendu être en pleine forme, là-haut dans la serre, son corps gardait encore le souvenir des coups qu'il avait reçus la nuit précédente.

Il savait à qui il aurait affaire avant même d'ouvrir la porte. Simon avait peut-être réussi à se faire transformer en rat une fois de plus. Et, rat, il pouvait le rester jusqu'à la fin des temps ! Lui, Jace Wayland, n'avait pas l'intention de bouger le petit doigt.

Elle serrait contre elle son carnet de croquis. Des mèches de cheveux roux s'échappaient de ses tresses. Il s'adossa au chambranle en s'efforçant d'ignorer la montée d'adrénaline que son apparition avait provoquée en lui. Il se demanda une fois encore pourquoi, quand Isabelle se servait de sa beauté comme de son fouet, Clary, elle, n'avait pas conscience de la sienne.

Il ne trouvait qu'une seule explication à sa présence, mais ça ne tenait pas debout, après ce qu'il lui avait dit. Les mots étaient des armes, comme son père le lui avait appris, et il avait eu envie de blesser Clary plus qu'aucune fille avant elle. En fait, il n'était pas certain d'avoir eu envie de blesser une fille auparavant. D'habitude, une fois qu'il les avait eues, il voulait seulement qu'elles lui fichent la paix.

— Laisse-moi deviner ! lança-t-il de ce ton exaspérant qu'elle détestait tant. Simon s'est transformé en phoque, et tu veux que j'intervienne avant qu'Isabelle ne s'en fasse une étole. Eh bien, tu devras attendre jusqu'à demain. J'ai terminé mon service.

Il désigna d'un geste sa tenue : il portait un pyjama bleu avec une manche trouée. Clary ne sembla pas l'avoir entendu. Le regard de Jace s'attarda sur le carnet de croquis qu'elle tenait à la main.

— Jace, c'est important.

— Je me suis trompé ? Alors, je continue : tu as besoin d'un modèle nu. Eh bien, je ne suis pas d'humeur. Tu n'as qu'à demander à Hodge. J'ai entendu dire qu'il ferait n'importe quoi pour...

— Jace ! cria Clary. Ferme-la une seconde et écoute-moi, tu veux bien ?

Il cligna des yeux, éberlué. Le regard de Clary trahissait le désarroi. Il éprouva l'envie irrésistible de la prendre dans ses bras pour la rassurer.

— Jace, dit-elle, si bas qu'il dut se pencher pour l'entendre, je crois que je sais où ma mère a dissimulé la Coupe Mortelle. Elle l'a cachée dans un tableau.

— Quoi ?

Jace la dévisagea, stupéfait, comme si elle venait de lui annoncer qu'elle avait trouvé l'un des Frères Silencieux en train de faire la roue, tout nu, dans le couloir

— Tu veux dire qu'elle l'a cachée derrière un tableau ? Je te rappelle que toutes les toiles de l'appartement ont été arrachées de leur cadre.

— Je sais.

Clary jeta un coup d'œil à l'intérieur de sa chambre. Apparemment, il était seul, à son grand soulagement.

— Je peux entrer ? Je veux te montrer quelque chose.

Jace s'écarta en traînant les pieds :

— Si tu le dois vraiment...

Clary s'assit sur le lit, son carnet sur les genoux. Les vêtements que Jace avait portés dans la soirée gisaient, épars, sur les couvertures, mais le reste de la pièce était aussi dépouillé que la cellule d'un moine. Il n'y avait aucun tableau sur les murs, aucun poster, aucune photo de parent ou d'ami. Les draps blancs étaient soigneusement rabattus sur le lit. Ce n'était pas tout à fait l'idée qu'on se faisait d'une chambre d'adolescent.

— Voilà, dit-elle en tournant les pages de son carnet jusqu'à trouver le dessin de la tasse. Regarde.

Jace s'assit à côté d'elle en poussant son T-shirt abandonné roulé en boule.

— Oui. C'est une tasse. Je suppose que le jour où tu sauras dessiner le pont de Brooklyn, j'aurai droit à un télégramme ?

Clary ignora son ironie :

— Regarde bien. Voilà ce que je voulais te montrer.

Elle passa la main sur le dessin, puis d'un mouvement brusque la fit entrer dans la page. Lorsqu'elle la retira quelques instants plus tard, la tasse se balançait au bout de ses doigts.

Elle s'attendait à ce que Jace se lève d'un bond, l'air ébahi, en criant quelque chose comme « ciel ! ». Il n'en fut rien, sans doute, soupçonna-t-elle, parce qu'il avait vu des choses beaucoup plus étranges au cours de sa vie, et aussi parce que personne n'employait ce genre d'expression depuis belle lurette.

— C'est toi qui as fait ça ? demanda-t-il.

Elle hocha la tête.

— Quand ?

— À l'instant, dans ma chambre, après... après le départ de Simon.

Le regard de Jace se durcit, mais il poursuivit :

— Tu as utilisé des runes ? Lesquelles ?

— Je ne sais pas, répondit Clary en montrant la page blanche. Elles me viennent à l'esprit, et je les dessine exactement comme je les vois.

— Ce sont les runes que tu as vues dans le Grimoire ?

— Je l'ignore.

— Et personne ne t'a appris à faire ça ? Ta mère, par exemple ?

— Non. Je te l'ai déjà dit, ma mère a toujours prétendu que la magie n'existait pas.

— Je parie que c'est elle qui t'a appris, avant de tout te faire oublier. Magnus t'avait prévenue que tes souvenirs reviendraient progressivement.

— Peut-être.

— C'est sûr et certain.

Jace se mit à faire les cent pas dans la pièce.

— C'est sans doute illégal d'utiliser les runes de cette manière, à moins que tu n'en aies obtenu l'autorisation. Mais ça n'a pas d'importance pour l'instant.

Tu crois que ta mère a caché la Coupe Mortelle dans un tableau ? Comme tu viens de le faire avec cette tasse ?

Clary hocha la tête :

— Seulement, ce tableau ne se trouve pas dans l'appartement.

— Où, alors ? Dans une galerie ? Il pourrait être n'importe où...

— Ce n'est pas un tableau, en fait. C'est une carte.

— Une carte ?

— Tu te souviens de ce jeu de tarots chez Mme Dorothea ? Celui que ma mère a peint pour elle ?

Jace acquiesça.

— Et tu te souviens quand j'ai tiré l'As de Coupes ? Plus tard, devant la statue de l'Ange, cette Coupe me disait quelque chose. C'était parce que je l'avais déjà vue sur la carte ! Ma mère a dissimulé la Coupe Mortelle dans le jeu de tarots de Mme Dorothea.

— Parce qu'elle savait qu'elle serait en sécurité chez une Sentinelle, ajouta Jace. C'était un moyen de la confier à Dorothea sans lui dire ce que c'était ou pourquoi il fallait la garder à l'abri.

— Dorothea ne sort jamais de chez elle, elle n'aurait pas eu l'occasion de vendre la mèche...

— Et ta mère était idéalement située pour garder un œil sur la Coupe et sur elle, conclut Jace, l'air impressionné. Ce n'est pas un mauvais raisonnement.

— Je suppose.

Clary s'efforçait de contrôler le tremblement dans sa voix :

— Si seulement elle ne l'avait pas aussi bien cachée !

— Qu'est-ce que tu veux dire ?

— S'ils l'avaient trouvée, peut-être qu'ils l'auraient laissée tranquille. Si tout ce qu'ils voulaient, c'était la Coupe...

— Ils l'auraient tuée, Clary. Ce sont ces hommes-là qui ont tué mon père. Si elle est encore en vie, c'est justement parce qu'ils n'ont pas trouvé ce qu'ils cherchaient. Réjouis-toi qu'elle l'ait si bien cachée !

— Je ne vois pas en quoi ça nous concerne, dit Alec, l'air hagard.

Jace avait réveillé tous les pensionnaires de l'Institut à l'aube et les avait traînés dans la bibliothèque pour, expliqua-t-il, « élaborer une stratégie de bataille ». Alec était encore en pyjama ; Isabelle portait un peignoir rose. Hodge, vêtu comme à l'accoutumée de son costume en tweed impeccablement coupé, buvait du café dans une tasse ébréchée. Seul Jace, l'œil vif malgré ses hématomes, paraissait vraiment réveillé.

— Je croyais que la quête de la Coupe était désormais entre les mains de l'Enclave, poursuivit Alec.

— Il vaut mieux qu'on s'en charge nous-mêmes, dit Jace avec impatience. Hodge et moi, nous en avons déjà discuté, et c'est ce que nous avons décidé.

— Je marche, annonça Isabelle en glissant derrière son oreille une tresse nouée avec un ruban rose.

— Pas moi, déclara Alec. En ce moment même, des membres de l'Enclave cherchent la Coupe en ville. Faites-leur passer l'information et laissez-les s'en occuper.

— Ce n'est pas si simple, objecta Jace.

— Si. Tout ça n'a rien à voir avec nous, c'est encore ton... ton penchant pour le danger qui te pousse à agir.

Jace secoua la tête, exaspéré :

— Je ne comprends pas pourquoi tu me tiens tête là-dessus.

« Parce qu'il ne veut pas que tu sois blessé ! » pensa Clary, en s'étonnant de son incapacité totale à voir ce qui se passait avec Alec. Cela dit, elle avait commis la même erreur avec Simon. De quel droit le critiquait-elle ?

— Écoute, Dorothea, la propriétaire du Sanctuaire, ne se fie pas à l'Enclave. Elle déteste ses membres. Nous, elle nous fait confiance.

— Elle me fait confiance, corrigea Clary. En ce qui te concerne, je ne suis pas certaine qu'elle t'apprécie beaucoup.

Jace ignora sa remarque :

— Allez, on va bien rigoler, Alec ! Pense à la gloire qu'on pourrait en retirer si on rapportait la Coupe Mortelle à Idris ! Nos noms resteraient à jamais dans les mémoires.

— Je me fiche de la gloire, répliqua Alec sans quitter Jace des yeux.

— En l'occurrence, Jace a raison, intervint Hodge. Si l'Enclave devait se présenter au Sanctuaire pour récupérer la Coupe, ce serait un désastre. Dorothea s'enfuirait avec, et on ne la retrouverait sans doute jamais. Non, Jocelyne souhaitait à l'évidence qu'une seule et unique personne puisse retrouver la Coupe, et cette personne, c'est Clary.

— Alors, qu'elle y aille seule !

Isabelle laissa échapper un murmure scandalisé. Jace, qui s'était adossé au bureau de Hodge, se redressa d'un bond et dévisagea froidement Alec.

— Si tu as peur d'une poignée de Damnés, tu n'as qu'à rester, dit-il avec calme.

Alec blêmit :

— Je n'ai pas peur !

— Parfait. Alors il n'y a pas de problème.

Il parcourut l'assemblée du regard :

— On est tous sur la même longueur d'ondes ?

Alec acquiesça par un grognement tandis qu'Isabelle hochait vigoureusement la tête.

— Un peu, oui ! On va bien s'amuser.

— Je n'en suis pas si sûre, dit Clary, mais je marche. Évidemment.

— Clary, objecta Hodge avec empressement, tu n'es pas obligée de venir. On peut en référer à l'Enclave...

— Non, dit Clary d'un ton ferme qui la surprit elle-même. Ma mère voulait que je retrouve la Coupe avant Valentin, et avant eux aussi.

Elle songea à ce qu'avait dit Magnus : « Ce n'était pas les monstres qu'elle cherchait à fuir. »

— Si elle a vraiment consacré sa vie à tenir Valentin à distance, c'est le moins que je puisse faire.

Hodge lui sourit :

— Je pense qu'elle savait que tu prendrais cette décision.

— Ne t'inquiète pas, va ! lui dit Isabelle. Tout ira bien. On peut venir à bout d'un ou deux Damnés. Ils sont dingues, mais ils n'ont pas inventé la poudre.

— Et ils sont beaucoup plus faciles à combattre que des démons, renchérit Jace. Ils sont moins retors... J'y pense, il va nous falloir une voiture. De préférence un gros modèle.

— Pourquoi ? On n'a jamais eu besoin d'une voiture jusqu'ici.

— On n'a jamais eu à prendre soin d'un objet d'une valeur inestimable non plus ! Je n'ai aucune envie de me balader avec un truc pareil dans le métro.

— Il y a des taxis. Et des véhicules de location.

— Je ne veux pas avoir à me préoccuper d'un chauffeur de taxi ou d'une société de location dans le cadre d'une mission aussi importante.

— Tu as le permis de conduire ? demanda Alec à Clary avec une hostilité à peine dissimulée. Je croyais que tous les Terrestres possédaient une voiture.

— Pas à quinze ans, non, répliqua Clary avec humeur. J'étais censée passer mon permis cette année.

— Tu ne sers vraiment à rien !

— Au moins, mes amis à moi savent conduire. Simon a le permis.

Elle regretta ses paroles sur-le-champ.

— Ah bon ? lâcha Jace, l'air songeur.

— Mais il n'a pas de voiture, s'empressa-t-elle d'ajouter.

— Alors, il conduit la voiture de ses parents ?

Clary poussa un soupir :

— Non. D'ordinaire, il conduit la camionnette d'Éric pour aller à des concerts. Parfois, Éric le laisse l'emprunter, par exemple, quand il a un rencard.

— Il balade ses petites amies dans un van ? ricana Jace. Pas étonnant qu'il ait un succès fou avec les dames !

— Ça roule, c'est l'essentiel. Tu es jaloux parce que

Simon a un moyen de locomotion, contrairement à toi.

— Simon a des tas d'autres choses : des yeux de taupe, un dos voûté, et un manque flagrant de coordination dans les mouvements.

— Tu sais, la plupart des psys sont d'accord pour penser que l'hostilité affichée n'est que le résultat d'une attirance sexuelle refoulée.

— Ah, répondit gaiement Jace, voilà qui expliquerait pourquoi je tombe toujours sur des gens qui me détestent.

— Je ne te déteste pas, moi, objecta Alec.

— C'est parce qu'on est comme frères, dit Jace en s'avançant vers le bureau.

Il tendit le téléphone à Clary :

— Appelle-le.

— Appeler qui ? Éric ? Il ne me prêtera jamais sa voiture.

— Simon. Appelle-le et demande-lui de nous emmener chez toi.

Clary fit une dernière tentative pour gagner du temps :

— Vous ne connaissez pas des Chasseurs d'Ombres qui ont une voiture ?

— À New York ? Ils sont tous à Idris pour les Accords, et puis ils auraient insisté pour venir avec nous. C'est ça ou rien.

Clary croisa le regard de Jace. Une lueur de provocation brillait dans ses yeux, et autre chose aussi, comme s'il la mettait au défi de justifier ses réticences. Avec une grimace, elle lui arracha le téléphone des mains.

Elle n'eut même pas à réfléchir pour composer le numéro. Elle le connaissait par cœur, comme le sien. Elle espéra secrètement que sa mère ou l'une de ses sœurs répondrait, mais ce fut Simon qui décrocha à la deuxième sonnerie.

— Allô ?

— Simon ?

Silence.

Jace ne quittait pas Clary du regard. Elle ferma les yeux et s'efforça de faire abstraction de sa présence :

— C'est moi, Clary.

— Je sais qui c'est, répondit Simon avec irritation. Je dormais, figure-toi.

— Je m'en doute. Il est tôt. Désolée.

Elle entortilla le fil du téléphone autour de ses doigts :

— J'ai une faveur à te demander.

Un autre silence, suivi d'un rire morne :

— Tu plaisantes !

— Je suis très sérieuse. On sait où se trouve la Coupe Mortelle, mais pour aller la chercher, on a besoin d'une voiture.

Simon rit de nouveau :

— Attends, tu es train de me dire que tes amis chasseurs de démons, pour se rendre à leur prochain rendez-vous avec les forces du Mal, veulent que ma mère les conduise ?

— En fait, je me suis dit que tu pourrais emprunter le van d'Éric.

— Clary, si tu crois que...

— Si on récupère la Coupe, j'aurai un moyen de

retrouver ma mère. C'est pour cette seule raison que Valentin la retient prisonnière.

Simon poussa un long soupir :

— Tu crois que ce sera aussi facile de négocier ? Clary, je n'en suis pas si sûr.

— Moi non plus. Je sais juste qu'il reste une chance.

— C'est dangereux, ce truc, non ? Dans Donjons et Dragons, il vaut mieux ne pas se servir des objets dangereux avant de maîtriser leur usage.

— Je n'ai pas l'intention de m'en servir. Je veux sauver ma mère.

— Ce n'est pas raisonnable, Clary

— On n'est pas dans Donjons et Dragons, Simon ! Ce n'est pas un jeu ! C'est de ma mère qu'il s'agit ! Valentin est capable de la torturer. Elle risque de mourir. Je dois faire tout mon possible pour la retrouver... J'ai fait de même avec toi.

Silence.

— Tu as peut-être raison. Je n'y connais rien, ce n'est pas mon domaine. Où est-ce qu'on va, au juste ? Histoire que je puisse en parler à Éric.

— Il est hors de question que tu l'emmènes !

— Je sais, répondit-il avec impatience, je ne suis pas idiot.

— On va chez moi.

Il y eut un bref silence.

— Chez toi ? Je croyais que ton appartement était infesté de zombies.

— Ce ne sont pas des zombies, mais des guerriers damnés. Bref, Jace et les autres m'attendront pendant que je récupère la Coupe.

— Pourquoi faut-il que ce soit toi ? demanda-t-il avec inquiétude.

— Parce que je suis la seule à pouvoir le faire. Retrouve-nous au coin de la rue dès que tu peux.

Simon marmonna quelques mots inaudibles avant de répondre :

— D'accord.

Clary cligna des yeux ; ils s'étaient remplis de larmes.

— Merci, Simon. Tu es...

Mais il avait déjà raccroché.

— J'ai l'impression que les conflits de pouvoir sont toujours les mêmes, observa Hodge.

Clary le regarda du coin de l'œil :

— Qu'est-ce que vous entendez par là ?

Elle était assise sur le rebord de la fenêtre, dans la bibliothèque, tandis que Hodge s'était calé dans son fauteuil, Hugo perché sur l'accoudoir. Les restes du petit déjeuner – taches de beurre et de confiture, miettes de pain – s'attardaient dans une pile d'assiettes posée sur la table basse ; personne n'avait eu le cœur de les emporter. Après le petit déjeuner, tous s'étaient dispersés pour se préparer. Clary avait été la première à revenir, ce qui n'était guère surprenant, étant donné qu'elle n'avait qu'à enfiler un jean et un T-shirt, puis se passer un coup de peigne, tandis que les autres devaient rassembler leur arsenal. Depuis qu'elle avait perdu la dague de Jace à l'hôtel, le seul objet vaguement magique qu'elle détenait était la pierre de rune dans sa poche.

— Je pense à ton Simon, répondit Hodge, et à Jace et Alec, entre autres.

Clary jeta un œil par la fenêtre. Il pleuvait, de grosses gouttes s'écrasaient sur les carreaux. Le ciel était d'un gris impénétrable.

— Quel est le rapport entre eux ?

— Là où il existe des sentiments non réciproques, il y a déséquilibre des pouvoirs. Ce déséquilibre est facile à exploiter, mais ce n'est pas une sage idée. Là où il y a de l'amour, il y a aussi de la haine. Ces deux sentiments coexistent souvent.

— Simon ne me déteste pas.

— Il pourrait en venir à te haïr s'il s'imagine que tu te sers de lui.

Hodge leva la main.

— Je sais que tu n'en as pas l'intention, et dans certains cas la nécessité prévaut sur d'autres sentiments plus nobles. Mais cette situation m'en rappelle une autre. Tu as toujours la photo que je t'ai donnée ?

Clary secoua la tête :

— Pas sur moi. Elle est dans ma chambre. Je peux aller la chercher...

— Non, dit Hodge en caressant les plumes de jais d'Hugo. Quand ta mère était jeune, elle avait un ami cher, comme toi tu as Simon. Ils étaient comme frère et sœur. Avec l'âge, il devint évident pour tout le monde qu'il était amoureux d'elle, mais elle ne s'en aperçut pas. Elle le traitait toujours en ami.

Clary considéra Hodge avec perplexité :

— Vous parlez de Luke ?

— Oui. Lucian a toujours cru que Jocelyne et lui finiraient ensemble. Quand elle a rencontré Valentin et qu'elle est tombée amoureuse de lui, il n'a pas pu le supporter. Après leur mariage, il a quitté le Cercle et disparu. Nous avons tous pensé qu'il était mort.

— Il n'y a jamais fait allusion. Pendant toutes ces années, il aurait pu lui demander...

— Il connaissait sa réponse, la coupa Hodge en contemplant le ciel pluvieux. Lucian n'a jamais été le genre d'homme à se faire des illusions. Il s'est contenté de rester auprès d'elle dans l'espoir, peut-être, que ses sentiments évolueraient.

— Mais s'il l'aimait, pourquoi a-t-il raconté à ces hommes qu'il se moquait de son sort ? Pourquoi a-t-il refusé de savoir où elle se trouvait ?

— Comme je l'ai déjà dit, là où il y a de l'amour, il y a aussi de la haine. Elle l'a beaucoup fait souffrir, il y a bien longtemps. Elle lui a tourné le dos. Et pourtant, ensuite, il a joué les chevaliers servants sans lui faire le moindre reproche ni l'accuser, et sans lui avouer ses sentiments. Peut-être y a-t-il vu l'occasion de renverser les rôles, de la faire souffrir autant qu'il avait souffert.

— Luke ne ferait jamais ça.

En le disant, Clary se souvint de son ton glacial quand il l'avait priée de ne plus lui demander de service. Elle avait bien vu son regard dur devant les hommes de Valentin. Ce n'était pas le Luke qu'elle connaissait, celui avec lequel elle avait grandi. Ce Luke-là n'aurait jamais puni sa mère de ne pas partager ses sentiments.

— Pourtant, elle l'aimait, songea-t-elle à voix haute. Mais différemment. Ça n'a pas suffi ?

— Peut-être pas, non.

— Que se passera-t-il une fois qu'on aura récupéré la Coupe ? Comment pourrons-nous faire savoir à Valentin que nous l'avons ?

— Hugo saura le trouver, répondit Hodge d'un ton énigmatique.

La pluie martelait les vitres de plus en plus fort. Clary frissonna.

— Je vais chercher une veste, dit-elle en se levant.

Elle trouva son sweat-shirt à capuche rose et vert, roulé en boule au fond de son sac à dos. En sortant le vêtement, elle tomba sur la photo du Cercle. Elle la contempla un long moment avant de la remettre à sa place.

De retour à la bibliothèque, elle trouva tout le monde rassemblé : Hodge assis, l'air pensif, à son bureau avec Hugo sur l'épaule, Jace entièrement vêtu de noir, Isabelle avec ses bottes de chasseresse et son fouet, et Alec qui portait un carquois en bandoulière et un brassard en cuir protégeant son bras droit du coude au poignet. Hormis Hodge, tous étaient couverts de Marques nouvelles : chaque centimètre de peau exhibait les spirales d'un tatouage. Jace avait remonté sa manche gauche et, le menton sur l'épaule et les sourcils froncés, il s'efforçait de dessiner une Marque octogonale sur le haut de son bras.

— Tu t'y prends mal, lança Alec. Laisse-moi faire.

— C'est parce que je suis gaucher, dit Jace en lui tendant sa stèle.

Alec la prit, l'air soulagé, comme s'il n'était pas certain jusqu'alors d'avoir obtenu son pardon pour son comportement.

— C'est un *iratze* basique, poursuivit Jace comme

Alec se penchait sur son bras pour tracer avec mille précautions les lignes de la rune de remède.

Les yeux mi-clos, le poing serré, les muscles du bras gauche tendus comme un arc, il fit la grimace tandis que la stèle glissait sur sa peau.

— Au nom de l'Ange, Alec...

— Je fais de mon mieux. Voilà.

Lâchant le bras de Jace, Alec recula pour admirer son œuvre.

— Vous êtes fin prêts, on dirait, lança Clary.

Alec, qui avait rougi, fit mine de s'occuper de ses flèches.

— Tu as toujours la dague que je t'ai donnée? Clary ? demanda Jace.

— Non, je l'ai perdue à l'hôtel Dumort, tu t'en souviens ?

— C'est vrai, tu as failli tuer un loup-garou avec, dit-il en se rengorgeant.

Isabelle, qui se tenait près de la fenêtre, leva les yeux au ciel :

— J'avais oublié que les tueuses te mettaient dans tous tes états, Jace.

Clary jeta un regard anxieux sur la pendule posée sur le bureau :

— On devrait descendre. Simon sera là d'une minute à l'autre.

Hodge se leva de son fauteuil. Clary le trouva particulièrement fatigué, à croire qu'il n'avait pas dormi depuis plusieurs jours.

— Que l'Ange veille sur vous, dit-il, et Hugo s'envola en croassant bruyamment.

Au loin, une cloche sonnait midi.

Il pleuvait encore quand Simon gara la camionnette au coin de la rue en klaxonnant. Le cœur de Clary bondit dans sa poitrine ; en son for intérieur, elle avait craint qu'il ne vienne pas.

Jace scruta la rue à travers le rideau de pluie. Tous quatre s'étaient réfugiés sous une corniche sculptée.

— C'est ça, ton van ? On dirait une banane pourrie.

On ne pouvait pas lui donner tort : Éric avait peint la camionnette en jaune fluo, et les accrocs et autres traces de rouille sur la carrosserie évoquaient de la moisissure. Simon klaxonna de nouveau. Clary distingua sa silhouette à travers les vitres embuées. Avec un soupir, elle rabattit sa capuche sur ses cheveux :

— Allons-y.

Ils rejoignirent le van en pataugeant dans les flaques d'eau sale qui s'étaient formées sur le trottoir. Isabelle s'amusait à faire claquer ses grosses bottes à chaque fois qu'elle posait le pied par terre. Simon, laissant le moteur tourner, se glissa à l'arrière pour ouvrir la porte coulissante, qui découvrit des sièges en lambeaux. Des ressorts menaçants émergeaient çà et là des trous. Isabelle plissa le nez :

— On peut vraiment s'asseoir là-dessus ?

— Tu préfères t'installer sur le toit ? ironisa Simon. C'est la seule alternative.

Il salua Alec et Jace d'un signe de tête en ignorant superbement Clary.

— Salut, lança Jace en soulevant le gros sac en toile qui contenait leurs armes. Où peut-on ranger ça ?

Simon lui indiqua un endroit à l'arrière, où les garçons mettaient d'ordinaire leurs instruments, tandis qu'Alec et Isabelle se glissaient sur les sièges.

— Je monte devant, annonça Clary comme Jace contournait de nouveau le van.

— C'est un bel arc, commenta Simon avec un signe de tête à l'intention d'Alec.

— Tu t'y connais en tir à l'arc ? demanda ce dernier d'un ton suggérant qu'il en doutait.

— J'en ai fait en colo. Six ans d'affilée.

Cette réponse lui valut trois regards interloqués et un sourire encourageant de Clary, qu'il ignora. Il leva les yeux vers le ciel bas :

— On devrait y aller, il se remet à tomber des cordes.

Le siège avant de la camionnette était jonché de sachets de chips et de miettes de gâteaux. Clary nettoya ce qu'elle put. Simon démarra alors qu'elle n'avait pas terminé, et elle fut projetée contre le dossier.

— Aïe ! fit-elle d'un ton de reproche.

— Désolé, lâcha-t-il sans la regarder.

Clary entendit vaguement les autres discuter à voix basse : ils devaient élaborer des stratégies de bataille et débattre du meilleur moyen de décapiter un démon sans salir leurs bottes flambant neuves. Même s'il n'existait pas de séparation entre la banquette avant et le reste du van, elle sentait peser un silence embarrassant entre Simon et elle, comme s'ils étaient seuls.

Simon s'engagea sur l'autoroute qui longeait l'East River. Il coupa la route à un 4x4 noir, dont l'occupant, un homme en costume avec un téléphone portable à la main, lui fit un geste obscène à travers les vitres teintées. Clary regardait le brouillard tomber sur le fleuve, emprisonnant les quais dans un voile gris. Le vent dessinait des rides sur l'eau couleur de plomb. Quand le van s'engagea sur le pont de Manhattan, en direction de Brooklyn, Simon semblait s'être un peu détendu.

Lorsque la camionnette s'arrêta devant chez Clary, il avait cessé de pleuvoir. Le soleil transperçait les derniers lambeaux de brume, et les flaques commençaient à sécher sur les trottoirs. Jace, Alec et Isabelle firent attendre Simon et Clary dans le van pendant qu'ils allaient vérifier, pour reprendre les termes de Jace, le « niveau d'activité démoniaque ».

Simon regarda les trois Chasseurs d'Ombres s'éloigner dans l'allée bordée de rosiers :

— Le niveau d'activité démoniaque ? Qu'est-ce que c'est que ça ?

— Avec leur détecteur, ils mesurent la puissance des démons... s'il y en a, répondit Clary en repoussant sa capuche pour sentir la chaleur du soleil sur ses cheveux mouillés.

Simon parut impressionné :

— C'est pratique.

– Simon, au sujet d'hier soir...

Il l'interrompit d'un geste :

– On n'est pas obligés d'en parler. À vrai dire, je préférerais qu'on s'abstienne.

— Juste une chose : je sais qu'après m'avoir dit que tu m'aimais, tu n'as pas eu la réponse escomptée.

— Exact. J'avais toujours espéré que le jour où je finirais par dire « je t'aime » à une fille, elle répondrait « je sais », comme Han Solo à la princesse Leïa dans *Le retour du Jedi*.

— C'est tarte comme réponse, répondit Clary malgré elle.

Simon lui jeta un regard noir.

— Désolée, Simon. Regarde-moi...

— Non, toi, Clary. Regarde-moi pour une fois.

Clary contempla ses yeux sombres, plus clairs autour de l'iris, ses sourcils familiers, légèrement irréguliers, ses longs cils, ses cheveux bruns, son sourire timide, ses mains gracieuses, faites pour la musique, tout ce qui faisait Simon. Pouvait-elle affirmer avec honnêteté qu'elle ne savait rien de ses sentiments ? Ou peut-être, tout simplement, qu'elle ignorait comment elle réagirait le jour où il lui en ferait l'aveu.

— Voir à travers un charme, c'est facile, soupira-t-elle. Mais voir à travers les gens...

— On voit toujours ce qu'on veut voir.

— Pas Jace.

Clary pensa à ses yeux clairs, impassibles.

— Si, lui plus que tous les autres.

— Qu'est-ce que tu veux...

La voix de Jace les interrompit :

— Bon, on a vérifié les quatre coins de l'immeuble... Rien à signaler. Activité basse. Il s'agit probablement des Damnés, et ils ne nous embêteront sans doute pas, à moins qu'on n'essaie d'entrer dans l'appartement.

— Et s'ils nous cherchent des crosses, renchérit Isabelle avec un sourire carnassier, on saura les recevoir.

Alec sortit le lourd sac en toile de l'arrière du van et le laissa tomber sur le trottoir.

— Prêt ! annonça-t-il. On va se farcir du démon !

Jace lui lança un regard étrange :

— Tu vas bien ?

— Oui, répondit Alec sans le regarder.

Il délaissa son arc et ses flèches pour une canne en bois poli dotée de deux lames qu'on actionnait avec une légère pression du doigt.

Isabelle regarda son frère avec inquiétude :

— Mais l'arc...

— Je sais ce que je fais, Isabelle.

L'arc échoua à l'arrière de la camionnette. Simon s'en empara avant de le reposer précipitamment : un groupe de jeunes femmes hilares promenant leurs bébés en poussette s'avançaient en direction du parc. Elles ne remarquèrent pas les trois adolescents armés jusqu'aux dents qui s'étaient accroupis derrière le van jaune.

— Comment se fait-il que je vous voie, les gars ? demanda Simon. Qu'est-il arrivé à votre invisibilité ?

— Tu peux nous voir parce que tu connais la vérité à notre sujet, répondit Jace.

Simon protesta quand ils lui demandèrent de surveiller le van, mais il céda quand Jace lui fit comprendre l'importance de sa mission.

— La lumière du soleil est fatale aux démons, alors qu'elle n'agit pas sur les Damnés. Et s'ils nous poursuivaient ? Et si la fourrière embarquait la camionnette ?

La dernière vision que Clary eut de Simon en se retournant pour lui faire signe depuis le porche fut une paire de longues jambes appuyées sur le tableau de bord tandis qu'il fouillait dans la collection de CD d'Éric. Elle poussa un soupir de soulagement. Au moins, il était en sécurité.

L'odeur les assaillit au moment où ils franchissaient la porte de l'immeuble. Une odeur indescriptible, mélange d'œuf pourri, de viande avariée et d'algues se décomposant sur une plage en plein soleil. Isabelle plissa le nez et Alec vira au vert ; Jace, lui, parut exulter.

— Des démons sont passés par là, lança-t-il, l'air satisfait. C'est encore tout frais.

Clary le dévisagea avec inquiétude :

— Mais ils sont partis ?

— Oui. Sans quoi, on l'aurait senti.

D'un signe de tête, il indiqua la porte de Dorothea. Elle était fermée, et aucune lumière ne filtrait en dessous.

— Elle devra sûrement répondre à quelques questions si l'Enclave apprend qu'elle a reçu des démons ici.

— Je doute qu'on la félicite, ajouta Isabelle. D'un autre côté, elle s'en sortira mieux que nous.

— Ils s'en moquent du moment qu'on retrouve la Coupe, déclara Alec en embrassant du regard le grand vestibule, la cage d'escalier et les taches sur les murs. Surtout si on massacre quelques Damnés au passage.

Jace secoua la tête :

— Ils sont là-haut. À mon avis, ils ne nous causeront pas d'ennuis si on n'essaie pas d'entrer.

Isabelle écarta une mèche de son visage et observa Clary, les sourcils froncés :

— Qu'est-ce que tu attends ?

Clary jeta un coup d'œil involontaire à Jace, qui l'encouragea d'un sourire.

Elle traversa le vestibule à pas comptés. Entre la verrière noire de saleté et le plafonnier du hall qui ne fonctionnait toujours pas, il y faisait sombre : le seul éclairage provenait de la lumière de sort que Jace tenait à la main. L'atmosphère était moite et sentait le renfermé ; les ombres semblaient se dresser devant Clary comme des arbres surgissant dans une forêt de cauchemar. Elle frappa à la porte de Dorothea, d'abord un coup discret, puis un autre, plus affirmé.

La porte s'ouvrit à la volée, répandant une flaque de lumière vive dans le vestibule. La voyante se tenait sur le seuil, massive et imposante dans sa robe vert et orange. Aujourd'hui son turban était jaune vif, orné d'un canari empaillé et d'un ruban. Elle portait d'énormes pendants aux oreilles et ses gros pieds étaient nus. Clary fut surprise : elle n'avait jamais vu Dorothea pieds nus jusqu'alors et ne lui connaissait qu'une paire de pantoufles élimées.

Elle avait peint ses ongles d'orteils avec un vernis rose pâle du meilleur goût.

— Clary ! s'exclama-t-elle en la serrant contre elle.

Pendant quelques instants, Clary lutta pour respirer, écrasée par une masse de velours et de chair parfumée.

— Grands dieux, ma fille, dit la sorcière en secouant la tête, et ses pendants d'oreilles tintèrent comme un carillon dans la tempête. La dernière fois que je t'ai vue, tu as disparu par mon Portail. Où as-tu atterri ?

— À Williamsburg, répondit Clary en reprenant son souffle.

Dorothea leva les sourcils :

— Et on prétend qu'il n'y a pas de transports publics décents à Brooklyn !

Elle leur fit signe d'entrer. L'endroit n'avait guère changé depuis leur précédente visite : les tarots et la boule de cristal trônaient sur la table basse. Clary éprouva l'envie irrépressible de s'emparer des cartes pour vérifier ce qui se cachait derrière leur surface peinte.

Dorothea se laissa tomber gracieusement dans un fauteuil et examina les Chasseurs d'Ombres avec le même regard perçant que le canari empaillé sur son chapeau. Des bougies parfumées brûlaient dans des assiettes posées aux deux bouts de la table, sans parvenir à disperser la puanteur qui imprégnait chaque recoin de l'immeuble.

— Je suppose que tu n'as pas retrouvé ta mère ? demanda Dorothea.

Clary secoua la tête :

— Non, mais je sais qui l'a enlevée.

Les yeux de Dorothea se posèrent sur Alec et Isabelle, qui examinaient la Main du Destin sur le mur. Jace, qui ne semblait guère disposé à jouer les gardes du corps, s'était perché sur le bras d'un fauteuil. Après s'être assurée que personne n'abîmait ses objets personnels, Dorothea se tourna de nouveau vers Clary :

— Est-ce... ?

— Valentin. Oui.

— C'est bien ce que je craignais. Tu sais ce qu'il lui veut ?

— J'ai appris qu'ils avaient été mariés...

— L'amour qui tourne mal, grommela la sorcière. Le pire qui puisse arriver.

Jace accueillit cette remarque d'un rire presque inaudible. Mais Dorothea avait l'oreille fine :

— Qu'y a-t-il de si drôle, mon garçon ?

— Qu'est-ce que vous savez de l'amour ?

Dorothea croisa ses mains blanches et délicates sur son giron :

— Plus que tu ne le penses. J'ai lu ton avenir dans les feuilles de thé, Chasseur d'Ombres. Alors, tu es tombé amoureux ?

— Malheureusement, chère madame, je reste moi-même mon seul véritable amour.

Dorothea partit d'un éclat de rire :

— Au moins, tu ne risques pas d'être éconduit, Jace Wayland.

— Pas forcément. Je m'envoie balader de temps en temps, histoire d'entretenir la flamme.

Dorothea rit de nouveau. Clary choisit ce moment pour intervenir :

— Vous devez vous demander pourquoi nous sommes là, madame Dorothea.

Dorothea, retrouvant son sérieux, s'essuya les yeux :

— Pour le plaisir d'être en ma compagnie, j'imagine. Je me trompe ?

— Je n'ai pas le temps de bavarder. Je dois sauver ma mère, et pour ça j'ai besoin de quelque chose.

— Quoi donc ?

— On l'appelle la Coupe Mortelle, et Valentin croit que c'est ma mère qui l'a. C'est pour ça qu'il l'a enlevée.

Dorothea parut sincèrement étonnée.

— La Coupe de l'Ange ? demanda-t-elle, incrédule. La Coupe de Raziel, dans laquelle il avait mélangé le sang des anges avec celui des hommes, pour donner cette mixture à boire à un mortel, créant ainsi le premier Chasseur d'Ombres ?

— C'est bien ça, confirma sèchement Jace.

— Qu'est-ce qui a bien pu lui faire croire qu'elle l'avait en sa possession ?

La réponse à cette question s'imposa à elle avant que Clary ait pu ouvrir la bouche.

— Elle était Jocelyne Fairchild, sa femme, que tout le monde croyait morte. Elle s'est enfuie avec la Coupe, n'est-ce pas ?

Une lueur s'alluma dans le regard de la sorcière, mais comme elle avait baissé promptement les yeux, Clary crut qu'elle avait rêvé.

— Alors, vous avez un plan ? demanda Dorothea. Quel que soit l'endroit où elle se trouve, ça ne va pas être facile de mettre la main dessus. Avec cette Coupe, Valentin pourrait faire des choses terribles.

— Nous savons où elle est, déclara Jace. Le seul problème est de la récupérer.

Les yeux de Dorothea s'écarquillèrent :

— Eh bien, où est-elle ?

— Ici.

— Ici ? Vous voulez dire que vous l'avez sur vous ?

— Pas exactement, chère madame, répondit Jace, que la situation semblait beaucoup amuser. C'est plutôt vous qui l'avez.

— Ce n'est pas drôle ! lança Dorothea avec colère, et Clary se prit à craindre que les choses ne tournent mal.

Pourquoi fallait-il toujours que Jace cherche la petite bête ?

Dorothea se dressa de toute sa hauteur et leur jeta un regard noir.

— Vous vous fourvoyez, dit-elle froidement, je n'ai pas la Coupe. Comment osez-vous venir ici me traiter de menteuse ?

Alec porta la main à sa canne, et Clary s'empressa d'intervenir :

— Personne ne vous traite de menteuse. Nous disons seulement que la Coupe est ici, à votre insu.

Mme Dorothea la dévisagea longuement. Ses yeux, enfoncés dans les plis de sa chair, étaient froids comme du marbre :

— Explique-toi.

— Ma mère a caché la Coupe ici voilà des années. Elle ne vous l'a pas dit, car elle ne voulait pas vous mêler à ça.

— Elle vous l'a confiée sous la forme d'un cadeau, ajouta Jace.

Dorothea le regarda sans comprendre. « Elle ne s'en souvient pas ? » pensa Clary, perplexe.

— Le jeu de tarots, dit-elle. Les cartes qu'elle a peintes pour vous.

La sorcière se tourna vers les cartes étalées devant elle en ouvrant de grands yeux. Clary s'avança vers la table et prit le paquet. Les cartes étaient chaudes et un peu glissantes au toucher. Désormais, et contrairement à sa précédente visite, elle sentait le pouvoir émanant des runes peintes sur leur verso battre comme un pouls dans ses doigts. D'instinct, elle trouva l'As de Coupes et le sortit du paquet avant de remettre les autres cartes sur la table :

— La voilà.

Tous la regardaient en retenant leur souffrance. Lentement, elle retourna la carte et contempla l'œuvre de sa mère : la finesse de la main, les doigts enroulés autour du pied en or de la Coupe Mortelle.

— Jace, donne-moi ta stèle.

Jace déposa la stèle, chaude, presque vivante au toucher, dans sa paume. Elle traça des lignes et des spirales sur les runes peintes au verso. Quand elle retourna la carte côté recto, elle constata que des changements subtils s'étaient opérés sur le dessin : les doigts avaient relâché leur prise autour de la Coupe. La main semblait la lui offrir tandis qu'une petite voix dans sa tête lui disait : « Tiens, prends-la. »

Elle mit la stèle dans sa poche. Puis, bien que la carte tînt dans sa paume, elle passa la main à travers comme dans un énorme trou. Ses doigts se refermèrent sur la Coupe ; elle crut entendre un soupir presque inaudible tandis que la carte, désormais vide, tombait en cendres qui glissèrent entre ses doigts et s'éparpillèrent sur la moquette.

19

Abbadon

Clary ne savait pas trop à quoi s'attendre : des exclamations de joie, voire des tonnerres d'applaudissements ? Elle n'obtint qu'un silence abasourdi, bientôt rompu par Jace :

— Je l'imaginais plus grande.

Clary examina la Coupe. Elle était à peu près de la taille d'un verre à vin ordinaire, mais beaucoup plus lourde. Elle irradiait de puissance, tel le sang qui coule dans les veines.

— Moi, je trouve qu'elle a des proportions parfaites.

— Oh oui, elle est assez grande, dit-il avec condescendance, seulement je m'attendais à quelque chose de... tu sais.

Il dessina dans le vide un objet de la taille d'un gros chat domestique.

— C'est une coupe, Jace, pas une bassine, protesta Isabelle. C'est bon, on a fini ? On peut y aller, maintenant ?

Dorothea, la tête penchée sur le côté, regardait la Coupe avec un intérêt manifeste.

— Mais elle est abîmée ! s'exclama-t-elle soudain. Comment est-ce arrivé ?

— Abîmée ?

Clary examina la Coupe avec étonnement. Elle ne voyait rien qui clochait.

— Attends, je vais te montrer, dit la sorcière, et elle s'avança en tendant les mains vers la Coupe.

Clary recula instinctivement. Soudain, Jace s'interposa entre elles en dégainant l'épée qui pendait à sa ceinture.

— Désolé, dit-il calmement, personne ne touche la Coupe Mortelle en dehors de nous.

Dorothea lui jeta un regard étrange, dénué de toute expression.

— Voyons, ne nous affolons pas ! Valentin n'aimerait pas qu'il arrive quelque chose à la Coupe.

Jace pointa son épée sous le menton de Dorothea :

— Je ne sais pas ce qui se passe, mais nous partons.

Les yeux de la vieille femme étincelèrent.

— Bien sûr, Chasseur d'Ombres, répondit-elle en reculant vers le mur masqué par la tenture. Voudriez-vous utiliser le Portail ?

L'épée trembla dans la main de Jace ; il considéra un instant la sorcière, l'air désarçonné :

— Ne touchez pas...

Dorothea éclata de rire et, rapide comme l'éclair, tira sur la tenture qui dissimulait le mur. Derrière, le Portail était ouvert.

Alec eut un hoquet de surprise :

— Qu'est-ce que c'est que ça ?

Clary entrevit des nuages écarlates traverses d'éclairs

noirs et une forme sombre, terrible, qui se précipitait sur eux. Jace leur cria :

— Couchez-vous !

Il se jeta sur le sol en entraînant Clary à sa suite. Affalée sur le ventre, elle leva la tête au moment où la chose fondait sur Mme Dorothea, qui poussa un hurlement. Plutôt que de la projeter à terre, la chose l'enveloppa tel un linceul, puis s'insinua en elle comme de l'encre noire qui imprègne du papier. Le dos de la sorcière se voûta monstrueusement et sa silhouette s'allongea, encore et encore. Un bruit de ferraille s'éleva dans la pièce. Clary baissa les yeux : les bracelets de Dorothea gisaient à ses pieds, déformés et cassés. Parmi les bijoux, elle distingua ce qu'elle prit d'abord pour de petites pierres blanches. Il lui fallut un moment pour comprendre qu'il s'agissait en réalité de dents.

Jace émit un son qui ressemblait à une exclamation incrédule.

— Tu as dit qu'il n'y avait pas beaucoup d'activité démoniaque... Tu as dit que le niveau était bas ! s'écria Alec.

— Il était bas, grommela Jace.

— Ta conception de « bas » doit être différente de la mienne ! reprit Alec tandis que ce qui avait été Dorothea se disloquait en mugissant. Agitée de soubresauts, la chose enflait et se tordait.

Clary s'arracha à cette vision grotesque, car Jace se relevait en la tirant par le bras. Isabelle et Alec se levèrent à leur tour, les jambes flageolantes, et dégainèrent leurs armes. La main d'Isabelle, qui tenait le fouet, tremblait un peu.

— Sauve-toi ! cria Jace en poussant Clary vers la porte de l'appartement.

Jetant un regard par-dessus son épaule, elle ne vit qu'une énorme masse grise et mouvante, pareille à un gros nuage, avec une forme noire en son centre...

Tous les quatre se précipitèrent dans le vestibule, Isabelle en tête. Elle courut jusqu'à l'entrée de l'immeuble, secoua la poignée et se tourna vers le groupe, l'air affolé :

— Elle ne veut pas s'ouvrir ! C'est sans doute un sortilège...

Jace poussa un juron et fouilla dans sa poche :

— Bon sang, où est passée ma stèle ?

— C'est moi qui l'ai, s'écria Clary.

Comme elle la cherchait, un bruit semblable à un coup de tonnerre emplit le vestibule. Le sol bougea sous leurs pieds. Clary perdit l'équilibre et se rattrapa à la rampe d'escalier. En levant les yeux, elle vit un trou béant dans le mur qui séparait le vestibule de l'appartement de Dorothea. Puis elle vit quelque chose se glisser – ou plutôt suinter – hors du trou...

— Alec ! cria Jace.

Alec se tenait immobile devant le trou, le visage blême, l'air horrifié. Avec un juron, Jace se précipita vers lui et l'entraîna vers la porte de l'immeuble au moment où la chose finissait de s'extirper du mur.

Clary retint son souffle. La chair de la créature était livide et putride. À travers sa peau en lambeaux on voyait des os noirâtres et craquelés comme s'ils avaient séjourné dans la terre pendant plusieurs siècles. Ses doigts étaient décharnés comme ceux d'un squelette, et ses bras maigres, couverts de plaies noires et purulentes. Elle avait des griffes qui raclaient le sol et, en guise d'yeux et de nez, des trous béants. Autour de ses poignets et sur ses épaules, Clary distingua des morceaux de tissu de couleur vive : c'était tout ce qui restait des étoles et du turban en soie de Mme Dorothea. La créature mesurait au moins trois mètres.

Elle braqua ses orbites vides sur les quatre adolescents.

— Donnez-moi la Coupe Mortelle, dit-elle d'une voix pareille au vent qui éparpille les détritus sur un trottoir désert. Donnez-la-moi, et je vous laisserai la vie sauve.

Paniquée, Clary se tourna vers les autres. À voir la tête d'Isabelle, on aurait dit que la créature venait de lui donner un coup de poing dans l'estomac. Alec était resté cloué sur place. Ce fut Jace, comme d'habitude, qui réagit.

— Qui es-tu ? demanda-t-il d'un ton calme.

Cependant Clary ne l'avait jamais vu aussi défait.

La chose inclina la tête.

— Je suis Abbadon, le Démon des Abysses. Je viens du vide qui sépare les mondes. Je viens du royaume des ténèbres hurlantes et du vent. Je suis à ces créatures pleurnichardes que vous nommez démons ce qu'un aigle est à une mouche. Vous n'avez aucune chance de me vaincre. Donnez-moi la Coupe, ou vous mourrez tous.

Le fouet trembla dans la main d'Isabelle.

— C'est un Démon Supérieur, souffla-t-elle. Jace..

— Et Dorothea ? lança Clary d'une voix stridente. Que lui est-il arrivé ?

Les orbites vides du démon se tournèrent vers elle :

— Ce n'était qu'un réceptacle. Elle a ouvert le Portail, et j'ai pris possession de son corps. Elle est morte rapidement.

Le démon avisa la Coupe dans sa main.

— Ta mort sera plus lente, reprit-il en s'avançant vers elle.

Jace lui barra le passage, son épée lumineuse dans une main et un poignard séraphique dans l'autre. Alec l'observait, les yeux écarquillés d'horreur.

— Par l'Ange, dit Jace en regardant le démon de la tête aux pieds. Je savais que les Démons Supérieurs étaient censés être laids, mais personne ne m'avait averti pour l'odeur.

Abbadon ouvrit la bouche et émit un sifflement, découvrant deux rangées de dents tranchantes.

— Pour les ténèbres hurlantes et le vent, je ne suis pas sûr, poursuivit Jace. Tu pues tellement qu'on se croirait dans une décharge publique. Tu es certain que tu ne viens pas de Staten Island ?

La créature se jeta sur lui. Fendant l'air, les armes de Jace s'enfoncèrent dans sa seule partie charnue, l'abdomen. Il poussa un hurlement et envoya valser le garçon comme un chat écarte une souris d'un coup de patte. Jace roula sur le côté et se releva prestement, mais Clary comprit, à sa façon de se tenir le bras, qu'il avait été blessé.

Ce fut le signal pour Isabelle, qui se rua sur la créature en faisant claquer son fouet. Une éraflure apparut à l'endroit où le fouet avait frappé, et le sang se mit à couler. Sans prêter attention à elle, Abbadon s'avança vers Jace.

De sa main valide, ce dernier dégaina un second poignard séraphique. Il leva son arme au moment où le démon se dressait devant lui ; à côté du monstre, il paraissait frêle comme un enfant. La créature tendit les bras vers lui. Isabelle poussa un cri et fit claquer de nouveau son fouet en projetant des gouttelettes de sang sur le sol.

Abbadon fendit l'air de sa main griffue ; Jace recula en chancelant, mais s'en sortit indemne. Soudain, une silhouette vêtue de noir s'interposa entre lui et le démon, qui hurla de douleur : Alec venait de lui transpercer la peau de sa canne. Avec un rugissement, le monstre lui décocha un coup terrible. Le garçon fut projeté dans les airs et alla s'écraser contre le mur opposé. On entendit craquer ses os avant qu'il ne s'affaisse sur le sol.

Isabelle cria le nom de son frère et s'élança à son secours. Le démon se retourna, et du revers de la main il la projeta au sol. Alors que la bouche ensanglantée elle essayait de se relever, Abbadon la frappa encore, et cette fois elle s'affala, immobile.

Puis la créature s'avança vers Clary.

Jace se figea, les yeux fixés sur le corps inerte d'Alec, comme perdu dans un rêve. Clary poussa un cri et courut se réfugier dans l'escalier, mais elle trébucha sur les marches cassées. La stèle lui brûlait la peau à travers son jean. Si seulement elle avait une arme, n'importe quoi...

Entre-temps, Isabelle était parvenue tant bien que mal à se redresser. Écartant ses cheveux poissés de sang de son visage, elle cria quelque chose à l'intention de Jace. Clary l'entendit prononcer son nom et vit Jace s'élancer vers elle en clignant des yeux comme s'il venait de s'éveiller en sursaut. Le démon était si près qu'elle pouvait voir la vermine grouiller dans ses plaies noirâtres. Il tendit les bras vers elle...

Mais Jace l'avait rejointe : repoussant la main du démon, il enfonça la lame de son poignard séraphique dans sa poitrine, à côté des deux autres qui s'y trouvaient déjà. Le démon rugit de fureur, comme si le coup de poignard qu'il venait de recevoir n'était guère qu'une égratignure.

— Chasseur d'Ombres, gronda-t-il, je prendrai du plaisir à te tuer, à entendre tes os craquer comme ceux de ton ami...

Jace se jeta sur lui ; cramponné à son dos, il arracha un des couteaux de sa poitrine en projetant un jet d'ichor et le poignarda, encore et encore, en faisant couler à chaque fois un flot de liquide noir.

Avec un mugissement, Abbadon se rua contre le mur. Pour ne pas être écrasé, Jace se laissa tomber à terre, atterrit souplement sur ses pieds et leva de nouveau son poignard. Mais le démon fut plus rapide que lui et, d'un coup de griffes, le projeta dans l'escalier. Jace recula tandis que le monstre le saisissait à la gorge avec ses mains griffues.

— Dis-leur de me donner la Coupe, et je leur laisserai la vie sauve, grogna-t-il.

Jace avala sa salive avec difficulté :

— Clary...

Mais Clary n'entendit pas la suite, car à ce moment même, la porte de l'immeuble s'ouvrit à la volée. Pendant un instant, elle ne distingua que la clarté du jour.

Puis, clignant des yeux, elle aperçut, debout sur le seuil, Simon, dont elle avait presque oublié l'existence.

Il la vit, blottie dans l'escalier, puis son regard se posa tour à tour sur Jace et Abbadon. Il tenait à la main l'arc d'Alec. Il sortit une flèche de son carquois et banda l'arc d'un geste expert, comme s'il avait fait cela toute sa vie.

La flèche jaillit avec un bruit pareil au bourdonnement d'une énorme abeille, passa au-dessus de la tête du monstre, fila vers le toit...

La verrière explosa en milliers d'éclats de verre sale qui s'abattirent en pluie sur le sol. Le soleil s'engouffra à travers l'ouverture et le hall fut soudain inondé de lumière.

Abbadon poussa un hurlement et recula en chancelant et en protégeant de ses bras sa tête difforme. Jace porta la main à sa gorge intacte et regarda avec incrédulité le démon s'affaisser sur le sol en rugissant. Clary s'attendait presque à le voir partir en flammes mais il commença à se recroqueviller sur lui-même. Ses jambes se replièrent contre son torse, sa tête se ratatina comme du papier qui se calcine, et en l'espace d'une minute il disparut complètement, ne laissant que des traces de brûlé sur le sol.

Simon baissa son arc. Il cilla derrière ses lunettes, la bouche entrouverte. Il paraissait aussi surpris par son exploit que Clary.

Jace gisait au pied de l'escalier, à l'endroit où le démon l'avait jeté. Il se redressa péniblement, et Clary, dévalant les marches, tomba à genoux près de lui :

— Jace...

— Je vais bien, dit-il en essuyant le sang qui dégoulinait de sa bouche. Alec...

— Ta stèle ! s'exclama Clary en sortant l'objet de sa poche. Tu en as besoin pour te soigner ?

Jace se tourna vers elle. La lumière du soleil se déversant par la verrière cassée éclaira son visage. Il eut l'air de se contenir au prix d'un terrible effort.

— Je vais bien, répéta-t-il en écartant Clary sans ménagement.

Il se leva, chancela, faillit tomber : jamais Clary ne l'avait vu aussi mal en point.

— Alec ? dit-il.

Clary le regarda traverser le vestibule en claudiquant pour rejoindre son ami inconscient. Après avoir glissé la Coupe Mortelle dans la poche de son sweat, elle se leva. Isabelle, qui avait rampé jusqu'à son frère, berçait sa tête sur ses genoux en lui caressant les cheveux. La poitrine d'Alec se soulevait imperceptiblement : au moins, il respirait. Simon, adossé au mur, les observait, l'air vidé. Clary le rejoignit et serra sa main dans la sienne.

— Merci, murmura-t-elle. Tu as été incroyable !

— Remercie plutôt le moniteur de tir à l'arc.

— Simon, je ne...

— Clary ! cria Jace. Apporte-moi ma stèle.

Simon lâcha la main de Clary à contrecœur. Elle alla s'agenouiller auprès des Chasseurs d'Ombres. Le visage d'Alec, livide, était maculé de sang. Sa main agrippée au poignet de Jace laissait des traînées rouges. Il regarda Clary comme s'il la voyait pour la première fois. Une lueur de triomphe s'alluma dans ses yeux :

— Je l'ai tué ?

Jace fit la grimace.

— Tu...

— Oui, dit Clary. Il est mort.

Alec rit. Un flot de sang s'échappa de sa bouche. Jace libéra son poignet et lui prit le visage dans ses mains .

— Ne bouge pas.

Alec ferma les yeux.

— Faites ce que vous avez à faire, murmura-t-il.

Jace prit la stèle de la main de Clary et promena la pointe sur le torse d'Alec. Le tissu de sa chemise se déchira comme s'il venait de la découper avec un couteau. Isabelle lui lança un regard affolé tandis qu'il dénudait la poitrine du blessé. La peau livide, marquée çà et là d'anciennes cicatrices, était lacérée de sillons sanguinolents. La mâchoire serrée, Jace appliqua la stèle sur la peau de son ami d'un geste expert. Mais, dès qu'il dessinait une marque de guérison, elle disparaissait comme s'il essayait d'écrire sur l'eau.

— Bon sang ! s'exclama-t-il en jetant la stèle au loin.

— Qu'est-ce qui se passe ? demanda Isabelle d'une voix stridente.

— La chose l'a transpercé de ses griffes. Il a du poison démoniaque dans le sang. Les Marques n'ont aucun effet.

Il effleura le visage du blessé :

— Alec, tu m'entends ?

Alec ne bougea pas. Il avait des cernes bleuâtres sous les yeux. Si elle ne l'avait pas vu respirer, Clary aurait pensé qu'il était déjà mort.

— On devrait l'emmener à l'hôpital, suggéra Simon en s'avançant, l'arc toujours à la main. Je vous aiderai à le transporter jusqu'au van. Il y a un hôpital dans la Septième Avenue...

— Non, décréta Isabelle. Il faut l'emmener à l'Institut.

— Les médecins ne sauront pas le soigner, expliqua Jace. Il a été blessé par un Démon Supérieur. Aucun Terrestre ne peut guérir ses blessures.

Ils portèrent Alec jusqu'au van, qui par chance n'avait pas été conduit à la fourrière. Isabelle étala une couverture sale sur la banquette arrière et ils l'installèrent dessus, la tête sur les genoux de sa sœur. Jace s'accroupit auprès de son ami. Des taches sombres de sang humain et démoniaque maculaient les manches et le torse de sa chemise. Quand il leva les yeux vers Simon, tout l'or de son regard s'était éteint et, pour la première fois, Clary y vit de la panique.

— Fais vite, Terrestre ! dit-il. Fonce comme si tu avais tout l'enfer à tes trousses.

Ils traversèrent le quartier de Flatbush en flèche et filèrent sur le pont de Brooklyn en roulant à la même allure que le train qui grondait au-dessus des eaux bleues. Le soleil aveuglant illuminait le fleuve de reflets rougeâtres. Clary se cramponna à son siège comme Simon prenait à quatre-vingts kilomètres à l'heure le virage à la sortie du pont.

Elle pensa aux choses horribles qu'elle avait dites à Alec, à la façon dont il s'était jeté sur Abbadon, à son regard de triomphe. Tournant la tête, elle vit Jace agenouillé auprès de son ami, et le sang qui imprégnait la couverture. Elle pensa au petit garçon et à son faucon mort. « Aimer, c'est détruire », songea-t-elle.

Elle regarda la route avec une boule dans la gorge. Du coin de l'œil, dans le rétroviseur mal réglé, elle vit Isabelle rabattre la couverture sur la poitrine d'Alec. Levant les yeux, elle croisa le regard de Clary :

— Dans combien de temps on arrive ?

— Dans dix minutes, peut-être. Simon fait aussi vite qu'il peut.

— Je sais, répondit Isabelle. Simon... ce que tu as fait, c'était incroyable. Tu as eu le bon réflexe. Je n'aurais jamais cru un Terrestre capable d'une chose pareille !

Simon ne se laissa pas distraire par cette pluie de louanges et garda les yeux fixés sur la route :

— Tu parles de viser la verrière ? L'idée m'est venue juste après votre départ. J'ai pensé à ce que vous m'aviez dit au sujet des démons qui ne supportaient pas la lumière du soleil. Bref, j'ai eu le temps de préparer mon coup. Ne vous flagellez pas ! Il fallait connaître l'existence de cette verrière.

« Mais moi, j'étais au courant, pensa Clary. J'aurais pu le faire. Même sans arc, j'aurais pu jeter quelque chose sur cette verrière, ou en parler à Jace. » La tête cotonneuse, elle se sentit soudain inutile. La peur l'avait empêchée de réfléchir. Un sentiment de honte l'assaillit.

— C'était bien joué, dit Jace.

— Au fait, cette chose, le démon... D'où venait-il ? demanda Simon.

— C'était Mme Dorothea, répondit Clary. Enfin, en quelque sorte.

— Elle n'a jamais été canon, mais je ne me souviens pas de lui avoir vu une aussi sale mine.

— Elle était possédée, expliqua Clary en s'efforçant de reconstituer le fil des événements dans sa tête. Elle a exigé que je lui donne la Coupe, puis elle a ouvert le Portail.

— C'était malin de la part de ce démon. Il a investi le corps de Dorothea avant de se cacher derrière le Portail, où le Détecteur ne le repérerait pas. Nous sommes entrés en nous attendant à combattre une poignée de Damnés, et à la place nous nous sommes retrouvés face à face avec un Démon Supérieur. Abbadon... l'un des Anciens. Le Seigneur des Déchus.

— Eh bien, il faut croire que les Déchus vont devoir faire sans lui dorénavant, observa Simon en prenant un virage.

— Il n'est pas mort, intervint Isabelle. Personne ou presque n'a réussi à tuer un Démon Supérieur jusqu'ici. Il faut éliminer à la fois sa forme physique et éthérée pour qu'il meure vraiment. On l'a juste mis en fuite.

— Oh, fit Simon, l'air déçu. Et Mme Dorothea ? Elle va s'en sortir ?

Il s'interrompit : Alec commençait à s'étouffer. Jace jura dans sa barbe :

— Quand est-ce qu'on arrive ?

— On est arrivés. Mais je n'ai pas envie de nous encastrer dans un mur.

Comme Simon se garait au coin de la rue, Clary s'aperçut que la porte de l'Institut était ouverte et que Hodge les attendait. Dès que le van s'arrêta, Jace en sortit, puis souleva Alec dans ses bras avec autant de facilité qu'un enfant. Isabelle les suivit en emportant la canne ensanglantée de son frère. La porte de l'Institut se referma derrière eux.

Rompue de fatigue, Clary se tourna vers Simon :

— Désolée pour toutes ces taches de sang ! J'ignore quelle explication tu vas pouvoir donner à Éric.

— Qu'il aille se faire voir. Tu as quelque chose de cassé ?

— Pas une égratignure. Tout le monde a été blessé sauf moi.

— C'est leur boulot, Clary, dit Simon avec douceur. Combattre les démons, c'est leur spécialité, pas la tienne.

— Et moi, alors, à quoi je sers, Simon ? lâcha Clary en cherchant une réponse sur son visage.

— Eh bien, tu as récupéré la Coupe... non ?

Clary hocha la tête en tapotant sa poche :

— Oui, je l'ai.

Simon parut soulagé :

— Je n'osais pas te le demander. C'est une bonne nouvelle, tu ne crois pas ?

Elle songea à sa mère, et serra la Coupe dans sa main :

— Oui, c'est une bonne nouvelle.

Church, qui attendait Clary en haut des marches en poussant des miaulements déchirants, la conduisit à l'infirmerie. Les portes battantes étaient grandes ouvertes, et elle vit le corps inerte d'Alec allongé sur l'un des lits blancs. Hodge était penché sur lui ; Isabelle, debout à ses côtés, tenait un plateau d'argent dans ses mains.

Jace n'était pas avec eux ; il patientait à l'extérieur de l'infirmerie, adossé au mur. Quand Clary l'eut rejoint, il ouvrit les yeux, et elle constata que ses pupilles dilatées avaient absorbé tout l'or de ses iris.

— Comment va-t-il ? demanda-t-elle avec douceur.

— Il a perdu beaucoup de sang. Les empoisonnements démoniaques sont monnaie courante, mais s'agissant d'un Démon Supérieur, Hodge n'est pas certain de l'efficacité de l'antidote qu'il utilise d'habitude.

Clary fit mine de lui toucher le bras ·

— Jace...

Il tressaillit et recula :

— Arrête.

— Je n'ai jamais voulu qu'il lui arrive quoi que ce soit. Je regrette tellement !

Il la regarda comme s'il la voyait pour la première fois :

— Ce n'est pas ta faute, c'est la mienne.

— Non, Jace...

— Oh que si, dit-il d'une voix brisée. *Mea culpa, mea maxima culpa*. C'est ma faute, ma grande faute. C'est ce qu'on dit à la messe.

— Je pensais que la religion, ce n'était pas ton truc.

— Si je ne crois pas au péché, je connais la culpabilité. Nous autres Chasseurs d'Ombres, nous obéissons à un code strict. Honneur, faute, pénitence, ces mots sont une réalité pour nous, ils ne sont pas liés à la religion, mais à notre essence. Je fais partie de l'Enclave. C'est dans mon sang. Alors, dis-moi, si tu penses que ce n'est pas ma faute, comment expliques-tu le fait que ma première pensée en voyant

Abbadon n'ait pas été pour mes compagnons d'armes, mais pour toi ?

Il emprisonna le visage de Clary dans ses mains.

— J'ai bien vu qu'Alec n'était pas lui-même. Je savais que quelque chose clochait. Or je n'ai pensé qu'à toi...

Il baissa la tête, et leurs fronts se touchèrent. Clary sentit son souffle sur son visage. Elle ferma les yeux, se laissa submerger par l'émotion.

— S'il meurt, j'en serai responsable. J'ai laissé mon père mourir, et voilà que je tue le seul frère que j'aie jamais eu.

— Tu racontes des bêtises.

Ils étaient tout près l'un de l'autre. Jace se cramponnait à elle comme pour s'assurer qu'elle était bien réelle.

— Clary, qu'est-ce qui m'arrive ?

Tandis qu'elle se creusait la tête pour trouver une réponse, elle entendit quelqu'un se racler la gorge. Elle ouvrit les yeux : Hodge se tenait sur le seuil de l'infirmerie. Son costume, d'ordinaire impeccable, était taché de sang.

— J'ai fait ce que j'ai pu, dit-il d'un ton las. Il est sous sédatifs, il ne souffre pas, mais... Je dois contacter les Frères Silencieux. Son cas dépasse mes compétences.

Jace s'écarta lentement de Clary :

— Combien de temps leur faudra-t-il pour venir jusqu'ici ?

— Je n'en sais rien.

Hodge s'éloigna dans le couloir en secouant la tête.

— Je vais envoyer Hugo les prévenir sur-le-champ. C'est à eux de décider s'ils viendront.

— Mais Alec risque de mourir...

Jace courut derrière Hodge pour le rattraper. Clary les suivit en tendant l'oreille.

— Oui, peut-être, se contenta de répondre Hodge.

La bibliothèque était plongée dans l'obscurité et une odeur de pluie flottait dans l'air : l'une des fenêtres avait été laissée ouverte, et une flaque s'était formée sous les rideaux. Hugo se mit à croasser et à sautiller sur son perchoir comme son maître s'avançait vers lui et allumait la lampe de son bureau.

— Dommage, soupira Hodge en prenant une feuille de papier et un stylo plume, que vous n'ayez pas réussi à récupérer la Coupe. Alec aurait pu en tirer un certain réconfort et...

— Mais je l'ai récupérée ! s'écria Clary. Tu ne lui as pas dit, Jace ?

Jace cligna des yeux, et elle n'aurait su dire si c'était à cause de la surprise ou de la lumière.

— Je n'ai pas eu le temps... J'ai emmené Alec à l'étage...

Hodge s'était figé, le stylo en l'air.

— Tu as la Coupe ?

— Oui. La voilà.

Clary sortit la Coupe de sa poche : elle était toujours froide dans sa main, comme si le contact de son corps ne pouvait pas réchauffer le métal. Les rubis étincelèrent comme des yeux.

Le stylo glissa de la main de Hodge et tomba à ses pieds. La lampe orientée vers le plafond enlaidissait son visage ravagé : sa lumière accentuait chaque ride creusée par la dureté, l'inquiétude et le désespoir.

— C'est la Coupe de l'Ange ?

— La seule et l'unique, répondit Jace. Elle était...

— Aucune importance, désormais, l'interrompit Hodge.

Il reposa la feuille de papier sur le bureau et s'avança vers Jace pour le prendre par les épaules :

— Jace Wayland, te rends-tu compte de ce que tu as fait ?

Jace leva des yeux surpris vers Hodge. Le contraste entre eux frappa Clary : le visage ravagé de l'homme mûr et le visage lisse du garçon. Ses boucles qui lui tombaient dans les yeux faisaient ressortir davantage encore sa jeunesse.

— Je ne suis pas certain de vous suivre, répondit-il.

Hodge siffla entre ses dents :

— Tu lui ressembles tellement !

— À qui ? demanda Jace avec étonnement.

Visiblement, il n'avait jamais entendu Hodge parler de la sorte auparavant.

— À ton père.

Hodge regarda Hugo, qui s'envola au-dessus de leurs têtes en battant l'air moite de ses ailes noires. Puis, plissant les yeux, il s'écria : « *Hugin !* » Avec un caquètement sinistre, l'oiseau ouvrit ses serres et s'abattit sur Clary.

Clary entendit Jace crier, mais bientôt ce ne fut qu'un tourbillon de plumes, accompagné de coups de bec et de griffes. Touchée à la joue, elle poussa un cri et se protégea instinctivement le visage.

Elle sentit qu'on lui arrachait la Coupe des mains.

— Non ! hurla-t-elle.

Une douleur fulgurante lui paralysa le bras. Elle sentit ses jambes se dérober sous elle, glissa et tomba en se cognant les genoux. Les serres de l'oiseau lui labourèrent le front.

— Ça suffit, Hugo ! dit Hodge d'une voix tranquille.

L'oiseau s'éloigna docilement de Clary. Avec un haut-le-cœur, elle essuya le sang qui l'aveuglait. Elle avait l'impression d'avoir le visage en lambeaux.

Hodge n'avait pas bougé. Il tenait la Coupe Mortelle dans ses mains. Hugo décrivait de grands cercles autour de lui en caquetant. Quant à Jace, il gisait à ses pieds, immobile, comme s'il venait de sombrer subitement dans un profond sommeil.

— Jace ! s'exclama Clary.

Le seul fait de parler la faisait souffrir : sa joue la lançait, et elle avait un goût de sang dans la bouche. Jace resta immobile.

— Il n'est pas blessé, dit Hodge.

Clary se releva, voulut se jeter sur lui et recula en chancelant comme si elle avait percuté un mur invisible, mais dur comme de la pierre. Furieuse, elle donna un coup de poing dans le vide.

— Hodge ! cria-t-elle. Ne faites pas l'idiot. Quand l'Enclave saura ce que vous avez...

— Je serai loin, la coupa-t-il en s'agenouillant auprès de Jace.

L'évidence s'imposa à Clary avec la violence d'un choc électrique :

— Vous n'avez jamais envoyé de message à l'Enclave,

n'est-ce pas ? C'est pour ça que vous étiez si bizarre quand je vous ai posé la question. Vous vouliez garder la Coupe pour vous.

— Non, répondit Hodge, pas pour moi.

La gorge sèche, Clary murmura :

— Vous travaillez pour Valentin.

— Non, je ne travaille pas pour lui.

Hodge prit la main de Jace et ôta la bague qu'il ne quittait jamais pour la glisser à son propre doigt.

— Mais je suis de son côté, c'est vrai.

D'un mouvement rapide, il fit tourner l'anneau trois fois autour de son doigt. Au début, rien ne se produisit ; puis Clary entendit la porte s'ouvrir et regarda instinctivement dans cette direction pour voir qui venait d'entrer dans la bibliothèque. En se tournant à nouveau vers Hodge, elle s'aperçut que l'air qui les séparait s'était mis à miroiter comme la surface d'un lac dans le lointain. Puis il s'ouvrit tel un rideau d'argent, et soudain Clary vit un homme de haute stature qui s'était matérialisé dans l'air moite et se tenait au côté de Hodge.

— Starkweather, tu as la Coupe ?

Pour toute réponse, Hodge leva l'objet magique dans ses mains. Il semblait paralysé ; de peur ou de surprise ? Lui qui avait toujours semblé grand, à présent, il paraissait frêle et voûté.

— Seigneur Valentin, finit-il par dire. Je ne vous attendais pas si tôt.

L'individu n'avait plus grand-chose en commun avec le beau jeune homme de la photographie ; seuls ses yeux sombres n'avaient pas changé. Son visage, qui ne ressemblait guère à ce qu'elle s'était imaginé, avait une expression maîtrisée, fermée, méditative ; c'était le visage d'un prêtre avec des yeux mélancoliques. Les poignets de son costume noir fait sur mesure laissaient voir les cicatrices blanches témoignant des années passées à utiliser sa stèle.

— Je t'avais annoncé que je viendrais à toi au moyen d'un Portail.

Il avait une voix sonore, étrangement familière :

— Tu ne m'as pas cru ?

— Si. C'est seulement que... je pensais que vous enverriez Pangborn ou Blackwell, au lieu de venir en personne.

— Tu crois que je les aurais chargés de récupérer la Coupe ? Je ne suis pas fou, je connais la puissance de son charme.

Valentin tendit la main, et Clary vit briller à son doigt un anneau semblable en tout point à celui de Jace :

— Donne-la-moi.

Hodge recula précipitamment :

— D'abord, je veux ce que vous m'avez promis.

— Tu ne me fais pas confiance, Starkweather ? demanda Valentin avec un sourire malicieux. Soit. Un marché est un marché. Je dois reconnaître cependant que j'ai été surpris de recevoir ton message. Je n'aurais jamais cru que tu te plaindrais de mener une existence cachée, consacrée à la contemplation, pour ainsi dire. Tu n'as jamais aimé fréquenter les champs de bataille.

— Vous ne savez pas ce que c'est, s'emporta Hodge, d'avoir tout le temps peur !

— C'est vrai.

La voix de Valentin s'était faite aussi mélancolique que son regard, comme s'il avait pitié de Hodge. Mais ses yeux trahissaient aussi le mépris.

— Si tu n'avais pas l'intention de me remettre la Coupe, poursuivit-il, tu n'aurais pas dû me faire venir ici.

— Ce n'est pas facile, de trahir ses convictions... ou ceux qui vous font confiance.

— Tu veux parler des Lightwood ou de leurs enfants ?

— Les deux.

— Ah, les Lightwood...

Valentin caressa le globe en cuivre qui trônait sur le bureau en suivant de ses longs doigts les contours des mers et des continents.

— Tu ne leur dois rien. Ton châtiment aurait dû être le leur. S'ils n'avaient pas eu des connaissances haut placées au sein de l'Enclave, ils auraient connu le même sort que toi. Or ils sont libres d'aller et venir, de marcher au grand jour comme n'importe qui. Ils ont le droit de rentrer au bercail.

Il insista sur ce dernier mot. Son doigt s'était arrêté sur le globe, à l'endroit où se trouvait Idris.

Hodge détourna les yeux :

— N'importe qui d'autre aurait fait comme eux.

— Toi, tu n'aurais jamais agi de la sorte. Moi non plus. Quoi, laisser un ami souffrir à ma place ? Cela a sans doute engendré beaucoup d'amertume, Starkweather, de savoir qu'ils t'ont si facilement abandonné à ton triste sort...

Les épaules de Hodge s'affaissèrent :

— Ce n'est pas la faute des enfants. Ils n'ont rien fait, eux...

— J'ignorais que tu aimais autant les enfants, Starkweather, répondit Valentin comme si cette idée l'amusait.

— Jace..., dit Hodge d'une voix étranglée.

— Ne prononce pas ce nom !

Valentin sembla perdre patience. Il jeta un coup d'œil à la silhouette immobile allongée sur le sol.

— Il saigne, remarqua-t-il. Pourquoi ?

Hodge serra la Coupe contre son cœur.

— Ce sang n'est pas le sien. Il est inconscient, mais indemne.

Valentin releva la tête et sourit d'un air affable :

— Je me demande ce qu'il pensera de toi à son réveil. La trahison, ce n'est jamais joli, mais trahir un enfant... C'est une double trahison, qu'en penses-tu ?

— Ne lui faites pas de mal, murmura Hodge. Vous avez juré de ne pas lui faire de mal.

— Je n'ai rien promis de tel. Allons !

Valentin s'avança vers Hodge qui recula en tressaillant comme un animal pris au piège. Clary pouvait sentir sa détresse.

— Et que ferais-tu si je te disais que j'ai d'autres projets pour lui ? Tu m'attaquerais ? Tu refuserais de me donner la Coupe ? Même si tu parvenais à me tuer, l'Enclave n'accepterait jamais de lever ta malédiction. Tu te terrerais ici jusqu'à ta mort, terrifié à la seule idée d'ouvrir une fenêtre. Que ne donnerais-tu pour ne plus avoir peur ? À quoi serais-tu prêt à renoncer pour rentrer chez toi ?

Clary détourna les yeux. Elle ne pouvait plus supporter la vue de Hodge. D'une voix étranglée, celui-ci répondit :

— Jurez-moi que vous ne lui ferez aucun mal, et je vous la donnerai.

— Non, répondit Valentin d'une voix à peine plus perceptible. Tu me la donneras quoi qu'il advienne.

Et il tendit la main.

Hodge ferma les yeux. Pendant un moment, son visage refléta l'expression douloureuse et grave des anges de marbre écrasés sous le poids de la table. Puis il poussa un juron pathétique et remit la Coupe Mortelle à Valentin de ses mains qui tremblaient comme une feuille par grand vent.

— Merci, dit Valentin en la considérant d'un air songeur. J'ai l'impression que tu as ébréché le bord.

Hodge ne répondit pas. Son visage avait viré au gris. Valentin se baissa pour prendre Jace dans ses bras ; alors qu'il le soulevait sans effort, le tissu de sa veste impeccablement coupée se tendit, et Clary s'aperçut que l'homme était en réalité massif, avec un torse épais comme le tronc d'un chêne. Jace, avachi dans ses bras, avait l'air d'un enfant.

— Il se tiendra bientôt aux côtés de son père, dit Valentin en contemplant le visage livide de Jace. C'est là qu'est sa place.

Hodge vacilla. Se détournant, Valentin s'avança vers le rideau d'air miroitant par lequel il était venu. « Il a dû laisser le Portail ouvert derrière lui », songea Clary.

Hodge fit un geste implorant de la main :

— Attendez ! Et votre promesse ? Vous m'aviez juré de mettre un terme à la malédiction.

— C'est vrai, répondit Valentin.

Il s'arrêta et fixa Hodge d'un œil sévère. Le vieil homme recula avec un hoquet de surprise et porta la main à sa poitrine comme s'il venait de recevoir un coup en plein cœur. Un fluide sombre s'écoula entre ses doigts et dégoulina sur le sol. Il leva vers Valentin son visage couvert de cicatrices.

— C'est fait ? demanda-t-il, affolé. La malédiction... elle est levée ?

— Oui. Que ta liberté chèrement acquise t'apporte le bonheur.

À ces mots, il franchit le rideau d'air scintillant. Pendant un instant, son image trembla comme s'il traversait un mur d'eau. Puis il disparut, emmenant Jace avec lui.

20

Dans l'impasse aux rats

Hodge le regarda disparaître, les poings serrés, la main gauche maculée du liquide noir qui s'était écoulé de sa poitrine. L'expression de son visage trahissait à la fois l'exultation et le dégoût de lui-même.

— Hodge !

Clary frappa du poing le mur invisible qui les séparait. Son bras la lançait toujours, mais ce n'était rien comparé à la douleur qui lui déchirait la poitrine. Elle avait l'impression qu'on venait de lui arracher le cœur. *Jace, Jace, Jace...* Son nom résonnait dans sa tête, elle avait envie de le crier.

— Hodge, laissez-moi sortir !

Il se retourna et secoua la tête.

— Je ne peux pas, répondit-il, l'air sincèrement désolé, en se servant de son mouchoir immaculé pour essuyer sa main souillée. Tu essaierais de me tuer.

— Non, je le jure.

— Tu n'as pas reçu l'éducation des Chasseurs d'Ombres, tes promesses ne signifient rien.

De la fumée s'éleva du mouchoir, comme s'il venait de le tremper dans l'acide, et sa main retrouva son aspect normal.

— Mais, Hodge, s'écria Clary au comble du désespoir, vous l'avez entendu ! Il va tuer Jace !

— Il n'a rien dit de tel.

Hodge se dirigea vers son bureau, ouvrit un tiroir et en sortit une feuille de papier. Il prit un stylo dans sa poche, le tapa contre le coin de la table pour en faire couler l'encre. Clary le regarda sans un mot. Écrivait-il une lettre ?

— Valentin a dit que Jace ne tarderait pas à rejoindre son père ! Le père de Jace est mort. Qu'est-ce qu'il faut en déduire, à votre avis ?

— C'est compliqué, lança Hodge sans cesser d'écrire. Tu ne comprendrais pas.

— J'ai compris l'essentiel, répliqua-t-elle avec amertume. J'ai compris que Jace vous faisait confiance, et que vous l'avez vendu à un homme qui haïssait son père et qui le hait aussi, probablement, tout ça parce que vous êtes trop lâche pour accepter un châtiment que vous méritez.

Hodge leva brusquement la tête :

— C'est ce que tu penses ?

— C'est ce que je sais.

Il reposa son stylo en secouant la tête. Il semblait fatigué et vieux, beaucoup plus vieux que Valentin, bien qu'ils soient du même âge.

— Tu ne connais pas toute l'histoire, Clary. Et c'est mieux ainsi.

Il plia soigneusement la feuille de papier sur laquelle il venait d'écrire avant de la jeter dans le feu, qui se mit à cracher des flammes vertes.

— Qu'est-ce que vous faites ? demanda Clary.

— J'envoie un message, répondit Hodge en se détournant de la cheminée.

Il se tenait tout près d'elle ; seul le mur invisible les séparait. Elle appuya les doigts sur la paroi avec l'envie de lui arracher les yeux, malgré la tristesse qui s'y lisait.

— Tu es jeune, reprit-il. Le passé n'est rien pour toi, tu ne sais pas ce que représente un pays pour un vieil homme, ou un cauchemar pour un être rongé par la culpabilité. L'Enclave m'a jeté ce sort parce que j'ai aidé Valentin. Mais je n'étais pas le seul membre du Cercle à le servir : les Lightwood n'étaient-ils pas coupables au même titre que moi ? Et les Wayland ? Pourtant je fus le seul qu'on condamna à l'exil, sans avoir le droit de mettre un pied dehors ou de passer la main par la fenêtre.

— Ce n'est pas ma faute. Ni celle de Jace. Pourquoi lui faire payer les agissements de l'Enclave ? Je peux comprendre que vous ayez donné la Coupe à Valentin, mais Jace ? Il le tuera, tout comme il a tué son père...

— Valentin n'a pas tué le père de Jace.

Clary étouffa un sanglot :

— Je ne vous crois pas ! Vous mentez ! Depuis le début, vous ne dites que des mensonges !

— Ah, fit-il, l'absolutisme moral de la jeunesse n'admet aucune concession. Tu ne vois donc pas, Clary, qu'à ma manière j'essaie d'être quelqu'un de bien ?

— Ça ne marche pas comme ça ! Les bonnes actions ne peuvent pas effacer les mauvaises. Mais...

Elle se mordit la lèvre :

— ... si vous me disiez où se trouve Valentin...

— Non. On prétend que les Nephilim furent enfantés par des hommes et des anges. Cet héritage angélique qui nous a été transmis nous préserve de la chute.

Il effleura du bout des doigts la paroi invisible.

— Tu n'as pas été élevée comme nous. Tu ne sais rien de cette vie de cicatrices et de meurtre. Tu peux encore faire marche arrière. Fuis l'Institut sans tarder, Clary. Pars, et ne reviens jamais.

Clary secoua la tête ·

— Je ne peux pas.

— Alors, toutes mes condoléances, répondit-il avant de quitter la pièce.

La porte se referma derrière Hodge, et Clary se retrouva seule dans le silence. Elle n'entendait que sa propre respiration saccadée et le tapotement de ses doigts sur la paroi transparente qui la séparait de la porte. Elle fit exactement ce qu'elle s'était juré de ne pas faire, à savoir se jeter contre ce mur, encore et encore, jusqu'à l'épuisement. Puis elle se laissa tomber sur le sol en sanglotant.

De l'autre côté de la barrière, à l'infirmerie, Alec se mourait pendant qu'Isabelle attendait que Hodge vienne le sauver. Quelque part au-delà de ces murs, Jace se faisait réveiller sans ménagement par Valentin. Quelque part ailleurs, les chances de survie de sa mère diminuaient, minute après minute, seconde après seconde. Et elle-même se retrouvait piégée ici, aussi inutile et impuissante qu'un enfant.

Elle se redressa brusquement en se souvenant d'avoir donné à Jace la stèle pour qu'il soigne Alec. La lui avait-il rendue ? Retenant son souffle, elle tâta sa poche gauche ; elle était vide. Puis elle fouilla dans sa poche droite : ses doigts moites rencontrèrent un bout de compresse avant de tomber sur un objet lisse et arrondi : la stèle !

Elle se leva d'un bond, le cœur battant, et chercha de sa main gauche le mur invisible. Ensuite elle rassembla son courage, et de l'autre main elle inclina la pointe de la stèle vers la barrière. Une image se forma dans son esprit, tel un poisson émergeant d'une eau trouble, dont le dessin des écailles se fait de plus en plus net à mesure qu'il approche de la surface. Lentement d'abord, puis avec plus d'assurance, elle promena la stèle le long du mur, dessinant des lignes d'une blancheur étincelante.

Elle sentit au fond d'elle que la rune était achevée et baissa la main, le souffle court. Pendant quelques instants, la rune resta suspendue dans les airs tel un néon aveuglant qui lui brûlait les yeux. Puis il y eut un bruit assourdissant comme si des pierres pleuvaient autour d'elle. La rune qu'elle venait de dessiner vira au noir avant de se désintégrer telle de la cendre ; le sol trembla sous ses pieds ; puis le silence revint, et Clary sut, sans l'ombre d'un doute, qu'elle était libre.

La stèle toujours à la main, elle se précipita vers la fenêtre, écarta le rideau. Le soir tombait, et les rues en contrebas baignaient dans une clarté rougeâtre. Elle entrevit Hodge au moment où il traversait la rue, sa tête grise émergeant de la foule.

Elle sortit en trombe de la bibliothèque, descendit l'escalier, ne s'arrêtant que pour ranger la stèle dans la poche de sa veste, et déboula dans la rue avec un terrible point de côté. Les passants qui promenaient leur chien dans le crépuscule moite s'écartèrent en la voyant dévaler sur la promenade qui longeait l'East River. Arrivée au coin de la rue, elle entrevit son reflet dans la fenêtre d'un immeuble résidentiel. La sueur lui avait plaqué les cheveux sur le front et son visage était couvert de taches de sang séché.

Elle atteignit l'intersection où elle avait vu Hodge disparaître. Pendant un instant, elle crut qu'elle l'avait perdu. Elle fendit la foule agglutinée près de l'entrée du métro, écartant les passants d'un coup d'épaule, utilisant ses coudes et ses genoux comme des armes. En nage, Clary se libéra de la cohue juste à temps pour voir un éclair de tweed disparaître au coin d'un passage étroit entre deux immeubles.

Après avoir contourné une benne, elle pénétra dans la ruelle. Si le crépuscule tombait faiblement dans la rue, là, il faisait noir comme en pleine nuit. Elle distinguait à peine Hodge, qui s'était arrêté à l'autre bout de ce qui était en réalité une impasse donnant sur l'arrière d'un fast-food, où s'amoncelaient les détritus du restaurant : sacs, assiettes en carton sales et couverts en plastique qui craquèrent sous ses pieds quand il se retourna. Elle se souvint alors d'un poème qu'elle avait lu en cours d'anglais : *Je pense que nous sommes dans l'impasse aux rats / Où les morts ont perdu leurs os.*

— Tu m'as suivi ! lâcha Hodge. Tu n'aurais pas dû.

— Je vous laisserai tranquille si vous me dites où se trouve Valentin.

— Je ne peux pas. Il saura que c'est moi qui te l'ai révélé, et je n'aurai pas profité bien longtemps de ma liberté.

— De toute façon, le résultat sera le même quand l'Enclave aura appris que vous avez remis la Coupe Mortelle à Valentin, après nous avoir convaincus d'aller la chercher pour vous. Vous arrivez encore à vous regarder dans une glace, sachant ce qu'il projette d'en faire ?

Il ricana :

— J'ai plus peur de Valentin que de l'Enclave ! Toi aussi, tu le craindrais si tu avais un peu de jugeote. Il aurait fini par retrouver la Coupe, que je l'aide ou non.

— Et ça ne vous gêne pas qu'il s'en serve pour tuer des enfants ?

Un spasme tordit le visage de Hodge ; il fit un pas vers Clary et elle vit quelque chose briller dans sa main :

— Et toi, qu'est-ce que ça peut te faire ?

— Je vous l'ai déjà dit, je ne peux plus reculer.

— C'est bien dommage, répondit Hodge en levant le bras.

Elle se souvint alors des paroles de Jace : autrefois, l'arme de prédilection de Hodge était le *chakhram*. Elle se jeta à terre avant même que le disque en métal ne s'envole dans sa direction. Il passa avec un sifflement à quelques centimètres de sa tête et alla s'encastrer dans l'échelle de secours qui se trouvait à sa gauche.

Elle ouvrit les yeux. Hodge, le regard braqué sur elle, tenait un autre disque à la main.

— Tu peux encore courir, dit-il.

D'instinct, elle leva les mains. Pourtant, la logique lui soufflait que le *chakhram* les taillerait en pièces.

— Hodge...

Soudain, une grosse chose noire bondit devant elle. Elle entendit Hodge pousser un cri d'horreur. Elle recula en trébuchant et put voir plus distinctement qui s'interposait entre Hodge et elle. C'était un loup qui devait mesurer pas loin de deux mètres et dont la fourrure de jais était traversée par une unique bande grise.

Hodge, la main serrant son disque en métal, était devenu blanc comme un linge.

— Toi... murmura-t-il, et Clary comprit, étonnée, qu'il s'adressait au loup. Je croyais que tu t'étais enfui...

Les babines du loup se retroussèrent, découvrant ses crocs et sa langue pendante. Il y avait de la haine dans ses yeux rivés sur Hodge, une haine viscérale et humaine.

— Tu es venu pour moi ou pour la fille ?

De la sueur perlait sur les tempes de Hodge, mais sa main ne tremblait pas. Le loup s'avança vers lui avec un grondement sourd.

— Il n'est pas trop tard pour toi ! Valentin te reprendrait volontiers...

Avec un rugissement, le loup bondit dans les airs. Hodge hurla. Il y eut un éclair argenté et un bruit terrifiant tandis que le *chakhram* se fichait dans le flanc de l'animal. Celui-ci se dressa sur ses pattes de derrière, et Clary vit le disque dépasser de sa fourrure sanguinolente au moment où il se jetait sur Hodge.

La chute du vieil homme s'accompagna d'un seul cri tandis que les mâchoires du loup se refermaient sur son épaule. Du sang gicla de la blessure et éclaboussa le mur en ciment. Détournant la tête du corps avachi, le loup posa ses yeux gris sur Clary. Ses crocs dégoulinaient de sang.

Elle ne put crier : la peur lui avait coupé le souffle. Elle se releva, tremblante, et courut en direction de la rue et de ses néons rassurants, vers la sécurité du monde réel. Elle entendit le loup gronder derrière elle, elle sentait son haleine chaude sur sa nuque. Elle tenta un dernier sprint vers la rue...

Les mâchoires du loup se refermèrent sur sa jambe et la tirèrent en arrière. Juste avant que sa tête ne heurte le trottoir et qu'elle sombre dans les ténèbres, elle trouva enfin la force de crier.

Elle fut réveillée par le bruit de l'eau qui coule. Elle ouvrit les yeux avec difficulté, et ce qu'elle vit ne lui apprit pas grand-chose. Elle était allongée sur un large matelas posé à même le sol d'une petite chambre miteuse. Une table branlante était appuyée contre un mur. Sur la table trônait un vieux chandelier en cuivre, surmonté d'une grosse bougie rouge qui dispensait la seule lumière de la pièce. Le plafond était craquelé et rongé par l'humidité qui suintait des fissures dans la pierre. Clary eut la vague impression qu'il y avait quelque chose d'inhabituel dans la pièce, mais cette préoccupation fut bientôt balayée par une forte odeur de chien mouillé.

Elle se redressa et regretta immédiatement son geste. Une douleur fulgurante lui vrilla la tête, suivie d'un accès de nausée épouvantable. Si elle n'avait pas eu l'estomac vide, elle aurait vomi sur-le-champ.

Au-dessus du lit, un miroir était pendu à un clou fiché entre deux pierres. Elle y jeta un coup d'œil et son reflet la bouleversa. Pas étonnant qu'elle ait mal à la tête : de longues estafilades bien parallèles couraient de son œil droit jusqu'au coin de sa bouche. Sa joue était couverte de sang séché qui avait dégouliné dans son cou et sur ses vêtements. Prise d'une panique soudaine, elle fouilla l'intérieur de sa poche... Elle se détendit : la stèle était toujours là.

C'est alors qu'elle comprit ce qui clochait dans cette pièce : l'un de ses murs était remplacé par des barreaux. De solides barreaux en fer. Elle se trouvait dans une cellule !

Affolée, Clary se leva péniblement. Le vertige la fit chanceler, et elle s'appuya à la table pour garder l'équilibre. « Ne tourne pas de l'œil ! » s'enjoignit-elle.

Soudain, des bruits de pas résonnèrent dans le silence. Quelqu'un s'avançait dans le couloir. Clary recula contre la table.

C'était un homme. Il tenait à la main une lampe qui dispensait une lumière plus vive que la bougie. Aveuglée par le faisceau de la torche, Clary ne distingua qu'une vague silhouette de haute taille, des épaules larges, une chevelure broussailleuse. Il poussa la porte de la cellule, entra, et c'est alors seulement qu'elle le reconnut.

Il n'avait pas changé : le jean élimé, la chemise en denim, les chaussures de chantier, les cheveux ébouriffés, les mêmes lunettes perchées sur le bout du nez. Les plaies qu'elle avait remarquées le long de son cou le soir où elle l'avait vu pour la dernière fois s'étaient refermées, laissant place à des traces blanches.

Luke.

C'en était trop pour Clary. La fatigue, la faim, le manque de sommeil, la terreur et tout le sang qu'elle avait perdu... Elle sentit ses genoux se dérober sous elle et se laissa glisser sur le sol.

Luke traversa la pièce en un éclair. Il se déplaça si vite qu'elle n'eut pas le temps de heurter le sol, et la souleva dans ses bras comme il le faisait quand elle était petite. Après l'avoir déposée sur le lit, il recula d'un pas, l'air anxieux.

— Clary, dit-il en tendant la main vers elle. Tu te sens bien ?

Elle tressaillit et le repoussa d'un geste :

— Ne me touche pas !

Une expression de profonde souffrance se peignit sur le visage de Luke. Il se passa la main sur le front avec lassitude :

— Je suppose que c'est tout ce que je mérite. Je n'espère pas que tu me feras confiance...

— Tu as raison.

— Clary...

Il se mit à marcher dans la cellule :

— Ce que j'ai fait... Je n'attends pas de toi que tu comprennes. Je sais ce que tu penses, tu crois que je t'ai abandonnée...

— Mais tu m'as abandonnée ! Tu m'as dit de ne plus te contacter. Je n'ai jamais compté pour toi. Ma mère non plus. Tu as menti depuis le début !

— Non, pas sur tout.

— Alors, tu t'appelles vraiment Luke Garroway ?

Les épaules de Luke s'affaissèrent.

— Non, répondit-il en baissant les yeux.

Une tache rouge sombre s'épanouissait sur le devant de sa chemise bleue. Clary se redressa.

— C'est du sang ? dit-elle, oubliant momentanément sa fureur.

— Oui, répondit-il en portant la main à sa blessure La plaie a dû se rouvrir quand je t'ai portée.

— Quelle plaie ? ne put-elle s'empêcher de deman der.

— Les *chakhrams* de Hodge sont toujours redouta bles, même s'il n'a plus sa force d'antan. Il a dû toucher une côte.

— Hodge ? répéta Clary. Mais quand as-tu... ?

Luke la regarda sans rien dire, et elle se souvint brusquement du loup dans l'impasse, de sa fourrure noire traversée d'une bande grise, elle se souvint du disque en métal, et alors elle comprit.

— Tu es un loup-garou !

— Oui, répondit-il, laconique.

Il s'approcha du mur et frappa trois coups brefs avant de se tourner de nouveau vers elle.

— Tu as tué Hodge.

— Non, je l'ai salement amoché, je crois, mais quand je suis revenu chercher le corps, il avait disparu. Il a dû se traîner jusqu'à l'Institut.

— Tu l'as mordu à l'épaule. Je t'ai vu.

— Oui, mais note qu'il essayait de te tuer à ce moment-là. Est-ce qu'il a blessé quelqu'un d'autre ?

Clary se mordit la lèvre. Elle sentit le goût du sang dans sa bouche. Cette blessure-là devait remonter à l'attaque surprise d'Hugo.

— Jace, répondit-elle dans un souffle. Hodge l'a assommé avant de le remettre à... à Valentin.

— À Valentin ? répéta Luke avec étonnement. Je savais que Hodge lui avait donné la Coupe Mortelle, mais...

— Comment l'as-tu appris ? Attends... Tu m'as entendue parler avec Hodge dans la ruelle avant de te jeter sur lui ?

— Je me suis jeté sur lui, comme tu dis, parce qu'il était sur le point de te trancher la tête.

À cet instant la porte de la cellule s'ouvrit de nouveau ; un homme de haute stature entra, suivi d'une femme de la taille d'un enfant. Tous deux portaient des vêtements ordinaires et confortables, un jean et une chemise en coton, et arboraient la même tignasse négligée. La femme était blonde ; l'homme avait des cheveux noirs striés de gris. Il était impossible de leur donner un âge. Ils avaient le visage lisse, mais des yeux fatigués.

— Clary, voici mes seconds, Gretel et Alaric, annonça Luke.

Alaric inclina sa tête massive :

— Nous nous sommes déjà rencontrés

Clary le dévisagea, surprise :

— Ah bon ?

— Oui, à l'hôtel Dumort. Tu m'as planté un couteau dans les côtes.

Clary se ratatina contre le mur :

— Je, ah... Désolée !

— Pas de quoi, c'était un joli coup.

Il glissa la main dans sa poche et en ressortit la dague de Jace, qu'il lui tendit :

— Je crois que ça t'appartient.

Clary le dévisagea, perplexe ·

— Mais...

— Ne t'inquiète pas, la rassura-t-il. J'ai nettoyé la lame.

Elle prit le couteau sans un mot tandis que Luke riait sous cape :

— Rétrospectivement, ce raid à l'hôtel Dumort n'était peut-être pas si bien planifié que ça... J'avais chargé quelques-uns de mes loups de te surveiller et de venir à ta rescousse en cas de danger. Quand tu es entrée dans l'hôtel...

— Jace et moi, on aurait pu se débrouiller seuls, marmonna Clary en glissant la dague dans sa ceinture.

Gretel lui adressa un sourire indulgent :

— C'est pour ça que vous nous avez appelés, chef ?

— Non, répondit Luke. Ma blessure s'est rouverte, et Clary aussi a quelques plaies à panser. Si vous voulez bien aller chercher le nécessaire...

Gretel inclina la tête.

— Je reviens, dit-elle avant de se retirer, Alaric, telle une ombre gigantesque, sur ses talons.

— Elle t'a appelé « chef », observa Clary au moment où la porte se refermait derrière eux. Et qu'est-ce que tu as voulu dire par « seconds » ?

— Ce sont mes subordonnés directs, expliqua patiemment Luke. Je suis le chef de cette meute. D'où l'attitude de Gretel. Crois-moi, je me suis donné beaucoup de mal pour lui faire perdre l'habitude de m'appeler « maître ».

— Est-ce que ma mère est au courant ?

— De quoi ?

— Que tu es un loup-garoup ?

— Oui, elle le sait depuis le début.

— Et, bien sûr, aucun de vous deux n'a jugé utile de m'en parler.

— J'aurais préféré te le dire, mais ta mère était catégorique, elle ne voulait pas que tu saches quoi que ce soit des Chasseurs d'Ombres ou du Monde Obscur. Je ne pouvais pas t'exposer ma nature comme une sorte d'incident isolé, Clary. Tout ça fait partie d'un univers plus grand, que ta mère refusait de te faire connaître. J'ignore ce que tu as découvert...

— Des tas de choses. Je sais que ma mère était une Chasseuse d'Ombres. Je sais qu'elle a épousé Valentin et qu'elle lui a dérobé la Coupe Mortelle avant de se mettre à l'abri. Je sais que depuis ma naissance, elle m'a emmenée voir Magnus Bane tous les deux ans afin qu'il m'ôte la Seconde Vue. Je sais aussi que, quand Valentin a tenté de t'arracher des renseignements sur la Coupe en échange de la vie de ma mère, tu lui as répondu qu'elle ne comptait pas pour toi.

Luke fixa le mur en face de lui :

— J'ignorais où se trouvait la Coupe. Jocelyne ne me l'avait pas dit.

— Tu aurais pu essayer de négocier...

— Valentin ne négocie pas. Jamais. S'il n'a pas l'avantage, il ne vient même pas s'asseoir à la table. Il est très obstiné et totalement dépourvu de compassion et, s'il a aimé ta mère autrefois, il n'hésitera pas à la tuer. Non, je ne pouvais pas négocier avec Valentin.

— Alors, tu as préféré l'abandonner ? s'écria Clary avec colère. Tu es le chef d'une meute de loups-garous, et tu as simplement décrété qu'elle n'avait pas besoin de ton aide ? Je souffrais déjà à l'idée que tu étais un Chasseur d'Ombres et que tu avais tourné le dos à maman en raison de je ne sais quel vœu ridicule prononcé devant l'Enclave. Maintenant, je sais que tu n'es qu'une de ces sales Créatures Obscures et que tu n'as pas tenu compte de toutes ces années où elle t'avait traité en ami... en égal... Voilà comment tu la remercies !

— Écoute-toi parler, répondit tranquillement Luke. On croirait entendre un Lightwood.

Clary le foudroya du regard :

— Ne parle pas d'Alec et d'Isabelle sans les connaître.

— Je faisais allusion à leurs parents. Que je connaissais très bien quand j'étais Chasseur d'Ombres.

Clary le regarda, bouche bée :

— Je savais que tu faisais partie du Cercle, mais

comment t'y es-tu pris pour leur cacher ta nature ? Ils n'étaient pas au courant, n'est-ce pas ?

— Non. Je ne suis pas né loup-garou. Je le suis devenu. Et je sais déjà que pour te convaincre d'écouter ce que j'ai à te dire, je vais devoir te raconter tout depuis le début. C'est une longue histoire, mais nous avons le temps.

Troisième partie

La chute t'appelle

La chute t'appelle de même que l'ascension par le passé.

William Carlos Williams, *La chute*

21
Le récit du loup-garou

À vrai dire, je connais ta mère depuis l'enfance. Nous avons grandi à Idris. C'est un bel endroit, et j'ai toujours regretté que tu ne le connaisses pas : tu adorerais, l'hiver, les pins scintillants, la terre couverte de neige et les rivières gelées, transparentes comme du cristal. Idris comprend un réseau de bourgades et une seule grande cité, Alicante, où se réunit l'Enclave. On la surnomme la Cité de Verre en raison de ses tours bâties avec la même matière que nos stèles, qui sert à repousser les démons. À la lumière du soleil, elles étincellent comme du verre.

Quand Jocelyne et moi avons été en âge de partir, on nous a envoyés étudier à Alicante. C'est là que j'ai rencontré Valentin.

Il était mon aîné d'un an. C'était de loin le garçon le plus populaire de l'école : beau, intelligent, riche, élève consciencieux, guerrier émérite. Je n'étais rien alors : ni riche ni brillant, j'étais issu d'une famille ordinaire de la campagne. Et je peinais dans mes études. Jocelyne était une Chasseuse d'Ombres-née, pas moi. J'étais incapable de supporter la moindre

Marque ou d'apprendre la technique la plus élémentaire. Parfois, j'envisageais de fuir, de rentrer chez moi, quitte à me couvrir de honte. Je songeais même à devenir un Terrestre. J'étais très malheureux.

C'est Valentin qui m'a sauvé. Il est venu me voir dans ma chambre, alors que je n'aurais même jamais cru qu'il connaissait mon prénom. Il s'est proposé de me faire réviser. Il savait que j'avais du mal ; pourtant il voyait en moi la graine d'un grand Chasseur d'Ombres. Sous sa tutelle, j'ai fait des progrès. J'ai réussi mes examens, porté mes premières Marques, tué mon premier démon.

Je le vénérais. Il était tout pour moi. Je n'étais pas le seul inadapté qu'il avait décidé de sauver, bien entendu. Il y en avait d'autres. Hodge Starkweather, qui préférait la compagnie des livres à celle des gens ; Maryse Trueblood, dont le frère avait épousé une Terrestre ; Robert Lightwood, qui était terrifié par les Marques... Tous ceux-là, Valentin les avait pris sous son aile. À l'époque, je croyais que c'était pure bonté de sa part ; désormais, je sais que je me trompais. Je pense qu'il se bâtissait un culte de la personnalité.

Valentin était obsédé par l'idée que chaque génération qui passait engendrait de moins en moins de Chasseurs d'Ombres, que nous étions une espèce en voie d'extinction. Il était persuadé que si l'Enclave acceptait d'utiliser plus librement la Coupe de Raziel, elle pourrait créer davantage de Chasseurs d'Ombres. Aux yeux des professeurs, cette idée faisait figure de sacrilège : il n'appartenait à personne en particulier de choisir qui pouvait devenir un Chasseur d'Ombres. Désinvolte, Valentin s'obstinait : pourquoi ne pas faire de tous les hommes des Chasseurs d'Ombres ? Pourquoi ne pas leur offrir la possibilité de voir le Monde Obscur ? Pourquoi garder ce pouvoir pour nous seuls ?

Quand les professeurs répondaient que la plupart des humains ne pourraient pas survivre à la transformation, Valentin affirmait qu'ils mentaient, qu'ils voulaient réserver le pouvoir des Nephilim à quelques élus. C'était son argument, et à l'époque je l'avais cru. Maintenant, j'aurais tendance à penser que, pour lui, la fin justifiait les moyens. En tout cas, il avait convaincu tout notre petit groupe de la légitimité de sa théorie. Nous avons créé le Cercle, avec pour objectif affiché de sauver la race des Chasseurs d'Ombres de l'extinction. Bien entendu, à dix-sept ans, nous ne savions pas précisément comment nous y prendre, mais nous étions sûrs qu'au final nous obtiendrions des résultats significatifs.

Puis, une nuit, le père de Valentin fut tué au cours d'un raid de routine sur un campement de loups-garous. Quand Valentin est retourné à l'école après les funérailles, il portait les Marques rouges du deuil. Il avait changé à bien des égards. Il avait désormais des accès de rage qui frôlaient la cruauté. Je mettais ce nouveau comportement sur le compte du chagrin, et je m'efforçais plus que jamais de lui être agréable. Je ne répondais jamais à son agressivité par de la colère. J'avais pourtant l'impression déplaisante de l'avoir déçu.

La seule à pouvoir calmer ses crises, c'était ta mère. Elle s'était toujours tenue un peu à l'écart de notre groupe, qu'elle surnommait le fan-club de Valentin.

Son attitude a changé à la mort de son père. Sa souffrance éveillait sa compassion. Ils sont tombés amoureux.

Moi aussi, j'aimais Valentin : il était mon meilleur ami, et j'étais heureux de voir Jocelyne avec lui. Une fois l'école terminée, ils se sont mariés et ils sont partis vivre dans la propriété familiale de ta mère. Moi, je suis rentré chez moi, mais le Cercle a poursuivi ses activités. Au début, ce n'était qu'une aventure d'écoliers. Bientôt, le groupe s'agrandit cependant, gagna de l'influence, et Valentin avec lui. Ses idéaux avaient changé, eux aussi. Le Cercle réclamait toujours la Coupe Mortelle ; mais, depuis la mort de son père, Valentin était devenu un fervent partisan de la lutte contre toutes les Créatures Obscures, et pas seulement celles qui avaient violé les Accords. Ce monde est pour les humains, prétendait-il, pas pour les demi-démons. D'après lui, on ne pouvait pas se fier aux démons.

La nouvelle orientation du Cercle me mettait mal à l'aise. Si je suis resté, c'est un peu parce que je ne me sentais pas capable de laisser tomber Valentin, et un peu parce que Jocelyne me l'avait demandé. Elle espérait que je pourrais faire entendre une voix modérée au sein du Cercle. Or c'était impossible : on ne pouvait pas modérer Valentin. Robert et Maryse Lightwood, désormais mariés, étaient presque aussi virulents. Seul Michael Wayland restait, comme moi, dubitatif. Malgré nos réticences, nous avons suivi le mouvement ; au sein du groupe, nous chassions sans relâche les Créatures Obscures, allant jusqu'à poursuivre les auteurs d'infractions mineures. Si

Valentin n'a jamais tué une créature qui n'avait pas violé les Accords, il a fait bien pis. Je l'ai vu coller des pièces en argent chauffées à blanc sur les paupières d'une enfant loup-garou pour lui faire avouer où se trouvait son frère... Je l'ai vu... Mais tu n'as pas besoin d'entendre ça. Non. Désolé.

Ce qui est arrivé ensuite ? Jocelyne est tombée enceinte. Le jour où elle me l'a annoncé, elle m'a aussi avoué qu'elle en était venue à craindre son époux, dont le comportement était de plus en plus bizarre, erratique. Il s'enfermait dans leur cave des nuits entières. Parfois, elle l'entendait crier à travers les cloisons...

Un soir, je suis allé le trouver. Il a ri, balayé d'un geste les craintes de ta mère, qui n'étaient selon lui que les divagations d'une femme enceinte. Il m'a proposé d'aller chasser avec lui cette nuit-là. Nous tentions encore d'éliminer la meute de loups-garous qui avait tué son père des années auparavant. Nous étions des *parabatai*, un parfait duo de chasseurs, des guerriers prêts à mourir l'un pour l'autre. Alors, quand Valentin m'a promis de protéger mes arrières cette nuit-là, je l'ai cru. Je n'ai pas vu le loup se jeter sur moi. Je me souviens seulement que ses crocs se sont plantés dans mon épaule ; le reste, je l'ai oublié. Quand je suis revenu à moi, j'étais couché dans la maison de Valentin, l'épaule pansée, et Jocelyne se trouvait auprès de moi.

Les morsures de loups-garous ne font pas toujours des lycanthropes. La mienne, si... Ma blessure a guéri, et les semaines qui ont suivi ont été un véritable supplice. J'attendais la pleine lune. Si l'Enclave l'avait appris, elle m'aurait séquestré dans une cellule d'observation. Mais Valentin et Jocelyne gardèrent le secret. Trois semaines plus tard, la lune s'est levée, brillante et pleine, et j'ai commencé à changer. La première Transformation est toujours la plus difficile. Je me souviens d'avoir vécu l'agonie, puis le trou noir. Je me suis réveillé quelques heures plus tard dans un pré, à des kilomètres de la ville. J'étais couvert de sang ; le cadavre déchiqueté d'un petit animal des bois gisait à mes pieds.

J'ai repris le chemin du manoir. Ils m'attendaient sur le seuil. Jocelyne s'est jetée dans mes bras en sanglotant, mais Valentin l'a écartée d'un geste. Je tremblais de tout mon corps. J'avais du mal à y voir clair, et le goût de la viande crue m'était resté dans la bouche. Je ne sais pas à quoi je m'étais attendu. J'aurais pourtant dû m'en douter...

Valentin m'a traîné en bas du perron et conduit dans les bois. Il m'a dit qu'il était obligé de me tuer, mais en me voyant aussi désarmé il n'a pas pu s'y résoudre. Il m'a donné une dague en argent qui avait autrefois appartenu à son père : elle m'a brûlé les doigts quand je l'ai prise. L'honneur exigeait que je mette moi-même fin à mes jours, m'a-t-il dit. Après avoir baisé la dague, il me l'a tendue, puis il est retourné au manoir et il a barricadé sa porte.

Je me suis enfui dans la nuit, tantôt homme, tantôt loup, jusqu'à atteindre la frontière. J'ai fait irruption au beau milieu du campement des loups-garous en brandissant ma dague, et exigé d'affronter en combat singulier le lycanthrope qui m'avait mordu et transformé en l'un des leurs. Ils m'ont indiqué en riant le chef du clan. Il rentrait de la chasse ; les mains et les crocs encore sanguinolents, il s'est dressé face à moi.

Je n'étais pas doué pour le duel. Mon arme de prédilection était l'arbalète. J'avais une bonne vue, et je savais viser. Mais je n'avais jamais été très fort en combat rapproché, à la différence de Valentin, qui maîtrisait parfaitement le face-à-face. Néanmoins, je n'avais qu'un souhait, mourir en emmenant avec moi la créature qui avait causé ma perte. Si je prenais ma revanche et tuais les loups qui avaient assassiné son père, croyais-je, Valentin pleurerait ma mort. Pendant que nous luttions, tantôt hommes, tantôt loups, je me suis aperçu que mon ardeur au combat avait pris mon adversaire de court. Au point du jour, il a commencé à fatiguer, alors que ma rage, elle, ne faiblissait pas. Quand le soleil s'est levé, j'ai planté ma dague dans sa gorge, et il est mort en m'aspergeant de son sang.

Je m'attendais à ce que la meute se jette sur moi pour me tailler en pièces. Mais ils se sont tous roulés à mes pieds en tendant la gorge en signe de soumission. Les loups ne connaissent qu'une loi : quiconque tue le chef de clan prend sa place. J'étais venu me mesurer aux loups sur leur territoire pour y trouver la mort et assouvir ma vengeance ; au lieu de ça, j'avais gagné une nouvelle vie.

Après avoir dit adieu à mon ancien moi, j'ai presque oublié ce qu'était l'existence d'un Chasseur d'Ombres. En revanche, je n'ai pas réussi à oublier Jocelyne... Son souvenir ne me quittait pas. Je tremblais pour elle, qui était restée avec Valentin ; mais je savais que, si je m'approchais du manoir, le Cercle me pourchasserait pour me tuer.

À la fin, c'est elle qui est venue me voir. Je dormais au campement quand mon second m'a annoncé qu'une jeune Chasseuse d'Ombres souhaitait me parler. J'ai su immédiatement que c'était elle. Comme je me précipitais pour la rejoindre, j'ai lu la désapprobation dans le regard de mon second. Ils savaient tous que j'avais été Chasseur d'Ombres dans une vie antérieure, bien sûr, mais considéraient ce fait comme un sujet honteux qu'on n'abordait pas. Valentin s'en serait amusé.

Elle m'attendait à l'entrée du campement. Elle avait accouché peu de temps auparavant ; elle était pâle et avait les traits tirés. Elle avait eu un garçon, qu'elle avait prénommé Jonathan Christopher. En me voyant, elle s'est mise à pleurer. Elle m'en voulait de ne pas lui avoir fait savoir que j'étais toujours vivant. Valentin avait annoncé au Cercle que je m'étais donné la mort, mais elle n'en avait pas cru un mot. Elle savait que je ne commettrais jamais un tel acte. Même si sa foi en moi ne me semblait pas justifiée, j'étais tellement soulagé de la revoir que je n'ai pas osé la contredire.

Je lui ai demandé comment elle m'avait retrouvé, et elle m'a appris que des rumeurs circulaient à Alicante au sujet d'un ancien Chasseur d'Ombres devenu loup-garou. Comme Valentin en avait eu connaissance, elle avait fait le voyage pour me mettre en garde. Il est venu peu après, mais en bon loup-garou j'ai réussi à me cacher, et il est reparti sans avoir fait couler le sang.

Par la suite, j'ai commencé à rencontrer Jocelyne à l'insu de son mari. C'était l'année des Accords, et le Monde Obscur était en ébullition : on ne parlait que des possibles projets de Valentin visant à les compromettre. J'avais entendu dire qu'il s'était opposé farouchement aux Accords devant l'Enclave, en vain. Le Cercle avait donc un nouveau plan, élaboré en secret : s'allier avec des démons, les ennemis jurés des Chasseurs d'Ombres, afin de se procurer des armes qu'ils pourraient introduire discrètement dans la Grande Salle de l'Ange le jour de la signature des Accords. Avec l'aide d'un démon, Valentin a volé la Coupe Mortelle en la remplaçant par une copie. Des mois s'écoulèrent avant que l'Enclave ne s'aperçoive de la supercherie, mais alors il était trop tard.

Jocelyne a tenté de découvrir ce que Valentin projetait de faire avec la Coupe, sans succès. Elle savait cependant que le Cercle avait prévu d'attaquer par surprise les Créatures Obscures désarmées présentes dans la Grande Salle et de les assassiner. Après un massacre d'une telle ampleur, les Accords échoueraient forcément.

C'est bizarre, malgré le chaos, c'était une période heureuse. Jocelyne et moi, nous envoyions clandestinement des messages aux fées, aux sorciers, et même aux ennemis héréditaires des loups-garous, les vampires, pour les informer des projets de Valentin et les prier de se préparer au combat. Nephilim et loups-garous travaillaient main dans la main.

Le jour des Accords, caché dans les fourrés, j'ai vu Valentin et Jocelyne quitter le manoir. Avant de partir, elle s'est penchée pour embrasser la tête blonde de son fils. Je me souviens de l'éclat du soleil dans ses cheveux ; je me souviens de son sourire.

Ils se sont rendus à Alicante en voiture à cheval ; je les ai suivis à quatre pattes, accompagné de ma meute. La Grande Salle de l'Ange était bondée : s'y étaient rassemblées l'Enclave au grand complet et les Créatures Obscures venues par dizaines. Au moment de la signature, Valentin s'est levé en faisant voler son manteau pour dégainer son arme, imité par le Cercle. Comme la Grande Salle sombrait dans le chaos, Jocelyne s'est précipitée pour ouvrir à la volée les portes à double battant.

Ma meute a été la première à franchir la porte. Nous avons fait irruption dans la salle en déchirant la nuit de nos hurlements, bientôt suivis par les elfes-chevaliers, avec leurs épées de verre et leurs tresses d'épines. Puis venaient les Enfants de la Nuit montrant leurs crocs acérés, et les sorciers maniant le feu et le fer. Alors que la foule, paniquée, fuyait les lieux, nous nous sommes rués sur les membres du Cercle.

Jamais la Grande Salle de l'Ange ne vit autant de sang couler. Nous nous sommes efforcés de ne pas blesser les Chasseurs d'Ombres qui n'appartenaient pas au Cercle ; Jocelyne les distinguait, l'un après l'autre, grâce à un charme de sorcier. Mais beaucoup y ont laissé la vie, et j'ai bien peur que certains ne soient morts par notre faute. Quant à ceux du Cercle, ils étaient bien plus nombreux que ce que nous avions imaginé, et ils ont livré une bataille acharnée contre les Créatures Obscures. J'ai fendu la foule pour rejoindre Valentin. Toutes mes pensées étaient tournées vers lui : je voulais être celui qui le tuerait, je voulais avoir cette satisfaction suprême. J'ai fini par le trouver près de la grande statue de l'Ange, il achevait un elfe-chevalier de sa dague ensanglantée. En me voyant, il a souri d'un air féroce :

— Un loup-garou qui se bat avec une épée et une dague, c'est aussi surréaliste qu'un chien qui mange avec un couteau et une fourchette.

— Cette épée et cette dague, tu les connais, Valentin ! Et tu sais à qui tu as affaire. Si tu dois t'adresser à moi, appelle-moi par mon nom.

— J'ignore le nom des demi-hommes. Autrefois, j'avais un ami, un homme d'honneur qui aurait préféré mourir plutôt que de laisser souiller son sang. Désormais, c'est un monstre sans nom qui se tient devant moi. J'aurais dû te tuer quand j'en avais l'occasion, cria-t-il en brandissant son épée.

Puis il s'est jeté sur moi.

J'ai réussi à parer le coup, et nous avons combattu sur l'estrade tandis que la bataille faisait rage autour de nous et que les membres du Cercle tombaient un à un. J'ai vu les Lightwood abandonner leurs armes et s'enfuir ; Hodge, quant à lui, avait disparu dès le début des hostilités.

Soudain, j'ai vu Jocelyne monter les marches et s'élancer vers nous, le visage déformé par la peur.

— Arrête, Valentin ! C'est Luke, ton ami, quasiment ton frère...

Avec un rugissement, Valentin s'est emparé d'elle et l'a poussée devant lui en appuyant sa dague sur sa gorge. J'ai laissé tomber mon épée : je ne voulais pas courir le risque qu'elle soit blessée. Valentin l'a lu dans mes yeux.

— Tu l'as toujours désirée, hein ? Vous avez comploté ensemble pour me trahir ! Vous regretterez ce que vous avez fait jusqu'à la fin de vos jours !

Disant ces mots, il a arraché le médaillon qui pendait au cou de Jocelyne et me l'a jeté. La chaîne en argent m'a brûlé comme un fer rouge. Je suis tombé en arrière avec un hurlement, et il a disparu dans la mêlée en l'entraînant de force. Je les ai suivis, malgré ma brûlure, en sang. Hélas, il était plus rapide ; il se frayait un chemin parmi la foule compacte en écartant les combattants et en enjambant les cadavres.

Je suis sorti dehors en titubant. La Grande Salle était en flammes, l'incendie illuminait le ciel nocturne. De là où je me trouvais, je dominais les pelouses verdoyantes qui s'étendaient jusqu'aux eaux noires du fleuve en contrebas, et la route longeant le cours d'eau, par laquelle les gens fuyaient dans la nuit. J'ai fini par retrouver Jocelyne sur la berge. Valentin avait disparu ; craignant pour la vie de Jonathan, elle n'avait qu'une idée en tête, rentrer chez elle. Nous avons trouvé un cheval, et elle est partie au galop. Reprenant mon apparence de loup, je l'ai talonnée.

Les loups courent vite, mais pas autant qu'un cheval bien reposé. Je me suis laissé distancer et elle est arrivée au manoir bien avant moi.

J'ai su avant même d'atteindre la maison que quelque chose de terrible s'y était produit. Une odeur de brûlé imprégnait l'air, mélangée à une autre, persistante et douceâtre : la puanteur de la magie démoniaque. J'étais redevenu homme en remontant la longue allée illuminée par le clair de lune, pareille à une rivière d'argent qui menait... à des ruines. Il ne restait du manoir qu'un tas de cendres éparpillées par la brise nocturne. Seules les fondations, semblables à des os calcinés, en émergeaient : ici une fenêtre, là une cheminée branlante... L'essentiel de l'édifice, les briques et le mortier, les livres inestimables et les tapisseries anciennes transmis de génération en génération, avait disparu.

Valentin avait forcément détruit le manoir au moyen d'un feu démoniaque. Aucune flamme en ce bas monde ne pouvait brûler aussi intensément en laissant si peu derrière elle.

Je me suis avancé vers les ruines encore fumantes. J'ai trouvé Jocelyne agenouillée sur ce qu'il restait du perron. Au milieu des pierres noircies par le feu, il y avait des restes humains carbonisés, mais encore identifiables. Çà et là, on voyait des lambeaux de tissu et des fragments de bijoux qui avaient échappé aux flammes. Des bouts d'étoffe rouge et or s'accrochaient encore au cadavre calciné de la mère de Jocelyne ; la chaleur avait fait fondre la dague de son père dans sa main squelettique. Sur un autre tas d'ossements brillait l'amulette en argent de Valentin, portant l'insigne du Cercle... Et parmi les décombres, les os d'un enfant.

« Vous regretterez ce que vous avez fait », avait dit Valentin. En m'agenouillant aux côtés de Jocelyne sur les pavés calcinés, j'ai compris qu'il avait dit vrai. Pas un jour ne passe sans que je le regrette.

Nous avons traversé la ville, hagards, parmi les bâtiments en flammes et les gens qui hurlaient, avant de nous enfoncer dans la nuit noire. Une semaine entière s'est écoulée sans que Jocelyne ouvre la bouche. Je l'ai emmenée loin d'Idris : nous avons fui à Paris. Nous n'avions pas un sou ; pourtant, elle a refusé d'aller demander de l'aide à l'Institut de la ville. Elle en avait fini avec les Chasseurs d'Ombres et le Monde Obscur, jurait-elle.

Je m'asseyais dans la minuscule chambre d'hôtel bon marché que nous avions louée et j'essayais en vain de la raisonner. Elle était très obstinée. Elle a fini par m'expliquer pourquoi : elle attendait un autre enfant, elle le savait depuis quelques semaines. Elle voulait commencer une nouvelle vie avec son bébé et refusait qu'on fît la moindre allusion à l'Enclave ou à l'Alliance, de peur qu'elles ne viennent assombrir son avenir. Elle a vendu aux Puces de Clignancourt l'amulette qu'elle avait ramassée sur le tas d'ossements, et elle s'est payé un billet d'avion. Elle n'a jamais voulu me dire où elle allait. Elle m'a juste confié : le plus loin possible d'Idris.

Je savais que renoncer à son ancienne vie signifiait me laisser derrière dans la foulée. Cependant j'ai eu beau protester, j'étais sûr que, sans l'enfant qu'elle portait, elle se serait donné la mort, et comme il valait mieux que ce soit le monde des Terrestres plutôt que l'Au-delà qui me l'enlève, j'ai fini par me résigner à accepter son plan. Et c'est ainsi que j'ai dû lui faire mes adieux à l'aéroport. Les derniers mots prononcés par Jocelyne lors de ces mornes adieux m'ont glacé le sang : « Valentin n'est pas mort. »

Après son départ, je suis retourné auprès de ma meute, mais je n'ai pas pu trouver la paix. Une blessure profonde subsistait en moi. Je m'éveillais toujours avec son prénom sur les lèvres. Je n'étais plus le chef d'autrefois, je m'en rendais compte. J'étais juste et loyal, mais distant. Je n'avais ni ami ni camarade parmi les loups. J'étais, en fin de compte, trop humain, trop Chasseur d'Ombres, pour vivre avec les lycanthropes. Je chassais toujours ; seulement, la chasse ne me procurait aucune satisfaction. Quand, enfin, vint le temps de la signature des Accords, je suis allé en ville pour m'en acquitter.

Dans la Grande Salle de l'Ange, nettoyée de son sang, les Chasseurs d'Ombres et les quatre branches de demi-humains ont siégé pour signer le document qui ramènerait la paix parmi nous. J'ai été surpris d'y trouver les Lightwood, qui semblaient aussi stupéfaits de me voir en vie. D'après leurs dires, eux-mêmes, Hodge Starkweather et Michael Wayland étaient les seuls membres originels du Cercle à avoir échappé à la mort la nuit de l'affrontement. Michael, accablé de chagrin suite à la mort de sa femme, se terrait dans sa propriété à la campagne avec son jeune fils. L'Enclave avait condamné les trois autres à l'exil : ils devaient partir pour New York afin d'y gérer l'Institut. Les Lightwood, qui entretenaient des relations avec les familles les plus prestigieuses de l'Enclave, s'en tirèrent avec un châtiment bien plus léger que Hodge. Il reçut une malédiction : il partirait avec eux, mais s'il avait le malheur de quitter l'enceinte sacrée de l'Institut, il serait supprimé sur-le-champ. Ils m'ont appris qu'il se consacrait désormais à ses recherches et ferait un précepteur rêvé pour leurs enfants.

Une fois les Accords signés, j'ai gagné les berges du fleuve. Parvenu à l'endroit où j'avais trouvé Jocelyne la nuit de l'Insurrection, j'ai contemplé les eaux noires, frappé par une évidence : je ne connaîtrais jamais la paix dans mon pays natal. Je devais vivre à ses côtés ou mourir. J'ai décidé de la retrouver.

J'ai quitté ma meute après avoir nommé mon remplaçant ; je crois qu'ils étaient soulagés de me voir partir. J'ai voyagé comme n'importe quel loup solitaire : de nuit, par les chemins de traverse et les routes de campagne. Je suis retourné à Paris, où je n'ai trouvé aucune piste. Puis je suis allé à Londres. De là-bas, j'ai pris le bateau pour Boston.

J'ai séjourné quelque temps dans les villes, puis j'ai gagné les Montagnes Blanches, au nord du pays. Plus le temps passait, plus je pensais à New York et aux Chasseurs d'Ombres exilés là-bas. Jocelyne était elle aussi une exilée, en quelque sorte. Un beau jour, je suis arrivé à New York avec pour seul bagage un sac de sport et sans la moindre idée de l'endroit où je devais chercher ta mère. Il m'aurait été plus facile de rejoindre une meute, mais j'ai résisté à la tentation. Comme dans les autres villes, j'ai fait circuler des messages au sein du Monde Obscur, guettant la moindre trace de Jocelyne. Je n'ai obtenu aucun résultat, pas un seul indice, comme si elle s'était volatilisée parmi les humains. Je commençais à désespérer.

C'est là que je l'ai retrouvée, par hasard. Je rôdais sans but dans les rues de Soho lorsqu'un tableau accroché dans la vitrine d'une galerie d'art a attiré mon attention.

C'était l'étude d'un paysage que j'ai reconnu instantanément : la vue depuis la fenêtre du manoir familial de Jocelyne, les pelouses verdoyantes s'étendant jusqu'à la ligne d'arbres qui masquaient la route au-delà.

C'était son style, son coup de pinceau, tout. J'ai couru à la porte de la galerie, qui était verrouillée. Je suis retourné admirer le tableau, et cette fois j'ai remarqué la signature : Jocelyne Fray.

Je l'ai localisée le jour même. Elle vivait dans un immeuble de quatre étages situé dans le quartier des artistes, l'East Village. Le soir, après avoir gravi les marches mal éclairées du perron crasseux le cœur battant, j'ai frappé à la porte. C'est une petite fille qui m'a ouvert, une petite fille avec des tresses rousses et un regard inquisiteur. Derrière elle, j'ai vu Jocelyne s'avancer vers moi, les mains tachées de peinture. Elle n'avait pas du tout changé.

La suite, tu la connais.

22

Les ruines de Renwick

Après que Luke eut fini de parler, le silence régna dans la cellule pendant un long moment. On n'entendait que le murmure des gouttes d'eau sur la pierre. Enfin, Luke reprit la parole :

— Dis quelque chose, Clary.

— Qu'est-ce que tu veux que je dise ?

— Que tu comprends, pour commencer ?

Le sang battait aux oreilles de Clary. Elle avait l'impression que toute son existence reposait sur une couche de glace aussi mince qu'une feuille de papier. Une glace qui commençait à se craqueler, menaçant de la précipiter dans les ténèbres en dessous. Là, dans les eaux sombres, songea-t-elle, se trouvaient tous les secrets de sa mère balayés par le courant, les restes oubliés d'une vie brisée.

Elle leva les yeux vers Luke. Son image vacilla, devint floue comme si elle l'observait à travers du verre dépoli.

— Mon père, lança-t-elle. La photo que ma mère a toujours gardée sur le manteau de la cheminée...

— Ce n'était pas ton père.

— Il a existé, au moins ? demanda Clary en élevant la voix. Est-ce qu'il y a vraiment eu un John Clark, ou ma mère a inventé ce nom, lui aussi ?

— John Clark a existé, oui. Mais il n'était pas ton père. C'était le fils d'un voisin de ta mère quand vous viviez dans l'East Village. Il est mort dans un accident de voiture, comme ta mère te l'a dit, sans qu'elle l'ait connu. Elle possédait sa photo parce que les voisins lui avaient commandé un portrait du défunt dans son uniforme de l'armée. Elle leur a remis le portrait en gardant la photo et t'a fait croire que cet homme était ton père. Elle a dû penser que c'était plus simple ainsi. Si elle avait prétendu qu'il avait fui ou disparu, tu aurais voulu te mettre à sa recherche. Un mort...

— ... n'ira pas vous contredire, dit Clary d'un ton plein d'amertume. Elle ne s'en est pas voulu de me laisser croire pendant toutes ces années que mon père était mort, alors que mon vrai géniteur...

Luke ne répondit pas. Il attendait qu'elle finisse elle-même la phrase exprimant l'impensable.

— ... est Valentin.

Elle demanda d'une voix tremblante :

— C'est bien ce que tu m'as dit, n'est-ce pas ? Valentin est... mon père ?

Luke hocha la tête ; seules ses mains croisées trahissaient sa nervosité.

— Oh, mon Dieu...

Incapable de rester immobile, Clary se leva d'un bond. Elle se mit à faire les cent pas dans la cellule.

— C'est impossible !

— Clary, je t'en prie, ne t'inquiète pas...

— Ne pas m'inquiéter ? Tu m'apprends que mon père est plus ou moins le prince du Mal, et tu me demandes de ne pas m'inquiéter ?

— Il n'était pas mauvais, autrefois, objecta Luke d'un ton penaud.

— Oh, permets-moi d'être d'un autre avis. Pour moi, il était pourri jusqu'à la moelle. Tous ces discours sur la préservation de la race et l'importance d'un sang pur... Il me rappelle ces adeptes de la suprématie des Blancs, qui font froid dans le dos. Dire que, vous deux, vous êtes tombés dans le panneau !

— Ce n'est pas moi qui parlais de ces « saletés de Créatures Obscures » il y a quelques minutes à peine, répondit tranquillement Luke.

— Ce n'est pas la même chose ! s'écria Clary, au bord des larmes. J'avais un frère, poursuivit-elle d'une voix plus maîtrisée. Et des grands-parents, aussi. Ils sont tous morts, alors ?

Luke hocha la tête, les yeux baissés vers ses longues mains posées sur ses genoux.

— Jonathan... reprit Clary. Il aurait eu, quoi, un an de plus que moi ?

Luke ne répondit pas.

— J'ai toujours voulu avoir un frère.

— Arrête de te torturer. Tu comprends maintenant pourquoi ta mère t'a caché la vérité, non ? Quel bien en aurais-tu retiré, de savoir ce que tu avais perdu avant même d'être née ?

— Cette boîte, avec les initiales J.C. gravées dessus... dit Clary, pensive. Comme Jonathan Christopher. Cette mèche de cheveux sur laquelle elle pleurait sans arrêt... C'étaient les cheveux de mon frère, pas ceux de mon père !

— Oui.

— Et quand tu as dit : « Clary n'est pas Jonathan », tu parlais de lui. Si ma mère était aussi protectrice avec moi, c'est parce qu'elle avait déjà perdu un enfant.

Avant que Luke ait pu répondre, la porte de la cellule s'ouvrit et Gretel entra. Au lieu du « nécessaire » auquel Clary s'attendait – une boîte en plastique portant l'insigne de la Croix-Rouge –, elle s'était munie d'un gros chariot chargé de linges, de bols fumants contenant des liquides inconnus, et d'herbes qui dégageaient une odeur âcre et citronnée. Gretel poussa le chariot près du lit et fit signe à Clary de s'asseoir. Cette dernière obéit de mauvaise grâce.

— On va être une bonne fille, dit la femme-louve en trempant un linge dans l'un des bols avant de l'appliquer sur le visage de Clary.

Avec des gestes doux, elle se mit à nettoyer le sang séché.

— Qu'est-ce qui t'est arrivé ? demanda-t-elle d'un ton réprobateur comme si elle soupçonnait Clary d'avoir joué avec une râpe à fromage.

— Je me posais la même question, renchérit Luke en l'observant, les bras croisés.

— Hodge a lancé Hugo contre moi.

Clary s'efforça de ne pas broncher malgré le fait que le liquide astringent lui piquait la peau.

— Hugo ?

— L'oiseau de Hodge. Enfin, je crois que c'était le sien. À moins qu'il n'appartienne à Valentin...

— Hugin, dit Luke doucement. Hugin et Munin

étaient les oiseaux de Valentin. Leurs noms signifient « pensée » et « souvenir ».

— Eh bien, il aurait dû les appeler « assassin » et « tueur ». Cette satanée bestiole a failli me crever les yeux !

— C'est ce qu'on lui a appris. Hodge a dû l'emmener avec lui après l'Insurrection, mais c'est toujours une créature de Valentin.

— Comme Hodge, dit Clary en grimaçant de douleur.

Gretel désinfectait la longue estafilade sur son bras, qui était incrustée de saleté et de sang séché. Puis elle fit un bandage bien propre.

— Clary...

— Je n'ai plus envie de parler du passé. Je veux savoir ce qu'on va faire maintenant que Valentin détient ma mère, Jace... et la Coupe. Nous, nous n'avons rien.

— Je ne dirais pas ça. Nous avons une meute de loups puissante. Le problème, c'est que nous ignorons où se trouve Valentin.

Clary secoua la tête. Des mèches de cheveux crasseuses lui tombaient dans les yeux ; elle les écarta d'un geste impatient. Elle était tellement sale ! Plus que tout au monde, elle rêvait d'une douche.

— Il doit avoir une cachette, un repaire secret ?

— Si c'est le cas, le secret est resté bien gardé.

Gretel libéra Clary, qui remua le bras avec précaution. L'onguent verdâtre que la femme-louve avait appliqué sur sa blessure avait atténué la douleur, mais son bras était toujours engourdi et raide comme un bout de bois.

— Attends une seconde ! dit-elle. Valentin se trouve peut-être à New York.

— Oui, c'est possible.

— Pour venir à l'Institut, il a utilisé un Portail. Magnus affirme qu'il n'en existe que deux à New York. Un chez Dorothea, et un chez Renwick. Celui de Dorothea a été détruit, et je ne l'imagine pas là-bas, de toute façon, alors...

Luke la fixa, abasourdi :

— Renwick ? Ce n'est pas le nom d'un Chasseur d'Ombres, ça.

— Et si Renwick n'était pas une personne ? Et si c'était un endroit ? Un restaurant, ou un hôtel...

Luke ouvrit soudain de grands yeux. Il se tourna vers Gretel, qui s'avançait vers lui avec le chariot .

— Trouve-moi un annuaire !

Elle s'arrêta net et poussa le chariot dans sa direction d'un geste accusateur :

— Mais, chef, vos blessures...

— Oublie mes blessures et trouve-moi un annuaire ! ordonna-t-il. On est dans un commissariat. J'imagine qu'il y a plein de vieux bottins qui traînent par ici.

Avec un air exaspéré, Gretel sortit de la pièce au pas de charge. Luke jeta un coup d'œil à Clary pardessus ses lunettes, qui avaient glissé sur son nez :

— Bien raisonné !

Elle ne répondit pas à son compliment. Elle avait l'estomac noué. Une idée commençait à germer dans un coin de son cerveau, qu'elle rejeta résolument. Elle devait concentrer ses efforts et son énergie sur le problème qui les préoccupait dans l'immédiat.

Gretel revint avec un annuaire rongé par l'humidité qu'elle remit à Luke. Il en examina les pages pendant que la femme-louve s'attaquait à sa blessure avec des bandages et des pots d'onguent.

— Il y a sept Renwick dans l'annuaire, dit-il enfin. Pas de restaurant ni d'hôtel.

Il rajusta ses lunettes, qui glissèrent de nouveau un instant plus tard :

— Ce ne sont pas des Chasseurs d'Ombres, et il est peu probable que Valentin ait installé ses quartiers généraux chez un Terrestre ou une Créature Obscure. Quoique...

— Tu as un téléphone ?

— Pas sur moi.

Luke, l'annuaire toujours à la main, demanda à Gretel :

— Tu veux bien aller me chercher un téléphone ?

Avec un grognement excédé, Gretel jeta sur le sol la compresse ensanglantée qu'elle tenait à la main avant de sortir de la pièce. Luke reposa l'annuaire sur la table, prit un rouleau de gaze et se mit à panser lui-même la coupure en travers de ses côtes.

— Désolé, dit-il à Clary, qui le regardait faire. Je sais, ce n'est pas très ragoûtant comme spectacle, mais...

— Si on attrape Valentin, le coupa-t-elle brusquement, est-ce qu'on pourra le tuer ?

Luke faillit en lâcher ses bandages :

— Quoi ?

— Il a tué mon frère et mes grands-parents, non ?

Luke reposa le rouleau de gaze sur la table et rabattit les pans de sa chemise :

— Et tu crois qu'en le supprimant tu pourras effacer tout ça ?

Gretel revint avant que Clary ait pu répondre. Avec un air de martyr, elle tendit à Luke un gros téléphone d'un autre âge.

— Laisse-moi passer un coup de fil, dit Clary en tendant la main vers le téléphone.

Luke parut hésiter :

— Clary...

— C'est à propos de Renwick Ça ne prendra qu'une seconde.

Il lui remit l'appareil d'un air las. Après avoir composé le numéro, elle se détourna pour se donner un semblant d'intimité.

Simon décrocha à la troisième sonnerie :

— Allô ?

— C'est moi.

La voix de Simon grimpa d'une octave :

— Tu vas bien ?

— Oui ? Tu as eu des nouvelles d'Isabelle ?

— Non, pourquoi j'en aurais eu ? Il est arrivé quelque chose ? C'est Alec ?

— Non, répondit Clary qui répugnait à aborder le sujet, ce n'est pas Alec. Écoute, je voudrais que tu vérifies quelque chose sur Google pour moi.

Simon partit d'un ricanement :

— Tu plaisantes ! Ils n'ont pas d'ordinateur, là-bas ?

Clary entendit le bruit d'une porte qui s'ouvre, suivi d'un bruit sourd et d'un miaulement : Simon venait sans doute de chasser le chat de sa mère, qui avait pour habitude de dormir sur son clavier d'ordinateur.

— Qu'est-ce que tu veux que je vérifie ?

Clary épela le nom. Elle sentait le regard inquiet de Luke peser sur elle tandis qu'elle parlait. Il l'avait regardée de la même façon que quand elle avait attrapé un mauvais rhume avec des accès de fièvre vers l'âge de onze ans. Il lui apportait des cubes de glace à sucer, et il avait dû lui lire ses livres favoris en faisant toutes les voix.

Simon la tira de sa rêverie :

— Tu as raison. Il existe bien un endroit qui s'appelle Renwick, mais il est abandonné.

— Dis-m'en un peu plus.

— « L'hôpital Renwick, commença-t-il à lire, le plus célèbre asile psychiatrique accueillant également d'autres malades et des détenus condamnés pour leurs dettes, fut construit sur l'Île de Roosevelt au XIXe siècle. Conçu par l'architecte Jacob Renwick, il servait de lieu de quarantaine aux victimes les plus pauvres de l'épidémie de variole qui frappa Manhattan. Au cours du siècle suivant, l'hôpital fut abandonné en raison de son état de délabrement. Les ruines sont interdites d'accès au public. »

— OK, ça suffit, lança Clary, le cœur battant. C'est forcément ça. L'Île de Roosevelt ? Elle n'est pas habitée, si ?

— Tout le monde ne vit pas dans les quartiers chics, princesse, dit Simon d'un ton sarcastique. Tu as besoin d'un chauffeur ou d'autre chose ?

— Non, merci. Je voulais juste ce renseignement.

— Bon.

Simon semblait un peu vexé, mais Clary ne s'en inquiéta pas. Il était en sécurité chez lui, c'était ce qui importait.

Après avoir raccroché, elle se tourna vers Luke :

— Il y a un hôpital Renwick désaffecté sur l'Île de Roosevelt. Il y a fort à parier que Valentin est là-bas.

— L'Île de Blackwell. Évidemment !

— De quoi tu parles ?

— Elle s'appelait autrefois l'Île de Blackwell. C'était la propriété d'une famille de Chasseurs d'Ombres très ancienne. J'aurais dû y penser !

Il s'adressa à Gretel :

— Va chercher Alaric. Il faut rassembler la meute aussi vite que possible.

Il eut un petit sourire qui rappelait l'expression qu'avait Jace avant de partir au combat :

— Dis-leur de se préparer pour la bataille.

Ils quittèrent la cellule et empruntèrent un dédale de couloirs qui débouchait sur le hall d'un ancien commissariat. Le bâtiment était désormais à l'abandon. La lumière de fin d'après-midi projetait des ombres bizarres sur les bureaux désertés, les armoires cadenassées rongées par les termites et le carrelage ébréché, sur lequel était inscrite la devise de la police new-yorkaise : *Fidelis ad mortem*.

— Fidèles jusqu'à la mort, lut Luke en suivant le regard de Clary.

— Laisse-moi deviner, dit-elle. Vu de l'extérieur, ce commissariat n'est, aux yeux des Terrestres, qu'un immeuble résidentiel condamné ou un terrain vague...

— En fait, on dirait un restaurant chinois. Vente à emporter seulement.

— Un restaurant chinois ? répéta Clary, étonnée.

Luke haussa les épaules :

— On est à Chinatown.

— Les gens doivent trouver bizarre qu'il n'y ait pas de numéro de téléphone pour commander.

Luke sourit :

— Il y en a un. On ne répond pas souvent. Parfois, quand ils s'ennuient, les petits vont livrer du porc sauce aigre-douce chez quelques clients.

— Tu plaisantes !

— Pas du tout. Les pourboires nous aident bien.

Il poussa la porte d'entrée, et un flot de lumière inonda le hall.

Clary suivit Luke dans Baxter Street, où il s'était garé. L'habitacle confortable de la camionnette était tel que dans son souvenir : l'odeur à peine perceptible de copeaux de bois, de vieux papier et de savon, la peluche râpée suspendue au rétroviseur, qu'elle lui avait offerte vers l'âge de dix ans, les emballages de chewing-gum disséminés un peu partout, et les gobelets en carton qui roulaient sur le plancher. Elle se hissa sur le siège du passager et s'adossa à l'appui-tête avec un soupir. Elle était plus fatiguée qu'elle ne voulait l'admettre.

Luke claqua la portière derrière elle :

— Ne bouge pas d'ici !

Elle le regarda discuter avec Gretel et Alaric, qui se tenaient sur les marches du vieux commissariat. Pour passer le temps, elle s'amusa à plisser les yeux, faisant apparaître et disparaître le charme. Bientôt, la façade du vieux commissariat s'effaça, et à sa place elle vit une devanture délabrée, surmontée d'un store jaune, où on pouvait lire : JADE WOLF, CUISINE CHINOISE.

Luke parlait à ses seconds en faisant de grands gestes. Sa camionnette était garée en tête d'une file de vans, de motos, de Jeeps, qui s'étirait jusqu'au coin de la rue. Il y avait même un car scolaire en piteux état. Un convoi de loups-garous ! Clary se demanda comment ils s'y étaient pris pour emprunter, voler ou réquisitionner autant de véhicules. D'un autre côté, ils ne seraient pas obligés de prendre le métro aérien...

Luke prit un sac en papier des mains de Gretel avant de retourner à la camionnette. Après avoir glissé son corps dégingandé derrière le volant, il le tendit à Clary :

— C'est toi qui es responsable de ça.

Clary jeta un coup d'œil suspicieux dessus :

— C'est quoi ? Des armes ?

Un rire silencieux secoua les épaules de Luke

— En fait, ce sont des beignets, répondit-il en manœuvrant la camionnette pour sortir. Et du café.

Clary déchira le papier alors qu'ils prenaient la direction de Manhattan. Son estomac criait famine. Elle mordit dans un beignet, prit une gorgée de café noir et tendit le sac à Luke :

— Tu en veux un ?

Il bifurqua dans Canal Street :

— Un peu, oui !

« Presque comme au bon vieux temps », pensa-t-elle. Un jour, ils avaient acheté des viennoiseries encore chaudes dans une boulangerie et en avaient dévoré la moitié avant d'arriver à la maison.

— Alors, parle-moi de ce Jace, dit Luke.

Clary faillit s'étrangler. Elle attrapa son gobelet pour calmer sa toux avec le café chaud :

— Qu'est-ce que tu veux savoir ?

— Tu as une idée de ce que Valentin lui veut ?

— Non.

Luke fronça les sourcils :

— Je croyais que c'était un des enfants Lightwood ?

— Non, répondit Clary en entamant un autre beignet. Son nom de famille, c'est Wayland. Son père s'appelait...

— Michael Wayland ?

Elle hocha la tête :

— Jace avait dix ans quand Valentin l'a tué.

— Il en est bien capable, oui, dit Luke.

Son ton était parfaitement neutre, mais quelque chose dans sa voix intrigua Clary. Quoi, il ne la croyait pas ?

— Jace l'a vu mourir de ses propres yeux, ajouta-t-elle pour appuyer ses dires

— C'est horrible. Pauvre gosse !

Ils roulaient à présent sur le pont de la Cinquante-neuvième Rue. Clary contempla le fleuve en contrebas, que le soleil teintait d'or et de pourpre. Elle distinguait la pointe sud de l'Île de Roosevelt, qui n'était qu'une petite tache dans le lointain.

— Ce n'est pas un mauvais garçon, déclara-t-elle. Les Lightwood ont pris soin de lui.

— Ils étaient très proches de Michael, observa Luke en changeant de file. Normal qu'ils se soient occupés de son fils.

Dans le rétroviseur extérieur, Clary vit la caravane de véhicules qui les suivait l'imiter.

— Qu'est-ce qu'il se passera quand la lune apparaîtra ? demanda-t-elle. Vous vous transformerez tous en loups ?

— Pas les jeunes, ceux qui viennent de subir leur première Transformation. Ils ne savent pas encore la contrôler. Mais le reste d'entre nous a appris au fil des ans. Seule la pleine lune agit sur moi, désormais.

— Alors tant que la lune n'est pas pleine, tu te sens juste à moitié loup ?

— C'est à peu près ça.

— Tu peux sortir la tête par la vitre, si ça te fait plaisir.

Luke rit :

— Je suis un loup-garou, pas un labrador.

— Ça fait longtemps que tu es le chef de cette meute ? s'enquit Clary.

Luke parut hésiter :

— Une semaine, environ.

Elle se tourna brusquement vers lui :

— Une semaine ?

— Quand Valentin a enlevé ta mère, j'ai compris que je n'avais aucune chance de le battre tout seul, et je ne pouvais pas compter sur l'aide de l'Enclave. Il m'a fallu un jour pour repérer la meute la plus proche.

— Tu as tué le chef de clan pour prendre sa place ?

— C'est le seul moyen que j'aie trouvé pour me faire un nombre considérable d'alliés en peu de temps, expliqua Luke sans la moindre trace de regret ni d'orgueil dans la voix.

Elle se souvint d'avoir remarqué, le jour où elle l'avait espionné chez lui, de profondes griffures sur son visage et ses mains.

— Je l'avais déjà fait avant. J'étais sûr de pouvoir recommencer.

Il haussa les épaules :

— Ta mère avait disparu. J'avais fait en sorte que tu me détestes. Je n'avais plus rien à perdre.

Clary appuya ses pieds sur le tableau de bord. À travers le pare-brise fissuré, elle vit la lune se lever sur le pont.

— Eh bien, maintenant, ce n'est plus le cas, répondit-elle.

Les contours fantomatiques de l'hôpital bâti sur la partie sud de l'île se détachaient curieusement sur les eaux noires du fleuve et les lumières de Manhattan. Luke et Clary se turent comme la camionnette quittait le pont et s'engageait sur l'île minuscule. La route pavée sur laquelle ils roulaient laissa bientôt place à du gravier, puis à de la boue. Elle longeait un haut grillage surmonté de fils de fer barbelés entortillés comme des serpentins.

Quand la route devint impraticable, Luke freina et éteignit les phares. Il se tourna vers Clary :

— Tu accepterais de m'attendre ici si je te le demandais ?

Elle secoua la tête :

— Je ne serais pas forcément plus en sécurité dans la camionnette. Valentin a peut-être envoyé une de ses créatures patrouiller dans le périmètre de l'hôpital.

— Périmètre ? répéta Luke en riant. Tu parles drôlement bien !

Il sauta à terre et fit le tour du véhicule pour l'aider à descendre à son tour. Elle aurait pu le faire toute seule, mais elle aimait bien qu'il l'assiste comme si elle était toujours une petite fille.

Le convoi qui les avait suivis se garait à son tour, formant une espèce de cercle autour de la camionnette de Luke. Les phares qui balayaient les alentours illuminèrent le grillage de reflets argentés. Au-delà s'étendaient les ruines de l'hôpital baignant dans la lueur de la lune qui accentuait son état délabré : des pans de mur surgissaient du sol inégal comme autant de dents cassées, les parapets étaient recouverts d'un épais tapis de lierre.

— Quelle ruine ! murmura Clary avec une pointe d'appréhension dans la voix. J'ai du mal à croire que Valentin ait choisi de se cacher ici.

— C'est un charme puissant, répondit Luke. Ne te laisse pas berner !

Alaric s'avança sur la route dans leur direction ; la brise légère soulevait sa veste en jean, révélant les cicatrices de son torse. Les loups-garous marchaient derrière lui. « On dirait des gens parfaitement ordinaires ! » songea Clary. Si elle les avait vus ensemble quelque part, elle aurait peut-être pensé qu'ils étaient de la même famille ; il existait une certaine ressemblance, autre que physique, entre eux : un regard franc, des expressions énergiques. Comme ils avaient la peau tannée par le soleil et qu'ils étaient plus musclés que le citadin moyen, elle en aurait peut-être déduit que c'étaient des fermiers, ou alors elle les aurait pris pour une bande de motards. En tout cas, ils n'avaient rien de monstrueux.

Ils se consultèrent brièvement avec Luke, rassemblés près de la camionnette, telle une équipe de football autour de son entraîneur. Se sentant exclue, Clary tourna de nouveau son regard vers l'hôpital. Cette fois, elle s'efforça de percer le charme, comme si elle regardait un mur à travers une fine couche de peinture. Une fois de plus, essayer d'imaginer comment elle aurait dessiné la scène lui rendit service. La vision des ruines s'estompa, et elle découvrit un édifice néogothique tarabiscoté, entouré d'une pelouse plantée de chênes. Il se dressait au-dessus des arbres telle la mâture d'un grand navire. Les fenêtres des étages inférieurs étaient plongées dans l'obscurité, les volets fermés ; cependant de la lumière filtrait par celles du troisième étage : on aurait dit des flambeaux alignés sur le flanc d'une lointaine montagne. Un porche en pierre massif masquait la porte d'entrée.

— Tu le vois ? demanda Luke, qui s'était glissé derrière elle à pas de... loup.

Clary garda les yeux rivés sur l'immense bâtisse :

— Ça ressemble davantage à un château qu'à un hôpital.

Luke la prit fermement par les épaules pour la faire pivoter :

— Clary, écoute bien. Je veux que tu restes près de moi. Tu avances quand j'avance. Tu t'accroches à ma manche s'il le faut. Les autres nous entoureront pour nous protéger, mais si tu sors du cercle, ils ne pourront pas surveiller tes arrières. Ils vont nous accompagner jusqu'à la porte.

Il lâcha ses épaules, et à ce moment elle vit une courte épée briller à sa ceinture.

— Tu promets de faire ce que je te dis ?

— Oui.

La clôture, elle, était bien réelle. Alaric, qui marchait toujours devant, tendit lentement la main. De longues griffes jaillirent de ses doigts et, d'un seul geste, il abattit le pan de grillage tel un jeu de construction.

— Allez-y ! dit-il en faisant signe aux autres de passer.

Ils s'avancèrent comme un seul homme, les mouvements parfaitement coordonnés. Agrippant le bras de Clary, Luke la poussa devant lui à la suite du groupe. Quelques instants plus tard, tous se figèrent et regardèrent en direction de l'hôpital : des silhouettes sombres massées sous le porche en descendaient les marches.

Alaric leva la tête pour renifler l'air :

— Ça empeste la mort.

— Des Damnés, dit Luke dans un souffle.

Il passa devant Clary ; elle le suivit en trébuchant sur le sol inégal. La meute les entoura. Puis tous tombèrent à quatre pattes, leurs babines se retroussèrent, révélant de longs crocs, leurs membres s'allongèrent et se couvrirent de poils, qui masquèrent bientôt leurs vêtements. L'instinct de Clary lui criait de fuir ; pourtant elle resta où elle était, tremblant de tout son corps.

La meute les encerclait en leur tournant le dos. D'autres loups venaient un à un renforcer le cercle. C'était comme si Luke et elle formaient le centre d'une étoile. Ainsi escortés, ils s'avancèrent vers le porche de l'hôpital.

Clary ne vit même pas le premier Damné les attaquer. Elle entendit un loup hurler de douleur. Le hurlement se prolongea pour laisser place à un rugissement de rage. Puis il y eut un bruit mat, un gargouillis ignoble, et un dernier bruit évoquant la déglutition...

Clary en vint à se demander si les Damnés étaient comestibles...

Elle leva les yeux vers Luke. Son visage était impassible. Elle voyait désormais ce qui se passait au-delà de la barrière de protection formée par les loups. La scène était illuminée par les projecteurs de l'hôpital et les lumières scintillantes de Manhattan en arrière-plan : des dizaines de Damnés, dont la peau blême éclairée par la lune était couverte de runes semblables à des lésions. Le regard vide, ils se jetèrent sur les loups, qui répondirent avec la même violence à coups de griffes et de dents. Elle vit l'un des Damnés, une femme, tomber en arrière, la gorge tranchée ; ses bras s'agitaient encore. Un autre attaqua un loup avec une hache tandis qu'un de ses bras gisait par terre à un mètre de lui. Des flots de sang noir, aussi visqueux que l'eau d'un marécage, souillaient l'herbe, si bien que Clary faillit glisser. Luke la rattrapa in extremis.

— Reste à côté de moi ! souffla-t-il.

« Je ne bouge pas », aurait-elle voulu répondre, mais les mots restèrent coincés dans sa gorge. Le groupe progressait toujours en direction de l'hôpital à une lenteur insoutenable. Luke lui tenait le bras d'une poigne de fer. Elle n'aurait pas pu dire qui avait le dessus. Les loups avaient l'avantage du point de vue de la taille et de la rapidité, mais rien ne semblait pouvoir arrêter l'avancée implacable des Damnés, qui faisaient preuve d'une résistance surprenante. Elle vit un loup énorme à la fourrure mouchetée, Alaric sans doute, faire tomber l'un d'eux en plantant ses crocs dans ses jambes, puis lui sauter à la gorge. Même taillé en pièces, il continuait à se défendre, et sa hache ouvrit une longue plaie écarlate dans la fourrure luisante d'Alaric.

Distraite, Clary ne remarqua pas le Damné qui avait réussi à pénétrer dans le cercle de protection. Il se dressa soudain devant elle comme s'il venait de jaillir de terre. L'œil vitreux, les cheveux emmêlés, il leva un couteau dégoulinant de sang.

Clary hurla. Luke fit volte-face, la poussa de côté, et tordit le poignet du monstre. Elle entendit l'os craquer, et le couteau tomber à terre. La main du Damné pendait mollement contre son flanc ; pourtant il ne montra pas le moindre signe de douleur. Luke appela Alaric à la rescousse. Clary tenta de dégainer sa dague, sans succès : Luke lui serrait trop fort le bras. Avant qu'elle ait pu lui crier de la lâcher, un éclair argenté jaillit entre eux deux. C'était Gretel. Elle bondit, toutes griffes dehors, sur le Damné et le fit tomber à terre, un grognement de rage s'échappant de sa gorge. Mais le Damné était plus fort qu'elle : il la rejeta au loin comme une poupée de chiffon avant de se remettre debout.

Quelque chose souleva Clary dans les airs. Elle poussa un cri, mais ce n'était qu'Alaric, à mi-chemin de sa métamorphose. Ses doigts étaient toujours terminés par de longues griffes. Ce qui ne l'empêcha pas de la tenir délicatement dans ses bras.

— Sors-la d'ici ! cria Luke en faisant de grands gestes. Allez vous réfugier dans le hall !

— Luke ! gémit Clary en se débattant dans les bras d'Alaric.

— Ne regarde pas, grogna-t-il.

Clary ne l'écouta pas. Elle vit Luke courir vers Gretel, l'épée à la main. Hélas, il était trop tard. Le Damné ramassa son couteau, qui était tombé dans l'herbe poissée de sang, et le planta dans le dos de la femme-louve, encore et encore. Elle fendit l'air de ses griffes, s'agita violemment, puis s'affala, et ses yeux s'éteignirent. Avec un rugissement, Luke trancha la gorge du monstre.

— Je t'avais dit de ne pas regarder ! grommela Alaric en se tournant pour masquer de son corps massif le champ de vision de Clary.

Il gravit les marches à toute allure, ses pieds griffus raclant le granit comme des ongles sur un tableau noir.

— Alaric ?

— Oui ?

— Je suis désolée d'avoir lancé le couteau sur toi, l'autre jour.

— Pas de quoi, c'était bien visé.

— Où est Luke ? demanda-t-elle en essayant de regarder derrière son dos.

— Je suis là.

Luke les rejoignit en haut des marches en glissant son épée dans son fourreau. La lame était couverte de sang noir.

Alaric reposa Clary à terre. Elle ne parvint pas à repérer dans la mêlée Gretel ni le Damné qui l'avait tuée. Son visage était inondé – de sang ? En portant la main à sa joue, elle s'aperçut que c'étaient des larmes. Luke la dévisagea avec curiosité :

— Ce n'était qu'une Créature Obscure.

— Ne dis pas ça.

Il se tourna vers Alaric :

— Merci d'avoir pris soin d'elle. Nous, on part de ce côté, et toi...

— Je viens avec vous.

Il avait accompli la plus grande partie de sa métamorphose en homme, mais il avait gardé ses yeux de loup et des crocs aussi longs que des cure-dents.

— Non, Alaric.

— Tu es le chef de meute. Je suis ton seul second maintenant que Gretel est morte. Vous ne pouvez pas partir seuls !

Luke regarda Clary, puis le terrain qui s'étendait devant l'hôpital :

— Ils ont besoin de toi là-bas, Alaric. Je regrette, c'est un ordre.

Une lueur de rancune s'alluma dans les yeux d'Alaric, mais il fit un pas de côté.

La porte de l'hôpital était en bois massif sculpté de motifs que Clary reconnut, les roses d'Idris, des runes tout en courbes, des soleils dardant leurs rayons. Luke fit sauter le verrou d'un coup de pied. Il poussa Clary à l'intérieur.

Elle pénétra dans le hall en chancelant. Jetant un regard par-dessus son épaule, elle vit Alaric surveiller leurs arrières de ses yeux de loup étincelants. La pelouse devant l'hôpital était jonchée de corps, le sang rouge et noir se mêlant à la boue. Quand la porte se referma derrière elle, lui cachant cette vision de cauchemar, elle éprouva un immense soulagement.

Luke et elle se trouvaient dans un vestibule en pierre éclairé par une seule torche. Après le vacarme de la bataille, le silence semblait assourdissant. Clary aspira une bouffée d'air. Une odeur de sang flottait dans l'atmosphère chargée d'humidité.

Luke l'agrippa par l'épaule :

— Tu vas bien ?

Elle essuya ses joues humides de larmes :

— Tu n'aurais pas dû parler comme ça de Gretel ! C'était quelqu'un de bien.

— Ravi de constater que les Lightwood ne t'ont pas façonnée à leur image.

— Sois rassuré.

Luke essaya d'ôter la torche de son socle, mais elle résista. Fouillant dans sa poche, Clary en sortit la pierre lisse que Jace lui avait donnée pour son anniversaire. Elle brandit la pierre, qui s'illumina entre ses doigts comme si elle venait de craquer une allumette. Luke lâcha la torche :

— De la lumière de sort ?

— C'est un cadeau de Jace.

Elle sentait la pierre palpiter dans sa main ; on aurait dit le cœur d'un minuscule oiseau. Elle se demanda où pouvait bien être Jace dans ce dédale de pièces, s'il avait peur, s'il pensait à elle...

— Ça fait bien longtemps que je ne me suis pas servi de ce machin-là, lança Luke en s'engageant dans l'escalier. Suis-moi.

Les marches craquèrent sous ses bottes.

Le halo de clarté émanant de la pierre de rune projetait leurs ombres démesurées sur les murs en granit. Ils firent halte à l'endroit où l'escalier s'incurvait. Au sommet des marches, Clary vit de la lumière.

— C'est à ça que ressemblait l'hôpital, il y a un siècle ? chuchota-t-elle.

— Oh, les murs sont d'origine, répondit Luke. Mais Valentin, Blackwell et les autres ont dû rénover les lieux à leur goût. Regarde !

Il indiqua le sol de la pointe de sa botte ; Clary baissa les yeux et vit une rune gravée dans le granit, au centre de laquelle figurait une devise en latin . *In hoc signo vinces.*

— Qu'est-ce que ça veut dire ?

— « Par ce symbole, nous vaincrons. » C'était la devise du Cercle.

Clary leva les yeux vers la lumière :

— Alors, ils sont ici.

— Oui, pas de doute, dit Luke d'une voix qui trahissait son impatience d'en découdre. Viens !

L'escalier débouchait sur un long couloir étroit éclairé par des torches. Clary éteignit sa pierre en la serrant dans sa main. Des portes, toutes fermées, s'alignaient des deux côtés. Elle se demanda si elles donnaient sur des salles communes ou des chambres individuelles. Comme ils s'avançaient, elle remarqua des empreintes de bottes boueuses sur le sol. Quelqu'un les avait précédés de peu.

La première porte n'était pas verrouillée, mais audelà ils ne trouvèrent qu'une pièce vide. Son parquet ciré et ses murs en pierre nue étaient illuminés par le clair de lune qui se déversait par la fenêtre. La rumeur étouffée de la bataille au-dehors parvenait jusqu'ici, rythmée comme le murmure des vagues. La deuxième pièce où ils pénétrèrent était remplie d'armes en tout genre, épées, masses et autres haches brillant faiblement dans la pénombre. Luke siffla entre ses dents :

— Sacrée collection !

— Tout ça, c'est à Valentin ?

— Ça m'étonnerait. Non, ce doit être l'arsenal de son armée.

La troisième pièce était une chambre. Un lit à baldaquin aux tentures bleues trônait en son centre, le sol était en partie masqué par un tapis persan aux motifs bleus, noirs et gris. Les meubles avaient été repeints en blanc, comme dans une chambre d'enfant. Une mince couche de poussière recouvrait chaque objet, lui donnant un éclat terni sous la lune.

Allongée sur le lit dormait Jocelyne.

Elle était étendue sur le dos, une main négligemment posée sur la poitrine, les cheveux éparpillés sur l'oreiller. Elle portait une chemise de nuit blanche que Clary ne lui connaissait pas, et son souffle était calme et régulier. Dans la clarté éblouissante de la lune, Clary vit les paupières de sa mère trembler au milieu de son rêve.

Elle poussa un petit cri et se serait précipitée vers elle si Luke ne l'avait pas retenue d'une poigne de fer.

— Attends ! dit-il, la voix tendue. Il faut rester prudent.

Clary voulut protester, mais il ne la voyait plus. Sur son visage, la colère le disputait à la tristesse. Suivant son regard, Clary remarqua enfin les menottes qui emprisonnaient les poignets et les chevilles de Jocelyne ; leurs chaînes étaient fixées au sol en pierre, de chaque côté du lit. La table de nuit était encombrée d'un assortiment de tubes et de fioles, de bocaux en verre et de longs instruments chirurgicaux en acier. Un tube en caoutchouc reliait l'un des bocaux à une veine du bras gauche de Jocelyne.

S'arrachant à l'étreinte de Luke, Clary se rua vers le lit pour prendre sa mère dans les bras. Mais c'était comme enlacer une poupée désarticulée. Le corps de Jocelyne était raide et immobile, et seul son souffle indiquait qu'elle était encore en vie.

Une semaine plus tôt, Clary aurait pleuré, comme lors de cette nuit terrible où sa mère avait disparu. Là, elle lâcha sa mère et se redressa, les yeux secs. La terreur et l'apitoiement sur elle-même avaient laissé place à la rage, à l'amertume, au besoin de retrouver l'homme qui avait fait cela, le seul et l'unique responsable.

— Valentin.

— Qui d'autre ?

Luke l'avait rejointe ; il effleura le visage de Jocelyne, souleva ses paupières qui ne révélèrent que le blanc de ses yeux.

— Elle n'a pas été droguée. On a dû lui jeter un sort.

Clary étouffa un sanglot :

— Comment la faire sortir d'ici ?

— Je ne peux pas toucher les menottes. C'est de l'argent.

— La salle d'armes ! souffla Clary en se levant. J'ai vu des haches là-bas. On pourrait couper ses chaînes...

— Elles sont incassables.

La voix qui leur parvint du seuil était grave, éraillée et familière. Faisant volte-face, Clary vit Blackwell qui les regardait avec un sourire de défi. Il portait la même robe rouge sang que la dernière fois, et ses bottes boueuses dépassaient de dessous l'étoffe.

— Graymark, reprit-il. Quelle bonne surprise !

Luke se leva :

— Si tu es surpris, c'est que tu es un idiot. Je n'ai pas fait preuve d'une grande discrétion en arrivant ici.

Les joues de Blackwell s'empourprèrent, mais il ne bougea pas.

— On est encore devenu chef de clan, il paraît ? dit-il avec un rire mauvais. Tu ne peux pas t'empêcher de refiler le sale boulot à tes sous-fifres, hein ? Ils sont dehors à se faire tailler en pièces par les troupes de Valentin, et toi, tu es bien au chaud, ici, avec tes petites copines.

Il jeta un coup d'œil moqueur à Clary :

— Celle-là est un peu jeune pour toi, Lucian.

Ce fut au tour de Clary de rougir de colère. Elle serra les poings pour la maîtriser. Luke, lui, conserva un ton poli :

— Je ne parlerais pas de troupes, Blackwell. Ceux qui combattent à ta place sont des Damnés, des hommes que vous avez mutilés. Si je me souviens bien, l'Enclave n'approuve pas franchement ce genre de pratiques : la torture, la magie noire. Ils ne vont pas être contents.

— Qu'ils aillent au diable ! grommela Blackwell. Nous n'avons pas besoin de ces gens qui tolèrent les sang-mêlé. Et puis, les Damnés ne le resteront pas longtemps. Grâce à la Coupe, ils deviendront de vrais Chasseurs d'Ombres, aussi bons que nous, meilleurs même que ces chiens considérés comme des guerriers par l'Enclave.

— Si tels sont ses projets concernant la Coupe, pourquoi ne les a-t-il pas déjà mis en œuvre ? Qu'est-ce qu'il attend ?

Blackwell leva les sourcils :

— Tu n'es pas au courant ? Il a son...

Un rire doucereux l'interrompit. Pangborn venait d'apparaître à ses côtés, vêtu de noir de pied en cap.

— Tais-toi, Blackwell. Tu parles trop, comme d'habitude.

Il sourit, découvrant ses dents pointues :

— Intéressante, ta tactique, Graymark ! Je n'aurais jamais cru que tu aurais le culot d'envoyer ton nouveau clan en mission suicide.

— Qu'est-ce que vous avez fait à Jocelyne ? lâcha Luke, les dents serrées.

Pangborn rit :

— Je croyais que ça t'était égal.

— Je ne comprends pas ce qu'il lui veut, poursuivit Luke sans relever la raillerie dans le ton de son interlocuteur. Il détient la Coupe, désormais. Jocelyne ne lui sert plus à rien. Valentin n'a jamais été adepte du meurtre gratuit. Aurait-il changé ?

Pangborn haussa les épaules avec indifférence :

— On se fiche bien de savoir ce qu'il compte faire d'elle. Ils ont été mariés. Peut-être qu'il la déteste.

— Relâchez-la ! Laissez-nous l'emmener, et en échange je rappellerai mon clan.

— Non !

Le cri furieux de Clary fit sursauter Pangborn et Blackwell. Tous deux semblaient un peu incrédules, comme s'ils se retrouvaient face à un insecte parlant. Elle se tourna vers Luke :

— Il reste Jace ! Il est ici, quelque part.

Blackwell se mit à glousser :

— Jace ? Jamais entendu ce nom-là. Quant à relâcher Jocelyne, je suis contre. Elle a toujours été une vraie garce avec moi, celle-là. Elle se croyait mieux que nous autres, avec ses grands airs et sa lignée. Une chienne de pedigree, voilà ce qu'elle est. Elle ne l'a épousé que pour se pavaner à son bras devant nous.

— Tu es déçu qu'il ne t'ait pas choisi à sa place ? l'interrompit Luke.

Le visage en feu, Blackwell avança d'un pas. Luke, d'un geste si rapide que Clary le vit à peine bouger, saisit un scalpel sur la table de nuit et le lança. La lame tournoya dans les airs avant de se planter dans la gorge de Blackwell, le coupant au milieu de sa réplique. Il émit un horrible gargouillis, ses yeux roulèrent dans leurs orbites, et il tomba à genoux en portant la main à sa blessure. Du sang gicla entre ses doigts. Il ouvrit la bouche comme pour parler, et un mince filet de sang s'en échappa. Puis il s'affala sur le sol, les bras en croix.

Pangborn considéra le corps sans vie de son camarade avec dégoût :

— Voilà qui est fâcheux !

Le sang s'écoulant de la plaie de Blackwell commençait à former une flaque visqueuse sur le plancher. Luke, prenant Clary par l'épaule, lui murmura quelque chose à l'oreille. La tête bourdonnante, elle ne comprit pas un traître mot. Un autre poème du cours d'anglais lui revint en mémoire : il disait en substance qu'une fois qu'on avait vu quelqu'un mourir, les autres morts ne faisaient plus aucun effet. Ce poète ne savait pas de quoi il parlait !

— Les clés, Pangborn ! lança Luke.

Pangborn poussa Blackwell de la pointe du pied, puis leva vers Luke des yeux étincelants de colère :

— Ou quoi ? Tu vas me poignarder avec une seringue ? Il n'y avait qu'un seul scalpel sur cette table. Non, dit-il en dégainant une longue épée effilée, si tu veux ces clés, il faudra que tu viennes les chercher. Non que je me soucie de Jocelyne Morgenstern, mais ça fait des années que j'attends de pouvoir te tuer.

Il s'attarda sur le dernier mot comme pour le savourer et s'avança dans la pièce. Son épée brilla dans le clair de lune. Clary vit Luke lui faire un geste de la main, une main bizarrement allongée, qui se terminait par des griffes semblables à de petites dagues, et elle comprit, d'abord, qu'il était sur le point de se transformer, et ensuite, ce qu'il lui avait murmuré à l'oreille.

Cours.

Elle courut. Évitant Pangborn, qui lui jeta à peine un coup d'œil, elle enjamba le corps de Blackwell et se rua dans le couloir, le cœur battant, avant que Luke n'ait achevé sa métamorphose. Elle ne regarda pas en arrière ; entendit un long hurlement déchirant, le cliquetis des armes, et un bruit de verre brisé. « Ils ont peut-être renversé la table de nuit », pensa-t-elle.

Elle s'élança vers la salle des armes. Là, son choix se porta sur une hache au manche d'acier. Cependant, elle eut beau s'évertuer, elle ne parvint pas à la décrocher du mur. Elle essaya avec une épée, un bâton, et même une petite dague : tous lui résistèrent. Elle finit par renoncer, les doigts en sang, après s'être cassé les ongles. On avait eu recours à la magie dans cette pièce, et pas à celle des runes, mais à une force puissante et incontrôlable, la magie noire.

Elle quitta la pièce, résignée ; puis se traîna dans le couloir : elle commençait à sentir les effets de la fatigue. En atteignant l'escalier, elle hésita : monter ou descendre ? En bas, il faisait sombre, et le hall paraissait désert. Même si elle avait la lumière de sort dans sa poche, la perspective d'explorer ces ténèbres toute seule ne l'enchantait guère. L'étage du dessus était éclairé, et elle crut voir quelque chose bouger là-haut.

Elle monta l'escalier, les jambes lourdes. Ses blessures, malgré les bandages, la faisaient souffrir. La fatigue avait réveillé la plaie sur sa joue, et elle avait un goût amer, métallique, dans la bouche.

Le dernier étage était parfaitement silencieux : l'écho de la bataille ne parvenait pas ici. Un autre long corridor s'étendait devant elle, avec les mêmes portes ; certaines étaient entrouvertes, et de la lumière s'en échappait. Clary s'avança : son instinct la conduisit vers la dernière porte sur sa gauche. Elle jeta un coup d'œil prudent à l'intérieur.

À première vue, la pièce rappelait ces reconstitutions de l'habitat du passé que l'on pouvait voir au Metropolitan de New York. Elle eut l'impression d'avoir remonté le temps. Les murs lambrissés de la pièce brillaient comme s'ils venaient d'être polis, tout comme l'immense table sur laquelle était disposée une porcelaine délicate. Un miroir encadré de dorures ornait le mur opposé, entre deux peintures à l'huile présentées dans de gros cadres. Tout scintillait dans la lumière des torches : les assiettes sur la table, remplies de nourriture, les verres en forme de lys, la nappe d'une blancheur immaculée. Les deux larges fenêtres de l'autre côté du salon étaient munies de lourdes tentures en velours. Devant l'une d'elles se tenait Jace, immobile comme une statue, sa main gauche retenant le rideau. Dans les vitres sombres, Clary voyait se refléter les dizaines de bougies qui éclairaient la pièce, emprisonnées dans le verre comme des lucioles.

— Jace !

Sa propre voix lui parut lointaine ; elle trahissait la surprise, le soulagement, qui lui donnaient une intonation presque douloureuse. Il se retourna et la dévisagea avec étonnement.

— Jace ! répéta-t-elle en se jetant à son cou.

Il la serra fort contre lui :

— Clary ! Qu'est-ce que tu fais ici ?

Sa voix était quasiment méconnaissable.

— Je suis venue te chercher

— Tu n'aurais pas dû.

Il desserra brusquement son étreinte et recula en la tenant à bout de bras.

— Idiote ! Quelle idée..., dit-il avec agacement.

Son regard et ses doigts qui lui caressaient les cheveux étaient, eux, pleins de douceur. Elle ne le reconnaissait plus : une sorte de fragilité émanait de lui.

— Tu ne réfléchis donc jamais ? murmura-t-il.

— J'ai réfléchi. J'ai beaucoup pensé à toi.

Il ferma les yeux un instant :

— Si quelque chose t'était arrivé...

Il effleura ses épaules, puis la prit par les poignets comme pour s'assurer qu'elle était vraiment là :

— Comment m'as-tu retrouvé ?

— C'est une longue histoire. Je suis venue avec Luke pour te sauver.

Sans la lâcher, il reporta son regard vers la fenêtre.

— Alors... tu es venue avec le clan des loups ? demanda-t-il d'un ton bizarre.

— Luke... C'est un loup-garou, et...

— Je sais. J'aurais dû deviner... Ces menottes en argent...

Il se tourna vers la porte :

— Où est-il ?

— En bas. Il a tué Blackwell. Je suis partie à ta recherche...

— Il faut qu'il les rappelle.

Clary le regarda sans comprendre :

— Quoi ?

— Il faut qu'il rappelle sa meute. C'est un malentendu.

— Quoi, tu t'es kidnappé toi-même ? ironisa-t-elle. Allez, viens, Jace !

Elle le tira par le poignet, mais il ne bougea pas. Il la fixait avec insistance, et alors elle remarqua son apparence. Dans son soulagement, elle n'y avait pas prêté attention.

La dernière fois qu'elle avait vu Jace, il était couvert d'égratignures et de bleus, ses vêtements étaient sales et tachés de sang, ses cheveux pleins d'ichor et de poussière. À présent, il était vêtu d'une chemise blanche un peu ample et d'un pantalon noir. Il écarta une mèche de ses yeux, et Clary vit sa grosse bague en argent briller à son doigt.

— Ces vêtements sont à toi ? demanda-t-elle avec surprise. Et... on t'a soigné... Valentin s'occupe bien de toi, apparemment.

Il lui sourit avec lassitude et affection :

— Si je te disais la vérité, tu me prendrais pour un fou.

Clary sentit les battements de son cœur s'accélérer.

— C'est mon père qui m'a donné ces vêtements, poursuivit-il.

— Jace, dit Clary d'une voix hésitante, ton père est mort.

— Non.

Elle eut l'impression qu'il réprimait une émotion énorme : l'horreur, la joie, ou les deux à la fois.

— Je l'ai cru mort, mais non. C'était une erreur.

Clary se souvint de ce que Hodge avait dit au sujet de Valentin, de son charme et de sa capacité de persuasion.

— C'est Valentin qui l'a prétendu ? C'est un menteur, Jace ! Rappelle-toi ce qu'a dit Hodge. S'il t'a raconté que ton père est toujours en vie, il a menti pour te manipuler.

— J'ai vu mon père, Clary ! Je lui ai parlé. Il m'a donné ça.

Il tira sur sa chemise flambant neuve comme s'il s'agissait d'une preuve irréfutable :

— Mon père n'est pas mort. Valentin ne l'a pas tué. Hodge m'avait caché la vérité. Pendant toutes ces années, je l'ai cru mort...

Clary jeta un regard affolé sur la porcelaine miroitante et les miroirs éblouissants.

— Si ton père est vivant, alors où est-il ? Valentin l'a kidnappé, lui aussi ?

Les yeux de Jace étincelèrent. Sa chemise ouverte laissait voir de fines cicatrices blanches sur sa clavicule, pareilles à des fissures sur sa peau lisse et dorée.

— Mon père...

À cet instant, la porte, que Clary avait refermée derrière elle, s'ouvrit dans un grincement, et un homme entra.

C'était Valentin. Ses cheveux grisonnants et coupés ras brillaient comme un casque en acier poli dans la lumière ; un pli sévère déformait sa bouche. Il portait une longue épée à la ceinture.

— Bon, dit-il, la main sur le manche de l'épée. Tu as rassemblé tes affaires ? Nos Damnés ne pourront pas retenir les loups-garous...

En apercevant Clary, il s'interrompit. Ce n'était pas le genre d'homme à se laisser surprendre ; elle vit pourtant une lueur d'étonnement s'allumer dans ses yeux.

— Qui est-ce ? demanda-t-il à Jace.

Clary tâtonna fébrilement sa ceinture. Trouvant le manche de sa dague, elle la dégaina. La rage l'étouffait. Elle se sentait capable de tuer cet homme.

Jace la retint par le poignet :

— Non.

Clary ne put contenir son incrédulité :

— Mais, Jace...

— Clary, dit-il d'un ton résolu. Je te présente mon père.

23

Valentin

— Apparemment, je dérange, dit Valentin d'un ton sec. Mon fils, aurais-tu l'obligeance de me présenter cette personne ? C'est une Lightwood, je présume ?

— Non, répondit Jace.

Il semblait triste et fatigué, et ne lâchait pas le poignet de Clary :

— Voici Clary. Clarissa Fray. C'est une de mes amies.

Les yeux noirs de Valentin la détaillèrent lentement de la tête aux pieds en s'arrêtant sur la dague qu'elle tenait à la main. Une expression indéfinissable, mi-amusée, mi-irritée, passa sur son visage :

— Où as-tu trouvé cette dague, jeune fille ?

— C'est Jace qui me l'a donnée, répondit Clary.

— Évidemment, dit Valentin avec douceur. Puis-je la voir ?

— Non !

Clary recula d'un pas, craignant qu'il ne se précipite sur elle, mais Jace lui prit la dague des mains.

— Jace ! siffla-t-elle en mettant dans cette seule syllabe tout le ressentiment que lui inspirait cette trahison.

— Tu ne comprends pas, Clary, lança-t-il, l'air contrit.

Avec une déférence écœurante, il s'avança vers Valentin et lui tendit l'arme :

— Tenez, père.

Valentin la prit dans sa longue main osseuse pour l'examiner.

— C'est une *kindjal*, une dague tcherkesse. Celle-ci avait une jumelle. Tiens, regarde, l'étoile des Morgenstern est gravée sur la lame. Je m'étonne que les Lightwood ne l'aient pas remarquée.

Il retourna la dague afin de la montrer à Jace.

— Je ne la leur ai jamais montrée, dit ce dernier. Ils me laissent mon jardin secret. Ils ne fourrent pas leur nez dans mes affaires.

— Bien entendu, déclara Valentin en lui rendant la *kindjal*. Ils croyaient que tu étais le fils de Michael Wayland.

Après avoir glissé le couteau dans sa ceinture, Jace leva les yeux.

— Moi aussi, dit-il doucement.

À ce moment, Clary comprit qu'il ne s'agissait pas d'une plaisanterie, que Jace ne jouait pas la comédie pour arriver à ses fins. Il pensait vraiment que Valentin était son père qu'on lui avait enfin rendu.

Une vague de désespoir l'envahit. S'il avait été furieux ou hostile, elle aurait pu s'en accommoder ; mais ce nouveau Jace, fragile et irradié par la joie que lui procurait ce miracle, lui était complètement étranger.

Valentin la dévisagea d'un air amusé :

— Peut-être que tu devrais t'asseoir, Clary.

— Non, répondit-elle en croisant les bras, l'air buté.

— Comme tu voudras...

Il alla s'installer à un bout de la table. Un moment après, Jace prit place à son tour devant une bouteille de vin entamée.

— Néanmoins, ce que je vais te révéler va te faire regretter de ne pas avoir suivi mon conseil.

— Si je change d'avis, je vous le ferai savoir.

— Très bien.

Valentin s'adossa, les mains derrière la tête. Le col de sa chemise s'entrouvrit, laissant voir ses cicatrices. Il était balafré, comme son fils, comme tous les Nephilim. « Une vie de cicatrices et de meurtre », avait dit Hodge.

— Clary, répéta-t-il comme s'il goûtait les sonorités de son prénom. Un diminutif de Clarissa ? Je n'aurais jamais choisi un nom pareil.

Un sourire sinistre étira ses lèvres. « Il sait que je suis sa fille, songea Clary. J'ignore comment il l'a appris, mais il sait. Pourtant, il n'y fait aucune allusion, pourquoi ? »

Soudain, elle comprit : c'était à cause de Jace ! Elle avait du mal à deviner ce que Valentin avait derrière la tête ; cependant il les avait vus enlacés en entrant dans la pièce. Il se doutait qu'il détenait une information dévastatrice entre ses mains. Derrière ses yeux noirs impénétrables, son cerveau affûté semblait fonctionner à toute allure, s'efforçant de décider du meilleur usage qu'il pourrait faire de cette révélation.

Clary jeta un regard implorant à Jace, mais il gardait les yeux fixés sur le verre de vin qu'il tenait à la main. Elle s'aperçut qu'il respirait avec difficulté ; il était plus inquiet qu'il ne le laissait paraître.

— Je me fiche de ce que vous auriez choisi, dit-elle

— J'en suis sûr.

— Vous n'êtes pas le père de Jace. Vous essayez de nous duper. Le père de Jace était Michael Wayland. Il suffit de demander aux Lightwood.

— Les Lightwood sont mal informés. Ils croient sincèrement que Jace est le fils de leur ami Michael. L'Enclave le croit aussi. Même les Frères Silencieux ignorent qui il est vraiment. Ils l'apprendront bien assez tôt.

— Mais la bague des Wayland...

— Ah oui, dit Valentin en regardant l'anneau qui brillait au doigt de Jace. La bague. C'est fou ce qu'un « M » porté à l'envers peut ressembler à un W ! Si tu y avais réfléchi un instant, tu aurais sans doute trouvé un peu bizarre que le symbole de la famille Wayland soit une étoile filante.

— Je ne comprends rien à ce que vous me racontez !

— J'oubliais les lacunes de l'éducation terrestre. Morgenstern signifie « étoile du matin ». « Comment es-tu tombé du ciel, ô Lucifer, astre brillant, fils de l'aurore ! Comment as-tu été abattu à terre, toi qui foulais les nations ! »

Un frisson parcourut le dos de Clary :

— C'est de Satan que vous parlez.

— Ou de toute autre puissance déchue après avoir refusé d'obéir. Moi, par exemple. Pour avoir refusé de servir un gouvernement corrompu, j'ai perdu ma famille, mes terres, j'ai failli y laisser la vie...

— L'Insurrection, c'était votre faute ! Des gens sont morts à cause de vous ! Des Chasseurs d'Ombres comme vous !

— Clary...

Jace se pencha vers elle et manqua renverser son vin :

— Écoute-le, tu veux bien ? Ce n'est pas ce que tu crois. Hodge nous a menti.

— Je sais. Il nous a trahis pour plaire à Valentin. Il était son pion !

— Non, Hodge convoitait la Coupe Mortelle depuis le début. C'est lui qui a envoyé les Voraces chez ta mère. Mon père... Valentin ne l'a découvert que par la suite, et il est intervenu. Il a emmené ta mère ici pour la soigner, et pas pour lui faire du mal.

— Et tu crois à ces sottises ? répliqua Clary avec dégoût. Ce n'est pas vrai ! Hodge travaillait pour Valentin. Ils étaient tous les deux dans le coup. Il a tout manigancé, c'est vrai, mais il n'était qu'un exécutant.

— C'est lui qui avait besoin de la Coupe Mortelle. Pour se débarrasser de la malédiction et prendre la fuite avant que mon père n'informe l'Enclave de ses agissements.

— C'est faux ! J'étais là !

Clary se tourna vers Valentin :

— J'étais dans la pièce quand vous êtes venu récupérer la Coupe. Vous ne pouviez pas me voir, mais moi, j'ai assisté à toute la scène. Je vous ai vu, vous. Vous avez pris la Coupe et rompu le sort. Hodge n'aurait pas pu le faire lui-même, il l'a dit.

— Oui, j'ai rompu le sort, répondit tranquillement

Valentin, c'est la pitié qui m'y a poussé. Il était si pathétique !

— Vous ne connaissez pas la pitié. Vous n'éprouvez rien.

— Ça suffit, Clary !

Elle se tourna vers Jace. Ses joues s'étaient empourprées comme s'il avait trop bu, et ses yeux étincelaient :

— Ne parle pas à mon père sur ce ton.

— Ce n'est pas ton père !

Jace la regarda comme si elle l'avait giflé :

— Pourquoi refuses-tu de regarder la vérite en face ?

— Parce qu'elle t'aime, intervint Valentin.

Clary sentit le sang refluer de son visage. Elle attendit, suspendue aux lèvres de Jace, redoutant ce qu'il allait dire. Prise de vertiges, elle avait l'impression de se trouver au bord d'un précipice sans fond.

— Quoi ? fit Jace avec surprise.

Valentin observait Clary d'un air amusé, comme s'il venait de l'épingler sur une planche tel un vulgaire papillon.

— Elle s'imagine que je profite de ta crédulité. Que je t'ai fait un lavage de cerveau. Il n'en est rien, bien entendu. Si tu te replongeais dans tes souvenirs, Clary, tu saurais que je dis la vérité.

Jace, le regard fixé sur Clary, fit mine de se lever Elle remarqua les cernes sous ses yeux, la tension qui émanait de lui.

— Clary, je...

— Reste assis, ordonna Valentin. Laisse-la faire le cheminement d'elle-même, Jonathan.

Jace obéit sans protester. Malgré le brouillard qui l'entourait, Clary lutta pour comprendre. *Jonathan ?*

— Tu prétendais t'appeler Jace, dit-elle. Là encore, tu m'as menti ?

— Non. Jace, c'est un diminutif.

Elle se trouvait tout près du précipice à présent, elle pouvait presque regarder en bas. Jace la dévisageait, l'air de penser qu'elle faisait beaucoup d'histoires pour un détail aussi insignifiant.

— Il rappelle mes initiales, poursuivit-il. J.C.

Le précipice s'ouvrit devant Clary, la menaçant de ses ténèbres.

— Jonathan, dit-elle d'une voix presque inaudible. Jonathan Christopher.

Jace fronça les sourcils :

— Comment sais-tu... ?

Valentin l'interrompit d'une voix douce :

— Jace, j'ai voulu te ménager. Une mère décédée, ça me semblait plus supportable qu'une mère qui t'a abandonné avant ton premier anniversaire.

Les doigts de Jace se resserrèrent convulsivement autour de son verre :

— Ma mère est en vie ?

— Oui. En ce moment même, elle dort dans une chambre à l'étage en dessous. Oui, poursuivit-il avant que Jace puisse parler. Jocelyne est ta mère, Jonathan. Ce qui fait de Clary... ta sœur.

Le verre tomba, répandant le vin sur la nappe blanche.

— Jonathan, dit Valentin.

Jace était devenu livide.

— Ce n'est pas vrai ! s'écria-t-il. Il y a forcément une erreur. Ça ne peut pas être vrai !

Valentin regarda son fils sans ciller :

— J'aurais pensé qu'il y avait lieu de se réjouir, observa-t-il, l'air songeur. Hier encore, tu étais orphelin, Jonathan. Et voilà que tu as un père, une mère et une sœur dont tu ne soupçonnais même pas l'existence.

— Ce n'est pas possible ! Clary n'est pas ma sœur. Si c'était le cas...

— Oui ?

Jace se tut, mais son expression d'horreur et de dégoût parlait pour lui. Un peu chancelante, Clary contourna la table, s'agenouilla devant lui et voulut lui prendre la main :

— Jace...

Il recula vivement en agrippant la nappe souillée.

Clary sentit sa haine pour Valentin monter en elle comme un sanglot. En s'abstenant de dire ce qu'il savait, il avait fait d'elle sa complice silencieuse. Et maintenant qu'il avait assené la vérité comme un coup de massue, il contemplait froidement son œuvre. Jace ne voyait donc pas à quel point il était méprisable ?

— Dis-moi que c'est faux ! supplia Jace, les yeux fixés sur la nappe.

Clary avala sa salive avec difficulté :

— C'est la vérité.

Valentin sourit :

— Alors, tu admets que je n'ai pas menti ?

— Non, rétorqua-t-elle sans lui accorder un regard. Il y a une part de vrai dans vos mensonges, c'est différent.

— Ça devient lassant ! Si tu veux connaître la vérité, Clarissa, la voici. Tu as entendu parler de l'Insurrection et on t'a fait croire que j'y avais tenu le mauvais rôle, n'est-ce pas ?

Clary ne répondit pas. Elle regardait Jace, qui semblait à deux doigts de vomir. Valentin poursuivit :

— C'est simple, en réalité. L'histoire qu'on t'a racontée est vraie en partie seulement. Tu as raison, Clary, il y a une part de vérité dans ces mensonges. Michael Wayland n'est pas le père de Jace. Il a été tué au cours de l'Insurrection. J'ai pris son identité, et je me suis réfugié sur ses terres avec mon fils. Un jeu d'enfant : Wayland n'avait pas de parents proches, et ses amis les plus chers, les Lightwood, étaient en exil. Lui-même aurait été puni pour le rôle qu'il avait joué dans l'Insurrection, alors j'ai mené une vie paisible de reclus avec Jace dans la propriété des Wayland. J'ai lu mes livres. Éduqué mon fils. Et attendu mon heure.

Il effleura le bord en filigrane de son verre. Clary constata qu'il était gaucher. Comme Jace.

— Il y a dix ans, j'ai reçu une lettre. Son auteur prétendait connaître ma véritable identité et menaçait de la révéler si je n'acceptais pas de faire ce qu'il voulait. J'ignorais qui avait bien pu écrire cette lettre, et ça n'avait pas d'importance. Je n'étais pas disposé à donner à son auteur ce qu'il exigeait. En revanche, je savais que ma sécurité était compromise à moins qu'il ne me croie mort, hors d'atteinte. J'ai mis en scène ma mort une seconde fois avec l'aide de Blackwell et de Pangborn et j'ai fait en sorte que Jace soit envoyé ici afin que les Lightwood le prennent sous leur aile et qu'il soit à l'abri.

— Alors, vous lui avez laissé croire que vous étiez mort pendant toutes ces années ? C'est monstrueux !

— Arrête, dit Jace d'une voix étouffée en se couvrant le visage de ses mains. Arrête, Clary.

— Oui, Jonathan devait croire que j'étais mort. Il devait passer pour le fils de feu Michael Wayland, sans quoi les Lightwood n'auraient jamais accepté de le protéger. C'était envers Michael qu'ils avaient une dette. C'était pour Michael qu'ils allaient l'aimer.

— Peut-être qu'ils l'aimaient pour lui-même, dit Clary.

— Ton interprétation sentimentale est fort louable, mais fausse. Tu ne connais pas les Lightwood comme moi.

Valentin ne vit pas Jace tressaillir ou, s'il le vit, il fit mine de ne pas s'en apercevoir.

— Ça n'a aucune importance, de toute manière, poursuivit-il. Les Lightwood devaient protéger Jace, pas jouer les familles de substitution. Il a déjà une famille. Il a un père.

Jace se racla la gorge :

— Ma mère...

— Elle a fui après l'Insurrection. J'étais tombé en disgrâce. Elle n'a pas supporté qu'on l'associe à mon souvenir, alors elle a fui.

La souffrance dans sa voix était perceptible... et affectée, songea Clary avec amertume. « Sale manipulateur ! » se dit-elle.

— J'ignorais qu'elle était enceinte de Clary, déclara Valentin avec un léger sourire en jouant avec son verre. Mais le sang appelle le sang, comme on dit. Le destin nous a réunis. Voilà notre famille, de nouveau rassemblée. Nous pourrons utiliser le Portail pour retourner à Idris, dans notre manoir.

Un léger frisson parcourut Jace, mais il hocha la tête, les yeux toujours fixés sur ses mains.

— Nous pourrons enfin vivre ensemble, conclut Valentin.

« Génial ! songea Clary. Rien que toi, ta femme comateuse, ton fils traumatisé, et ta fille qui te hait à mort. Sans oublier que tes deux enfants sont plus ou moins tombés amoureux l'un de l'autre. Oui, on ne fait pas mieux comme retrouvailles familiales. »

— Je n'irai nulle part avec vous, se contenta-t-elle de répondre. Même chose pour ma mère.

— Il a raison, Clary, intervint Jace, la voix rauque. Il n'y a pas d'autre endroit où aller. On s'en sortira, là-bas.

— Tu n'es pas sérieux...

Un énorme fracas leur parvint de l'étage en dessous : on aurait dit qu'un mur de l'hôpital s'était écroulé. « Luke ! » pensa Clary affolée. Elle se releva d'un bond.

Jace, malgré son désarroi, l'imita en portant la main à sa ceinture :

— Père...

— Ils arrivent.

Valentin se leva à son tour. Clary entendit des bruits de pas. Un instant plus tard, la porte s'ouvrit à la volée, et Luke apparut sur le seuil.

Son jean, sa chemise, le bas de son visage et ses mains étaient couverts de sang. Difficile de déterminer si ce sang était le sien. Clary s'entendit crier son nom et courut au-devant de lui en trébuchant dans sa précipitation. Elle agrippa sa chemise.

Il la prit par la nuque et la serra brièvement contre lui avant de la repousser avec douceur :

— Ne t'inquiète pas... ce n'est pas mon sang.

— Alors, de qui est-il ? demanda Valentin.

Luke entoura les épaules de Clary d'un bras protecteur. Valentin les observait tous deux d'un regard perçant, calculateur. Jace avait fait le tour de la table pour se poster derrière son père, l'air hésitant. Clary ne se rappelait pas l'avoir vu hésiter jusque-là.

— Pangborn, répondit Luke.

Valentin se passa la main sur le visage ; il semblait affligé par cette nouvelle.

— Je vois. Tu lui as ouvert la gorge de tes crocs ?

— En fait, répliqua Luke, je l'ai tué avec ça.

Il brandit une longue dague. Les saphirs incrustés dans le manche scintillaient à la lumière des bougies.

— Tu t'en souviens ?

Valentin examina l'arme, et Clary vit sa mâchoire se serrer :

— Oui.

Elle se souvint de la conversation qu'ils avaient eue à son sujet : « C'est une *kindjal*, une dague tcherkesse. Celle-ci avait une jumelle. »

— Tu me l'as remise il y a dix-sept ans, et tu m'as ordonné de m'en servir pour mettre fin à mes jours. J'ai bien failli le faire.

Sa dague était plus longue que la *kindjal* incrustée de rubis qui pendait à la ceinture de Jace. Elle se rapprochait davantage d'une épée, et sa lame était particulièrement effilée.

— Tu t'attends peut-être à des regrets de ma part ? lança Valentin.

Le souvenir de cette blessure ancienne parut l'affliger.

— J'ai tenté de te sauver de toi-même, Lucian. J'ai commis une grave erreur. Si seulement j'avais eu la force de te tuer de mes propres mains ! Tu serais mort en homme.

— Comme toi ? le défia Luke.

À cet instant, Clary retrouva le Luke qu'elle connaissait, celui qui savait quand elle mentait ou jouait la comédie, celui qui la rappelait à l'ordre quand elle devenait arrogante. Derrière son amertume, elle percevait l'estime qu'il avait eue jadis pour Valentin, qui ne lui inspirait désormais que lassitude et aversion.

— Toi qui enchaînes ta femme inconsciente à un lit et qui veux lui arracher des renseignements sous la torture ? poursuivit Luke. C'est ça, ta conception du courage ?

Jace regarda son père, interdit. Clary vit la colère s'imprimer sur les traits de Valentin ; il se ressaisit rapidement :

— Je ne l'ai pas torturée. Je l'ai enchaînée pour la protéger.

— La protéger de quoi ? s'écria Luke en s'avançant dans la pièce. Sa seule menace, c'est toi ! Elle a passé sa vie à essayer de t'échapper.

— Je l'aimais. Je ne lui aurais jamais fait de mal. C'est toi qui l'as montée contre moi.

— Elle n'avait pas besoin de moi pour ça. Elle a appris à te haïr toute seule.

— Mensonge ! rugit Valentin avec une sauvagerie soudaine.

Il tira son épée du fourreau attaché à sa ceinture. La lame, d'un noir mat, était gravée d'étoiles argentées. Il brandit son arme.

Jace fit un pas vers lui :

— Père...

— Silence, Jonathan ! cria Valentin.

Clary vit l'expression de Luke changer.

Il se tourna vers Jace.

— Jonathan ? murmura-t-il.

— Je vous défends de prononcer mon nom, répliqua Jace, les yeux étincelants. Je vous tuerai de mes propres mains si vous vous avisez de recommencer.

Sans tenir compte de l'épée pointée sur son cœur, Luke le fixa dans les yeux.

— Ta mère serait fière de toi, dit-il si bas que même Clary, qui se tenait à son côté, dut tendre l'oreille.

— Je n'ai pas de mère ! La femme qui m'a donné la vie m'a abandonné avant même que j'aie appris à reconnaître son visage. Si je n'étais rien pour elle, alors elle n'est rien pour moi.

— Faux ! Ta mère ne t'a pas abandonné ! s'écria Luke en reportant son regard sur Valentin. J'aurais cru que même toi, poursuivit-il en détachant chaque mot, tu n'aurais pas osé t'abaisser à te servir de ta propre chair comme d'un appât. Manifestement, je me suis trompé.

— Ça suffit, déclara Valentin d'un ton neutre, mais la férocité couvait dans sa voix. Lâche ma fille, ou je te tue sur-le-champ.

— Je ne suis pas votre fille ! s'exclama Clary avec véhémence.

Luke l'écarta d'un geste si brusque qu'elle faillit tomber :

— Sors d'ici. Va te mettre à l'abri.

— Je ne te laisserai pas !

— Clary, je ne plaisante pas ! Ce n'est pas ton combat.

Elle s'éloigna en titubant. Peut-être que si elle allait chercher Alaric...

Mais Jace l'avait rejointe pour lui barrer le passage. Elle avait oublié à quel point ses mouvements étaient rapides et lestes. Comme ceux d'un chat !

— Tu es folle ! Ils ont enfoncé la porte. Bientôt, cet endroit va grouiller de Damnés.

Clary tenta de le repousser :

— Laisse-moi sortir...

Jace la retint d'une poigne de fer :

— Pour qu'ils te taillent en pièces ? Pas question !

Le bruit des armes qui s'entrechoquaient retentit dans le dos de Clary. S'arrachant à l'étreinte de Jace, elle vit que Valentin s'était jeté sur Luke, qui avait réussi à parer son coup. Ils s'étaient lancés dans une série d'attaques et de feintes en tournant l'un autour de l'autre.

— Oh, mon Dieu ! murmura-t-elle. Ils vont s'entretuer.

Jace lui lança un regard noir :

— Tu ne comprends rien...

Il s'interrompit et retint son souffle : Luke venait de percer la garde de Valentin et l'avait touché à l'épaule. Le sang jaillit de la blessure, tachant le tissu blanc de sa chemise.

Valentin renversa la tête en riant :

— Joli coup ! J'ignorais que tu étais aussi doué, Lucian.

— C'est toi qui m'as tout appris.

— Ça, c'était il y a bien longtemps... Depuis, tu n'as pas eu beaucoup d'occasions de manier l'épée, je me trompe ? Maintenant tu as des griffes et des crocs pour te défendre.

— Oui, et pour te tailler le cœur en pièces.

Valentin secoua la tête :

— Tu l'as déjà fait il y a des années de cela, répondit-il, et Clary n'aurait su dire si sa tristesse était sincère ou feinte. Quand tu m'as trahi.

Luke frappa de nouveau, mais Valentin recula prestement. Pour un homme de sa carrure, il se déplaçait avec une aisance étonnante.

— C'est à cause de toi que ma femme s'est retournée contre les siens, reprit-il. Tu es venu la trouver alors qu'elle était vunérable, pour être sûr de l'attendrir. Je me montrais distant à cette époque, et elle a cru que tu l'aimais. Quelle idiote !

Clary sentit Jace se raidir à son côté.

— C'est à ta mère qu'il fait allusion, dit-elle.

— Elle m'a abandonné. Tu parles d'une mère !

— C'est faux ! Elle t'a cru mort. Si tu veux savoir, elle gardait précieusement une boîte dans sa chambre. Une boîte marquée de tes initiales.

— Et alors ? Des tas de gens ont des boîtes où ils conservent des objets.

— Dedans, il y avait une mèche de tes cheveux de bébé. Et des photos. Je l'ai souvent vue pleurer à chaudes larmes sur cette boîte.

— Tais-toi, lâcha Jace entre ses dents.

— Quoi, tu ne veux pas connaître la vérité ? Elle croyait que tu étais mort... Sinon, elle ne t'aurait jamais laissé. Toi, tu l'avais bien cru au sujet de ton père...

— Mon père, je l'ai vu mourir ! Ce n'est pas la même chose !

— Elle a retrouvé tes os calcinés, reprit calmement Clary. Dans les ruines de sa maison. Avec ceux de son père et de sa mère.

Enfin, Jace la regarda. Ses yeux trahissaient son incrédulité, ses efforts pour ne pas flancher. Elle voyait comme à travers un charme les fondations fragiles de sa confiance envers son père, qu'il portait telle une armure transparente censée le protéger de la vérité. « Il doit exister une faille quelque part dans cette armure », songea-t-elle. En trouvant les mots justes, elle pourrait l'atteindre.

— C'est ridicule. Je ne suis pas mort... Il n'y avait pas d'ossements.

— Si !

— Alors, c'était un sortilège, maugréa-t-il.

— Demande à ton père ce qui est arrivé à ses beaux-parents, dit Clary en essayant de lui toucher la main. Demande-lui si c'était un sortilège, là auss...

— Boucle-la ! cria Jace, hors de lui.

Il était livide. Clary vit Luke, surpris par son cri, leur jeter un regard en coin. Valentin profita de ce moment de distraction pour plonger sous sa garde et d'un seul geste précis enfoncer la lame de son épée dans la poitrine de Luke, juste en dessous de la clavicule.

Luke ouvrit de grands yeux qui trahissaient plus l'étonnement que la douleur. Valentin retira son épée, rouge jusqu'à la garde. Avec un rire cruel, il frappa à nouveau, cette fois pour désarmer son adversaire. L'arme de Luke heurta le sol avec un bruit mat, et Valentin l'envoya promener sous la table d'un coup de pied tandis que Luke s'effondrait.

Il leva son épée noire au-dessus du blessé, qui gisait face contre terre, pour lui donner le coup de grâce. Les étoiles argentées scintillaient sur la lame et Clary songea, figée d'horreur : « Comment un objet meurtrier peut-il être aussi beau ? »

Jace, comme s'il savait ce qu'elle s'apprêtait à faire avant elle, fit volte-face :

— Clary...

S'arrachant à sa léthargie, elle évita Jace qui tendait les mains pour la retenir, et se précipita vers Luke. Celui-ci se redressa péniblement en s'appuyant sur un bras ; Clary se jeta sur lui au moment où l'épée de Valentin plongeait.

En l'espace d'une seconde, elle vit dans le regard de son père un éclat d'infini. Elle comprit qu'il pourrait suspendre son geste s'il le voulait, qu'il savait que c'était elle qui recevrait le coup fatal. Et qu'il irait jusqu'au bout, quoi qu'il en coûte.

Elle leva les mains pour se protéger, ferma les yeux...

Elle entendit un bruit métallique, suivi d'un cri. Ouvrant les yeux, elle vit Valentin qui soutenait sa main ensanglantée. La *kindjal* sertie de rubis gisait sur le sol, à quelques mètres de lui, près de l'épée noire. Clary se tourna vers Jace, hébétée. Il se tenait près de la porte, le bras encore levé, et elle comprit qu'il avait dû lancer la dague avec assez de force pour désarmer son père.

Très pâle, il baissa lentement le bras ; ses yeux implorants étaient rivés sur Valentin :

— Père, je...

Valentin considéra sa main ensanglantée, et Clary vit un spasme de rage déformer son visage. Mais, quand il prit la parole, sa voix n'était que douceur :

— Excellent réflexe, Jace.

Jace hésita :

— Mais... votre main. J'ai cru que...

— Je n'aurais jamais fait de mal à ta sœur.

Valentin se précipita pour récupérer son épée ainsi que la *kindjal*, qu'il glissa dans sa ceinture.

— Mais il est tout à fait louable que tu t'inquiètes pour ta famille.

« Menteur ! » Clary n'avait pas le temps d'écouter ses faux-fuyants. Se tournant vers Luke, elle éprouva un choc proche de la nausée. Il avait roulé sur le dos ; les yeux mi-clos, il respirait par à-coups. Du sang s'écoulait de sa blessure, visible sous sa chemise déchirée.

— Il me faut un bandage ! dit Clary d'une voix étranglée. Un bout de tissu, n'importe quoi.

— Ne bouge pas, Jonathan, ordonna sévèrement Valentin.

Jace, qui s'apprêtait à fouiller le contenu de sa poche, se figea.

— Clarissa, cet homme est un ennemi de notre famille et de l'Enclave. Nous sommes des chasseurs, ce qui implique que, parfois, nous devons tuer. Tu peux comprendre ça, j'en suis certain.

— Des chasseurs de démons, protesta Clary, des tueurs de démons, pas des assassins ! Il y a une différence.

— C'est un démon, Clarissa, objecta Valentin d'un ton doucereux. Un démon avec un visage humain. Je sais à quel point ces monstres peuvent être manipulateurs. Souviens-toi, je l'ai épargné autrefois.

Clary repensa aux nombreuses fois où Luke l'avait poussée sur la balançoire quand elle était petite, plus haut, toujours plus haut ; elle repensa au jour de la remise des diplômes du collège, où il la mitraillait avec son appareil photo tel un père gonflé de fierté. Elle le revit fouillant dans les cartons de livres qu'il recevait à la boutique pour dénicher quelque chose susceptible de lui plaire, la soulevant pour qu'elle puisse atteindre les pommes sur les arbres près de sa ferme... Et voilà que cet homme essayait de lui prendre la place de père.

— Luke n'est pas un monstre ni un assassin ! s'écria-t-elle. Il est tout le contraire de vous.

— Clary ! s'exclama Jace.

Clary l'ignora. Son regard était plongé dans les yeux froids et sombres de Valentin :

— Vous avez tué les parents de votre femme ! Et je parie que vous avez aussi assassiné Michael Wayland et son petit garçon. Puis vous avez jeté leurs os avec ceux de mes grands-parents afin que ma mère vous croie morts, vous et Jace. Vous avez mis votre médaillon autour du cou de Michael Wayland avant de brûler son corps pour que tout le monde pense que ces ossements étaient les vôtres. Après vos grands discours sur le sang pur de l'Enclave... vous vous moquiez bien de leur sang ou de leur innocence quand vous les avez massacrés, hein ? Tuer de sang-froid des personnes âgées et des enfants, ça, c'est monstrueux.

Un autre spasme déforma les traits de Valentin.

— Assez ! tonna-t-il en levant de nouveau son épée.

Clary perçut dans le ton de sa voix cette rage qui l'avait habité toute sa vie. Une rage folle et incontrôlable.

— Jonathan ! Écarte ta sœur de mon chemin ou, par l'Ange, je la tuerai comme le monstre qu'elle protège !

Pendant un bref instant, Jace parut hésiter. Puis, inclinant la tête, il dit :

— Certainement, père.

Il s'avança vers Clary et, avant qu'elle ait pu le repousser, la saisit brusquement par le bras, puis la força à se relever pour l'éloigner de Luke.

— Jace, murmura-t-elle, anéantie.

— Tais-toi, dit-il en resserrant ses doigts autour de son bras.

Il sentait le vin, le fer et la sueur.

— Mais...

Il la serra sans ménagement.

— Je te dis de te taire.

Elle chancela, retrouva son équilibre et se tourna vers Valentin, qui se dressait, l'air triomphant, au-dessus du corps inerte de Luke. De la pointe de sa botte, il lui donna un coup de pied, et Luke gémit.

— Laissez-le tranquille ! cria Clary en se débattant.

C'était inutile. Jace était trop fort pour elle.

— Arrête, lui glissa-t-il à l'oreille. Tu ne fais que te rendre les choses plus pénibles. À ta place, je regarderais ailleurs.

— Pour faire comme toi ? Fermer les yeux, prétendre qu'il ne s'est rien passé, et hop ! ça n'existe pas !

— Arrête, Clary.

Le ton de sa voix la fit taire. Il semblait désespéré.

— Si seulement j'avais pensé à emporter un couteau en argent avec moi ! dit Valentin en riant. J'aurais pu te faire subir le sort réservé à ton espèce, Lucian.

Luke répliqua avec colère, mais Clary n'entendit pas ses mots. Elle essaya de se libérer de l'étreinte de Jace, perdit l'équilibre... Il la rattrapa avec une force incroyable.

— Laisse-moi au moins me relever, demanda Luke. Laisse-moi mourir debout.

Valentin haussa les épaules :

— Tu peux choisir entre rester allongé ou te mettre à genoux. Seul un homme mérite de mourir debout ; or tu n'en es pas un.

— NON ! cria Clary, comme Luke, sans la regarder, s'agenouillait péniblement.

— Je t'ai dit de regarder ailleurs, chuchota Jace.

— Pourquoi faut-il que tu te mentes à toi-même ?

— N'importe quoi ! Je veux seulement ce qui est mieux pour moi, mon père, ma famille. Je ne veux pas les perdre encore une fois !

Luke, à genoux, se tenait bien droit devant son bourreau... Les paupières baissées, il murmurait quelque chose, une prière, peut-être, Clary n'aurait su dire. Sans cesser de se débattre, elle plongea son regard dans celui de Jace. Il avait les lèvres serrées, la mâchoire crispée, mais ses yeux...

Son armure fragile était en train de se fissurer ! Il manquait le coup de grâce. Clary chercha ses mots :

— Tu as une famille. La famille, ce sont ces gens qui t'aiment. Les Lightwood. Alec, Isabelle...

Sa voix se brisa.

— Luke est ma famille à moi, je ne veux pas le voir mourir, comme toi qui as cru voir mourir ton père quand tu avais dix ans ! Vas-tu laisser faire ? Est-ce le genre d'homme que tu veux devenir ? Comme...

Elle s'interrompit, terrifiée à l'idée d'être allée trop loin.

– Comme mon père.

La voix de Jace était froide, distante, tranchante comme la lame d'un poignard.

« Je l'ai perdu ! » pensa Clary, désespérée.

Il la tira par la main :

— Baisse-toi !

Elle tomba à genoux. En se redressant, elle vit Valentin lever son épée au-dessus de sa tête. La lumière du chandelier renvoyée par la lame lui blessa les yeux.

— Luke ! hurla-t-elle.

Valentin abattit l'épée, qui alla se planter... dans le sol. En un clin d'œil, Jace avait bondi et poussé Luke avant que la lame ne le transperce. Il se dressait maintenant face à son père, séparé de lui par l'épée dont le manche tremblait encore, le visage livide, mais l'air résolu :

— Je crois que vous devriez partir.

Valentin jeta un regard incrédule à son fils :

— Qu'est-ce que tu viens de dire ?

Luke s'était relevé tant bien que mal. Du sang frais tachait sa chemise. Il regarda Jace tendre la main pour caresser doucement, d'un geste presque désinvolte, le pommeau de l'épée plantée dans le sol :

— Vous m'avez entendu, père.

— Jonathan Morgenstern ! hurla Valentin.

Rapide comme l'éclair, Jace saisit le manche de l'épée, l'arracha du sol et la pointa sur la gorge de son père :

— Je m'appelle Jace Wayland.

Les yeux fixés sur Jace, Valentin fit mine d'ignorer l'épée dont il le menaçait.

— Wayland ? rugit-il. Tu n'es pas de son sang ! Michael Wayland n'est rien pour toi...

— Vous non plus, répliqua Jace calmement.

Il indiqua la porte :

— Maintenant, allez-vous-en.

Valentin secoua la tête :

— Jamais ! Je n'ai pas d'ordres à recevoir d'un gamin.

La pointe de l'épée effleura sa gorge. Clary les observait, fascinée.

— Je suis un gamin très bien entraîné, déclara Jace. Vous m'avez vous-même enseigné le maniement des armes. Il me suffit de bouger deux doigts pour vous trancher la gorge, vous savez.

— Oui, tu es doué, dit Valentin.

Le ton de sa voix était dédaigneux, et il se tenait très droit.

— Mais tu ne pourras pas me tuer. Tu as toujours été trop sensible.

— Peut-être qu'il n'en serait pas capable, lança Luke. Moi, si. Et je ne suis pas certain qu'il m'en empêcherait.

Le regard fiévreux de Valentin se posa tour à tour sur Luke et sur son fils. Jace ne s'était pas retourné quand Luke était intervenu : il restait immobile comme une statue, et l'épée ne tremblait pas dans sa main.

— Tu entends ce monstre me menacer, Jonathan ? lâcha Valentin. Tu es de son côté ?

— Il marque un point, répondit Jace avec douceur. Il a raison : je ne suis pas sûr de l'en empêcher.

— Alors, cracha Valentin avec dédain, comme ta mère, tu préfères cette créature, ce demi-démon, à ton propre sang, ta propre famille ?

La main de Jace trembla légèrement.

— Vous m'avez abandonné quand j'étais petit, dit-il d'un ton égal. Vous m'avez fait croire que vous étiez mort et envoyé vivre avec des étrangers. Vous m'avez caché que j'avais une mère et une sœur. Vous m'avez laissé seul.

Ce dernier mot résonna comme un cri.

— Je l'ai fait pour toi... pour ta sécurité, protesta Valentin. Je...

— Si vous vous étiez soucié de Jace et de sa lignée, vous n'auriez pas assassiné ses grands-parents ! interrompit Clary avec colère. Vous avez massacré des innocents !

— Des innocents ? aboya Valentin. Personne n'est innocent dans une guerre ! Ils se sont ligués contre moi avec Jocelyne ! Ils auraient emmené mon fils loin de moi !

— Tu savais qu'elle allait te quitter, lança Luke. Tu savais qu'elle avait l'intention de fuir, même avant l'Insurrection.

— Bien entendu ! rugit Valentin.

Son masque venait enfin de tomber. Il serrait les poings de rage :

— J'ai fait ce que je devais faire pour protéger les miens, et en fin de compte, je leur ai donné bien plus qu'ils ne méritaient : le bûcher funéraire n'est réservé qu'aux plus grands guerriers de l'Enclave !

— Vous les avez brûlés vifs, résuma Clary.

— Oui ! cria Valentin.

Jace émit un gémissement étouffé :

— Mes grands-parents...

— Tu ne les as pas connus, inutile de faire des simagrées.

La pointe de l'épée trembla de plus belle. Luke posa la main sur l'épaule de Jace :

— Du calme !

Jace ne lui accorda pas un regard. Il respirait bruyamment, comme s'il venait de courir un marathon. Clary voyait la sueur briller dans son cou et coller ses cheveux sur ses tempes. « Il va le tuer », pensa-t-elle.

Elle se précipita vers lui.

— Jace... Il faut récupérer la Coupe. Sinon, tu sais ce qu'il en fera.

Jace lécha ses lèvres sèches :

— La Coupe, père. Où est-elle ?

— À Idris, répondit calmement Valentin. Là où vous ne la trouverez jamais.

La main de Jace tremblait de plus en plus :

— Dites-moi...

— Donne-moi l'épée, Jonathan, demanda Luke avec douceur.

Quand Jace parla, sa voix semblait provenir du fond d'un puits :

— Quoi ?

Clary fit un pas vers lui :

— Donne l'épée à Luke, Jace.

Jace secoua la tête.

Clary fit un autre pas ; elle pouvait presque le toucher.

— Allez, dit-elle doucement. Je t'en prie.

Les yeux de Jace étaient fixés sur son père. Le moment s'étira, interminable. Enfin, avec un bref hochement de tête, et sans baisser le bras, il laissa Luke poser sa main sur le manche de l'épée.

— Tu peux la lâcher maintenant, Jonathan, dit ce dernier.

En voyant la mine de Clary, il se corrigea :

— Jace.

Jace ne paraissait pas l'avoir entendu. Il lâcha l'épée et s'écarta de Valentin. Son visage avait repris un semblant de couleur. Clary mourait d'envie de le serrer dans ses bras, tout en sachant qu'il la repousserait.

— J'ai une proposition, annonça Valentin à Luke d'une voix étonnamment sereine.

— Laisse-moi deviner. Tu vas me supplier de ne pas te tuer ?

Valentin partit d'un rire sans joie :

— Je ne m'abaisserai pas à mendier pour ma vie.

— Bien. Je ne vais pas te tuer, à moins que tu ne m'y obliges, Valentin. Je n'ai pas l'intention de t'égorger devant tes propres enfants, j'ai mes principes. Ce que je veux, c'est la Coupe.

Au bas de l'escalier, la rumeur enflait. On entendit des bruits de pas dans le couloir.

— Luke..., lança Clary.

— J'entends.

— La Coupe se trouve à Idris, je l'ai déjà dit, répondit Valentin.

Luke transpirait à grosses gouttes :

— Si elle est à Idris, c'est que tu as utilisé le Portail pour l'emporter là-bas. Je vais aller la chercher avec toi.

Un vacarme assourdissant leur parvenait à présent du couloir : des râles, des meubles tombant par terre...

— Clary, reste avec ton frère, ordonna Luke. Après notre départ, vous utiliserez le Portail pour vous mettre à l'abri.

— Je ne partirai pas d'ici, déclara Jace.

— Moi, je te dis que si.

Un coup sourd retentit contre la porte. Luke éleva la voix :

— Valentin, le Portail. Avance.

— Sinon quoi ?

Valentin fixait la porte d'un air songeur.

— Je te tuerai s'il le faut, qu'ils soient là ou pas. Le Portail, Valentin.

Valentin écarta les bras :

— Comme tu voudras.

Il recula d'un pas au moment où la porte explosait en projetant des éclats de bois dans la pièce. Luke plongea pour éviter d'être écrasé par le lourd panneau, l'épée toujours à la main.

Un loup se tenait sur le seuil, une masse de fourrure tachetée. Ses babines étaient retroussées sur des crocs terrifiants. Du sang s'écoulait de ses innombrables blessures.

Jace jura dans sa barbe en dégainant un poignard séraphique. Clary le retint par le poignet :

— Non... c'est un ami.

Il lui lança un regard incrédule, mais baissa le bras.

— Alaric...

Luke cria quelque chose dans un langage inconnu de Clary. Alaric poussa un rugissement et se tapit sur le sol. Pendant un instant, Clary pensa qu'il allait bondir sur Luke. Puis elle vit Valentin porter la main à sa ceinture. Les rubis de la dague brillèrent. Elle en eut le souffle coupé : il détenait encore la dague de Jace !

Elle entendit une voix crier le nom de Luke, crut que c'était la sienne, puis s'aperçut qu'elle avait la gorge nouée et que c'était Jace qui l'avait averti à sa place.

Comme dans un ralenti, Luke se retourna au moment où la dague tournoyait dans les airs tel un papillon d'argent. Il levait son épée quand une énorme masse grise se jeta entre Valentin et lui. Clary entendit hurler Alaric ; puis plus rien. Elle voulut se précipiter vers lui, mais Jace la retint.

Le loup s'effondra aux pieds de Luke, sa fourrure éclaboussée de sang. Il battit faiblement l'air de ses griffes et tenta d'arracher la dague plantée dans sa poitrine.

Valentin éclata de rire :

— Et c'est comme ça que tu récompenses leur loyauté, Lucian ? En les laissant mourir à ta place ?

Il recula sans cesser de fixer Luke.

Ce dernier, le visage blême, regarda tour à tour Valentin et Alaric ; puis, secouant la tête, il tomba à genoux auprès du loup. Jace, qui retenait toujours Clary par les épaules, lui ordonna :

— Reste ici, tu m'entends ?

Il se précipita derrière Valentin, qui se hâtait, inexplicablement, vers le mur opposé. Avait-il l'intention de se jeter par la fenêtre ? Clary vit son reflet dans le grand miroir à dorures, et l'expression de son visage, qui trahissait à la fois le soulagement et le dédain, la mit en fureur.

— Sûrement pas ! marmonna-t-elle en suivant Jace.

Elle ne s'arrêta que pour ramasser la *kindjal* sertie de saphirs que Valentin avait fait glisser sous la table d'un coup de pied. L'arme dans sa main avait quelque chose de familier et de rassurant, désormais ; elle s'avança vers le miroir en poussant une chaise au passage.

Jace brandit son poignard séraphique, dont la lumière éblouissante creusait les cernes sous ses yeux et faisait ressortir ses pommettes. Valentin se tenait face à la lumière, dos au miroir. Dans le reflet, Clary voyait aussi Luke : il avait posé son épée et ôté la dague aux rubis du corps d'Alaric d'un geste précautionneux. Avec un haut-le-cœur, elle serra un peu plus fort la *kindjal* dans sa main.

— Jace...

Jace chercha son regard dans le miroir sans se retourner :

— Clary, je t'ai demandé d'attendre !

— Elle est comme sa mère, dit Valentin en tâtonnant derrière lui.

Il passa la main sur l'encadrement doré du miroir :

— Elle ne fait jamais ce qu'on lui demande.

Jace ne tremblait plus ; Clary sentait cependant qu'il était extrêmement tendu.

— Je vais à Idris avec lui, Clary, annonça-t-il. C'est moi qui rapporterai la Coupe.

— Non.

Il grimaça :

— Tu as une meilleure idée ?

— Mais Luke...

— Lucian, intervint Valentin d'une voix doucereuse, s'occupe de son camarade. Quant à la Coupe et à Idris, ils sont tout près, de l'autre côté du miroir, si l'on peut dire.

Les yeux de Jace s'étrécirent :

— C'est là que se trouve le Portail ?

Valentin baissa la main et s'écarta du miroir ; le reflet se modifia comme une aquarelle qui se désagrège. Au lieu de la pièce avec ses boiseries sombres et ses bougies, Clary voyait maintenant des champs verdoyants, des arbres au feuillage épais, couleur émeraude, et une vaste prairie en pente menant à une grande demeure de pierre qui se dressait dans le lointain. Elle entendit le bourdonnement des insectes, le bruissement des feuilles et sentit l'odeur du chèvrefeuille transportée par la brise.

— Vous voyez, ce n'est pas loin.

Valentin se tenait à présent dans l'encadrement, sa chevelure agitée par le même vent qui faisait chuchoter les feuilles des arbres.

— C'est tel que dans ton souvenir, Jonathan ? Rien n'a changé ?

La poitrine de Clary se serra. Elle comprit avec certitude que cet endroit n'était autre que la maison d'enfance de Jace, qu'on lui montrait pour le tenter, comme on attire un enfant avec un bonbon ou un jouet. Elle se tourna vers lui mais il ne la voyait plus. Il regardait le Portail et le paysage au-delà, les champs et le manoir. Ses traits s'adoucirent, sa bouche esquissa un sourire rêveur comme s'il contemplait un être aimé.

— Tu peux encore rentrer à la maison, insista Valentin.

La lumière émanant du poignard séraphique étirait son ombre derrière lui, si bien que cette dernière semblait avoir déjà traversé le Portail et obscurci les champs et la prairie.

Le sourire de Jace s'évanouit :

— Ce n'est pas ma maison ! Maintenant, c'est ici, chez moi.

Le visage déformé par la colère, Valentin toisa son fils. Clary n'oublierait jamais ce regard. Elle ressentit soudain l'envie irrépressible de voir sa mère.

Car, si Jocelyne avait déjà été furieuse contre elle, elle ne l'avait jamais regardée de cette manière. Il y avait toujours eu de l'amour dans ses yeux. Elle éprouva une grande pitié pour Jace.

— Très bien ! fit Valentin en reculant vivement.

Ses pieds foulaient déjà la terre d'Idris.

— Ah, lança-t-il avec un soupir satisfait. C'est bon d'être chez soi !

Jace chancela au bord du Portail avant de se figer, la main sur l'encadrement doré du miroir. Une profonde incertitude semblait l'étreindre alors qu'Idris scintillait devant lui tel un mirage dans le désert. Il suffisait d'un pas...

— Jace, non ! s'exclama Clary, affolée. Ne le suis pas !

— Mais la Coupe...

Elle ne pouvait pas lire dans ses pensées, mais elle constata que sa main qui tenait le poignard avait recommencé à trembler.

— Laisse l'Enclave s'en occuper ! Je t'en prie, Jace !

« Si tu franchis ce Portail, tu ne reviendras pas. Valentin te tuera. Tu ne veux pas le croire, mais il le fera. »

— Ta sœur a raison.

Valentin était debout dans l'herbe parsemée de fleurs des champs, et Clary songea que même s'ils étaient à quelques pas l'un de l'autre, des kilomètres les séparaient.

— Si tu crois vraiment que tu vas l'emporter, tu te trompes ! poursuivit Valentin. J'ai beau être désarmé ; même avec ton poignard séraphique tu n'y arriveras pas. Je suis plus fort que toi, et je doute que tu aies le cran de me tuer. Or il faudrait que tu me tues, Jonathan, pour que je te cède la Coupe.

Jace resserra ses doigts autour de son poignard :

— Je peux...

— Non, tu ne peux pas.

La main de Valentin traversa le Portail et il saisit le poignet de Jace en tirant sa main vers lui jusqu'à ce que la lame du poignard séraphique touche sa poitrine. Le bras de Jace qui avait traversé le Portail scintillait comme s'il venait de franchir un mur d'eau.

— Allons, fais-le ! dit Valentin. Poignarde-moi.

Il tira encore sur la main de Jace, et la pointe de la dague transperça le tissu de sa chemise. Un cercle écarlate s'épanouit juste au-dessus de son cœur. Avec un sursaut, Jace se dégagea et recula en chancelant.

— C'est bien ce que je pensais, commenta Valentin. Trop sensible !

Sans crier gare, il tenta de frapper Jace. Clary poussa un cri, mais le coup n'atteignit pas sa cible : le poing de Valentin heurta la surface du Portail dans un fracas de verre brisé. La dernière chose que Clary entendit avant que le miroir ne vole en éclats fut le rire moqueur de Valentin.

Une multitude de bouts de verre argentés, d'une beauté étrange, se répandit sur le sol. Clary recula d'un bond. Jace, lui, ne cilla pas, les yeux toujours rivés sur l'encadrement vide.

Clary s'était attendue à l'entendre jurer, crier, maudire son père... Non : il s'agenouilla en silence sur le tapis de verre brisé et en ramassa un gros débris, qu'il retourna dans sa main. Clary s'agenouilla près de lui et posa par terre son couteau. Le contact de l'arme ne la réconfortait plus.

— Tu ne pouvais rien faire.

— Si, j'aurais pu le tuer.

Il fixait toujours son bout de verre. Des éclats brillants parsemaient ses cheveux. Il lui tendit le morceau qu'il tenait à la main.

— Regarde.

Dans le fragment du miroir, on voyait toujours Idris : un pan de ciel bleu, l'ombre des arbres. Clary poussa un soupir las :

— Jace...

— Vous allez bien ?

Clary leva les yeux. Luke avait de gros cernes de fatigue sous les yeux.

— Oui, répondit-elle.

Elle distingua une masse inerte étendue sur le sol derrière lui, à moitié dissimulée par le long manteau de Valentin. Une main hérissée de griffes dépassait du tissu.

— Alaric... ?

— Il est mort, répondit Luke en s'efforçant de contenir son chagrin.

Bien qu'elle ait à peine connu Alaric, Clary comprit que Luke devrait vivre à jamais avec le poids écrasant de la culpabilité. « Et c'est comme ça que tu récompenses leur loyauté, Lucian ? En les laissant mourir à ta place ? »

— Mon père s'est enfui, dit Jace d'un ton monocorde. Il a la Coupe. Nous la lui avons offerte sur un plateau ! J'ai échoué.

Luke entreprit d'enlever les bouts de verre de ses

cheveux. Ses doigts griffus étaient couverts de sang, mais Jace se laissa faire docilement sans un mot.

— Ce n'est pas ta faute, déclara Luke en regardant Clary.

Ses yeux disaient : « Ton frère a besoin de toi, reste auprès de lui. »

Clary hocha la tête. Luke se dirigea vers la fenêtre. Il l'ouvrit en grand, et un courant d'air frais envahit la pièce en faisant vaciller la flamme des chandelles. Clary l'entendit crier des ordres aux loups postés en bas.

— Tout va bien, dit-elle d'une voix hésitante, car elle savait bien qu'il n'en était rien.

Elle posa la main sur l'épaule de Jace. Le contact du tissu rugueux de sa chemise mouillée de sueur lui parut étrangement réconfortant.

— Nous avons retrouvé ma mère, poursuivit-elle. Nous t'avons retrouvé, toi. C'est tout ce qui compte.

— Il avait raison. Si je n'ai pas pu me résoudre à franchir le Portail, c'est parce que j'étais incapable de le tuer, murmura Jace.

— Si tu l'avais fait, oui, tu aurais échoué.

Jace murmura quelque chose que Clary n'entendit pas. Elle lui reprit le bout de verre qu'il serrait toujours dans sa main ensanglantée, le posa par terre et referma ses doigts sur la paume meurtrie de son frère.

— Franchement, Jace, dit-elle avec douceur, on ne t'a jamais dit qu'il ne fallait pas jouer avec du verre cassé ?

Jace étouffa un gloussement et l'enlaça. Elle avait conscience que Luke les observait depuis la fenêtre, mais elle ferma les yeux et enfouit son visage contre l'épaule de Jace. Il sentait le sel et le sang, et quand il colla sa bouche à son oreille, elle comprit enfin ce qu'il disait, ce qu'il avait chuchoté peu avant, la litanie la plus simple qui puisse exister : son nom, seulement son nom.

Épilogue

L'ascension t'appelle

Le hall de l'hôpital était d'une blancheur éclatante. Après tout ce temps passé sous les torches, les lampes à gaz et la lumière de sort, Clary trouvait que l'éclairage jaunâtre des néons donnait aux objets un aspect factice. En signant le registre à la réception, elle remarqua que l'infirmière avait le teint étrangement cireux sous la lumière crue. « Peut-être que c'est un démon », pensa-t-elle en lui rendant le registre.

— Dernière porte au bout du couloir, dit l'infirmière en lui souriant aimablement.

« Ou bien c'est moi qui deviens folle. »

— Je sais, répondit Clary. J'étais là hier.

« Et la veille. Et le jour d'avant. » Il était tôt dans la soirée, et le hall était presque désert. Un vieil homme errait dans le couloir en pantoufles et robe de chambre, en traînant un appareil à oxygène derrière lui. Deux médecins en blouse verte bavardaient, un gobelet de café fumant à la main. Dans l'enceinte de l'hôpital, l'air conditionné fonctionnait à plein régime malgré l'arrivée imminente de l'automne.

Clary s'arrêta devant la porte au fond du couloir. Elle était ouverte. Elle jeta un œil à l'intérieur pour ne pas réveiller Luke au cas où il se serait endormi dans le fauteuil près du lit, comme lors de ses deux dernières visites. Mais il était en grande conversation avec un homme de haute taille portant l'habit couleur parchemin des Frères Silencieux. Celui-ci se retourna, comme s'il avait senti la présence de Clary, et elle reconnut Frère Jeremiah.

— Qu'est-ce qui se passe ? demanda-t-elle en croisant les bras.

Avec sa barbe de trois jours et ses lunettes relevées sur le front, Luke paraissait épuisé. Elle distingua le renflement du bandage qui enserrait le haut de son torse sous sa chemise ample en flanelle.

— Frère Jeremiah était sur le point de s'en aller.

Après avoir rabattu son capuchon, Jeremiah se dirigea en effet vers la porte. Clary lui barra le passage.

— Alors ? lança-t-elle d'un ton de défi. Vous allez aider ma mère ?

Jeremiah s'approcha d'elle. Elle sentit le froid qu'il dégageait ; on aurait dit la buée émanant d'un iceberg. *On ne peut pas sauver les autres avant de s'être sauvé soi-même*, dit la voix dans sa tête.

— Vos proverbes chinois commencent à me taper sur le système ! s'impatienta Clary. Qu'est-ce qui cloche avec ma mère ? Vous le savez ? Les Frères Silencieux ne peuvent pas l'aider, comme ils l'ont fait avec Alec ?

Nous n'avons aidé personne. Ce n'est pas à nous d'aider ceux qui ont délibérément quitté l'Enclave.

Clary s effaça pour laisser Jeremiah sortir. Elle le regarda s'éloigner dans le couloir et se fondre parmi les gens de l'hôpital qui lui accordaient à peine un regard. En fermant à demi les yeux, elle distingua l'aura scintillant d'un charme autour de lui et se demanda ce qu'ils voyaient : un autre patient ? Un médecin en blouse pressant le pas ? Un visiteur affligé ?

— Il a dit la vérité, lui assura Luke. Il n'a pas guéri Alec ; c'est Magnus Bane qui s'en est chargé. Et il ne sait pas non plus de quoi souffre ta mère.

— Je suis au courant, dit Clary en se dirigeant vers le lit d'un pas fatigué.

Elle avait du mal à faire le lien entre la frêle silhouette blanche allongée sur le lit cerné par les tuyaux et la femme dynamique à la chevelure flamme qu'était sa mère. Bien sûr, ses cheveux avaient gardé leur teinte vive, mais sa peau était si pâle qu'en la regardant, Clary pensa à la Belle au Bois dormant du musée de cire. Son souffle était si léger !

Elle prit la main gracile de Jocelyne et la tint serrée dans la sienne, comme la veille et le jour d'avant. Elle sentait son pouls battre régulièrement, envers et contre tout. « Elle veut se réveiller. Je sais qu'elle veut se réveiller ! »

— Bien sûr, dit Luke, et Clary s'aperçut qu'elle avait parlé tout haut. Tout tend à ce qu'elle se rétablisse, et même plus qu'elle n'oserait l'espérer.

Clary reposa doucement la main de sa mère sur le lit :

— Tu veux parler de Jace.

— Évidemment. Elle l'a pleuré pendant dix-sept ans. Si je pouvais lui dire que cette période est révolue...

Il s'interrompit.

— Il paraît que, parfois, les gens dans le coma nous entendent, dit Clary.

Seulement, les médecins avaient décrété qu'il ne s'agissait pas d'un coma ordinaire : aucune blessure, pas d'insuffisance respiratoire, pas de dysfonctionnement cardiaque ou cérébral. C'était comme si elle s'était tout simplement endormie, et qu'on ne pouvait plus la réveiller.

— Je sais, répondit Luke. Je lui parle. Presque sans arrêt.

Il esquissa un sourire las :

— Je lui ai dit que tu avais été très courageuse. Qu'elle serait fière de toi. De sa guerrière de fille.

Clary sentit sa gorge se nouer. Évitant le regard de Luke, elle se tourna vers la fenêtre qui donnait sur le mur en brique d'un immeuble. Ici, on ne pouvait pas compter sur une jolie vue avec des arbres et une rivière...

— J'ai fait les courses que tu m'as demandées, Luke. Du beurre de cacahouète, du lait, des céréales et du pain.

Elle fouilla dans le contenu de sa poche :

— Voici la monnaie...

— Garde-la pour payer ton taxi du retour.

— C'est Simon qui me ramène.

Clary jeta un œil sur sa montre.

— D'ailleurs, il est peut-être déjà en bas.

— Bien ! Je suis content que tu passes un peu de

temps avec lui, dit Luke, apparemment soulagé. Garde l'argent pour tes sorties.

Clary ouvrit la bouche pour protester, puis se ravisa. Luke était, comme le disait toujours sa mère, un roc sur lequel s'appuyer en période de crise : solide, digne de confiance et toujours disponible.

— Pense à rentrer chez toi, un de ces jours ! lui conseilla-t-elle. Toi aussi, tu as besoin de sommeil.

— Dormir ? Quelle perte de temps ! ironisa Luke.

Cependant son visage trahissait une extrême fatigue.

Il retourna s'asseoir au chevet de Jocelyne. D'un geste tendre, il écarta une mèche de cheveux de son visage. Clary se détourna, au bord des larmes.

En sortant de l'hôpital, elle trouva la camionnette d'Éric garée le long du trottoir. Le ciel d'un bleu limpide avait pris une teinte saphir au-dessus de l'Hudson, signe annonciateur du crépuscule. Simon se pencha pour lui ouvrir la portière, et elle grimpa sur le siège à côté de lui.

— Je te dépose chez toi ? demanda-t-il en s'engageant dans le trafic de la Première Avenue.

— Je ne sais même plus où c'est ! soupira Clary.

Simon lui jeta un regard en coin :

— On s'apitoie sur son sort, maintenant, Fray ?

Son ton était à la fois tendre et moqueur. Tournant la tête, Clary vit des taches sombres sur le siège arrière, à l'endroit où ils avaient allongé Alec, en sang, la tête sur les genoux d'Isabelle.

— Oui. Non. Peut-être, dit-elle avec un autre soupir en jouant avec une boucle de cheveux roux. Tout a changé. Tout est différent. Parfois, j'aimerais que ma vie redevienne comme avant.

— Pas moi, déclara Simon, à sa grande surprise. Où est-ce qu'on va, déjà ?

— À l'Institut... Désolée, j'aurais dû te le dire plus tôt, ajouta-t-elle comme Simon exécutait un demi-tour parfaitement illégal.

Le van protesta par un crissement de pneus.

— Tu n'es pas encore retournée là-bas, si ? Pas depuis...

— Non. Jace m'a appelée pour me dire qu'Isabelle et Alec se portaient bien. Apparemment, leurs parents arrivent en catastrophe d'Idris. On les a enfin prévenus ! Ils seront là dans un jour ou deux.

— Ça ne t'a pas fait bizarre, d'avoir des nouvelles de Jace ? demanda Simon d'un ton faussement désinvolte. Je veux dire, maintenant que tu as découvert...

— Oui ? lança Clary avec colère. Maintenant que j'ai découvert quoi ? Que c'était un tueur travesti qui torturait des chats ?

— Pas étonnant que sa saleté de chat déteste tout le monde !

— Oh, la ferme, Simon. Je sais ce que tu penses et, non, ça ne m'a pas fait bizarre. Il ne s'est rien passé entre nous, de toute façon.

— Rien ? répéta Simon, incrédule.

— Rien, décréta Clary en se tournant vers la vitre pour qu'il ne voie pas ses joues s'empourprer.

Le van s'engagea dans la rue de l'Institut au moment où le soleil disparaissait derrière sa fenêtre en rosace, inondant la chaussée en contrebas d'une lumière nacrée. Simon se gara devant la porte et stoppa le moteur en faisant tinter les clés dans sa main :

— Tu veux que je vienne avec toi ?

Clary hésita :

— Non, il vaut mieux que j'y aille seule.

Elle vit un éclair de déception traverser son visage. Il se reprit rapidement : il avait beaucoup grandi ces deux dernières semaines, tout comme elle. Elle en était contente, elle n'aurait pas voulu qu'il reste à la traîne. Il faisait partie de son univers, au même titre que le dessin, l'air poussiéreux de Brooklyn, le rire de sa mère et son sang de Chasseuse d'Ombres.

— Très bien. Tu veux que je vienne te chercher plus tard ?

— Non, Luke m'a donné de l'argent pour le taxi. Passe demain. On va regarder des séries télé en mangeant du pop-corn. J'ai besoin de décompresser.

— Bon programme ! commenta Simon en hochant la tête.

Il se pencha pour l'embrasser ; son baiser était aussi léger qu'une feuille morte ; pourtant elle se sentit frissonner.

— Tu crois que c'était une coïncidence ? demanda-t-elle.

— De quoi tu parles ?

— De s'être trouvés au Charivari la nuit où Jace et les autres y pourchassaient un démon, la veille de l'enlèvement de ma mère.

Simon secoua la tête :

— Je ne crois pas aux coïncidences.

— Moi non plus.

— Mais je dois admettre que, coïncidence ou pas c'était un bel imprévu.

— « Bel ımprévu. » Tiens, en voilà, un nom de groupe !

— C'est mieux que ceux qu'on a trouvés jusqu'à présent, admit Simon.

Clary sauta au bas de la camionnette et claqua la portière. Elle entendit Simon klaxonner tandis qu'elle remontait l'allée, et le salua d'un geste sans se retourner.

À l'intérieur de l'église, il faisait sombre et frais. Une odeur de pluie et de papier mouillé flottait dans l'air. Quand ses pas résonnèrent sur le sol en pierre, elle repensa à Jace dans l'église à Brooklyn, avant leur virée chez les vampires. « Que Dieu existe ou pas, à mon avis, ça n'a pas d'importance. Dans l'un ou l'autre cas, nous sommes seuls. »

Alors que la porte de l'ascenseur se refermait derrière elle, elle surprit son reflet dans le miroir. La plupart de ses bleus et autres égratignures avaient disparu. Elle se demanda si Jace l'avait déjà vue aussi apprêtée qu'aujourd'hui : pour se rendre à l'hôpital, elle avait mis une jupe plissée noire, un corsage un peu rétro, et étalé sur ses lèvres un soupçon de gloss rose. Elle avait l'impression de ressembler à une écolière de huit ans.

« Jace peut bien penser ce qu'il veut de mon look, ça n'a plus d'importance maintenant... » se souvint-elle. Elle se demanda s'ils auraient un jour la même relation que Simon et sa sœur : des sentiments mêlés d'indifférence, d'affection et d'agacement. Elle ne parvenait pas à se l'imaginer.

Elle entendit un miaulement sonore avant que la porte de l'ascenseur ne s'ouvre.

— Salut, Church ! dit-elle en s'accroupissant auprès du chat. Où sont passés les autres ?

Church, qui était visiblement en mal de caresses, émit un grognement insistant. Clary céda à sa demande avec un soupir.

— Ce chat est dingue ! dit-elle en lui grattant le ventre avec vigueur.

— Clary !

Isabelle, en longue jupe rouge, les cheveux relevés en un chignon piqué de barrettes scintillantes, s'avança à sa rencontre.

— Que je suis contente de te voir !

Elle se jeta dans ses bras et manqua lui faire perdre l'équilibre.

Clary eut un hoquet de surprise :

— Moi aussi, je suis contente de te voir.

— Je me suis fait tellement de souci pour toi ! Après vous avoir vus partir vers la bibliothèque avec Hodge, j'ai entendu une explosion terrible, et quand j'ai couru là-bas, vous aviez disparu, et tout était sens dessus dessous. Il y avait du sang partout, et un truc noir et visqueux.

Elle frissonna.

— Qu'est-ce que c'était ?

— Un sort, répondit calmement Clary. La malédiction de Hodge.

— Ah, Jace m'en a parlé.

— Ah bon ?

— Oui, il m'a dit qu'une fois débarrassé de la malédiction il s'était enfui. J'aurais pensé qu'il serait resté pour nous dire au revoir. Il m'a un peu déçue. Mais je suppose qu'il avait peur de l'Enclave. Je parie qu'il nous fera signe un de ces jours.

« Alors, Jace ne lui a pas dit que Hodge les avait trahis... » Clary ne savait plus quoi penser. Si Jace essayait d'épargner Isabelle, elle ne devait peut-être pas s'en mêler.

— Bref, poursuivit Isabelle, c'était l'horreur, et je ne sais pas ce qu'on serait devenus si Magnus ne s'était pas montré. Il a remis Alec sur pied. Jace nous a raconté par la suite tout ce qui s'était passé sur l'île. En fait, on était déjà au courant parce que Magnus avait passé la nuit à en parler au téléphone. Le Monde Obscur était en ébullition. Tu es célèbre, tu sais.

— Moi ?

— Un peu, oui. La fille de Valentin.

Clary frissonna :

— Alors, Jace doit être célèbre lui aussi ?

— Vous êtes tous les deux des stars, lui assura gaiement Isabelle. Le frère et la sœur.

Clary la dévisagea avec curiosité :

— Je dois admettre que je ne m'attendais pas à ce que tu sois ravie de me voir.

La jeune fille, les mains sur les hanches, prit l'air offensé :

— Pourquoi ?

— Je croyais que tu ne m'aimais pas beaucoup.

Isabelle regarda ses pieds, sa gaieté soudain envolée.

— Moi aussi, je le croyais, avoua-t-elle. Mais quand je suis venue vous chercher, Jace et toi, et que vous aviez disparu... Je me suis fait du souci pour lui, et pour toi aussi. Il y a quelque chose de tellement...

rassurant chez toi. Et Jace est beaucoup plus agréable quand tu es là.

Clary écarquilla les yeux :

— Ah bon ?

— Oui, je t'assure ! Il est moins caustique, je trouve. Ce n'est pas tant qu'il soit plus gentil, mais il laisse entrevoir qu'il peut l'être.

Elle se tut un instant.

— C'est vrai qu'au début je ne t'aimais pas beaucoup... Maintenant, je m'aperçois que j'ai été bête. Même si je n'ai jamais eu d'amitiés féminines, je peux apprendre.

— Moi non plus, je n'ai pas d'amies. Et, tu sais...

— Oui ?

— Tu n'es pas obligée de jouer les gentilles. Je préfère quand tu es toi-même.

— Un peu garce, tu veux dire ? lança Isabelle en riant.

Clary allait protester quand Alec survint dans le hall, en équilibre sur une paire de béquilles. Il avait une jambe dans le plâtre – son jean était roulé jusqu'au genou – et un pansement sur la tempe, à moitié dissimulé par ses cheveux bruns. Il paraissait très en forme pour quelqu'un qui avait failli mourir quatre jours plus tôt. Il leva une béquille en guise de salut.

— Bonjour, dit Clary, surprise de le voir debout. Tu vas mieux ?

— Oui. Bientôt, je n'aurai plus besoin de ces trucs.

Clary se sentait toujours coupable. Sans elle, il ne se serait jamais retrouvé dans cet état.

— Je suis vraiment heureuse que tu ailles mieux,

Alec, dit-elle avec toute la sincérité dont elle était capable.

— Merci !

— Alors, Magnus t'a sorti d'affaire ? Luke m'a raconté...

— Oui, il a été génial ! s'écria Isabelle. En arrivant, il m'a fait sortir de la pièce, et j'ai vu des étincelles rouges et bleues jaillir de dessous la porte.

— Je ne me souviens de rien, dit Alec.

— Puis il a veillé Alec toute la nuit pour s'assurer qu'il se sentirait bien à son réveil.

— Je ne m'en souviens pas non plus, s'empressa d'ajouter Alec.

— Je me demande qui a prévenu Magnus, poursuivit sa sœur avec un sourire. Je lui ai posé la question, mais il n'a jamais voulu me répondre.

Clary pensa au papier que Hodge avait jeté dans le feu après le départ de Valentin. « Quel homme étrange ! songea-t-elle. Il a pris le temps de faire son possible pour sauver Alec alors qu'il avait trahi tout ce en quoi il croyait. »

— Je ne sais pas, dit-elle.

Isabelle haussa les épaules :

— Il a dû avoir vent de la nouvelle. Il m'a l'air d'être au centre d'un énorme réseau de commérages. Une vraie pipelette !

— On n'est pas le Grand Sorcier de Brooklyn pour rien, Isabelle, observa Alec avec une pointe d'ironie.

Puis, se tournant vers Clary, il ajouta :

— Jace est dans la serre, si tu veux le voir. Je t'accompagne.

— Tu es sûr ?

— Oui, pourquoi pas ? répondit-il, un peu mal à l'aise.

Clary jeta un coup d'œil à Isabelle, qui haussa les épaules. Quoi qu'Alec ait pu avoir en tête, il n'en avait pas parlé à sa sœur.

— Allez-y, dit celle-ci. J'ai des choses à faire, de toute façon. Ciao !

Ils s'éloignèrent ensemble dans le couloir. Alec avançait vite malgré ses béquilles. Clary devait presque courir pour le suivre.

— J'ai de petites jambes, tu sais ! souffla-t-elle.

Il ralentit le pas :

— Désolé ! Écoute, ces choses que tu m'as dites quand je t'ai incendiée au sujet de Jace...

— Je m'en souviens, lâcha-t-elle.

— Quand tu m'as jeté à la figure que je... tu sais... que c'était à cause...

— Laisse tomber, Alec.

— D'accord. Aucune importance. Tu ne veux pas en parler ?

— Ce n'est pas ça. Je me sens horrible. Je t'ai sorti des choses affreuses. Ce n'est pas vrai...

— Si, c'est l'exacte vérité.

— Ça ne change rien. Toute vérité n'est pas bonne à dire. C'était méchant de ma part. Quand Jace m'a raconté que tu n'avais jamais tué de démon, il entendait par là que tu t'efforçais toujours de les protéger, lui et Isabelle. C'était un compliment. Jace se comporte comme un crétin, parfois, mais il... – « t'aime », était-elle sur le point de dire, mais elle se reprit : Il n'a jamais eu une parole mauvaise sur ton compte, jamais. Je te le jure.

— Tu n'es pas obligée de jurer, je le sais.

Il semblait calme, voire confiant, ce qui ne lui ressemblait guère. Elle le dévisagea avec surprise.

— Je sais aussi que ce n'est pas moi qui ai tué Abbadon, reprit-il. Mais j'apprécie que tu m'aies menti.

— Ah bon ? s'étonna-t-elle.

— Tu l'as fait par gentillesse. Et ça signifie beaucoup, vu la façon dont je t'ai traitée.

— Je crois que Jace m'en aurait sacrément voulu de t'avoir menti s'il n'avait pas été aussi triste sur le moment. Enfin, pas autant que s'il avait appris tout ce que je t'avais dit auparavant...

— J'ai une idée ! déclara Alec en souriant. Gardons ça pour nous. Jace sait peut-être décapiter un démon à vingt mètres avec un tire-bouchon et un bout de scotch, mais parfois j'ai l'impression qu'il n'est pas très fin psychologue...

Clary sourit à son tour :

— Tu as sans doute raison.

Ils avaient atteint le bas de l'escalier en colimaçon qui menait au toit.

— Je ne peux pas monter, dit Alec en désignant ses béquilles.

— C'est bon, je connais le chemin.

Au moment de faire demi-tour, il se ravisa :

— J'aurais dû deviner que tu étais la sœur de Jace. Vous avez le même don artistique.

Étonnée, Clary s'arrêta, le pied posé sur la première marche :

— Jace sait dessiner ?

Quand Alec sourit, ses yeux bleus s'éclairèrent, et Clary comprit pourquoi Magnus l'avait trouvé aussi séduisant.

— Non, je rigolais ! Il est incapable de tracer une ligne droite.

Il s'éloigna sur ses béquilles en gloussant. Clary le regarda partir, médusée. Ça alors ! Alec plaisantant aux dépens de Jace... Elle songea qu'elle pourrait s'en accommoder, même s'il faisait preuve d'un sens de l'humour un peu déroutant.

La serre était telle que dans son souvenir ; seul le ciel au-delà de la verrière était bleu saphir à présent. L'odeur fraîche et parfumée des fleurs chassa ses idées noires. En respirant à pleins poumons, elle se fraya un chemin parmi les branchages.

Elle trouva Jace assis sur le banc en marbre. La tête baissée, il retournait négligemment quelque chose dans ses mains. En la voyant s'approcher, il referma précipitamment ses doigts sur l'objet.

— Qu'est-ce que tu fais là ? demanda-t-il, l'air surpris.

— Je suis venue te voir. Je voulais savoir comment tu allais.

— Je vais bien.

Il portait un jean et un T-shirt blanc laissant entrevoir ses bleus, telles des taches sombres sur la chair blanche d'une pomme. Ses véritables blessures, elles, se trouvaient à l'intérieur, cachées de tous.

Clary indiqua sa main :

— Qu'est-ce que c'est ?

Ouvrant les doigts, il lui montra un bout de verre sur lequel dansaient des reflets verts et bleus.

— Un morceau du Portail.

Elle s'assit sur le banc à côté de lui :

— Tu y vois quelque chose ?

Il inclina l'éclat de verre, laissant la lumière glisser dessus comme de l'eau :

— Un pan de ciel. Des arbres, un chemin... Je n'arrête pas de le retourner pour essayer de faire apparaître le manoir. Et mon père.

— Pourquoi tiens-tu autant à le voir ?

— J'ai pensé que peut-être je pourrais comprendre ce qu'il fabrique avec la Coupe Mortelle. Et la localiser par la même occasion.

— Jace, ce n'est plus de notre ressort. Maintenant que l'Enclave est au courant de ce qui s'est passé et que les Lightwood arrivent, laissons-les s'en occuper.

Jace la dévisagea. Elle se demanda pourquoi ils se ressemblaient aussi peu. Elle n'aurait pas pu au moins hériter de ces longs cils noirs et de ces pommettes saillantes ? Quelle injustice !

— Quand j'ai regardé à travers le Portail et aperçu Idris, dit-il, j'ai su exactement ce que Valentin essayait de faire : il voulait voir si j'allais craquer. Et je mourais d'envie de rentrer chez moi, bien plus que ce que je m'étais imaginé.

Clary secoua la tête :

— Je ne comprends pas ce qu'Idris a de si extraordinaire. C'est un endroit comme un autre. Il faut vous entendre en parler, Hodge et toi...

— J'ai été heureux là-bas. C'est le seul endroit où je me sois senti vraiment heureux.

Clary cassa une branche sur un arbuste voisin et se mit à l'effeuiller :

— Tu as de la compassion pour Hodge. C'est pour ça que tu n'as pas dit la vérité à Isabelle et Alec.

Jace haussa les épaules.

— Ils finiront par la découvrir, tu sais, poursuivit-elle.

— Ce n'est pas de moi qu'ils l'apprendront.

— Jace... Comment tu as pu être heureux là-bas ? Je sais ce que tu penses, mais Valentin était un père horrible ! Il a tué tes animaux de compagnie, il t'a menti, et je sais qu'il te frappait... N'essaie même pas de prétendre le contraire.

Un pâle sourire flotta sur les lèvres de Jace :

— Un jeudi sur deux, seulement.

— Alors, comment...

— C'est la seule époque de ma vie où j'ai vraiment su qui j'étais et où était ma place. Ça a l'air bête...

Il haussa les épaules.

— Je tue des démons parce que c'est ce qu'on m'a appris, mais ça n'est pas moi. Et si je le fais bien, c'est parce que, après la mort de mon père, il n'y avait plus ni attaches ni conséquences. Plus personne n'était là pour me pleurer. Plus personne n'avait de place dans ma vie. Maintenant, les choses ont changé... Grâce à toi. Sans toi, j'aurais suivi mon père de l'autre côté du Portail. Sans toi, je partirais tout de suite à sa recherche.

Clary contempla le bassin jonché de feuilles, la gorge serrée :

— Je croyais que je te déstabilisais.

— Pendant longtemps, c'est l'idée d'avoir des attaches qui me déstabilisait. Tu m'as donné envie de me poser.

— Je veux t'emmener quelque part avec moi, dit Clary tout à coup.

La façon dont ses cheveux lui tombaient dans les yeux lui donnait l'air terriblement triste.

— Où ça ?

— J'espérais que tu viendrais à l'hôpital avec moi.

— Je m'en doutais. Clary, cette femme...

— C'est aussi ta mère, Jace.

— Je sais, mais c'est une étrangère pour moi. Je n'ai jamais eu qu'un parent, et il est parti. C'est pire que s'il était mort.

— Je n'ai pas envie de te faire croire que ma mère est une personne formidable, extraordinaire, géniale, et que c'est une chance de la connaître. C'est pour moi que je te demande de venir, pas pour toi. Peut-être qu'en entendant ta voix elle se réveillera.

Elle le regarda droit dans les yeux, et il soutint son regard puis son visage s'éclaira d'un sourire... Un sourire un peu abattu, mais un sourire quand même :

— Bien. J'irai avec toi.

Il se leva.

— Tu n'as pas besoin de me faire son éloge, ajouta-t-il, je sais déjà tout ça.

— Ah bon ?

Petit haussement d'épaules :

— Elle t'a élevée, non ?

Il regarda le ciel à travers la verrière :

— Le soleil est presque couché.

Clary se leva à son tour :

— On devrait se mettre en route pour l'hôpital. On prendra un taxi.

— Ce ne sera pas nécessaire, dit Jace avec un grand sourire. Viens, j'ai quelque chose à te montrer.

— Où l'as-tu trouvée ? demanda Clary en contemplant, ébahie, la moto perchée sur le toit de la cathédrale.

Elle était verte, avec des jantes argentées et des flammes peintes sur le siège.

— Magnus se plaignait que quelqu'un l'avait laissée devant chez lui, l'autre soir. Je l'ai convaincu de me la donner.

— Et tu as volé jusqu'ici ?

— Oui, je suis plutôt bon conducteur. Viens, je vais te montrer.

Il enfourcha l'engin et lui fit signe de s'installer derrière lui.

— Au moins, tu es sûr qu'elle marche, cette fois, dit-elle en se glissant derrière lui. Si on s'écrase sur le parking d'un supermarché, je te massacre, tu m'entends ?

— Ne sois pas ridicule ! Il n'y a pas de parking dans l'Upper East Side. Pourquoi prendre sa voiture pour aller faire ses courses quand on peut être livré ?

Son rire fut noyé sous le rugissement du moteur. Poussant un cri, Clary s'agrippa à sa ceinture tandis que la moto s'élançait sur le toit en pente de l'Institut avant de s'envoler dans les airs.

Ils s'élevèrent au-dessus de la cathédrale et des toits des tours et des immeubles voisins. Au-dessous d'eux, comme une boîte à bijoux exhibant négligemment ses trésors, la ville s'étendait, plus stupéfiante que dans les rêves les plus fous de Clary : ici, l'énorme tache émeraude de Central Park, où les fées se réunissaient les soirs d'été ; là, les lumières des clubs et des bars où les vampires dansaient toute la nuit ; plus loin, les ruelles de Chinatown où rôdaient les loups-garous, leur fourrure brillant dans les lumières de la ville. Les sorciers, ailes de chauve-souris, yeux de chat, s'y pavanaient dans toute leur gloire. En survolant le fleuve, Clary distingua une multitude de couleurs sous la surface argentée, le chatoiement de longues chevelures parsemées de perles, et elle entendit les cascades de rires des sirènes.

Jace, les cheveux fouettés par le vent, la regarda pardessus son épaule :

— À quoi tu penses ?

— Tout est si différent, vu d'ici !

— Rien n'a changé, dit-il en manœuvrant la moto en direction de l'East River, vers le pont de Brooklyn. À part toi.

Les mains de Clary s'agrippèrent convulsivement à la ceinture de Jace pendant qu'il plongeait vers le fleuve.

— Jace !

— T'inquiète. Je sais ce que je fais. Je ne vais pas nous noyer.

Il avait l'air de follement s'amuser. Clary plissa les paupières : le vent lui brûlait les yeux.

— Tu n'es pas en train de vérifier l'hypothèse d'Alec ? Tu crois vraiment que ces engins peuvent avancer sous l'eau ?

Jace stabilisa adroitement la moto à quelques mètres de la surface :

— Non, ce n'est qu'un mythe, à mon avis.

— Mais, Jace, tous les mythes sont vrais.

Clary n'entendit pas son rire. Elle sentit son estomac se soulever tandis que la moto s'élançait au-dessus du pont tel un oiseau libéré de sa cage. Le fleuve s'éloignait au-dessous d'eux, mais, cette fois, elle garda les yeux ouverts pour ne pas en perdre une miette.

Remerciements

Je tiens à remercier mon groupe d'écriture, le Massachusetts All-Stars : Ellen Kushner, Delia Sherman, Kelly Link, Gavin Grant, Holly Black et Sarah Smith. Merci également à Tom Holt et Peg Kerr pour leurs encouragements avant la naissance du livre, et à Justine Larbalestier et Eve Sinaiko, pour m'avoir livré leurs impressions après. Merci à mon père et à ma mère pour leur dévouement, leur affection et leur certitude inébranlable quant à ma capacité de produire un texte publiable. Merci à Jim Hill et Kate Connor pour leurs encouragements et leur soutien. À Éric pour ses motos vampires qui fonctionnent à l'énergie démoniaque et à Elka « qui porte mieux le noir que les veuves de ses ennemis ». À Théo et Val pour avoir créé les belles images qui accompagnent ma prose. À mon extraordinaire agent, Barry Goldblatt, et à ma talentueuse éditrice, Karen Wojtyla. À Holly pour m'avoir accompagnée tout au long du livre, et à Josh, sans qui tout cela n'aurait eu aucun sens.

Cet ouvrage a été imprimé
en février 2010 par

CPI
FIRMIN-DIDOT

27650 Mesnil-sur-l'Estrée
N° d'impression : 97815
Dépôt légal : novembre 2008
Suite du premier tirage : février 2010

Mise en page PCA
44400 Rezé

POCKET jeunesse
12, avenue d'Italie
75627 PARIS Cedex 13

Imprimé en France